Zu diesem Buch

Jacques Vingtras, halb Autobiographie, halb Roman, erzählt die Geschichte eines Kindes der geizigen Auvergne. Der Vater war zunächst Lehrer an einer Taubstummenanstalt und auf die mechanische Art seiner Zeit ein Liebhaber des Klassischen Altertums. Er strebte nach Höherem, eben nach Bildung, und diese Schulbuchbildung hat er seinen Opfern, auch dem eigenen Sohn, in die widerspenstigen Köpfe geprügelt. Er hat die Verzweiflung über eine bedrückende soziale Lage in Aggression gegen die verwandelt, die ihm anvertraut waren. Seine Frau, eine Bauerntochter, die bessere Zeiten gesehen zu haben glaubte, hat seinen Antikenwahn nie verstanden, nie verstehen können, und sich auf ihre Weise an ihm gerächt, wie er sich an ihr, durch Liebschaften, heimliche Liebschaften natürlich. Und auch sie hat sich für ihre Leiden gerächt, an ihrem Sohn. Von den sieben Kindern dieser Ehe haben nur zwei die ersten Monate überlebt, Jules und seine Schwester Marie-Louise, die mit achtzehn Jahren von ihren Eltern ins Irrenhaus gesteckt worden ist. Niemand weiß, ob sie tatsächlich krank war, denn auch Jules hat das Irrenhaus kennengelernt, ist aber von seinen Freunden wieder herausgeholt worden, angeblich wundersam genesen.

Was die Eltern für Erziehung hielten und was nichts anderes war als eine grausame Abrichtung, hat seine Folgen gehabt, negative wie positive. Jules scheitert ununterbrochen. Er muß eine Klasse wiederholen, er besteht das Abitur erst beim dritten Anlauf, wird später sein Jurastudium abbrechen und nicht bloß das Irrenhaus, sondern auch Gefängnis und Verbannung kennenlernen. Er flieht als Kind von zu Hause und wird wieder zurückgeholt, er geht nach Paris und muß wieder zurück nach Nantes. Er will nur eins: frei sein. Ganz gewiß hat er sich befreit, aber er hat mit einem lebenslangen Elend dafür bezahlen müssen, einem bewußt erlebten und in politischen Widerstand verwandelten Elend. Was kalt geplant war als Erziehung zur Anpassung, zum kleinbürgerlichen Erfolg, schlug um in eine ungeplante Erziehung zum Aufstand, zum Kampf für die Erniedrigten und Beleidigten, zum Mitleid mit denen, die zu Hause weinten, von ihren Lehrern tyrannisiert oder von ihren Eltern verprügelt worden waren, die mit Griechisch und Latein genährt, aber Hungers gestorben waren, die als Opfer der sozialen Ungerechtigkeit gegen eine schlecht eingerichtete Welt zu den Waffen gegriffen hatten.

«Diese Geschichte, die ich da verschlinge, handelt nicht von Göttern, Königen, Heiligen, es ist die Geschichte meiner Heimat, die Geschichte meines Dorfes. In diesen Annalen, deren Tinte noch kaum getrocknet ist, ist vom Weinen der Armen, vom Blut der Aufständischen, vom Elend der Meinen die Rede.»

Rowohlt Jahrhundert

Herausgegeben von Walter Boehlich
Band 88

Jules Vallès

Jacques Vingtras. Das Kind

Roman

Aus dem Französischen von Christa Hunscha

Rowohlt

Allen,
die in der Schule vor Langeweile umkamen
oder
zu Hause weinten,
die in der Kindheit
von ihren Lehrern tyrannisiert
oder
von ihren Eltern verprügelt wurden,
widme ich dieses Buch.

Jules Vallès
Paris

Veröffentlicht im Rowohlt Taschenbuch Verlag GmbH,
Reinbek bei Hamburg, Januar 1992

Diese Übersetzung erschien zuerst 1979
im März Verlag GmbH, Jossa
Titel der französischen Originalausgabe:
«Jacques Vingtras. L'Enfant»
Umschlaggestaltung Peter Wippermann
(Porträt des Autors von Gustave Courbet –
Giraudon / Interfoto)
Gesamtherstellung Clausen & Bosse, Leck
Printed in Germany
1680-ISBN 3 499 40088 x

I Meine Mutter

Hat meine Mutter mich genährt? Hat eine Bäuerin mir ihre Milch gegeben? Ich weiß es nicht. Welche Brust ich auch benagt habe, ich erinnere mich aus der Zeit, als ich ganz klein war, an keine Liebkosung; man hat mich nicht gehätschelt und getätschelt und abgeküßt; man hat mich viel verprügelt.

Meine Mutter sagt, man soll Kinder nicht verwöhnen, und sie verprügelt mich jeden Morgen; wenn sie morgens keine Zeit hat, bleibt es bis mittags, selten später als vier Uhr.

Fräulein Balandreau macht Salbe drauf.

Sie ist eine gute alte Jungfer von fünfzig. Sie wohnt unter uns. Zuerst war es ihr recht: Sie hat keine Uhr, so kam sie zur Uhrzeit. »Flitsch! Flatsch! Zack! Zack! – Das kleine Ding wird verprügelt, es ist Zeit für meinen Milchkaffee.«

Aber eines Tages, als ich meinen Kittel hochhob und mich zwischen zwei Türen abzukühlen versuchte, hat sie mich gesehen; mein Hintern hat ihr Mitleid erregt.

Sie wollte ihn zuerst aller Welt zeigen, die Nachbarn ringsum aufhetzen; aber sie hat sich überlegt, daß das nicht das Mittel war, ihn zu retten, und sie hat etwas anderes erfunden.

Wenn sie hört, wie meine Mutter zu mir sagt: »Jacques, jetzt schlage ich dich!«

»Frau Vingtras, machen Sie sich nicht die Mühe, ich erledige das für Sie.«

»Oh, liebes Fräulein, Sie sind zu gütig!«

Fräulein Balandreau nimmt mich mit; aber statt mich zu prügeln, klatscht sie in die Hände, ich schreie. Am Abend bedankt sich meine Mutter bei ihrer Stellvertreterin.

»Nichts zu danken«, antwortet das gute Mädchen und steckt mir heimlich ein Bonbon zu.

Meine erste Erinnerung geht also auf eine Tracht Prügel zurück. Meine zweite ist voll von Befremden und Tränen.

Sie führt ans Reisigfeuer unter einem alten Kaminaufsatz. Meine Mutter strickt in einer Ecke; eine meiner Cousinen, die in dem ärmlichen Haushalt als Dienstmädchen herhält, ordnet auf dem abgenutzten Bord ein paar grobe Steingutteller, auf denen Hähne mit rotem Kamm und blauen Schwänzen sind.
Mein Vater hat ein Messer in der Hand und schnitzt an einem Stück Tanne; die Späne fallen gelb und seidig herab wie Stückchen von Haarschleifen. Er macht mir einen Wagen aus Brettchen von frischem Holz. Die Räder sind schon geschnitzt; es sind Kartoffelscheiben, der Ring von brauner Schale stellt das Eisen dar ... Der Wagen ist gleich fertig; ich warte erregt, mit aufgerissenen Augen, als mein Vater einen Schrei ausstößt und seine Hand blutüberströmt hochhebt. Er hat sich das Messer in den Finger gerammt. Ich werde kreideweiß und gehe auf ihn zu; ein heftiger Schlag hält mich zurück; meine Mutter hat ihn mir versetzt, Schaum auf den Lippen, die Hände zur Faust gekrampft.
»Du bist schuld, daß dein Vater sich wehgetan hat!«
Und sie treibt mich über die dunkle Treppe vor sich her und stößt mich noch einmal mit der Stirn gegen die Tür.

Ich schreie, ich flenne um Gnade, ich rufe nach meinem Vater: in meinem Kinderentsetzen sehe ich seine Hand ganz zerhackt herunterhängen; ich bin der Anlaß! Warum darf ich nicht dabei sein, um alles zu sehen? Sie können mich ja hinterher schlagen, wenn sie wollen. Ich schreie, sie antworten nicht. Ich höre sie mit Flaschen hantieren und eine Schublade öffnen; sie machen Verbände.
»Es ist nicht schlimm«, kommt mir meine Cousine sagen, während sie eine rotgefleckte Leinenbinde zusammenlegt. Ich schluchze und ersticke fast. Meine Mutter erscheint wieder und stößt mich in die Kammer, in der ich schlafe, in der ich jeden Abend Angst habe.

Ich bin vielleicht fünf Jahre alt und halte mich für einen Vatermörder.

Es ist doch aber nicht meine Schuld!
Habe ich meinen Vater gezwungen, einen Wagen zu schnitzen? Würde ich nicht lieber selber bluten, wenn ihm nur nichts wehtäte?
Ja – und ich zerkratze mir die Hände, damit es mir auch wehtut.
Mama liebt meinen Vater so sehr! Darum ist sie so wütend geworden.
Man bringt mir Lesen bei aus einem Buch, in dem mit dikken Buchstaben geschrieben steht, daß man seinem Vater und seiner Mutter gehorchen muß: Meine Mutter hat gut daran getan, mich zu schlagen.

Das Haus, in dem wir wohnen, liegt in einer schmutzigen Straße, die man mühsam hinaufsteigt. Von oben überblickt man das ganze Land, aber Wagen fahren keine durch. Nur Holzkarren kommen hierher, von Ochsen gezogen, die man mit Stechhaken anspornt – sie laufen mit angespanntem Nacken und wegglitschenden Füßen; die Zunge hängt ihnen zum Hals heraus, und ihr Fell dampft. Ich bleibe immer stehen, um zu sehen, wie sie Mehl und gebündeltes Reisig zum Bäcker bringen, der auf halber Straße wohnt; ich betrachte mir dabei die Bäckerjungen ganz in weiß und den roten Backofen – die Brote werden mit großen Schaufeln in den Ofen geschoben, es riecht nach der frischen Kruste und nach Holzglut.

Das Gefängnis liegt am Ende der Straße, und die Gendarmen treiben oft Gefangene vor sich her, die Handschellen tragen. Beim Laufen blicken sie weder nach rechts noch nach links, ihre Augen sind starr, sie sehen krank aus.
Von manchen Frauen bekommen sie Münzen, die sie mit der Hand umklammern, während sie zum Dank den Kopf senken.
Sie wirken überhaupt nicht bösartig.

Einmal haben sie einen auf einer Bahre weggebracht, der war ganz von einem weißen Tuch bedeckt; er hatte sein Handgelenk unter eine Säge gehalten, nachdem er gestohlen hatte; es hatte schon so sehr geblutet, daß sie glaubten, er werde sterben.
Da der Gefängniswärter in der Nachbarschaft wohnt, verkehrt er freundschaftlich im Haus. Er ißt ab und zu die Suppe bei den Leuten unter uns, und sein Sohn und ich, wir sind Spielkameraden. Er nimmt mich manchmal ins Gefängnis mit, weil es da lustiger ist. Da sind viele Bäume; wir spielen und lachen, und da ist ein ganz Alter, der im Zuchthaus war und uns Kathedralen aus Korken und Nußschalen macht.
Zu Haus wird nie gelacht; mein Mutter ist immer finster. – Mein Gott! Wieviel unterhaltsamer es mit dem Alten ist und mit dem Großen, den sie den Wilddieb nennen, der auf dem Markt von Vivarais einen Gendarmen umgebracht hat!
Sie bekommen auch Blumen und verstecken sie auf der Brust. Als ich durchs Sprechzimmer ging, habe ich gesehen, daß sie sie von Frauen bekamen.
Andere haben Orangen und Kuchen, den ihre Mütter ihnen mitbringen, als ob sie noch ganz klein wären. Ich bin ganz klein, aber ich habe niemals Kuchen oder Orangen. Ich erinnere mich nicht, zu Haus je eine Blume gesehen zu haben. Mama sagt, das stört, und nach zwei Tagen stinkt es. Ich hatte mich neulich an einer Rose gestochen, da hat sie mich angeschrien: »Das geschieht dir recht!«

Ich muß immer lachen, wenn gebetet wird. Ich kann mich noch so sehr zusammennehmen! Ich bete zu Gott, bevor ich niederknie, und ich schwöre ihm, daß ich nicht etwa über ihn lache, aber sobald ich auf den Knien bin, geht es mit mir durch. Mein Onkel hat Warzen, die ihn jucken, er kratzt, er beißt an ihnen herum: ich platze heraus. – Meine Mutter bemerkt es glücklicherweise nicht immer; aber Gott, der alles sieht, was soll der sich denken?
Neulich habe ich allerdings nicht gelacht! Wir hatten zu

Haus zu Mittag gegessen, meine Tante aus Vourzac und meine beiden Onkel aus Farreyrolles waren da; wir waren gerade bei der *tarte*[1], als es plötzlich finster wurde. Uns war die ganze Zeit zum Ersticken warm gewesen, die Überröcke waren ausgezogen. Auf einmal hat der Donner gegrollt. Der Regen ist in Strömen heruntergekommen, dicke Tropfen fielen *platsch* in den Staub. Es wurde kalt wie im Keller, und es roch nach Pulver; auf der Straße brodelte der Graben wie Waschlauge, dann haben die Scheiben zu scheppern angefangen: es hagelte.

Meine Tanten und Onkel haben einander angesehen, und einer ist aufgestanden; er hat den Hut abgenommen und zu beten angefangen. Alle verharrten stehend und ohne Hut, Traurigkeit lag auf ihren jungen oder alten Stirnen. Sie beteten zu Gott, er möge nicht allzu grausam mit ihren Feldern umgehen und nicht mit seinen weißen Geschossen ihre Ernte in der Blüte töten.

Ein Hagelkorn ist in dem Moment, als sie *Amen* sagten, zum Fenster hereingeflogen und in ein Glas gesprungen.

Wir stammen vom Land.

Mein Vater ist der Sohn eines Bauern mit Hochmut, der wollte, daß sein Sohn studierte, *um Priester zu werden*. Dieser Sohn wurde zu einem Onkel gesteckt, der Pfarrer war, damit er Latein lernte, dann wurde er aufs Seminar geschickt.

Mein Vater – der, der mein Vater werden sollte – ist nicht dageblieben, er wollte Student werden, zu Ehren kommen, und hat sich in einer Kammer im Winkel einer trübseligen Straße eingenistet, von wo er am Tag losgeht und Nachhilfeunterricht für 10 Sous[2] die Stunde gibt, wohin er am Abend zurückkehrt und einer Bauerntochter, die meine Mutter werden wird, den Hof macht; im Moment erfüllt sie noch die Pflichten der ergebenen Nichte gegenüber einer kranken Tante.

[1] *tarte*: (frz.), kleine Mürbeteigtorte; meist mit Früchten belegt.
[2] *Sous*: 1 Sou = 5 Centimes, 20 Sous = 1 Franc, 20 Francs = 1 Louisdor.

Es gibt deswegen Krach mit dem Onkel, der Pfarrer ist, der Kirche wird Adieu gesagt; sie lieben sich, *sie einigen sich*, sie heiraten! Sie stehen im übrigen denkbar schlecht mit Vater und Mutter, die sie auf dem Amtswege angehen müssen, um diese Heirat in Not und Elend durchzusetzen.
Ich bin das erste Kind aus dieser gesegneten Verbindung. Ich komme in einem alten Holzbett zur Welt, in dem die Wanzen vom Dorf und die Flöhe aus dem Seminar sind.

Das Haus gehört einer fünfzigjährigen Dame, die nur zwei Zähne hat, einen braunen und einen blauen, und die andauernd lacht; sie ist gutmütig, und jeder hat sie gern. Ihr Mann ist beim Keltern in einem Bottich ertrunken, worüber ich viel grüble und was mich mit Angst vor Bottichen, aber mit Leidenschaft zum Wein erfüllt. Wenn Herr Garnier – das ist sein Name – sich daran zu Tode getrunken hat, muß das etwas Gutes sein. Frau Garnier trinkt jeden Sonntag von diesem Wein, der nach dem Mann schmeckt, den sie geliebt hat: die Schuhe des Toten stehen eigens auf einem Brett wie zwei leere Schoppen.
In dem Haus, in dem ich wohne, besäuft man sich nicht schlecht.
Ein Abbé, der auf unserm Stockwerk wohnt, steht vom Tisch nicht auf, ohne daß ihm die Augen aus dem Kopf quellen, daß ihm die Backen leuchten und die Ohren glühen. Das Schnaufen aus seinem Mund stinkt nach Faß, und seine Nase sieht aus wie eine gepellte Tomate. Sein Brevier riecht nach Fischragout mit Wein.
Sein Dienstmädchen, Fräulein Henriette, sieht er schräg an, wenn er gesoffen hat. Es wird manchmal über sie und ihn in den Ecken getuschelt.

Im zweiten Stock wohnt Herr Grélin. Er ist Feuerwehrleutnant, und an Fronleichnam hat er auf dem Marktplatz das Kommando. Herr Grélin ist Architekt, aber es heißt, er versteht nichts, »es ist seine Schuld, wenn die Place du Breuil immer überschwemmt ist, er kostet die Stadt 50 000 Francs, *und ohne seine Frau* …« Man erzählt wer weiß was

von seiner Frau. Sie ist freundlich, hat große dunkle Augen, kleine weiße Zähne und einen Hauch von Schnurrbart auf der Lippe; beim Laufen läßt sie immer den Rock flattern und die Absätze klappern.
Sie spricht wie die Leute im Süden, und manchmal machen wir sie aus Spaß nach.
Es heißt, sie hat ›Liebhaber‹. Ich weiß nicht, was das ist, aber was ich weiß, ist, daß sie lieb zu mir ist, daß sie mir im Vorbeigehen einen Klaps auf die Backe gibt, daß ich es mag, wenn sie mir einen Kuß gibt, denn sie riecht gut.
Es sieht so aus, als ob ihr die Leute im Haus aus dem Wege gehen, aber sie zeigen es nicht offen.
»Also Sie meinen, sie treibt es mit dem Gehilfen?«
»Aber ja! Und wie!«
»Nein sowas! Und der arme Grélin?«
Ab und zu höre ich das, meine Mutter mischt sich da mit Sprüchen ein, die ich nicht verstehe.
»Wir anständigen Frauen, wir verhungern. Und denen da wirft man Posten für ihre Männer nach, und Kleider für ihre Feste!«
Ist Frau Grélin nicht anständig? Was macht sie denn? Was ist los? Armer Grélin!
Aber Grélin ist anscheinend völlig zufrieden. Immerzu streicheln sie ihre Kinder und schenken ihnen Spielsachen; mir schenkt man nur Ohrfeigen, mir erzählt man nur von der Hölle, mir sagt man immerzu, daß ich zu laut schreie.
Ich wäre wirklich glücklicher, wenn ich der Sohn von Herrn Grélin wäre: Ja aber! Dann würde der Gehilfe zu uns kommen, wenn meine Mutter allein wäre … Mir wäre das ganz schön egal.
Im dritten Stock wohnt Frau Toullier: das ist eine anständige Frau!
Frau Toullier kommt mit ihrer Handarbeit zu uns, und meine Mutter und sie plaudern über die Leute von unten, über die Leute von oben und über die Leute aus Raphaël und Espailly. Frau Toullier schnupft, hat die Ohren voller Haare und Ballen an den Füßen; sie ist anständiger als Frau Grélin. Sie ist auch dümmer und häßlicher.

Welche Erinnerungen gibt es noch an meine frühe Kindheit? Ich erinnere mich, daß die Vögel im Winter vorm Fenster herumpicken; daß ich mir im Sommer in einem stinkenden Hof die Hosen dreckig mache; daß einer der Mieter hinten im Keller Puten mästet. Ich darf die Bällchen aus feuchtem Brot kneten, mit denen sie gestopft werden, bis sie fast ersticken. Es macht mir großen Spaß, wenn sie würgen und blau werden. Blau mag ich offenbar! Meine Mutter erscheint oft, zieht mich an den Ohren und ohrfeigt mich. Es geschieht zu meinem Besten; denn, je mehr Haare sie mir ausreißt, je mehr Katzenköpfe ich kriege, desto fester ist meine Überzeugung, daß sie eine gute Mutter ist und ich ein undankbares Kind bin. Undankbar, ja! Denn manchmal passiert es mir, daß ich sie nicht gerade segne, wenn ich mir abends die Beulen kratze, und daß ich Gott erst ganz am Ende meiner Gebete anflehe, ihre Gesundheit zu erhalten, damit sie über mich wacht und ihre liebevolle Fürsorge fortsetzt.

Ich bin groß, ich gehe zur Schule.
Sieh mal, die hübsche kleine Schule! Sieh mal! Die hübsche Straße! Wie ist sie an Markttagen lebendig!
Die wiehernden Pferde; die grunzenden herumlungernden Schweine, mit Stricken an den Beinen: die Hühner, die grell in den Käfigen gackern; die Bäuerinnen in grünen Schürzen, mit scharlachroten Röcken; die Schimmelkäse, die Frischkäse, die Körbe mit Obst, die rosa Radieschen, die grünen Kohlköpfe! ...
Nahe bei der Schule war ein Gasthaus, wo oft Heu abgeladen wurde. Ins Heu verbuddelten wir uns bis an die Augen, struppig und schwitzend kamen wir hervor, Halme, die wie Nadeln piekten, im Hals, im Rücken, an den Beinen! ...
Wir verloren unsere Bücher im Heuhaufen, unsere Frühstückskörbchen, den Gürtel, einen Holzpantoffel ... Alle Freuden eines Festes, alle Aufregungen einer Gefahr ... Was für Minuten!
Wenn ein Heuwagen vorbeifährt, ziehe ich den Hut und folge ihm.

II Die Familie

Zwei Tanten von seiten meiner Mutter, Tante Rosalie und Tatan Mariou. Die zweite heißt *Tatan*; warum, weiß ich nicht, vielleicht, weil sie liebevoller ist. Ich sehe noch ihr breites, weißes, sanftes Lachen in dem braunen Gesicht: sie ist mager und leidlich anmutig, eine Frau.

Meine Tante Rosalie, ihre ältere Schwester, ist gewaltig, vornüber gebeugt; sie sieht wie ein Kantor aus; sie hat Ähnlichkeit mit dem Vater Jauchard, dem Bäcker, der sonntags die Vespergesänge intoniert und bei der Prozession die Litanei anstimmt. Der *Mann* im Haus ist sie; ihr Gatte, mein Onkel Jean, zählt nicht; er begnügt sich damit, an einer kleinen Warze herumzupolken, die in seinem abgenutzten, müden, zerfurchten Gesicht als Schönheitsfleck auftritt. Später habe ich oft bemerkt, wieviele Bauern solche Gesichter haben, listig, ältlich, spitzig; sie haben Blut vom Theater oder vom Hof, das sich an Fest- und Komödientagen in die Scheune oder ins Gasthaus verirrt hat, sie riechen nach dem Schmierenkomödianten, dem Cidevant[1], oder dem alten Adligen, durch die Düfte von Schweinestall und Misthaufen hindurch. Von dekadentem Ursprung, bleiben sie auch am hellichten Tag zerbrechliche Schwächlinge.

Tatan Marious Mann, das ist ein Ochsenknecht! Ein schöner blonder Landarbeiter, fünf Fuß sieben Zoll, bartlos, aber mit leuchtenden Härchen auf dem Hals, einem runden, feisten, goldbraunen Hals; seine Haut ist strohfarben, er hat Augen wie Kornblumen und Lippen wie Klatschmohnblüten; sein Hemd ist immer halboffen, die Weste gelb gestreift, und der große Hut mit dem blauweißroten

[1] *Cidevant*: ci-devant (frz.), populärer Spottname für die französischen Adligen, die durch die Revolution ihre Privilegien verloren hatten.

Seidenband verläßt ihn nie. Auf Bildern von Malern, die ich gesehen habe, sahen Bauerngottheiten so aus.
Zwei Tanten von seiten meines Vaters.
Meine Tante Amélie ist stumm – dabei geschwätzig, geschwätzig! Ihre Augen, ihre Stirn, die Lippen, die Hände, die Füße, ihre Nerven, ihre Muskeln, ihr Fleisch, ihre Haut, alles an ihr ist in Bewegung, plappert, fragt, antwortet; sie fällt mit Fragen über dich her, fordert Antworten; ihre Pupillen weiten sich und erlöschen wieder; die Wangen blähen sich auf und fallen ein; ihre Nase hopst! Sie faßt dich hier an, da, behutsam, schroff, nachdenklich, wild; es gibt kein Mittel, die Unterhaltung zu beenden. Du mußt bleiben, auf jedes Zeichen ein Zeichen finden, auf jede Geste eine Geste, Antworten haben, Geistesgegenwart, erst in den Himmel, dann in den Keller gucken, ihre Gedanken erwischen, so gut du kannst, am Kopf oder am Schwanz, mit einem Wort, dich ganz und gar ausliefern; während du den Gevatterinnen, die sprechen können, nur dein Ohr zu leihen brauchst: nichts ist so geschwätzig wie eine Taubstumme.
Armes Mädchen! Sie hat niemanden zum Heiraten gefunden. Das war klar, und mit Mühe lebt sie vom Ertrag ihrer Handarbeit; nicht, daß sie Entbehrungen litte, um ehrlich zu sein, aber die arme Tante Amélie ist eitel!
Man muß ihr Gebrummel hören, ihre Bewegungen sehen, ihren Augen folgen, wenn sie eine Haube oder ein Halstuch probiert. Sie hat Geschmack: mit sicherem Instinkt steckt sie eine Rose hinter ihr totes Ohr und wählt die Farbe für das Band, das auf ihrem Mieder prangen soll, nahe am Herzen, das sprechen möchte ...

Großtante Agnès.
Sie wird ›Betschwester‹ genannt.
Diesen Namen hängt man vielen alten Mädchen an.
»Mama, was heißt das, eine Betschwester?«
Meine Mutter sucht nach einer Erklärung und findet keine; sie spricht von Sich-der-Jungfrau-weihen und Unschuldsgelübden.

»Die Unschuld. Meine Tante Agnès stellt die Unschuld dar? So ist das also, die Unschuld!«

Sie ist gut siebzig Jahre alt, und wahrscheinlich hat sie weiße Haare; ich weiß es nicht, niemand weiß es, denn sie trägt immer eine schwarze Haube, die ihr wie ein Heftpflaster am Schädel klebt; ihr Bart ist zum Beispiel grau, sie hat ein Büschel Härchen hier und eine gekräuselte Strähne dort, und überall hat sie Warzen wie Johannisbeeren, sie sehen aus, als ob sie auf ihrem Gesicht gären.

Um es besser zu beschreiben: von oben erinnert ihr Kopf wegen der schwarzen Haube an eine verbrannte Kartoffel und von unten an eine Kartoffel, die keimt: neulich morgen habe ich so eine unter dem Ofen gefunden, aufgequollen und lila, die ähnelte Tante Agnès wie ein Tropfen Wasser dem andern.

›Unschuldsgelübde‹.

Meine Mutter macht ihre Sache so gut und erklärt so schlecht, daß ich zu glauben anfange, Betschwester sein ist etwas Anstößiges, daß denen etwas fehlt, oder daß sie etwas zu viel haben.

Betschwester?

Vier ›Betschwestern‹ leben zusammen – nicht alle mit feuerfarbenen Warzen auf ihrer aschfarbenen Haut, wie Großtante Agnès, die eitel ist, aber alle mit einem Sproß Schnurrbart oder einem Stück Backenbart oder ein bißchen Koteletten, und der unvermeidlichen Haube, dem schwarzen Pflaster!

Ich werde von Zeit zu Zeit hingeschickt.

Sie wohnen am Ende einer verlassenen Straße, wo das Gras wächst.

Großtante Agnès ist meine Patentante, und sie vergöttert ihren Patensohn.

Sie will mich zum Erben machen, mir hinterlassen, was sie besitzt – hoffentlich nicht ihre Haube.

Es scheint so, als ob sie ein paar alte Sous in einem alten Strumpf aufbewahrt, und wenn von einer Nachbarin die Rede ist, bei der man auf dem Grund eines Buttertopfes

einen Beutel mit Goldstücken gefunden hat, lacht sie in ihren Bart.
Ich unterhalte mich nicht übermäßig bei ihr, beim Warten darauf, daß ihr Buttertopf gefunden wird!
In dem großen Zimmer ist es dunkel, es ist eine Art Dachboden, von Balken gestützt, die wie alte Korken aussehen, so zerlöchert und verschimmelt sind sie!
Das Fenster geht auf einen Hof hinaus, von wo der Gestank von gekochtem Schlamm heraufsteigt.

Nur die Bettvorhänge gefallen mir – sie genügen zu meiner Zerstreuung; es gibt Männchen zu sehen, Hunde, Bäume, ein Schwein; alles ist mit Violett auf den Stoff gemalt, das gleiche Motiv wiederholt sich hundertmal. Aber es macht mir Spaß, sie von allen Seiten zu betrachten, und vor allem, wenn ich den Kopf zwischen die Beine stecke und dann gucke, sehe ich alle möglichen Dinge auf den Vorhängen meiner Tante.
Die Jagd – das Motiv – erscheint mir in allen Farben. Unglaublich! Das Blut steigt mir ins Gesicht herunter; mein Hirn ist wie ein hohles Faß: jetzt kommt der Schlaganfall! Ich muß meinen Kopf an den Haaren zurückziehen, um mich wieder aufzurichten und ihn wieder gerade hinzusetzen wie eine geleerte Flasche.
An allen Ecken und Enden wird gebetet: *Amen! Amen!* Vor dem Kohlrabi und nach dem Ei.
Kohlrabi bildet die Grundlage für das Mittagessen, das man mir anbietet, wenn ich Tante Agnès besuche; sie geben mir einen roh und einen gekocht.
Den rohen schabe ich, er schäumt unter dem Messer, und auf der Zunge liegt ein Geschmack von Nüssen und Schnee.
Mit weniger Vergnügen beiße ich in den, der in der Glut des Fußwärmebeckens geschmort hat, das die Tante immer zwischen den Beinen hat, das unentbehrliche Möbel aller Betschwestern. Acht Betschwesternbeine: vier Fußwärmebecken – die im Sommer als Schachteln für Nähzeug dienen und in deren Glut sie im Winter mit Schlüsseln herumstochern.

Manchmal gibt es ein Ei.
Dieses Ei wird wie ein Lotterielos aus einem Beutel gezogen, und es wird gekocht, das Unglückselige! Es ist ein wahrhaftes Verbrechen, ein *Hahnenmord*, denn immer ist ein kleines Huhn drin.
Ich esse diesen Fötus mit Dankbarkeit, denn es wird mir gesagt, daß nicht jeder so etwas ißt, daß ich eine seltene Vergünstigung genieße, aber begeistert bin ich nicht, denn ich mache mir nichts aus feuchtem Abortus und Löffelhuhn.

Im Winter arbeiten die Betschwestern *bei Kugellicht*: zwischen vier mit Wasser gefüllte Glasglocken setzen sie eine Kerze, wodurch ein weißer, kurzer, harter Lichtschein entsteht, in dem goldene Reflexe spielen.
Im Sommer tragen sie Stühle auf die Straße, direkt vor die Türschwelle, und die *Klöppelsäcke* legen los.
Der Klöppelsack ist mit seinen grünen Bändern und rosa Schleifen, seinen Perlknopfnadeln, mit den Fäden, die wie Silberstreifen über einem Blumenstrauß aussehen, mit der Atmosphäre von reichen Geweben und den geschwätzigen Klöppeln eine kleine Welt voller Leben und Fröhlichkeit.
Man muß ihn an warmen Tagen auf den Knien der Klöpplerinnen plappern hören, in den Betschwesternstraßen, auf der Schwelle stummer Häuser. Ein Lärm wie von einem Bienenstock oder einem Bach, sobald nur fünf oder sechs arbeiten – dann, wenn es Mittag schlägt, wird es still!...
Die Finger halten an, die Lippen bewegen sich, das kurze Engelsgebet wird gesprochen. Wenn die, die es spricht, fertig ist, antworten alle melancholisch: *Amen!*
Und die Klöppelsäcke machen sich wieder ans Schwätzen...

Mein Onkel Joseph, mein *Tonton*, wie ich sage, ist ein Bauer, der es zum Handwerker gebracht hat. Er ist fünfundzwanzig Jahre alt, und er ist stark wie ein Ochse; er ähnelt einem Leierkastenmann; braune Haut, große Augen, breiter Mund, schöne Zähne, pechschwarzer Bart, ein

Gestrüpp von Haaren, ein Seemannsnacken, riesige Hände, mit Warzen bedeckt – den berühmten Warzen, an denen er beim Beten herumkratzt!
Er ist *Zunftgeselle*, er hat einen großen Stock mit langen Bändern, und er nimmt mich manchmal mit zur Mutter der Tischler. Hier wird getrunken, gesungen, man liefert sich Kraftproben; er greift mich beim Gürtel, wirft mich in die Luft, kriegt mich wieder zu fassen und wirft mich wieder hoch. Es macht mir Spaß und Angst! Dann klettere ich den Gesellen aufs Knie; ich berühre ihre Zollstöcke und Zirkel, ich koste vom Wein, der mir übel werden läßt, ich stoße mich an einem *Meisterstück*, ich werfe Planken um, ich steche mir an ihren Vatermördern die Augen aus, ihre Ohrgehänge kratzen mich. Sie tragen Ohrgehänge.
»Jacques, gefällt's dir bei den ›Studierherren‹ besser als bei uns?«
»Nein! Überhaupt nicht!«
›Studierherren‹ nennt er die Erzieher, Lehrer und Lehrmeister für Lateinkram oder Zeichnen, die manchmal ins Haus kommen und unentwegt vom Gymnasium reden; an so einem Tag wird mir feierlich befohlen, brav zu sein, es wird mir verboten, die Ellbogen auf den Tisch zu legen, ich soll nicht mit den Füßen scharren, und ich habe das Fette von denen zu essen, die es nicht mögen! Die Studierherren öden mich an, und ich bin froh, wenn ich bei den Tischlern bin!
Ich schlafe neben Tonton Joseph, und er schläft niemals ein, ohne mir Geschichten erzählt zu haben – er ist voll davon –, danach trommelt er mit den Händen auf dem Bauch den Zapfenstreich. Am Morgen bringt er mir Boxen bei, er macht sich ganz klein und präsentiert mir seine mächtige Brust zum Draufhauen; ich versuche auch, mit den Füßen zu treten und falle fast immer hin.
Wenn es wehtut, weine ich nicht, damit meine Mutter nicht kommt.
Er geht morgens weg und kommt abends zurück.
Wie ich auf ihn warte! Ich zähle die Stunden, bis er nach Hause kommen muß.

Nach der Suppe trägt er mich auf den Armen weg und nimmt mich, bis alle schlafen gehen, in die kleine Werkstatt mit, die er unten hat und in der er abends auf eigene Rechnung arbeitet, er singt dabei Lieder, die mir gefallen, und er wirft mir Späne ins Gesicht; ich darf die Kerze putzen und mit den Fingern im Firnis plantschen.
Manchmal kommen Kameraden, um mit ihm, die Hände in den Taschen und die Schulter an die Tür gelehnt, zu plaudern. Sie sind freundlich zu mir, und mein Onkel ist mächtig stolz: »Der weiß schon viel, der Bursche! – Jacques, sag uns deine Fabel auf!«

Eines Tages ging Onkel Joseph weg.
Das war eine traurige Geschichte!
Frau Garnier, die Witwe des Säufers, der sich im Bottich ertränkt hat, hatte eine Nichte, die sie nach der Bottichkatastrophe aus Bordeaux kommen ließ.
Eine stattliche Brünette, mit riesigen Augen, schwarzen, ganz schwarzen, brennenden Augen; sie spielt mit ihnen wie ich im Unterricht mit einem Spiegelscherben, wenn ich Lichtflecken tanzen lasse; sie rollen in die Ecken, dann zum Himmel und nehmen dich mit.
Wahrscheinlich verliebte ich mich wahnsinnig in sie. Ich sage ›wahrscheinlich‹, denn ich erinnere mich nur an eine Szene voll Leidenschaft und fürchterlicher Eifersucht.
Und auf wen?
Ausgerechnet auf Onkel Joseph, der Fräulein Célina Garnier den Hof gemacht, sich ich weiß nicht wie an sie herangeschlichen hatte, schließlich um ihre Hand anhielt und sie heiratete.
Liebte sie ihn?
Ich kann heute auf diese Frage nicht antworten. Heute ist die Vernunft wiedergekehrt, und der Schnee der Zeit hat sich auf die aufgewühlten Gefühle gelegt. Aber damals – an dem Tag, an dem Fräulein Célina heiratete, war ich blind vor Leidenschaft.
Sie wurde die Frau eines andern!
Mich lehnte sie ab, der ich es so ehrlich meinte. Ich kannte

den Unterschied, den es zwischen einer Dame und einem Herrn gibt, noch nicht, ich glaubte, die Kinder wachsen unter den Kohlköpfen[1].

Wenn ich im Gemüsegarten war, schaute ich immer mal nach; ich spazierte zwischen den Kohlköpfen herum, in der Hoffnung, auf diese Weise vielleicht Vater zu werden...

Aber dennoch erzitterte ich, wenn meine Tante mir die Wangen tätschelte und in ihrem bordelaiser Dialekt mit mir sprach. Wenn sie mich auf eine bestimmte Art ansah, drehte sich mir das Herz um, wie an dem Tag, an dem ich auf dem Breuil in die Jahrmarktsschaukel geklettert war.

Ich war schon so groß, *zehn Jahre*. Und das habe ich ihr gesagt:

»Heirate den Onkel Joseph nicht! Es dauert nicht mehr lange, dann bin ich ein Mann: warte auf mich, schwör mir, daß du auf mich wartest! Stimmt's, ihr macht nur Spaß mit der Hochzeit heute?«

Sie machten ganz und gar keinen Spaß; sie wurden unzweifelhaft getraut, und sie gingen beide fort.

Ich sah sie verschwinden.

Ich lauerte voll Eifersucht. Ich hörte, wie der Schlüssel sich drehte.

Dieser Schlüssel drehte mir das Herz um! Ich horchte, spionierte. Nichts! Nichts! Ich fühlte, daß ich verloren war.

Ich kehrte in den Festsaal zurück und *ich trank, um zu vergessen*.

Von da an habe ich Onkel Joseph nicht mehr ins Gesicht zu sehen gewagt. Trotzdem machte er, als er uns am Abend vor seiner Abreise nach Bordeaux besuchte, nicht die leiseste Anspielung auf unsere Rivalenschaft und sagte mir als zärtlicher Onkel, nicht als rachelüsterner Gatte auf Wiedersehen!

Da ist noch meine Cousine Apollonie; sie wird Polonie genannt.

[1] *Kinder unter Kohlköpfen:* entspricht in Frankreich unserer Geschichte vom Klapperstorch.

Auf so einen Namen haben diese Bauern ihre Tochter getauft! Liebe Cousine! Lang und träge, mit hellblauen Augen und langen kastanienbraunen Haaren und Schultern wie Schnee; ein straffer Hals, von einem leuchtend schwarzen Samtband mit einem Goldkreuz unterbrochen; ein sanftes Lächeln und eine schleppende Stimme, sie wird rosig, sobald sie lacht, und rot, sobald jemand sie ansieht. Wenn sie sich anzieht, verschlinge ich sie mit den Augen – ich weiß nicht, warum – und ich empfinde alles mögliche, wenn ich zuschaue, wie sie mit den Zähnen ihr herunterfallendes Hemd festhält und es auf ihre runde Schulter zurückschiebt. Sie schläft manchmal in unserem kleinen Zimmer, damit sie die erste auf dem Markt ist, mit ihren Butterblöcken, die fest und weiß sind wie das gemodelte Fleisch ihrer Brüste. Um die Butter von Polonie reißen sich die Leute.

Manchmal kommt sie und kitzelt mich am Hals, oder sie piekst mich mit ihren langen Fingern in die Seiten. Sie lacht, streichelt, küßt mich; ich drücke sie zur Verteidigung, und einmal habe ich sie gebissen; ich wollte sie nicht beißen, aber es war zu verführerisch, die Zähne zu blecken, ihr Fleisch roch nach Himbeeren ... Sie hat aufgeschrien: Kleines Biest! und mir einen etwas derben Klaps auf die Backe gegeben; ich meinte, ich würde ohnmächtig und habe zur Antwort geseufzt; meine Brust zog sich zusammen, und meine Augen schwammen.

Sie hat mich losgelassen und sich wieder ins Bett geworfen und hat gesagt, es sei ihr kalt geworden. Von hinten sieht sie wie das weiße Fohlen aus, auf dem der Kleine vom Präfekten reitet.

Ich habe bei den Schularbeiten immer an sie gedacht.

Manchmal sehe ich sie lange nicht, sie versorgt das Haus auf dem Dorf, dann kommt sie plötzlich eines Morgens an wie ein Windstoß.

»Ich bin's«, sagt sie, »ich hol dich ab und nehme dich mit zu uns! Wenn du willst!«

Sie küßt mich! Ich reibe mein Schnäuzchen an ihren rosi-

gen Wangen, ich tauche es in ihren weißen Hals, schnüffle an ihrer blaugeäderten Kehle!
Immer riecht sie nach Himbeeren.
Sie schüttelt mich ab, und ich laufe meine Siebensachen zusammensuchen und das Hemd wechseln.
Ich binde einen grünen Schlips um und mopse meiner Mutter Pomade, damit ich auch gut rieche, damit sie ihren Kopf auf mein Haar legt!
Mein Bündel ist fertig, ich bin beschlipst und eingeschmiert; aber im Spiegel finde ich mich gräßlich, und ich zerstrubble mein Haar wieder! Den Schlips stopfe ich in die Tasche, und mit offenem Kragen und schiefer Mütze hole ich mir noch einen Kuß. Es hat gekitzelt, ich habe es ihr nicht gesagt.

Der Stalljunge hat dem Pferd einen Klaps auf den Hintern gegeben, einem gelben Pferd mit Haarbüscheln über den Hufen; es gehört Tatan Mariou und wird bestiegen, wenn zuviel Butter zu tragen und zuviel Schimmelkäse zu verkaufen sind. Das Pferd geht im Paßschritt klapp, klapp, klapp, klapp, klapp, klapp! immer geradezu; man könnte meinen, sein Hals müßte brechen, und die moosfarbene Mähne fällt schwer über seine Augen, die an Hammelherzen erinnern.
Die Tante oder die Cousine steigen wie Männer auf; meine Tante hat dürre Waden wie schwarze Klöppel, die Waden meiner Cousine dagegen sind prall und sanft in den weißen Wollstrümpfen.
Hü also! Ho, ho!
Jean zäumt das Pferd auf und führt es vor; es hat seinen Hafer gehabt, wiehert, zieht die Lefzen hoch und zeigt seine gelben Zähne.
Jetzt ist es gesattelt.
»Reicht mir den Jacquinou herauf«, sagt Polonie, nachdem sie umständlich ihren Barchentrock über die Knie gezogen und ihr blankes Fleisch auf dem glänzenden Sattel zurechtgesetzt hat. Sie hilft mir, hinter ihr aufzusteigen.
Da bin ich!

Dann aber merken wir, daß ich meine in einen Lappen zusammengerollte Sachen auf dem Gasthaustisch vergessen habe, zwischen Weinlachen und Fliegen.
Sie werden gebracht.
»Jean, machen Sie sie fest. Mein kleiner Jacquinou, leg deine Arme um meine Taille und drück mich fest.«
Das arme Pferd ist nur dünn bestrickt und hat harte Knochen; aber ich beherzige bei der Gelegenheit, wie wahr die Fabel spricht, die wir immer aufsagen müssen.
Was Gott tut, das ist wohlgetan.
Meine Mutter hat mit ihrem Prügeln meine Haut abgehärtet und gegerbt.
»Drück, sag ich dir! Drück mich fester!«
Und ich drücke sie unter ihrem bemalten Tuch, das mit Blümchen wie mit goldenen Maikäfern bestreut ist, ich fühle die Wärme ihrer Haut, ich presse meine Hände an ihr sanftes Fleisch. Es kommt mir so vor, als ob dieses Fleisch sich über meinen Fingern wieder schließt, und vorhin, als sie den Kopf hergewendet und mich mit geöffneten Lippen und geblähtem Hals angesehen hat, ist mir das Blut in den Schädel gestiegen und hat mir die Haare gesotten.
In der Rue Saint-Jean habe ich meine Arme etwas gelockert. Hier werden die Viehherden hindurchgetrieben, und wir ritten Schritt. Ich war ungeheuer stolz. Ich stellte mir vor, wie alle mich sahen und mimte den Pferdekenner: ich drehte mich auf dem Hinterteil des Pferdes um und stützte mich auf die flache Hand, ich drückte dem Pferd die Absätze in die Schenkel und schrie hü! wie ein Roßhändler.
Wir haben die Vorstadt durchquert, den letzten Sattler hinter uns gelassen.
Wir sind in Espailly!
Es gibt keine Häuser mehr, außer einigen wenigen in den Feldern; Blüten klettern an den Mauern hoch, wie Rosenknöpfe über ein weißes Kleid; ein Weinberg und unten der Fluß, der sich wie eine Schlange unter den Bäumen hinzieht, eingefaßt von gelbem Sand, feiner als Schlagsahne

und gespickt mit Kieseln, die wie Diamanten aufflammen.
Ganz hinten die Berge. Ihre dunklen, vom Haarkleid der Tannen begrünten Buckel schneiden in den blauen Himmel, in dem Wolken wie Seidenflocken umherziehen; ein Vogel, bestimmt irgendein Adler, hatte einen großen Flügelschlag getan und hing in der Luft wie ein Ball am Ende einer Schnur.
Immer werde ich mich an die dunklen Wälder erinnern, den flackernden Fluß, die laue Luft und den großen Adler …
Ich hatte vergessen, daß ich mit klopfendem Herzen an Polonies Rücken hing. Sie selbst schien nichts zu denken, ich erinnere mich an kein Geräusch außer dem Schritt des Pferdes und dem Blöken einer Kuh …

III Das eine Gymnasium

Das Gymnasium. – Wie alle Gymnasien und alle Gefängnisse lag es in einer finsteren Straße, die aber nicht weit vom Martouret entfernt war, dem Martouret, unserm großen Platz, auf dem das Rathaus, der Obstmarkt, der Blumenmarkt, der Treffpunkt aller Rotzjungen und die ganze Fröhlichkeit der Stadt waren. Und dann, am Ende der Straße, da war was los, da waren Kneipen, die ›Spunde‹, wie sie hießen, vor denen Äste oder Zweigbündel als Wahrzeichen hingen. Aus diesen Spundlöchern kam Lärm von Streitereien und ein Weingeruch, der mir zu Kopfe stieg, meine Sinne verwirrte und mich froh und stärker machte.

Dieser Weingeruch! – Der wunderbare Duft der Keller! – Noch heute flattert mir die Nase davon und bläht sich die Brust.

Die Trinker krakeelten; anscheinend lebten sie ohne Sorgen drauflos, sie hatten Bänder an ihren Peitschen und trugen reich verzierte Hemden – sie brüllten und besiegelten fluchend durch Handschlag ihre Verkäufe von Schweinen oder Kühen.

Und wieder knallt ein Korken und dröhnt ein Lachen, die Flaschenbäuche prosten einander in den Fingern des Wirts zu! Die Sonne wirft Gold durch die Fenster, zündet hier einen Westenknopf an, brät dort einen Schwarm Fliegen in der Ecke. Die Kneipe johlt, stinkt, raucht und brodelt.

Zwei Minuten entfernt schimmelt das Gymnasium vor sich hin, schwitzt Stumpfsinn aus und stinkt nach Tinte; wer hineingeht und wer herauskommt, der dämpft seinen Blick, seine Stimme, seinen Schritt, um die Disziplin nicht zu verletzen, um die Stille nicht zu trüben, um das Studium nicht zu stören. Was für ein abgestandener Mief! . . .

Fräulein Balandreau bringt mich hin. – Meine Mutter ist leidend. – Vor dem Weggehen wird mein Frühstück fertig gemacht, und ich verschwinde da drin bis acht Uhr abends. Dann kommt Fräulein Balandreau wieder und bringt mich zurück. Manchmal ist mir das Herz sehr schwer, ich erzähle ihr schluchzend von meinem Kummer.

Mein Vater beaufsichtigt den ersten Arbeitsraum, den mit den Mathematik-, Rhetorik- und Philosophie-Schülern. Er ist nicht beliebt, er hat den Ruf, ein *scharfer Hund* zu sein.
Er hat vom Direktor die Erlaubnis erhalten, mich bei sich im Arbeitsraum zu behalten, neben seinem Stuhl, und da sitze ich und büffle an meinen Aufgaben, während er seine Universitätsprüfung vorbereitet.
Es war unrecht von ihm, mich mit sich zu nehmen. Die Großen sind nicht besonders boshaft mir gegenüber; sie sehen ja, wie verschüchtert, ängstlich und ergeben ich bin; sie sagen nichts zu mir, das mich kränken könnte, aber ich höre wie sie über meinen Vater sprechen, was für Namen sie ihm anhängen. Sie machen sich über seine große Nase lustig, über seinen alten Mantel, sie machen ihn in meinen Kinderaugen lächerlich, und ich leide, ohne daß er es weiß.
Er fährt manchmal derb auf mich los.
»Was hast du? Wie ein Trottel guckt er in die Welt!« Aber ich habe gerade gehört, wie sie ihn beleidigt haben und würge an einem dicken Seufzer und einer bitteren Träne.
Während der Abendstudien schickt er mich oft zu einem der andern Hilfslehrer, der jenseits des Hofes sitzt, ganz da hinten ... ich soll um ein Buch bitten oder eine Nachricht überbringen. Es ist dunkel, der Wind heult! Manchmal muß ich durch mehrere Treppenhäuser steigen, einen langen Korridor entlanggehen, über dunkle Treppen klettern; in den Ecken verstecken sich welche, um mich zu ängstigen. Ich spiele den Helden, aber wohl ist mir erst wieder, wenn ich in den Arbeitssaal zurückkehre, wo man fast erstickt.
Hier bleibe ich manchmal ganz allein sitzen, wenn Fräu-

lein Balandreau zu spät kommt. Die Schüler sind zum Abendessen gegangen, mein Vater hat sie hingeführt.

Dann wird mir die Zeit ganz schön lang! Alles ist leer, stumm; wenn überhaupt einer kommt, dann der Lampenanzünder. Er mag meinen Vater auch nicht, warum weiß ich nicht: ein Alter mit einem Grützbeutel, einer Lederkappe und einer grauen Jacke, wie Gefangene sie tragen. Er stinkt nach Öl, murmelt andauernd etwas zwischen den Zähnen, sieht mit harten Augen zu mir herüber, zieht grob, ohne Vorwarnung meinen Stuhl unter mir weg, stellt seine Öllampe auf meine Hefte, wirft mein Mäntelchen auf den Boden, schubst mich beiseite wie einen Hund und geht wortlos davon. Ich sage auch nichts, und ich spreche auch nicht, wenn mein Vater wiederkommt. Ich habe gelernt, daß man nicht ›petzen‹ darf. Ich tue es nicht, ich werde es im Laufe meiner langen Gymnasiasten-Existenz niemals tun und mir auf diese Weise so manche Quälerei von seiten der Lehrer einbrocken.
Ich möchte aber auch nicht, daß mein Vater sich grämt, weil man mir mitgespielt hat, ich sage ihm nicht, daß ich mißhandelt werde, damit er meinetwegen keinen Streit anfängt. So klein ich bin, habe ich das Gefühl, eine Pflicht erfüllen zu müssen, ich bin sensibel genug, um zu verstehen, daß ich der Sohn eines Galeerensklaven, schlimmer als das, eines Zuchthausaufsehers bin! Und ich ertrage die Rohheit des Lampenanzünders.
Ich höre die Sticheleien gegen meinen Vater, ohne zu zeigen, daß ich sie verstanden habe; das ist hart für einen zehnjährigen Jungen.

Es ist vorgekommen, daß ich furchtbaren Hunger hatte, wenn man mich an einigen Abenden allzu spät abholte. Der Speisesaal schickte Bratendüfte herüber, ich hörte das Klappern der Gabeln über den Hof.
Wie habe ich Fräulein Balandreau verflucht, daß sie nicht kam!
Ich habe später erfahren, daß sie zurückgehalten wurde;

meine Mutter hatte meinem Vater klargemacht, daß er, wenn er kein Waschlappen wäre, mir die Reste seines eigenen Essens oder einen Nachschlag, um den er bitten müßte, als Nachtmahl beschaffen könnte.
Wenn sie an seiner Stelle wäre, liefe das ganze längst. Er brauchte das Zeug nur in Papier einzuwickeln. Sie könnte ihm auch eine Schachtel mitgeben, wenn er wollte.
Mein Vater hat ihr immer widerstanden – der arme Mann. Die Angst, gesehen zu werden! Der Hohn, wenn man ihn überraschte – die Schande! Meine Mutter hat ab und zu versucht, ihn unter Druck zu setzen, indem sie mich in seinem Arbeitssaal zur Essenszeit hungern ließ. Er gab nicht nach, er zog es vor, daß ich ein bißchen litt, und er hatte recht.
Ich erinnere mich aber an ein einziges Mal, da hat er sich aus dem Speisesaal gestohlen, um mir ein kleines paniertes Kotelett zu bringen, er zog es aus einem Aufsatzheft, in dem er es versteckt hatte: er wirkte völlig verwirrt und lief aufgeregt zurück! Ich sehe die Stelle noch vor mir, ich erinnere mich an die Farbe des Heftes, und ich habe später meinem Vater manches Unrecht verziehen im Gedanken an dieses Kotelett, das er eines Abends im Gymnasium zu Le Puy für seinen Sohn stibitzt hat...

Der Direktor heißt Hennequin – er ist in Ungnade gefallen und in das Nest Le Puy versetzt worden.
Er hat ein Buch geschrieben: *Oscars Ferien*.
Es wird als Examenspreis vergeben, und nach allem, was ich habe sagen hören, nach dem, was ich über Leute, die Autoren sind, gelesen habe, empfinde ich eine tiefe Ehrfurcht, eine stumme Bewunderung für den Autor von *Oscars Ferien*, der in unserer kleinen Stadt Direktor zu sein geruht, Direktor meines Vaters, der meine Mutter grüßt, wenn er ihr begegnet.
Ich habe *Oscars Ferien* verschlungen.
Ich sehe den grünkartonierten Band noch vor mir, in einem marmorierten Grün, das unter dem Daumen abblätterte und einem an den Händen kleben blieb, mit einem weißen

Lederrücken, es öffnete sich schlecht, war auf holzigem Papier gedruckt. Und wenn schon! Von diesen Seiten, von diesem jammervollen Buch fällt ein Hauch von Frische in meine Erinnerungen, wann immer ich daran denke!
Die Geschichte eines Fischfangs habe ich niemals vergessen. Ein weites Netz glitzert in der Sonne, Wassertropfen rollen wie Perlen, die Fische zappeln in den Maschen, zwei Fischer stehen bis zum Gürtel im Wasser, der Kühle des Flusses ausgesetzt.
Er hat es verstanden, dieser Hennequin, dieser verkrachte Direktor, dieser Barde des kleinen Oscar, das weite Netz über eine ganze Buchseite schleifen und den Fluß durch das Kapitel strömen zu lassen . . .

Der Philosophielehrer – Herr Beliben – klein, schmächtig, Kopf so groß wie eine Faust, drei Haare, essigdünne Stimme.
Er bewies gern die Existenz Gottes, aber wenn jemandem ein Argument entschlüpfte, auch eins in seinem Sinne, gab er zu erkennen, daß er sich gestört fühlte, er brauchte den ganzen Tisch, wie für eine Patience. Er bewies die Existenz Gottes mit kleinen Holzstückchen und Bohnen.
»Hier setzen wir eine Bohne her, so! – Dort ein Streichholz. – Ein Streichholz, Frau Vingtras? – Und nun, da ich hier die Laster, dort die Tugenden des Menschen angeordnet habe, komme ich zu den FÄHIGKEITEN DER SEELE.«
Wer nicht auf dem Laufenden war, sah zur Tür, ob jemand hereinkäme, oder auf seine Tasche, um zu sehen, ob er etwas hervorholen würde. Die Fähigkeiten der Seele, das hatte Größe, das war vom Feinsten! Meine Mutter war geschmeichelt.
»Da sind sie!«
Alle drehten sich unwillkürlich noch einmal um, um die Damen zu begrüßen, aber Beliben nahm dich beim Mantelknopf und klopfte ungeduldig auf den Tisch. Er bat um Aufmerksamkeit. Zum Teufel! Sollte er nun die Existenz Gottes beweisen, ja oder nein!

»Mir ist das egal, und Ihnen?« sagte mein Onkel Joseph zu seinem Nachbarn, der *pst* machte und den Hals reckte, um besser zu sehen.
Mein Onkel steckte gemächlich die Hände wieder in die Taschen und sah den Fliegen zu.
Aber der Lehrer vom lieben Gott wünschte auch meinen Onkel für sich zu gewinnen und führte ihn zum Thema zurück, indem er ihn bei seiner Eigenliebe griff, sich in seine Berufsehre krallte.
»Chadenas, Sie sind Tischler, Sie wissen, daß man mit dem Zirkel ...«
Er mußte zum Schluß kommen: der kleine Mann rückte schließlich seinen Stuhl nach hinten, streckte eine Hand aus, deutete auf eine Ecke des Tisches und sagte: »DA IST GOTT.«
Man sah wieder hin, alle drängelten, um besser zu sehen: Alle Bohnen lagen zusammen mit den Streichhölzern und Korkstückchen und anderem kleinen Dreck, der zur Demonstration des *Höchsten Wesens* beigetragen hatte, in einer Ecke.
Anscheinend laufen die Tugenden, die Laster und die Fähigkeiten der Seele *schick-sal-haft* auf diesem Häufchen da zusammen. Alle Bohnen sind da. Also existiert Gott. Q.E.D.[1]

[1] *Q.E.D.:* quod erat demonstrandum (lat.) = was zu beweisen war; mit diesem Satz werden in der Logik und in der Mathematik Beweise abgeschlossen.

IV Die Kleinstadt

Das Tor von Pannesac.
Aus Stein ist dieses Tor, mein Vater hat sogar gesagt, daß ich mir eine Vorstellung von römischen Monumenten machen kann, wenn ich es betrachte.
Am Anfang empfinde ich eine Art Ehrfurcht; dann langweilt es mich: ich entwickle allmählich eine Abneigung gegen römische Monumente.
Aber die Straße! ... Sie riecht nach Korn und Getreide.
Der gestapelte Weizen entlang den Mauern gerät oft ins Rutschen, wie Schlafende fallen die Säcke übereinander. Feiner Mehlstaub hängt in der Luft, und der Lärm von fröhlichen Märkten. Hierher kommen die Bäcker und die Müller, die unser Brot bereiten, um einzukaufen.

Ich habe Hochachtung vor Brot.
Einmal habe ich eine Kruste weggeworfen, mein Vater hat sie aufgehoben. Er hat mich nicht hart angefahren, wie er es sonst immer tut.
»Mein Kind«, hat er gesagt, »Brot darf man nicht fortwerfen, es wird schwer verdient. Wir haben nicht gerade zuviel, aber wenn wir zuviel hätten, müßten wir es den Armen geben. Vielleicht fehlt es dir eines Tages, dann wirst du seinen Wert kennenlernen. Beherzige immer, was ich dir da sage, mein Kind!«
Ich habe es nie vergessen.
Die Belehrung, die man mir vielleicht zum ersten Mal in meinem kurzen Leben ohne Wut, aber mit Würde erteilte, drang tief in meine Seele; und seitdem habe ich Hochachtung vor Brot.
Die reifenden Kornfelder waren mir heilig, ich habe niemals einen Halm geknickt, um eine Mohnblüte oder eine Kornblume zu pflücken; nie habe ich die Brotblüte auf dem Stengel getötet!

Auch was er über die Armen gesagt hat, hat mich ergriffen, und vielleicht verdanke ich es seinen schlichten Worten an diesem Tag, daß ich für die, die Hunger litten, immer Hochachtung empfand und Partei ergriff.
»Du wirst seinen Wert kennenlernen.«
Ich habe ihn kennengelernt.

An den Ladentüren lungern Bäckerjungen herum, in Rökken wie Weiber, mit nackten Beinen und einem kleinen blauen Umhang um die Schultern.
Ihre Wangen sind weiß wie das Mehl, ihr Bart blond wie die Brotkruste.
Wenn sie über die Straße kommen, um einen Schluck zu trinken, weißen sie im Vorübergehen die Hand eines Freundes oder die Schulter eines Herren, wenn sie ihn streifen.
Die Meister stehen hinterm Ladentisch und wiegen die Brotlaibe, auch ihre Kleider sind mehlbestäubt. Außer den Broten liegen Backwaren in den Auslagen: *brioches*, kleine Rundkuchen, die wie Rotznasen über die Form gequollen sind und Törtchen wie lappiges Papier.
Neben Bohnen und Sämereien, von denen manche fleischig grün aussehen wie Früchte, andere wie leuchtende Flußkiesel, führen die Kaufleute auch Schrot in Holzfässern.
Das da tat man also in ein Gewehr? Das brachte Hasen um und durchschlug den Vögeln das Herz? Man erzählte sich sogar, daß die Ladungen manchmal wie Kugeln wirkten und einem Mann den Arm oder die Kinnlade zerschlagen konnten.
Ich tauchte meine Finger hinein, so wie ich eben die Faust in die Kornsäcke getaucht hatte, fühlte das Schrot zwischen den Gelenken rieseln und gleiten wie Wassertropfen.
Was aus den Fässern oder Säcken fiel, hob ich auf, als wären es Reliquien.

In Pannesac gab es alles Zubehör für Angler zu kaufen.
Was immer lebhaft getönt oder wild gefärbt war, ob erbsengroß oder wie eine Orange, was immer einen Hauch

von derber, fröhlicher Buntheit hatte, das beeindruckte meine traurigen Kinderaugen, und ich sehe noch die rotgefirnißten Korken vor mir und die wunderbaren Angelschnüre, glänzend wie gelber Satin. Eine Angel zu besitzen, sie in die Kälte der Flüsse auszuwerfen, einen Fisch herauszuziehen, der wie Zinkblech glitzern und sich in der Butter vergolden würde!

Ein Gründling, den ich gefangen hätte!

Meine ganze Phantasie schleppte er an seinen Schwanzflossen hinter sich her!

Ich würde also vom Ertrag meines Fischfangs leben; wie die Inselbewohner, von denen ich in den Reisen des Kapitän Cook gelesen hatte.

Ich hatte auch gelesen, daß sie Fischleim nahmen, um Fensterscheiben in ihre Hütten einzubauen, und ich sah den Tag kommen, an dem ich meiner ganzen Familie Scheiben in die Fenster setzen würde; ich nahm mir vor, alles, was ›anbeißen‹ würde, zu schaben und das Gemansch aus Fischschuppen und Mist in meiner Tasche zu sammeln.

Ich tat es später; aber die Gärung tief in meiner Tasche brachte unerwartete Nebenwirkungen hervor, die zur Folge hatten, daß meine Nachbarn mir angeekelt aus dem Weg gingen.

Dies erschütterte mein Vertrauen in die Berichte großer Reisender, und der Zweifel stand auf in meinem Geist.

Am Ende von Pannesac war ein Krämerladen, der den sanften Düften der Märkte einen stickigen, brütenden, wilden Geruch nach gesalzenem Dorsch, Schimmelkäse, Hammeltalg, Schmalz und Pfeffer hinzufügte.

Der Dorsch, der vorherrschte, erinnerte mich besonders an Inselbewohner, Hütten, Leim und geräucherte Seehunde.

Wenn ich ein letztes Mal nach Pannesac zurücksah, wurde ich am Steintor regelmäßig fast zerquetscht.

Ich warf mich zur Seite, um die großen Karren vorbeizulassen, die mit all den Landprodukten beladen waren, den Gärten in Körben, den Kornfeldern in Säcken. Wie Fest-

wagen in italienischen Maskenzügen sahen diese Karren aus, mit ihrer bemehlten Begleitung, den Clowns mit Herkulesnacken.
Da oben, ganz oben, ist die Ecole Normale[1].

Der Sohn des Direktors holt mich manchmal zum Spielen.
Im Garten hinter der Schule steht eine Wippe und ein Trapez.
Bewundernd betrachte ich dieses Trapez und diese Wippe; nur, ich darf nicht hinaufklettern.
Meine Mutter hat die Eltern des kleinen Jungen gebeten, mich weder wippen noch am Trapez turnen zu lassen.
Frau Haussard, die Frau Direktor, macht sich zwar nicht die Mühe, mich andauernd zu beaufsichtigen; aber sie hat mir das Versprechen abgenommen, daß ich meiner Mutter gehorchen werde. Ich gehorche.
Frau Haussard liebt ihren Sohn so sehr, wie meine Mutter mich liebt; und doch erlaubt sie ihm, was mir verboten wird!
Auch andere, nicht größer als ich, wippen.
Die werden sich jetzt also das Kreuz brechen?
Sicher, bestimmt; und im Stillen frage ich mich, ob Eltern, die ihre Kinder solche Spiele spielen lassen, nicht einfach Leute sind, die es darauf anlegen, daß die Kinder sich umbringen. Feige Mörder! Monster! Denen der Mut fehlt, ihre Kleinen zu ertränken, die sie darum aufs Trapez schikken – und auf die Wippe!
Denn warum hätte meine Mutter mich schließlich verdammt, sein zu lassen, was andere tun?
Warum sollte sie mir einen Spaß verderben?
Bin ich zerbrechlicher als meine Kameraden?
Wie eine geleimte Salatschüssel?
Schwebt ein Geheimnis über meinem Organismus?
Vielleicht ist mein Hintern schwerer als mein Kopf!
Ich kann ihn ja nicht einzeln wiegen, umsicherzugehen.
Während die andern turnen, lungere ich mit erhobener

[1] *Ecole Normale:* Lehrerbildungsinstitut in Frankreich.

Nase unter dem kleinen Turngerät herum, tippe mal mit dem Finger dran und springe an ihm hoch wie ein Hund nach einem Stück Zucker, das zu hoch für ihn hängt.
Aber wie sehnlich ich wünschte, mit dem Kopf nach unten zu hängen!
O meine Mutter! Meine Mutter!
Warum lassen Sie mich nicht aufs Trapez klettern und mit dem Kopf nach unten hängen!
Nur ein einziges Mal!
Sie könen mich ja danach ausprügeln, wenn Sie wollen!

Meine Schwermut selbst kommt mir zu Hilfe, sie läßt mir die Abende auf dem großen Platz vor der Schule angenehmer, lieblicher vorkommen. Wenn ich traurig bin vom Anblick des Trapezes und der Wippe im Garten, die mir umsonst ihre Arme entgegenstreckt, verziehe ich mich dahin!
Der Abendwind zerzaust die Haare auf meiner Stirn, zerstreut mein Brüten und meinen Kummer.
Manchmal bleibe ich ruhig wie ein Alter auf einer Bank sitzen, zerstochere mit einem Zweig die Erde vor mir, oder ich hebe abrupt den Kopf, um den Brand zu betrachten, der sich am Himmel entzündet ...
»Du sagst ja gar nichts«, fragt der Kleine von der Ecole Normale, »woran denkst du?«
»Woran ich denke? Weiß nicht.«
Ich denke weder an meine Mutter, noch an den lieben Gott, noch an die Schule; und mit einem Mal fange ich an herumzuhopsen! Wie ein Tier auf der Weide, das seinen Strick zerrissen hat; ich grunze, ich werfe mich herum wie ein Zicklein, zum großen Erstaunen meines kleinen Kameraden, der meinen Luftsprüngen zusieht und darauf wartet, daß ich anfange, Gras zu fressen.
Ich hätte beinahe Lust dazu.

V Die Toilette

Eines Tages hat mich ein Reisender für eine lokale Sehenswürdigkeit gehalten. Er erblickte mich von weitem und ist im Galopp angeritten gekommen. Mit äußerstem Erstaunen hat er zur Kenntnis genommen, daß ich lebendig war. Er ist abgestiegen und hat sich mit der respektvollen Bitte an meine Mutter gewandt, ihm die Adresse des Schneiders zu verraten, der mein Gewand genäht hatte.
»Das bin ich«, hat sie vor Stolz errötend geantwortet.
Der Reiter ist davongeritten und wurde nicht mehr gesehen.
Meine Mutter hat oft mit mir von dieser Erscheinung gesprochen, dem Mann, der von seinem Weg abwich, um zu erfahren, wer mich kleidete.

Ich trage viel Schwarz, »nichts ist kleidsamer als Schwarz«, und Gehrock oder Frack, dazu einen Zylinderhut; wie ein Ofen sehe ich aus.
Weil ich aber so viel verschleiße, hat man mir auf dem Land einen grobhaarigen Stoff gekauft, in den ich gewikkelt bin. Ich spiele Botschafter von Lappland. Fremde grüßen mich; Gelehrte nehmen mich unter die Lupe. Der Stoff aber, aus dem man meine Hose geschneidert hat, ist trocken und hart, er scheuert mich und reibt mich blutig.
Welch ein Jammer! Ich lebe nicht, ich schleppe mich dahin. Alle Kinderspiele fallen für mich aus. Ich kann nicht am Barren schaukeln, springen, laufen, mich schlagen. Ich schleiche allein umher, von den einen gehänselt, von andern bedauert, nutzlos! Ich habe Gelegenheit, im Schoße meiner Heimatstadt, mit zwölf Jahren, in meiner Hose isoliert, die Bitterkeiten des Exils zu kosten.

Frau Vingtras liebt mitunter kleine Schelmereien. In der Karnevalszeit war ich zu einem Kinderball eingeladen. Meine Mutter hat mich als Köhler verkleidet. Als es Zeit war, hinzugehen, hatte sie plötzlich etwas anderes vor; aber sie hat mich bis zur Haustür von Herrn Puissegat gebracht, bei dem der Ball stattfand.

Ich kannte mich nicht aus und bin im Garten herumgeirrt; ich habe gerufen.

Eine Magd kam und hat gefragt:

»Sind Sie der kleine Choufloux, der in der Küche helfen soll?«

Ich habe nicht nein zu sagen gewagt, und die ganze Nacht habe ich abgewaschen.

Gegen Morgen wollte meine Mutter mich abholen, ich war gerade mit Gläserspülen fertig; man sagte ihr, daß niemand mich gesehen hätte; überall hatten sie mich gesucht.

Ich bin in den Saal gekommen und habe mich in ihre Arme gestürzt: aber bei meinem Anblick haben kleine Mädchen zu schreien angefangen und sind Weiber in Ohnmacht gefallen; die Erscheinung dieses Gnoms, der plötzlich zwischen den gepflegten Kostümen herumpurzelte, war allen befremdlich.

Meine Mutter wollte mich nicht wiedererkennen; ich glaubte allmählich, ich wäre eine Waise!

Dabei hätte ich sie nur beiseite zu nehmen und ihr in einer Ecke meine Narben und blauen Flecken zu zeigen brauchen, und sie hätte augenblicklich ausgerufen: »Es ist mein Sohn!« Ein Rest von Scham hielt mich zurück. Ich begnügte mich damit zu gestikulieren und schließlich gelang es mir, mich verständlich zu machen.

Man schaffte mich weg, wie man vor eine Sehenswürdigkeit einen Vorhang zieht.

In drei Tagen findet die Verteilung der Examenspreise statt.

Da mein Vater ins Geheimnis der Götter eingeweiht ist, weiß er, daß ich Preise bekommen werde, daß sein Sohn aufs Podest gerufen werden wird, daß man ihm eine zu

große Krone auf den Kopf setzen wird, die er ohne sich zu kratzen nicht wieder herunter bekommt, und daß irgendeine Autoritätsperson ihn auf beide Wangen küssen wird.
Frau Vingtras ist vorbereitet, und sie sinniert ...
Wie soll sie ihre Frucht, ihren Sohn, ihren Jacques kleiden? Er soll glänzen und beachtet werden – man ist arm, aber man hat Geschmack.
»Ich wünsche, daß mein Kind gut angezogen ist.«
Es wird im großen Schrank gewühlt, in dem das Hochzeitskleid liegt, in dem Schirmfutterale, Reste von Röcken, Seidenfetzen sind.
Sie verbeißt sich schließlich in einen schreienden Stoff, der in der Sonne wie ein Tigerfell schimmert; ein Stoff wie eine Feile, die Finger werden rasend, wenn man ihn berührt, bei Licht flammt er auf wie eine Kupferkasserolle! Ein wunderbarer Stoff, in der Tat, von der Großmutter stammt er, mit Goldstücken ist er bezahlt worden.
»Ja, mein Kind, mit Goldstücken, damals, in der alten Zeit.«
»Jacques, daraus mache ich dir einen Gehrock, für dich opfere ich ihn! ...« und meine Mutter sieht mich entzückt aus den Augenwinkeln an, schüttelt den Kopf und lächelt das Lächeln der Seligen, die sich selbst zum Opfer bringen.
»Ich wünsche, dich verwöhnt zu sehen, mein Herr«, und wieder lächelt sie, wiegt den Kopf hin und her, und ihre Augen fließen vor Zärtlichkeit über.
»Es ist Wahnsinn! Aber na! Hieraus werden wir einen Gehrock für Jacques machen.«
Gestern abend habe ich den Gehrock anprobiert, meine Ohren sind blutig, meine Fingernägel abgebrochen. Dieser Stoff springt ins Auge und zerkratzt die Haut!
»Herr! Befreie mich von diesem Kleidungsstück!«
Der Himmel erhört mich nicht! Der Gehrock ist fertig.

Nein, Jacques, er ist noch nicht fertig. Deine Mutter ist stolz auf dich; deine Mutter liebt dich, und das will sie dir beweisen.

Stellst du dir etwa vor, sie würde dich in deinen Gehrock schlüpfen lassen, ohne ihn mit dem Anflug einer Verzierung, einem Tüpfelchen, einer Bommel, einem Nichts auf dem Revers, im Rücken, an den Ärmelkanten verschönt zu haben! Du kennst deine Mutter schlecht, Jacques!
Und siehst du nicht, wie sie, stolz und bescheiden zugleich, mit den grünen Steinchen spielt!
Jacques Mutter kitzelt ihn sogar im Nacken.
Er lacht nicht. – Diese Steinchen jagen ihm Angst ein! ...
Diese Steinchen sind Knöpfe, lebhaft grün, lustig grün, olivenförmig, und die werden nun – man wird ja sehen, ob Frau Vingtras sich lumpen läßt! – sie werden von oben bis unten *à la Polonaise* aufgenäht. A la Polonaise, Jacques!
Wen kann es wundern, daß er später den Polen gegenüber schlimme Gefühle hatte! Der Name dieser Nation, sehen Sie, blieb für ihn fest an eine fürchterliche Erinnerung genäht ... den Gehrock von der Examenspreisverteilung, den Gehrock mit den Steinchen, den olivenförmigen, gurkengrünen Knöpfen.
Ziehen Sie zudem in Betracht, daß man mich mit einem Zylinderhut herausgeputzt hatte, der sich, von mir gegen den Strich gebürstet, wie eine Drohung auf meinem Kopf erhob.
Manche Leute dachten, es wären meine Haare und fragten sich, welche Raserei sie dazu brachte, so zu Berge zu stehen. »Er ist dem Teufel begegnet«, murmelten die Betschwestern und bekreuzigten sich ...
Ich trug eine weiße Hose. Meine Mutter hatte sich selbst zur Ader gelassen.
Eine weiße Hose mit Spannern unterm Fuß!
Die Spanner sahen wie Werkzeuge für Klumpfüßige aus, und sie spannten die Hose bis zum Platzen.
Es hatte geregnet, vom Schnellgehen hatte ich Dreckplakken an den Waden, meine weiße Hose war zum Teil klitschnaß und klebte an den Schenkeln.
»MEIN SOHN«, sagte meine Mutter mit triumphierender Stimme, als wir am Eingangstor ankamen und stieß mich vor sich her.

Der Mann, der die Einladungskarten einsammelte, kippte beinahe aus den Pantinen, suchte unter dem Hut nach mir, betrachtete den Gehrock und hob die Hände zum Himmel.

Ich betrat den Saal.
Ich hatte den Hut abgenommen und hielt ihn bei den Haaren; ich war wiederzuerkennen, ich war es wirklich, es war kein Irrtum möglich, und ich kann nachträglich kein Alibi mehr erfinden.
Als ich aber über eine Bank klettern wollte, um zu meiner Klasse zu kommen, da ist einer der Spanner gekracht, und das Hosenbein ist hochgeschnellt wie Gummi! Mein Schienbein erscheint – diesmal bin ich offensichtlich in Unterhosen; die Damen verstecken sich, über meinen Zynismus erbost, hinter ihrem Fächer...
Vom Podium herab wird man auf einen Tumult unten im Saal aufmerksam.
Die Honoratioren flüstern einander in die Ohren, der Vorsitzende erhebt sich und schaut herüber: man fragt nach dem Geheimnis hinter diesem Lärm.
»Jacques, zieh deine Hose herunter!« ruft jetzt meine Mutter mit einer Stimme, die mich durchbohrt und die wie eine Gewehrsalve in das Schweigen stößt.
Aller Blicke fallen auf mich.
Der Skandal indessen muß ein Ende finden. Ein Beamter, energischer als die andern, befiehlt:
»Bringen Sie den Gurkenjungen weg!«

Die Anordnung wird diskret ausgeführt; ich werde unter der Bank hervorgezogen, unter die ich mich verzweifelt verkrochen hatte, die Hauswartsfrau, die gerade da ist, führt mich mit meiner Mutter fort, aus dem Saal, in die Wäschekammer, wo sie mich ausziehen.
Meine Mutter betrachtet mich eher mitleidig als wütend.
»Du hast nicht das Zeug, große Toilette zu tragen, mein armer Junge!«
Sie sagt das so, als ob sie von einer Behinderung spräche, wie ein Arzt, der einen Kranken aufgibt.

Ich lasse mit mir machen. Sie stopfen mich in die abgelegten Sachen eines kleinen Schülers, aber der Kleine ist noch zu groß, seine Sachen schlottern um mich herum. Als ich wieder in den Saal komme, glauben einige an Übernatürliches. Eben sah ich noch aus wie ein Leopard, jetzt sehe ich aus wie ein Greis. Irgend etwas geht da vor.
In einigen Ecken breitet sich das Gerücht aus, ich sei der Sohn des Taschenspielers, der gerade in der Stadt angekommen ist und mit einem neuartigen Trick Aufmerksamkeit erregen wolle. Die Version gewinnt an Boden; es ist ein Glück, daß alle mich kennen, daß sie meine Mutter kennen; so müssen sie wohl oder übel zum Offensichtlichen zurückkehren, allmählich verebben die Gerüchte, ich bin schließlich vergessen.
Ich höre mir still die Reden an und bohre mit dem Finger in der Nase, was schwierig ist, denn meine Ärmel sind zu lang.

Wegen des Gewitters findet die Preisverleihung in einem Schlafsaal statt – Betten und Zubehör sind ausgeräumt und in einen Nebenraum gepfercht worden. Durch eine Glastür, an der ein Vorhang hätte sein sollen, aber keiner war, konnte man in diesen Raum hineinsehen. Deutlich waren Stöße von Nachttöpfen zu erkennen, Nachttöpfen, die während des Schuljahres benutzt und in den Ferien unter den Betten hervorgeholt wurden. Sie waren zu einer weißen Pyramide gestapelt.
Das war die lustigste Ecke; ein boshafter kleiner Sonnenstrahl hatte sich den Bauch eines dieser Nachttöpfe ausgesucht und trieb seine Spielchen auf ihm, er spiegelte sich in ihm, kokettierte, tanzte, der Frechling, und er amüsierte sich von ganzem Herzen!
An der Wand zu diesem Raum stand das Podium, auf ihm das Barackenpersonal, ich meine das Kollegium: Hochwürden in der Mitte, der Präfekt zur Linken, der Vorsitzende zur Rechten, betreßt, lila eingefärbt, weiß herausgeputzt, mit Gold bepanzert wie die Kunstreiter aus dem Zirkus Bouthors. Leider war kein Kamel dabei.

Einen Elefanten glaubte ich zu sehen; es war ein großer Beamter, dessen Kopf, Brust, Bauch und Füße elefantenfarben waren, er war aber Zollbeamter oder Gendarmeriehauptmann, ich hab's vergessen. Er war so dick wie ein Faß und japste wie ein Seelöwe: er hatte viel von einem Seelöwen.

Er setzte mir die Krone für den Preis in biblischer Geschichte auf. Er sagte: »Recht so, mein Sohn!« Ich dachte, er würde noch »Papa« sagen und in seinen Zuber zurückplumpsen.

VI Ferien

In den Ferien vertreibe ich mir die Zeit ein bißchen bei Soubeyrou, und dann in Farreyrolles.
Herr Soubeyrou ist ein Gemüsegärtner aus der Umgebung.
Dreimal in der Woche gibt mein Vater dem Sohn dieses Gärtners ein paar Unterrichtsstunden, das Kind ist kränklich, kommt selten aus dem Haus, und sie haben mich gebeten, ihm von Zeit zu Zeit Gesellschaft zu leisten.
Ich mache möglichst weite Umwege.
Da bin ich frei!

Nicht für eine Besorgung, mit dem Befehl, sofort zurückzukommen und nichts zu zerbrechen; nicht begleitet, überwacht, gehetzt, rutsche ich das eiserne Treppengeländer neben der Straße hinunter.
Nein. Ich habe Zeit, einen Nachmittag, einen ganzen Nachmittag!
»Gehst du gern zu Herrn Soubeyrou?« fragt meine Mutter.
»Ja, Mama.«
Ein gedehntes *Ja*, ein *Ja* mit einem Flunsch. Tja! Wenn ich offen zugäbe, daß ich gern gehe, wäre sie imstande, es mir zu verbieten.
Alles, was mich ärgert, was mir zuwider ist, was mich womöglich zum Weinen bringt, befiehlt sie mir sofort.
»Kinder dürfen keinen eigenen Willen haben; sie müssen sich an alles gewöhnen. Nein, diese verwöhnten Kinder! Die Eltern, die ihnen alle Launen durchgehen lassen, versündigen sich ...«
Ich sage so ›Ja, Mama‹, daß sie glaubt, ich meine *nein*, mit saurem Gesicht lasse ich mich anziehen und mir Predigten halten.

Ich laufe hinunter in die Stadt.
Ich bleibe nicht auf dem Martouret stehen, weil meine Mutter mich vom Fenster aus sehen kann, unsere Wohnung *sitzt* oben als letzte auf dem am höchsten gelegenen Haus der Stadt.
Scheinheilig und als hätte ich es eilig, überquere ich den Markt; aber in der Rue Porte-Aiguière drücke ich mich hinter dem ersten dicken Mann, der vorbeigeht, in den Hof der *Auberge du Cheval-Blanc*.
Von diesem Hof aus kann ich schräg über die Straße sehen, kann die Auslagen beim Sattler mit den Augen verschlingen, die Mengen von Quasten und Glöckchen, blauen Troddeln, zigarrenfarbenen Peitschen und goldglitzerndem Zaumzeug.
Ich bleibe in meinem Versteck, bis ich sicher bin, daß meine Mutter mich vom Fenster aus nicht mehr kontrolliert; wenn ich mich frei fühle, komme ich aus dem Hof des *Cheval-Blanc* heraus und betrachte mir mit Muße die Läden.

Ein Kupferschmied klopft auf einem schönen roten Kupferstück herum; unter seinem Hammer wird es fleckig wie die Hanken einer Apfelstute und macht auf den Steinen ›ding, ding‹; bei jedem Schlag zieht sich mir die Haut zusammen, und ich zwinkere mit den Augen.
Dann kommt der Laden von Arnaud, dem Schuhmacher, mit seinem grünen Stiefel als Wahrzeichen, einem großen hohlen Stiefel mit Sporn und goldener Quaste; im Schaufenster stehen Stiefeletten aus blauem Satin, aus rosa Seide, pflaumenfarbene Stiefel mit Blumensträußchen als Pompons; die wirken ganz echt.
Seitlich stehen Hausschuhe wie die Stiefel vom Weihnachtsmann.
Aber der Sohn des Gärtners wartet.
Ich reiße mich los vom Duft nach Schuhwachs und vom Glanz der Lacke und Firnisse.
Ich gehe über die Place du Breuil ...
Da sitzt ein bekannter Schuhputzer, Moustache.

Ich träume davon, mir eines Tages von Moustache die Schuhe putzen zu lassen, daherzukommen wie ein Mann, ihm meinen Fuß hinzuhalten – wenn's geht, ohne Zittern, offensichtlich an solchen Luxus gewöhnt –, nachlässig mein Geld aus der Tasche zu ziehen wie die Herren, die ihm zwei Sous zuwerfen, und zu sagen:
Genehmige dir einen, Moustache!
Ich werde das niemals schaffen; aber ich übe!
Genehmige dir einen, Moustache!
Ich probiere in allen Stimmlagen, überprüfe mich, höre mir zu, ich arbeite vor dem Spiegel, mache die Geste:
Genehmige dir einen ...
Nein, ich bringe es nicht fertig!
Aber immer, wenn ich bei Moustache vorbeikomme, bleibe ich stehen und sehe zu; ich spiele mit dem Feuer, dreh und wende mich rund um seinen Schuhputzerkasten; einmal hat er mir sogar zugerufen:
Schuheputzen, mein Herr?
Ich wäre fast in Ohnmacht gefallen.
Ich hatte keine zwei Sous – ich habe sie erst später in einer andern Stadt zusammengebracht –, ich mußte also den Kopf schütteln, mit einem Zeichen antworten, mit einem bleichen Lächeln wie eine Frau, die sagen möchte: »Ich darf nicht lieben!«

Am Ende des Breuil ist die Gerberei mit ihren Torfballen, den trocknenden Häuten, dem sauren Geruch.
Ich liebe sie, diese senfigen Dämpfe, die grünen – wenn man grün sagen kann – Häute, die feucht lagern oder ihren Schweiß an der Sonne trocknen.
Von wie weit ich auch später nach Le Puy zurückkam, ich erriet und roch die Gerberei auf dem Breuil. Jedes Mal, wenn eine Gerberei an meinem Reiseweg lag, habe ich sie auf zwei Meilen in der Runde erschnüffelt und dankbar meinen Kopf in die Richtung gedreht ...

Ich erinnere mich nicht mehr an den Weg, ich weiß nicht, wo ich vorbeikam, wie die Stadt aufhörte.

Ich weiß nur noch, daß es an einem übel riechenden Graben entlangging, und daß ich durch eine Menge Gras und Pflanzen stapfte, die nicht gut rochen.
Ich kam ins Land der Gärtner. Es ist häßlich, das Land der Gemüsegärtner!
So sehr ich grüne Wiesen und sprudelndes Wasser und grüne Hecken liebte, so sehr widerten mich diese Ländereien an den Stadträndern an, mit ihren kurzen Bäumen und fahlen Pflanzen, die wie Greisenbärte in Sand oder Schlamm wuchsen.
Einige gelbliche, vertrocknete, räudige Blätter baumelten wie schwindsüchtige Ohren herum.
Dieser Ort war entwürdigt, auf Schritt und Tritt störte man einen Insektenschwarm auf, der sich an einem krepierten Hund gütlich tat.
Nirgends Schatten!
Die Melonen sehen aus wie weißglühende Kanonenkugeln; rote Kohlköpfe, violette – anscheinend vom Schlaganfall getroffen –, ein Geruch nach Lauch und Zwiebeln!

Ich komme bei Herrn Soubeyrou an.
Ich bleibe mit dem kleinen Kranken im Gewächshaus.
Er ist sehr bleich, lächelt breit und hat lange Zähne, das Weiße seiner Augen ist gelblich; er zeigt mir eine Menge Bücher, die sie ihm gekauft haben, damit er sich nicht zu sehr langweilt.
Ein *Äsop* mit kolorierten Kupferstichen.
Ich sehe noch eine der Zeichnungen vor mir, auf der der Nordwind, die Sonne und ein Wanderer zu sehen waren.
Der Wanderer schwitzte Schokolade aus, die ihm über die Stirn lief, und er trug einen großen weinroten Mantel.

»Hast du Lust, mir beim Kohlgießen zu helfen?« fragt mich Vater Soubeyrou, in jeder Hand eine Gießkanne; vom frühen Morgen an läuft er in zerrissenen Hosen herum, Beine und Füße sind nackt.
Seine behaarten und sonnenverbrannten Waden erinnern

an gegrillte Schweinehaxen; sein Hemd ist durchnäßt, Wassertropfen rollen über seine behaarte Brust.
Nein, es macht mir keinen Spaß, beim Kohlgießen zu helfen!
Wenn es ihm Spaß macht, um so besser!
Ich will Herrn Soubeyrou nicht um sein Vergnügen bringen, ich antworte ihm mit einer Lüge.
»Gestern bin ich hingefallen und habe mir das Kreuz verstaucht.«
Ich mag Kohl, aber gekocht.
Ich fliehe nicht vor dem heimatlichen Bottich, dem Abwasch der Urväter, um hier bei Fremden Wasser zu schleppen.
Ich schleppe weiß Gott die Woche über genug Wasser, und ich rieche genug Zwiebeln.
Nein, Herr Soubeyrou, ich folge Ihnen nicht zu diesem Brunnen da hinten: ich drehe nicht die Kurbel, ich ziehe nicht den Eimer hoch, und ich widme mich nicht der ehrbaren Gartenarbeit.
Ich bin verdorben, ein Schwächling, was sie wollen!
Aber ich will kein Wasser schleppen!

Vor der Poststation

Zurück gehe ich auf einem großen Umweg am *Café zur Poststation* vorbei.
Die Buchstaben auf dem Aushängeschild haben alle die Form von Figuren, eine Bäuerin, ein Bauer, ein Soldat, ein Pfarrer, ein Affe.
Braun wie Tabaksaft ist alles auf grauem Grund gemalt und ergibt vom C von Café bis zum N von Poststation eine Geschichte.
Ich hatte nie Zeit, hinter die Geschichte zu kommen.
Ich mußte nach Haus.
Außerdem wurden rund um mich herum, während ich das Schild betrachtete und mich neugierig in den Rock der Bäuerin, den großen Kragen des Bauern, die Feldtasche des Soldaten, das Beffchen des Pfarrers oder in den

Affenschwanz vertiefte, Pferde vorgespannt und Kutschen gewaschen; Stallburschen, Postillone und Kutscher gingen ihren Verrichtungen nach, hantierten mit Bürsten, Peitschen oder Hörnern.

Reisende kamen und sicherten sich einen Eckplatz.

Manchmal war ich bei der Ankunft dabei: die Postkutsche überquerte mit eisernem Geratter den Breuil, wirbelte Staubwolken auf und spritzte Schlammsterne in die Gegend.

Sie wurde von einem Trupp Gepäckträger angefallen, die sich um die Koffer zankten, und spie über ihre gelben Flanken steif gewordene Leute aus, die sich die Füße auf dem Pflaster vertraten.

Sie fielen einem Verwandten, einem Freund in die Arme, alles drückte einander die Hand, umarmte sich; das Adieu und Auf Wiedersehen nahm kein Ende.

Auf der Reise hatte man Bekanntschaft geschlossen; die Herren verabschiedeten sich mit Bedauern von den Damen, die zurückhaltend antworteten:

»Wo werde ich das Vergnügen haben, Sie wiederzusehen?«

»Vielleicht begegnen wir uns irgendwo. Ah, da ist Mama.«

»Dies ist mein Mann.«

»Da kommt ja auch mein Bruder mit seiner Frau.«

Die Engländer redeten nichts, die Handlungsreisenden viel.

Alles war in Bewegung, hastete, lief auseinander wie die Käfer, wenn ich einen Stein am Feldrand hochhob.

Ich habe auch einige beobachtet, die auf dem Fleck stehen blieben und die Straße und den Breuil mit den Augen absuchten, die auf jemanden warteten, der nicht kam.

Die einen fluchten, andere weinten.

Ich erinnere mich an eine junge Frau mit feinem Gesicht, es war lang und bleich.

Sie wartete lange ...

Als ich wegging, wartete sie noch. Nicht auf ihren Mann,

denn auf dem kleinen Koffer zu ihren Füßen stand »Fräulein«.

Ich habe sie ein paar Tage später vor der Poststation wiedergetroffen; die Blumen auf ihrem Hut waren verblichen, ihr schwarzes Wollkleid schimmerte an manchen Stellen rötlich, ihre Handschuhe waren an den Fingerspitzen bis aufs Weiße abgenutzt. Sie fragte, ob kein Brief gekommen wäre, an die Adresse: Postlagernd.

»Ich habe Ihnen doch gesagt, nein.«

»Und heute kommt keine Post mehr?«

»Nein.«

Sie grüßte, obwohl sie grob behandelt wurde, stieß einen Seufzer aus, ging davon und setzte sich auf eine Bank am Fer-à-cheval, wo sie blieb, bis vorbeikommende Offiziere sie mit ihren Blicken und ihrem Lächeln zwangen, aufzustehen und wegzugehen.

Ein paar Tage später wurde bei uns davon gesprochen, daß die Leiche einer Frau, die sich ertränkt hätte, am Flußufer läge. Ich ging gucken. Ich erkannte das junge Mädchen mit dem bleichen Gesicht wieder ...

Ich besuche meine Tanten in Farreyrolles.

Ich komme oft gerade dann, wenn sie sich zu Tisch setzen.

Ein großer Tisch mit zwei Schubladen an den Enden und zwei langen Bänken an jeder Seite.

In den Schubladen liegen Messer, alte Zwiebeln und Brot.

Die Brotkanten haben blaue Flecken angesetzt wie alte Münzen Grünspan.

Die Familie, die Knechte und Mägde drängeln sich auf den beiden Bänken.

Sie essen zwischen zwei Gebeten.

Onkel Jean spricht das Tischgebet.

Alle stehen mit entblößtem Kopf und sagen beim Hinsetzen *Amen!*

Amen!, das Wort habe ich am meisten gehört, als ich klein war.

Amen!, und das Geräusch der Holzlöffel setzte ein; ein schlaffes, ganz geistloses Geräusch.

Es folgt das große Brotschneiden, wie Schnitte mit der Sichel. Die Messer haben Horngriffe mit kleinen gelbumringelten Nägeln, man denkt an die Goldaugen von Fröschen.

Sie essen schmatzend, mit weit offenem Maul; sie schnäuzen sich mit den Fingern und wischen am Ärmel die Nase ab.

Sie stoßen sich, um sich zu kitzeln, gegenseitig die Ellbogen in die Weichen.

Sie lachen wie dicke Babys; schnauben wie Esel, wenn sie losplatzen, oder brüllen wie Ochsen.

Es ist vorüber – sie stecken ihr Messer mit den Froschaugen in die große Tasche, die bis zum Knie geht, fahren sich mit dem Handrücken über den Mund, putzen sich die Lippen und ziehen ihre langen Beine unter dem Tisch hervor.

Dann gehen sie ein bißchen im Hof spazieren, wenn die Sonne scheint, oder sie schwatzen unter der Stalleinfahrt, wenn es regnet.

Ich mag sie sehr mit ihren großen Schlapphüten und den langen Lederschürzen! Sie haben Erde an den Händen, im Bart und bis in die Brusthaare hinein; ihre Haut ist wie Borke, die Adern sind wie Baumwurzeln.

Manchmal, wenn ihre Lederschürzen herunterhängen und der Wind ihre Hemden weit aufbläht, kann man unter dem wetterbraunen Dreieck, das mit der Spitze in der Magengrube endet, ihr weißes Fleisch sehen, zart wie ein geschorener Hammelrücken oder wie ein Ferkel.

Ich gehe näher und betaste sie, wie man ein Tier begutachtet; für sie bin ich ein Luxustierchen – ein Städter! –, einige von ihnen vergleichen mich mit einem Eichhörnchen, andere mit einem Affen.

Deswegen bin ich nicht stolz, ich gehe mit aufs Feld und leihe mir den Piekenstab, mit dem die Ochsen angetrieben werden.

Wenn geackert wird, versinke ich bis an die Knie in den Furchen; wenn sie heuen, rolle ich mich im Gras; ich wimmere wie die Wachteln, die auffliegen und schlage Purzel-

bäume wie die Kleinen, die aus den Nestern fallen, wenn der Pflug kommt.
Wie gut ich es manchmal auf der Wiese hatte, wo der Bach von gelben Blumen gesäumt war, deren Stengel im Wasser zitterten. Am Grund des Baches lagen weiße Kiesel, und er trug die Blumensträuße und die Goldholunderzweige davon, die ich in die Strömung warf! ...
Meine Mutter mag es nicht, daß ich so still dasitze, Maulaffen feilhalte und zusehe, wie das Wasser fließt.
Sie hat recht, ich vertrödele meine Zeit.
»Statt deine lateinische Grammatik mitzubringen und deine Lektion zu lernen!«
Sie gerät in Erregung und spielt die Fürsorgliche.
»Wo kämen wir da hin, überall grüne Flecken, verdreckte Absätze ... Dazu kauft man dir neue Schuhe, daß du sie so zurichtest! Los, nach Hause, und heute abend gehst du nicht mehr fort!«
Ich weiß sehr wohl, daß die Schuhe in den Feldern abgenutzt werden und daß man besser Holzpantinen anzieht, aber das will meine Mutter nicht! Meine Mutter läßt mir Erziehung zuteil werden, sie wünscht nicht, daß ich einer vom Land bin wie sie!
Meine Mutter wünscht, daß ihr Jacques ein *Herr* ist.
Hat sie ihm etwa Überröcke mit Oliven genäht, ihm ein Ofenrohr gekauft, ihn mit Hosenspannern ausgestattet, damit er auf den Misthaufen zurückfiel, im Stall landete und Holzpantinen anzog!
Weiß Gott! Ich hätte lieber Holzpantinen! Mir ist der Geruch von Florimond, dem Landarbeiter, immer noch angenehmer als der von Herrn Sother, dem Lehrer der achten Klasse; ich finde es schöner, Heuballen zu machen als in der Grammatik zu lesen, und schöner, im Stall herumzulungern als im Arbeitssaal dahinzusiechen.
Ich fühle mich nur beim Garbenbinden, Steinelesen, Reisigbündeln und Holzholen wohl!
Vielleicht bin ich für ein Knechtsdasein geboren!
Es ist entsetzlich! Ja, ich bin für ein Knechtsdasein geboren! Es ist mir klar! Ich fühle es!!!

Mein Gott! Mach, daß meine Mutter nichts davon erfährt!
Es wäre mir recht, wenn ich Pierrouni, der kleine Kuhhirte wäre, ich würde mit einem Zweig in der Hand, einem grünen Apfel zwischen den Zähnen das Vieh auf die Weide treiben, an den Mauern vorbei, nicht weit hinterm Obstgarten.
Rote Heckenrosen sind im Gebüsch, und da oben ein stachliges Etwas, ein Nest; Glückskäferchen fliegen umher wie kleine Bohnen, und die grünen Fliegen in den Blumen sehen aus, als wären sie beschwipst.
Pierrouni darf mit nacktem Oberkörper herumlaufen, wenn es heiß ist, und ungekämmt, wenn es ihm gefällt.
Niemand ermahnt ihn unausgesetzt:
»Halte die Hände still, was hast du nur mit deiner Krawatte gemacht? – Halte dich gerade. – Hast du etwa einen Buckel? – Er hat einen Buckel! – Knöpf deine Jacke zu. – Krempel deine Hosen runter! – Was hast du mit der Olive gemacht? Mit der Olive da, der linken, der allergrünsten! – Ach, dieses Kind ist ein Nagel zu meinem Sarg!«

Die erwachsenen Knechte sind glücklicher als mein Vater! Sie brauchen nicht mit bis obenhin zugeknöpfter Jacke herumzulaufen, um ein drei Tage altes Hemd zu verdekken! Sie haben vor Onkel Jean nicht solche Angst wie mein Vater vor dem Direktor; sie lachen weder heimlich, noch trinken sie heimlich ein Glas Wein, wenn sie ein paar Sous haben; bei der Arbeit in den Feldern singen sie aus fröhlichem Herzen und mit lauter Stimme; sonntags machen sie im Gasthaus Spektakel.
Ihr Hosenboden sieht wie ein Pflaster aus: grün, gelb; aber es ist die Farbe von Erde, von Blättern, von Zweigen und Kohlköpfen.
Mein Vater, der kein Knecht ist, faßt seine schwarze Kaschmirhose nur unter ängstlichem Zittern an, es macht einem Furcht; sie hat schon zehn Stränge Garn verschlungen, zwanzig Nadeln umgebracht, aber sie bleibt fadenscheinig, anfällig, schlaff!

Er kann sich kaum bücken, er wird morgen kaum grüßen können …
Wenn er nicht grüßt, diesen … jenen … (vor aller Welt muß der Hut gezogen werden, vor dem Direktor, vor dem Schulaufseher, usw.), wenn er nicht grüßt und Ehrenbezeigungen liefert, die sein Hosenboden nicht gestattet, dann wird er zum Direktor gerufen!
Dann muß er Erklärungen abgeben – nicht wie ein Knecht, nein, wie ein Lehrer! Dann muß er sich entschuldigen.
Man redet, man lacht darüber, die Schüler reißen Witze, die Kollegen auch. Seinen Lohn wird man ihm auszahlen (meine Mutter sagt ›Einkünfte‹), und er wird irgendwohin strafversetzt, um seine Hosen besser flicken zu lassen, mit seiner Frau, die in ständiger Angst vor den Bauern lebt, und mit seinem Sohn … der diese Bauern auch noch mag …

Ich habe mich einmal mit dem kleinen Viltare geschlagen, dem Sohn des Lehrers von der siebten Klasse.
Das war vielleicht eine Aufregung! …
Mein Vater, meine Mutter mußten erscheinen; die Frau Direktor mischte sich ein; Frau Viltare schrie:
»Jetzt ermorden die Söhne der Hilfslehrer die Söhne der Lehrer!«
Der kleine Viltare hatte mir Tinte über die Hose gegossen und Pech in den Hals gesteckt: ich habe ihn nicht ermordet, aber ich habe ihm einen Faustschlag versetzt und ihm ein Bein gestellt …, er ist hingefallen und hat sich eine Beule geholt.
Diese Beule wurde dem Direktor vorgeführt, dem sie piepegal ist (der auf Herrn Viltare ebenso wie auf Frau Vingtras pfeift), der aber ›die Disziplin zu überwachen und der Hierarchie Achtung zu verschaffen‹ hat; ich höre sie immer noch so reden. Er hat mich kommen lassen, und ich mußte Herrn Viltare und Frau Viltare um Verzeihung bitten, dann den kleinen Viltare umarmen und schließlich nach Hause gehen, um mich prügeln zu lassen.
Meine Mutter hatte mir befohlen, um Viertel vor fünf dazusein.

In Farreyrolles geht es anders zu.
Ich habe mich neulich mit dem kleinen Sauhirten geschlagen, wir sind am Boden übereinander gerollt, haben einander die Haare ausgerissen, gestoßen, zurückgestoßen, er hat mir ein Auge blau geschlagen, ich habe ihm ein Ohr umgedreht, wir sind hochgekommen und wieder übereinander hergefallen!
Und dann?
Und dann – haben wir unsere Mähnen weggesteckt, er unter seinen Hut, ich unter meine Mütze, und wir mußten uns mit Handschlag vertragen. – Beim Teekessel wurde den ganzen Abend darüber gelacht, zwischen den Tischgebeten und dem Segen, und anstatt mich vor meinem Onkel zu verstecken, habe ich ihm gezeigt, wieviel Blut ich im Taschentuch hatte.
Das war am Tag der *Königin.*

So heißt das Dorffest; sie wählen einen König und eine Königin.
Sie schmücken sich mit Bändern; Bänder am Hut des Königs, Bänder am Hut der Königin.
Sie kommen beide zu Pferd, die hübschen Burschen der Gegend in ihrem Gefolge, die Bauernsöhne, die an diesem Tag volle Börsen haben, um den Mädchen Geschenke zu machen.
Gewehrsalven werden abgefeuert, es wird Hurra! geschrien, man tummelt sich vor dem Rathaus, das aussieht, als hinge dort eine grüne Fahne: es ist ein Zweig von einem großen Baum.
Die Gendarmen tragen volle Uniform, das Gewehr über der Schulter, und mein Onkel behauptet, daß ihre Patronentaschen voll sind; sie sind blaß, keiner von ihnen ist sicher, daß er am Abend nicht den Schädel gespalten oder ein paar Rippen gebrochen hat.
Einer unter ihnen ist das schwarze Schaf der Region, wenn er irgendwo allein auf den Sohn des Wilddiebs Souliot oder auf den der Mutter Maichet stieße, käme er sicherlich nicht lebend zurück; Mutter Maichet hat die, die kamen,

sie festzunehmen, weil sie Reisig gesammelt hatte, gebissen und mit Füßen getreten, dafür ist sie zu Gefängnis verurteilt worden.

Nach dem Kirchgang setzt man sich zu Tisch.
Selbst der Ärmste hat seinen Liter Wein und seine Schüssel mit gezuckertem Reis, auch Jean der Dünne, der in der schäbigen Hütte da unten wohnt.
Es gibt Speck und Weißbrot – Weißbrot!...
Die Gläser werden bis zum Rand gefüllt; wo Gläser fehlen, nimmt man Näpfe, und der Vivarais[1] wird wie Milch getrunken – ein Vivarais, der schäumend aus einem Faß beim Kuhstall gemolken wird...
Adern schwellen, Knöpfe springen ab!
Es ist eine gemischte Gesellschaft; Herren und Knechte, die Bäuerin und die Mägde, der Großknecht und der kleine Schweinehirt, Onkel Jean, Florimond, der Landarbeiter, Pierrouni, der Kuhhirt, Jeanneton, die Melkerin, und alle Cousinen, die ihre größten Hauben und breite grüne Gürtel tragen.
Nach dem Essen der Tanz auf dem Rasen oder in der Scheune.
Aufgepaßt, Mädchen!
Die Burschen jagen ihnen nach und werfen sie ins Heu, oder sie setzen sich frech neben sie auf den Eichenstamm, der vor dem Bauernhaus als Bank dient.
Sie heben immer ihre Ellbogen so rechtzeitig hoch, daß sie voll umarmt werden können.
Ich tanze auch, und ich umarme sie, so fest ich kann.

Pferdegetrappel! – Gendarmen reiten im Galopp vorbei...
Im Wirtshaus Destougnal am Ende des Dorfes ist was los; die aus Sansac sind gekommen, und eine Schlacht ist im Gange.
Sie bringen sich im Wirtshaus um.
Auf geht's, Leute! – Alle aus Farreyrolles, vorwärts! Sie

[1] *Vivarais:* Landwein aus der Gegend zwischen Loire und Rhône.

springen über die Gräben, bücken sich im Laufen und lesen Steine auf; brechen sich von dem Gebüsch, über das sie springen, dicke Stöcke; ich sehe sogar einen mit einem alten Gewehr! Sie schreien nicht, sie laufen atemlos und bleich ...

Da ist das Wirtshaus!

Man hört Flaschen zersplittern und Schmerzensschreie: »Hierher, hierher!« wie Schluchzen.

Es ist Bugnon, *der Haarige*, der da schreit!

Sie haben sich auf das Wirtshaus gestürzt wie Fliegen auf einen Haufen Abfälle; wie ich eines Abends auf der Weide einen Stier sich auf eine rote Schürze stürzen sah.

Rot! Die Wirtshausfenster sind voll davon, wie die Mäuler der Bauern ...

Ist es Wein aus Vivarais oder Blut aus Farreyrolles, das fließt?

Mein Kopf ist heiß, denn auch in meinen Kinderadern fließt Blut aus Farreyrolles!

Ich will es hier machen wie alle, im Haufen mitprügeln! Aber ich fühle mich beim Jackenzipfel gegriffen, rüde festgehalten und falle, als ich mich umdrehe, meiner Tante in die Arme; ihre Söhne hat sie nicht daran gehindert, ins Wirtshaus Destougnal zu gehen, aber sie will nicht, daß ich bei der Totschlägerei dabei bin.

Macht nichts. Wenn ich hinter einem Baum hervor einen Stein auf die Gendarmen werfen kann, bin ich dabei. Wie mir dieses Leben gefallen würde, Arbeit, Königinnenfest und Kampf!

VII Häusliche Freuden

1. Januar

Die Kollegen meines Vaters und Eltern von Schülern kommen ihren Besuch abstatten, sie haben kleine Geschenke für mich.
»Bedank dich doch, Jacques! Wie ein Idiot stehst du da.«

Wenn der Besuch gegangen ist, nehme ich das Spielzeug oder die Leckerei, das Teufelchen in der Kiste oder die Tüte Pralinen lustvoll in Besitz – ich schlage auf die Trommel und stoße in die Trompete, ich führe eine Musik auf, die sich in die Zähne setzt und sie knirschen läßt, zum Verrücktwerden!
Aber meine Mutter möchte nicht, daß ich verrückt werde und nimmt mir die Trompete und die Trommel weg.
Ich ziehe mich auf die Bonbons zurück und lutsche. Aber meine Mutter möchte nicht, daß ich mir Höflingsmanieren angewöhne: »Zuerst leckt man den Bonbons den Bauch, am Ende leckt man ...« Sie hält inne und wendet sich zu meinem Vater, um zu sehen, ob er ihrer Meinung ist und ob er versteht, was sie sagen möchte – tatsächlich, er hält den Kopf schief und gibt zu erkennen, daß er sie versteht.

Es bleibt mir nichts zum Pfeifen, Trommeln, Knirschen, es wird mir nur erlaubt, leise mit der Zunge über die feinen Bonbons zu wandern: man veranlaßt mich auch noch, die Zunge zu spitzen! Eugénie und Louise Rayau waren dabei, sie lachten und wurden ein bißchen rot. Warum wohl?
Es ist aus mit dem dicken blauen Zuckerguß, der an den Fingern klebt und sie einbalsamiert, aus mit dem Geschmack vom weißen Holz der Trompeten! ...
Sie nehmen mir alles und schließen meine Geschenke weg.
»Doch nur heute, Mama, laß mich damit spielen, ich gehe

in den Hof, da hörst du mich nicht! Nur heute, bis heute abend, und morgen bin ich ganz artig!«
»Das will ich hoffen, daß du morgen ganz artig bist; wenn nicht, verprügele ich dich. Das wäre noch was, diesem Schmierfinken hübsche Sachen in die Hand zu geben, damit er sie verdirbt.«
Diese wilden Augenblicke, Tupfer von Buntheit und Fröhlichkeit, dieser Spielzeuglärm, die Dreigroschentrompete, die Bonbons, die sich auf die Zähne legen, Pralinen wie Schnapsnasen, die grellen Töne und feinen Aromen, ein Soldat, der sich auflöst, süßes Zeug, das schmilzt, die Gier der Augen, Schlemmerei der Zunge, der Leimgeruch, das Vanilleparfüm, die Wollüste der Nase und die Tollkühnheit des Trommelfells, dieses bißchen Verrücktsein, ein leichter Fieberschauer, ach, wie das, einmal im Jahr, gut ist! Was für ein Jammer, daß meine Mutter nicht taub ist!
Am schlimmsten ist es für mich, daß alle andern glücklich sein dürfen! Ich schiele zum Fenster hinaus und sehe im Nachbarhaus bei den Leuten gegenüber aufgeplatzte Trommeln, Pferde mit nur noch einem Bein, zerrissene Hanswurste! Und alle lecken sich die Finger; alle durften ihre Spielsachen kaputt machen und haben ihre Bonbons verschlungen.
Und was sie für einen Radau machen!

Ich fange an zu weinen.
Was habe ich von den Spielsachen, wenn ich sie nur ansehen, aber nicht benutzen, nicht mit ihnen machen darf, was ich will; sie zerfleddern und zerreißen, hineinblasen und draufrumtrampeln, wenn es mir Spaß macht ...
Ich mag die Sachen nur, wenn sie mir gehören, ich mag sie nicht, wenn sie meiner Mutter gehören. Gerade weil sie Krach machen und an den Ohren zerren, gefallen sie mir; wenn sie auf den Tisch gesetzt werden wie Totenköpfe, will ich sie nicht. Ich pfeife auf Bonbons, wenn ich einen ganzen im Jahr bekomme, als Prämie fürs Artigsein. Gerade wenn es viele sind, ist es schön.

»Bei dir piept es, mein Sohn!« hat meine Mutter gesagt, als ich ihr das einmal erklärt habe, trotzdem hat sie mir eine Praline gegeben.
»Da, iß sie zum Brot!«
In der Schule erzählt man uns von Philosophen, die ihre Botschaft in ein Wort verpacken.
Meine Mutter hat solche hellen Momente, sie erinnert mit einem Einfall, einer Nichtigkeit immer wieder daran, wie ein Leben gut geführt und ein Geist diszipliniert werden muß.
»Iß sie zum Brot!«
Das heißt: Junger Narr, du warst drauf und dran, die Praline gedankenlos zu knabbern. Vergißt du, daß du arm bist! Welchen Nutzen hätte dir das gebracht! He?! Mach statt dessen ein nutzvolles Gericht daraus, eine Mahlzeit, iß sie zum Brot.
Lieber esse ich das Brot trocken.

Sankt-Antons-Tag

Der nächste Samstag ist der Namenstag meines Vaters.
Meine Mutter hat es mir in den letzten zwei Wochen sechzig Mal gesagt.
»Es ist der Namenstag *dei-nes Va-ters.*«
Sie wiederholt es in gereiztem Ton; anscheinend sehe ich nicht gerührt genug aus.
»Dein Vater heißt Antoine.«
Ich weiß das, ohne zu erschauern; es liegt nichts Mysteriöses darin und keine umwerfende Offenbarung. Er heißt Antoine, das ist alles.
Sicher bin ich ein schlechter Sohn.
Wenn ich ein Herz hätte, wenn ich meinen Vater richtig liebte, würde mich das, was sie sagt, mehr beeindrucken. Ich zermartere mir das Hirn, ich schlage mir an die Brust, ich haue mich und kratze mich; aber ich fühle mich kein bißchen verändert, ich erkenne mich im Spiegel wieder, ich bin genauso häßlich und schmutzig wie immer. Dennoch ist Samstag sein Namenstag.

»Kannst du deinen Glückwunsch?«
Ich finde, daß ich ein bißchen groß bin für einen auswendig gelernten Glückwunsch – ich weiß nicht, woher ich den Mut nehmen soll, ins Zimmer zu treten, und was ich sagen soll, ob ich lachen, weinen soll, ob ich mich auf den Bart meines Vaters stürzen soll und meine Nase an ihm reiben – gut gesäubert natürlich! –, ob es mir als Sohn geziemt, mich anzulehnen und einen Moment so zu bleiben, oder ob es besser ist, ihn gleich wieder freizugeben und mit Anzeichen der Rührung rückwärts davonzugehen und zu murmeln: »Was für ein schöner Tag!«
Das wäre der Moment, zu beginnen:
Ja, lieber Papa ...
Ich zittere im voraus. Ich habe Angst, blöde zu wirken ... – Nein, ich habe Angst zu verraten, daß ich es vorzöge, wenn dies nicht sein Namenstag wäre ...
Meines Vaters Namenstag!
Meine Unruhe verdoppelt sich, als meine Mutter mir mitteilt, daß ich einen Blumentopf überreichen werde.
Wie schwer mir das fallen wird!
Aber meine Mutter weiß, wie man Rührung und Freude darüber ausdrückt, daß es einem Vater zu gratulieren gilt und daß er Antoine heißt!
Wir proben.
Erst einmal verderbe ich drei Bögen Glückwunschpapier: ich kann beim Malen meiner großen Buchstaben noch so sehr die Zunge herausstrecken, hin und her bewegen und verkrampfen, ich verbiege die *O*, fülle die Schwänze der *G* mit Tinte, und auf das Wort ›Jubel‹ mache ich jedesmal einen Tintenklecks. Ich nehme ganze Serien von Ohrfeigen in Empfang. Der Namenstag meines Vaters kommt mich teuer zu stehen!
Schließlich gelingt es mir, zwischen die violettbetupften und von Tauben getragenen Goldnetze einige Sätze zu stellen, die wie Betrunkene aussehen, so unterschiedlich ist die Stellung der einzelnen Wörter, weil ich nach jeder Silbe eine Pause gemacht habe, um ihr *den letzten Schliff zu geben!*

Meine Mutter gibt sich zufrieden und beschließt, sich nicht mit dem Papier zu ruinieren; ich unterschreibe – noch ein Tintenklecks – noch eine Maulschelle. – Es ist fertig!
Bleibt die Zeremonie zu entwerfen.
»So hältst du das Papier, so den Blumentopf; du trittst vor ...«
Ich trete vor und zerschlage zwei Blumenvasen, die den Blumentopf darstellen – das macht vier Ohrfeigen, zwei pro Vase.
Es wird Zeit, daß der schöne Tag herankommt: ich träume nachts, daß ich barfuß über Scherben laufe und daß ich in Rollen von Glückwunschpapier gewickelt werde, es tut weh.
Der Einkauf des Blumentopfes stiftet große Unordnung auf dem Marktplatz. Meine Mutter greift die Töpfe und beschnuppert sie wie Wildbret; sie schiebt gut hundert Stück hin und her, ehe sie sich entscheidet, die Gärtner werden böse! – Sie hat in den Gestellen gewühlt, Anordnungen zerstört, Familien auseinandergerissen; kein Botaniker findet sich mehr durch!
Die Leute beschimpfen sie, rufen Grobheiten hinter ihr her – sogar hinter ihrem Sohn, den sie sich nicht scheuen, Indianer und Mißgeburt zu nennen. Es wird Zeit zu fliehen.
Am Ende des Platzes bleibt meine Mutter stehen und sagt zu mir: »Jacques, geh den Dicken fragen – den, der ganz hinten sitzt, verstehst du –, ob er dir den Geranientopf für elf Sous geben will.« Ich muß in den Krawall zurück, zu dem Dicken; es ist ausgerechnet der, der mich ›Mißgeburt‹ geschimpft hat.
Es macht mir Gänsehaut! Ich gehe trotzdem; man könnte meinen, ich suche eine Nadel auf der Erde; ich gehe mit gesenkten Augen und zusammengekniffenen Hinterbakken, wie ein verrostetes Triebwerk, das stockend läuft, und biete meine elf Sous an.
Der Dicke hat Mitleid mit mir und gibt mir den Geranientopf ohne allzuviel Spott. Auch die andern sind nicht allzu grausam mit mir, so kann ich mit dieser Pflanze, dem

Wahrzeichen unseres Jubels, zu meiner Mutter zurückkehren:

Nimm hin diese Pflanze . . .
Die in meinem Herzen wuchs.

Freitagabend

Freitagabend Generalprobe, geheimnisvoll und im Dunkel.

Von meinem Vater – Antoine – wird erwartet, daß er nicht weiß, was sich tut . . . Er weiß alles; gestern abend hat er sogar den Geranientopf, der schlecht versteckt war, umgestoßen, und ich habe gesehen, wie er ihn heimlich wieder aufgehoben und verstohlen zurechtgeschüttelt hat.

Er hat beinahe auf das harte, vom Radiergummi traktierte Glückwunschblatt getreten und es eingeknickt. Dabei hatte ich es im Nachttisch versteckt.

Er bekommt alles mit, aber naiv wie ein Kind und gutmütig wie ein Patriarch tut er so, als ob er von nichts wüßte. Es soll unbedingt eine Überraschung sein.

Am Morgen des feierlichen Tages trete ich bei ihm ein: er liegt im Bett.

»Was! Heute ist mein Namenstag?«

Lächelnd, ein eheliches Auge auf meine Mutter werfend:

»Schon so alt! Komm her, daß ich dich küsse!«

Er küßt meine Mutter, die mich an der Hand hält wie Cornelia, die die Gracchen führt, wie Marie-Antoinette, die ihren Sohn auf dem Wege zum Schafott hinter sich herzieht. Sie läßt mich los, um ihrem Gatten in die Arme zu sinken.

Jetzt bin ich dran; ich dachte, daß ich erst meinen Glückwunsch aufsagen sollte, und daß erst nach dem Blumentopf geküßt werden würde. Man küßt aber anscheinend vorher.

Ich trete vor.

Der Blumentopf für elf Sous und die Rolle, die ich halte, behindern mich beim Klettern.

Mein Vater hilft mir, ich bin schwer für ihn; ich kriege ein Bein hoch – ich rutsche ab. Mein Vater erwischt mich, er kann mich nur am Hosenboden halten, und ich vollführe eine Drehung im Raum.
Er hat nicht mein Gesicht vor Augen, und ich kann sein Gesicht nicht finden. Was für eine Lage!
Und ich fühle, wie der Geranientopf ausläuft; ganz ausgelaufen ist er, der Humus rieselt ins Bett. Die Decke hatte sich ein bißchen gehoben.
Ich werde mit Fußtritten aus dem Zimmer gejagt, mir wird nicht die reine Freude zuteil, meinen Vater zu küssen, von meinem Vater an seinem Namenstag geküßt zu werden; aber ich brauche auch den Glückwunsch nicht aufzusagen. Das Ganze ist erledigt, verpfuscht, aus. Ein bißchen Mist bleibt im Bett zurück.

Der Namenstag meiner Mutter bringt nicht die gleichen Aufregungen mit sich: hier ist alles klarer.
Sie hat vor langen Jahren schon deutlich erklärt, daß sie es nicht wünscht, daß Geld für sie ausgegeben wird. Zwanzig Sous sind zwanzig Sous. Für das Geld, das ein Blumentopf kostet, kann sie eine Wurst kaufen. Dann kämen noch die Kosten für das Glückwunschpapier dazu! Wozu diese unnötigen Ausgaben? Sie werden sagen: das ist doch nichts. So mögen die reden, die das Heft nicht in der Hand halten, aber sie, die es hält, die wirtschaftet, die dem Haushalt vorsteht, sie weiß, daß es etwas ist. Legen Sie vier Sous auf einen Franc, das macht zusammen vierunzwanzig Sous.
Obwohl ich nicht im Sinne habe, ihr zu widersprechen (ich denke an etwas anderes, und ich habe gerade Bauchweh), beobachtet sie mich beim Reden, und sie ist energisch, sehr energisch.
Und dann die Pflanzen, die gehen ein, wenn man sie nicht pflegt.
Sie sieht aus, als ob sie sagen möchte: die kann man nicht verprügeln!

Als große Zerstreuung bietet sie mir die Mitternachtsmesse, denn die ist umsonst.
Die Mitternachtsmesse!
Schnee auf den Dächern und auf den Mauerkappen.
Unter den Tritten der Fußgänger ist er in den Straßen geschmolzen, und wir patschen im Matsch herum.
Oben ist es traurig, unten dreckig.
Menschenmengen drängen sich bei den Metzgern.
Es wird Blutwurst für die Nacht bestellt; unser Krämer hat neulich abend ein Schwein extra geschlachtet.
Der starke, gemeine Geruch der frischen Schweinswürste beherrscht meine Erinnerungen an Weihnachten.
Überall erscheint mir ein verteufeltes Schweineschwänzchen, sogar in der Kirche.
Die Wachsschnur am Ende des Stabes, mit dem die Kerzen angezündet werden, das rosa Band, das als Lesezeichen in den Gebetbüchern dient, die Haarsträhne eines Vikars, die sich einsam und albern wie ein Korkenzieher hinter einem lila Ohr einrollt, sogar die Kerzenflammen, der Rauch, der aus den Löchern der Weihrauchfässer emporringelt, alles Schweineschwänzchen, an denen ich ziehen, in die ich kneifen oder die ich glattstreichen möchte; wenn ich mir doch den Hintern eines fetten, rosigen und grunzenden Schweinchens vorstellen könnte und darüber die Auferstehung Christi, den lieben Gott, Vater, Sohn, Jungfrau u. Co. vergessen würde.
Ich sauge einen Salzgeruch ein, der ans Meer erinnert, und in Gedanken kratze ich an dem gelben Wachs und mache Paniermehl oder Senf daraus!
Ich lasse meine Mutter los und gehe mit Nachbarn in den Krämerladen neben uns.
Die Kunden beim Krämer sind gottlos.
Sie haben sich über eine Wurst auf dem Ladentisch hergemacht und trinken eine Flasche Weißwein.
Ich bekomme auch einen Tropfen, der prickelnde Wein und die scharf gewürzte Wurst machen mich lustig.
Die Unterhaltung ist so gepfeffert wie alles andere.
Ich verstehe nichts, aber ich merke wohl, daß sie über den

Himmel und die Kirche lästern, und daß sie trotzdem bei blendendem Appetit und fröhlich sind.
»Noch eine Scheibe, eine Knoblauchhostie! – Gießen Sie ein, Frau Potin! – Wir sehen uns in der Hölle wieder, stimmt's? Alle hübschen Frauen kommen in die Hölle. Oder glauben Sie etwa nicht, daß sie dem heiligen Joseph Hörner aufgesetzt hat?«

VIII Das Hufeisen

Das Fer-à-cheval, das Hufeisen …
Ich gehe mit meiner Cousine Henriette hin.
Sie kommt hierher, um Pierre André, den Sattler aus der Vorstadt, zu sehen.
Er ist wie sie aus Farreyrolles, und sie soll ihm Neuigkeiten von seiner Familie überbringen, geheime Neuigkeiten, die nicht für mich bestimmt sind, denn sie gehen beiseite, um sie einander anzuvertrauen, sie flüstert ihm ins Ohr.
Ich sehe, wie er sich herabbeugt, ihre Wangen berühren sich.
Als Henriette zurückkommt, ist sie nachdenklich und spricht nicht.

Da draußen ist auch die Promenade d'Aiguille, ganz von Pappeln eingefaßt. Von weitem machen sie ein Geräusch wie ein Brunnen.
Es ist Herbst – goldene Blätter fallen herab, mit lebendigen Schwänzen und einer zarten Haut wie von Birnen.
Es macht mir Spaß, die Blätterhaufen mit den Füßen zu durchwühlen.
Weiter hinten sind Edelkastanien mit den herabgefallenen Kastanien.
Ich sammle mir die Taschen voll, um Rosenkränze draus zu machen! Beim Auffädeln dachte ich aber nicht an den lieben Gott!
Ich stelle mir vor, daß ich Nieren durchbohre, schöne Nieren, frisch, violett, glänzend, wie ich sie bei den Schlachtern sehe.

Besonders schön finde ich die Sonne, die durch die Zweige scheint und helle Placken macht, die sich wie gelbe Flecken über einen Teppich verteilen; und dann die Vögel, deren

Füße elastisch sind wie aus Draht, deren Köpfe sich immerzu hin und her bewegen – und vor allem diese frische Luft, diese Stille!
Man hört nur die Glocken vom Kloster Sainte-Marie und das Klingeln von einem Schellengespann auf der weißen Straße, weit weg ...
»Hör mal zu, Fräulein Balandreau, außer mir ist nichts zu hören ...«
Und ich stoße einen Schrei aus, oder ich werfe einen Stein ganz hoch, so daß er den Himmelsraum ausfüllt und zurückfällt.
Das ist dann wie ein Schlag vor die Brust.
Manchmal setzen sich ein Herr und eine Dame auf die Bänke im Hintergrund und reden ganz leise miteinander.
Fräulein Balandreau zieht mich fort, aber ich drehe mich um.
Sie küssen sich!

Die Klemme

Samstags kommen meine Tanten, um Käse, Hühner und Butter zu verkaufen.
Ich gehe sie besuchen, das ist jedesmal ein Fest.
Der Marktplatz schwirrt von Schreien, Lärm und Lachen!
Hier umarmen sie sich, dort streiten sie.
Manche pöbeln so herum, daß ihre Augen sich röten, ihre Backen blau werden, daß sie die Fäuste ballen und Haare ausreißen, Eier zerbrechen und Stände umwerfen, daß Matronen sich entblößen und ich von reiner Freude erfüllt werde.
Ich aale mich in dem familiären, fetten, üppigen und gesunden Leben.
Ich sauge mit vollen Lungen die Düfte der Natur ein: Meerestiere, Ställe, Obstgärten, Wälder ...
Scharfe oder sanfte Gerüche ziehen aus den Fischkörben und den Obstkörben herüber, steigen von den Apfelbergen und den Blumenbergen auf, vom Butterklumpen und vom Honigtopf.

Und wie ländlich die Sachen sind, die sie anhaben!
Die Männerjacken stehen wie Vogelschwänze hinten hoch, die Weiberröcke schweben in der Luft, als wenn ein Pilz drunterstünde.
Hemdkragen wie Scheuklappen, Latzhosen, grau wie die Kühe, mit Knöpfen groß wie Monde, plüschige und gelbe Hemden, wie aus Schweinsleder, Schuhe wie Baumstümpfe ...
Und dann die riesigen Schirme aus ochsenblutfarbener Baumwolle, die langen Stöcke, mit einem Knauf wie eine Zwiebel, die schwarzen Hühnchen, die sich an den Käfigen stoßen, die stolzen Hähne, die wie Husare mit den Pfoten stampfen ...
Es ist die Arche Noah mit vollen Segeln, auf einem Bett aus Rauch, Stroh und Blattwerk ausgebreitet.
Der Brunnen speit durch die Mäuler seiner Löwen frisches, kühles Wasser aus.

Ein Mann mit einem Kopf wie ein Wiesel und traurigem Gesichtsausdruck, der weder nach einem Bauern noch nach einem Handwerker aussieht, eher nach einem Bettler im Sonntagsstaat oder einem Strafgefangenen, den sie am Vorabend entlassen haben, stellt in einem Korb kleine lebende Wölfe aus.
Strafgefangener! Bettler!
Mit Sicherheit gehört er zu dieser Sippschaft.
Auf den Höfen will man nichts von ihm wissen, weil es in seinem Leben Geschichten gibt.
Er ist der Sohn eines Guillotinierten oder eines Galeerensträflings, oder er hatte auch selbst mit den Gendarmen zu tun.
Er streicht am Waldrand, am Ufer des Flusses, im Gebirge umher.
Wenn er einen Fuchs bekommt, einen Wolf – manchmal überrascht er einen Adler –, dann stellt er sein Tier oder seinen Wurf für zwei Sous in der Stadt aus; für ein Stück Speck in den Dörfern.
Ich habe mich vor ihm gefürchtet bis zu dem Tag, an dem

Onkel Joseph ihm zehn Sous geschenkt und ihn angesprochen hat:
»Wie geht's, Waldmensch?«
Und beim Weggehen hat er gesagt: »Armer Kerl! Er ißt nicht alle Tage.«

Auf dem Breuil

Auf dem Breuil haben sich für mich Dramen abgespielt.
Ein Leinenzelt haben sie aufgestellt, wie einen dicken umgestürzten Kreisel, und als ich unterwegs war, um Besorgungen zu machen, habe ich in seiner Nähe einen großen Neger gesehen.
Der Zirkus Bouthors hat sich in der Stadt niedergelassen.
Sie haben einen Elefanten und ein Kamel und eine Musikkapelle mit Tschakos und roten Waffenröcken, mit goldenen Tressen und Epauletten wie Pasteten.
Sie sind mit der Pauke durch die Stadt gezogen; die Kunstreiterinnen als Amazonen, die Kunstreiter als Generäle.
Die Bauern gafften mit offenem Mund; die Gassenjungen folgten im Trott.
Eine Kunstreiterin hat ihre Reitpeitsche fallen lassen.
Wir haben uns zu zehnt darauf gestürzt und uns darum geschlagen, sie ihr wiedergeben zu dürfen.
Die Kunstreiterin lachte; ihr Auge ist meinem begegnet, und mir wurde zumute, wie wenn meine Tante aus Bordeaux mich küßte ...
Die will ich wiedersehen, *diese Frau!*
Da würde ich auch das Kamel und den Elefanten wiedersehen.
Auf dem Plakat werden sie gezeigt, wie sie sich auf die Knie niederlassen, auf zwei Beinen tanzen, Flaschen entkorken – mit einem buntscheckigen Clown, der den Salto über sie hinweg macht.
Ich habe sie alle wiedergesehen; und der Clown hat mich sogar, als er durchs Parterre gepurzelt ist, mit dem Kopf in den Bauch gestoßen.
»Über mich ist er gefallen!«

»Gelogen, über mich!«
»Ich kann es beweisen, hier ist was Weißes von ihm an meiner Jacke!«
»An dich ist er gar nicht herangekommen – auf meiner Backe ist was Rotes, das ist von ihm!«
Und der Streit geht weiter, wer von dem Clown geboxt, geweißt, blutig gestoßen worden ist!
Die Kunstreiterin ist an der Reihe!
Sie kommt! – Ich kann nichts mehr sehen! Ich glaube, sie sieht mich an ...
Sie springt durch die Papierreifen, sie ruft: Hopp, Hopp!
Sie umwickelt ihren Kopf mit einem rosa Schal; sie verdreht die Hüften, spreizt die Schenkel, posiert; ihre Brust hüpft in ihrem Mieder, und mein Herz schlägt unter meiner Weste im Takt.
»Was hast du denn, Jacques? Du bist so weiß wie der Clown!«

Ich bin verliebt in Paola! – So heißt die Kunstreiterin.
Ich möchte sie noch einmal sehen. Es muß sein! Aber die zehn Sous, die der dritte Rang kostet, habe ich nicht.
Ich werde trotzdem hingehen.
Ich mache mich schön, nehme heimlich meine Sonntagsweste aus dem Schrank, mache Manschetten von meiner Mutter um und breche auf zum Breuil, ich sage, ich gehe mit dem kleinen Grélin spielen.
Es ist dunkel. Ich überquere den schwarzen Platz, bis ich die Lampions sehen kann, die rot im Nebel brennen. Die Musik ist ins Zelt gezogen; sie haben angefangen. Durch die Zeltleinwand, die als Mauer dient, höre ich die Zirkuspeitsche knallen.
Sie ist drin!
Ich habe keine zehn Sous, nichts, nichts ... als meine Liebe!
Ich gehe um das Zelt herum, presse mein Auge an Schlitze, stelle mich auf die Zehenspitzen, breche mir Nägel ab; nicht das kleinste Loch für meinen flammenden Blick!
Hier ...

Hier ist die Plane kürzer. Neben dem Pfosten ist sie eingerissen, und wenn man sie ein bißchen weiter einreißt ...
Ich habe den Riß vergrößert, habe den Fuß da hineingesetzt – ich meine, ich habe den Kopf da durchgesteckt, wo es zum Pferdestall geht.
Ich liege voll mit dem Bauch auf der Erde, im Dreck, und wie ein Dieb rutsche ich vorwärts, wie ein Mörder in der Nacht, in einem bewohnten Zirkus!
Ich bin da! Ich krieche unter den Planken entlang, zerkratze mich an den Pfosten, zerschinde mir die Hände; meine Nase, mit der ich gegen einen Pfeiler gestoßen bin, gibt kein Lebenszeichen mehr von sich; ich fühle sie nicht mehr, hoffentlich habe ich sie nicht unterwegs verloren; was ich mit der Hand fasse, ist ihr nicht ähnlich; aber noch ein Versuch, noch eine Schramme, dann, wenn ich hinter der Dicken vorbei bin, kann ich *sie* sehen.
Ich muß jetzt hinaufklettern! ... Ich klettere – ich suche einen Halt ... ich kralle mich in das, was ich in die Finger bekomme ...
Ein Schrei! ... Tumult!
Eine Frau rafft ihre Röcke zusammen, schreit um Hilfe! Man könnte denken, der Zirkus fällt ein!
Ich habe die Dicke voll beim Fleisch zu fassen bekommen, wo, weiß ich nicht; sie hat gedacht, es ist der Affe oder der Elefant mit seinem ausgestreckten Rüssel.
Ich werde selbst beim Fell gegriffen, so wie sie mich kriegen, werde wie ein Pferdeapfel in den Stall gestoßen und ausgefragt, ich antworte nicht!
Die Leute stehen um mich herum. *Sie* ist mir nahe. *Sie!* Ich kann sie hören, aber nicht sehen, weil meine Nase anschwillt.
Ich komme rechtzeitig wieder zu Hause an, um mich mit Frau Grélin zu verständigen; sie verhindert, daß ich durchgeprügelt werde, (oh, Paola!) ich sage ihr alles – alles, bis auf das Geheimnis meiner Liebe! Ich stelle keine Frau bloß! Ich schreibe alles aufs Konto des Kamels mit seinem seltsamen Rücken und des Elefanten, der mit seinem Rüssel in Verdacht geraten ist.

Und wenn ich mir manchmal den Breuil ins Gedächtnis zurückzurufen versuche, dann bekommt die Erinnerung jedesmal Paola und den Speck der Dicken beim Wickel. Der Breuil steckt in diesem Zirkus, diesem Trikot, diesem Rock …

IX Saint-Etienne

Mein Vater ist durch die Protektion eines Freundes als Lehrer für die siebente Klasse nach Saint-Etienne berufen worden. Er mußte sich in aller Eile davonmachen.
Meine Mutter und ich sind zurückgeblieben, um unsere Angelegenheiten zu ordnen, zu packen, usw., usw.

Endlich reisen wir ab. Adieu, Le Puy!
Wir sitzen in der Postkutsche; es ist Dezember und kalt. Unsere Reisegefährten sind ein Handlungsreisender, eine dicke Frau und ein kleiner Alter.
Die dicke Frau hat einen Ballonbusen, ein Einschnitt im Kleid läßt ein ›V‹ von weißem Fleisch sehen, sanft fürs Auge und offenbar knackig wie ein Apfel. Sie hat Augen wie meine Tante, mit sehr langen Wimpern.
Ein Scherz des Handlungsreisenden – den ich nicht verstehe – öffnet ihre Lippen und entlockt ihr ein gutes, volles Lachen, Von da an kichern die beiden nur noch, stoßen sich sogar gegenseitig an, zur großen Entrüstung meiner Mutter, die von ihnen abrückt und mich in meiner Ecke fast zerquetscht, und zur großen Freude des kleinen Alten, der sich die Hände reibt, zwinkert und mit dem Kopf wakkelt.
An den Stationen steigen sie zusammen aus, und durch die Wirtshausfenster sehe ich, wie sie – immerzu lachend – einander Radieschen reichen und Ellenbogenstöße versetzen.
Der Handlungsreisende überreicht der Dicken einen Blumenstrauß, den ihm ein Bettler verkauft hat und verlangt, daß sie ihn in ihren Ausschnitt stopft. Sie steckt den Strauß schließlich dahin, wo er ihn haben will.
Sie ist so viel fröhlicher als meine Mutter.
Aber was sage ich da? ... Meine Mutter ist eine fromme

Frau, die nicht lacht, keine Blumen mag, die auf ihre Stellung achten muß – auf ihre Ehre, Jacques!

Die da ist eine Frau aus dem Volk, eine Händlerin (sie hat es gerade gesagt, als sie wieder in den Wagen gestiegen ist); sie fährt nach Beaucaire, um Tuch zu verkaufen und eine Jahrmarktsbude aufzumachen. Und du, junger Vingtras, vergleichst sie mit deiner Mutter!

Wir kommen in Saint-Etienne an.

Es ist Nacht; mein Vater ist nicht da, um uns abzuholen.

Wir warten zwischen den Koffern. Die Straßen sind voll Schnee, und ich betrachte die Straßenlaternen, wie sie sich von dem grellen Weiß abheben. Meine Mutter sucht den Platz mit Augen ab, aus denen Blitze sprühen; sie geht auf und ab, beißt sich auf die Lippen, ringt die Hände, löchert die Angestellten mit endlosen Fragen.

Man will wissen, ob sie nun hereinkommen oder fortgehen, ob sie sich im Büro oder auf der Straße aufhalten will und ob sie die Absicht hat, noch lange die Tür mit ihren Koffern zu verrammeln.

»Ich warte auf meinen Mann, er ist Lehrer am Gymnasium.«

Es sieht so aus, als ob sie sich ein bißchen über sie lustig machen!

Ich würde gern im Büro bleiben; meine Füße sind eiskalt, meine Finger starr, die Nase tut weh. Ich sage das meiner Mutter.

»Jacques!«

Man will wissen, ob sie nun hereinkommen oder fortgehen, unter einem schlechten Zeichen – und sie flüstert zwischen klappernden Zähnen:

»Sieh da, er würde mich vor Kälte krepieren lassen, während er sich die Schenkel röstet!«

Aber sie kann sich doch auch die Beine rösten! Nichts hindert sie, da man sie doch gefragt hat, ob sie sich beim Feuer niederlassen wolle.

Mein Vater kommt ganz atemlos an.
»Ich habe mich verspätet ...« (Er wischt sich die Stirn ab.)
»Hattet ihr eine gute Reise?« (Er streckt meiner Mutter die Arme entgegen und verfehlt sie.)
Er wendet sich zu mir um:
»Da ist ja auch Jacques!«
»Hast du geglaubt, daß ich einen andern mitgebracht hätte?« sagt meine Mutter.
Mein Vater sagt: »Nein, natürlich nicht!« – das heißt, er weiß nicht genau.
Er will mich umarmen, erwischt mich nicht, wie er meine Mutter nicht erwischt hat.
Es klappt nicht mit den Umarmungen, die Zeichen für Küsse stehen nicht günstig.
»Ich war mit dem Verwalter, Herrn Laurier zusammen, weißt du ... ich dachte, daß die Postkutsche ...«
Er bekommt nichts, nichts, nichts zur Antwort.

Wir nehmen eine Droschke, um nach Hause zu fahren.
Auf dem ganzen Weg Schweigen, Schweigen und Schnee.
Mein Vater sieht die Wagentür an, meine Mutter hat sich in eine Ecke zusammengekauert, dazwischen sitze ich und wage nicht, mich zu bewegen, aus Angst, daß man hört, wie meine Knochen sich drehen, mein Kopf sich wendet.
Ich mißhandle mit den Fingerspitzen einen Schirmknauf; da entgleitet mir der Schirm – ich bücke mich, um ihn aufzuheben; mein Vater hat sich umgedreht – *Bum!* Wir stoßen zusammen – wir kommen hoch wie zwei Kasper! Noch eine falsche Bewegung – *bum, bum!*: es geht im Takt.
Auf dem Gesicht meines Vaters erscheint wieder das gelbe Lächeln: auf dem meinen vollziehen sich sichtbare Veränderungen.
Hier kämpft ein hartes gegen ein weiches Ei. Meinem Vater hat der Zusammenprall nichts ausgemacht, und er lächelt. – Gesunde Natur! Aber ich habe eine anschwellende Beule, die das Gewicht eines Hauses annimmt. Mein Vater streckt im Dunkeln seine Hand aus, um zu fühlen,

weil meine Stirn vorzurücken scheint und ihn gleich wieder stören wird; er streckt die Hand aus und erwischt meine Nase; er glaubt, es sei seine Pflicht, es sei väterlicher oder anmutiger, stehe seiner Würde besser an oder fördere meine Gesundheit, wenn er einen Moment auf meiner Nase verweilte und so täte, als ob er sie segnete oder untersuchte.

Von meiner Mutter sieht man nichts, hört man nichts, außer dem Knirschen von Seide: mit den Fingernägeln bearbeitet sie ihren Gürtel. Das Knirschen hat in der Stille etwas Schreckliches. Den Auguren wäre es ein Vorzeichen gewesen; das war es auch für meinen armen Vater; es kündigte Unheil an! In dieser verschneiten, traurigen Stadt, durch die die stumme Droschke fuhr, kam Unheil auf uns zu.

Der Wagen setzt uns bei einem Eckhaus ab.

Der Flur ist elend, auf der Schwelle sind Steine locker, die Treppe ist wurmstichig, in der verschimmelten Galerie fehlen ein paar Glieder.

Unter unsern Händen erzittert dieses Holz, unter unsern Füßen wackeln diese Steine – es stört uns alle auf. Es schien so, als ob wir bis ans Ende aller Tage stumm bleiben sollten. Jetzt wird mein Vater geschäftig.

»Geh vor«, sagte er. »Hier ist eine Stufe. Sei vorsichtig, dort ist ein Loch. Drück dich ans Geländer.«

Ich spiele mit dem Schlüssel, der an seinem kleinen Finger hängt. Es ist eine verlorene und alberne Geste, wie von einem Baby.

Ich ziehe den Schirm hinter mir her.

Normalerweise heißt es sofort ›Tollpatsch‹ hier, ›Trottel‹ da, wenn ich den Schirm meiner Mutter ins Kleid pieke oder ihr in die Seite stoße.

Ich gäbe etwas dafür, wenn ich eine Ohrfeige bekäme; wenn meine Mutter mich ohrfeigt, geht es ihr gut – Ohrfeigen regen sie an, sind für sie wie das Schwanzwedeln für die Bachstelzen, das Tauchen für die Enten –, sie streckt sich und trifft auf die Backe ihres Sohnes. Was für eine

Freude für eine Mutter, zu fühlen, daß ihr Sohn zu ihrer Verfügung steht, und sich zu sagen: Das ist er, das ist mein Kind, meine Frucht, diese Backe gehört mir – batsch.
Sie hat die Arme verschränkt und versteckt sie unter ihrem Schal ... los! Sie ist nicht zu Scherzen aufgelegt.
Aber nichts.
Mein Vater verschleißt eine Menge Streichhölzer; sie zerbrechen mit einem kurzen trockenen Geräusch, sonst hört man nichts vor dieser verschlossenen Tür, in dem Gang, den der Wind vereist, wo meine Mutter und ich wie Erscheinungen aus dem Leichenschauhaus gegen die Wand lehnen.
Noch nie war ein Augenblick so lang.
Endlich zündet ein Streichholz, und mein Vater kann den Schlüssel ins Schlüsselloch stecken ...
Wir treten in ein sehr großes Zimmer, in das durch breite Fenster das Licht einer Laterne fällt, die auf der Straße blinkert.
Das Licht fällt voll auf meine Mutter, die unbewegt und stumm mit der Starre einer Toten, der Unempfindlichkeit einer Marionette und der Feierlichkeit eines Gespenstes dasteht.

. . . .

Aber ich rette noch immer die Situation, mit dem Kopf oder dem Hintern, mit den Ohren, an denen gezogen oder den Haaren, an denen gerauft werden kann, indem ich ausrutsche, mich ducke oder über den Haufen purzle wie der Trottel in den Pantomimen, wie *der dumme August* bei den Gauklern.
Ich fühle, wie ich plötzlich wegrutsche, ich falle hin!
Ich bin auf eine Orangenschale getreten; dies wird festgestellt, als man sich über mich beugt wie über ein Problem.
Ich verwirre die Naturwissenschaftler durch das Überraschende in meinen Unternehmungen – durch diesen Sturz, Ergebnis einer geheimnisvollen Wendung, wird meine Mutter auf einen Schlag an die Liebe zu ihrem Sohn erinnert und bemerkt als erste die Orangenschale.
Sie verschränkt die Arme und geht auf meinen Vater zu:

»Hier werden also Orangen gegessen, Orangen! ..«
Und sie trampelt, trampelt vor Zorn ... Ich verstehe nicht, was das heißen soll.
Ich liege noch auf dem Boden, wenn ich alles mitbekommen will, muß ich den Kopf heben; meine Lage als Historiker ähnelt der eines Krüppels ohne Beine, den man bis hierher geschleppt und dann wie einen zu schweren Sack fallengelassen hat.
Ich will hier unten nicht sterben! Und dann ist es nicht schicklich, daß ich meiner Mutter, die steht, in dieser gleichgültigen Haltung zuhöre, als ob ich mich verächtlich von ihr fernhalten wollte; Jacques, du hast schon zu lange gezögert!
Steh auf und tritt zwischen die Ansprache deiner Mutter und das Entsetzen deines Vaters. Undankbarer Sohn, steh auf.
Aber nein, nein!
Ich wollte mich bewegen ... ich kann nicht ...
Ich bin gegen einen Kupferstich gefallen und habe das Glas zerbrochen.
Es bleibt nichts übrig, als schmerzliche Verletzungen zur Kenntnis zu nehmen; und ein paar Blutstropfen, die auf den Boden fallen, liefern meinem Vater einen Vorwand – und meiner Mutter ebenfalls –, sich zu neuen Taten aufzuraffen. Darüber erschauere ich vor Behagen (soweit ich ohne allzu große Schmerzen erschauern kann, versteht sich). Aber ich bin froh, die Stille getrübt, *das Eis gebrochen* zu haben, und meine Familie sucht die Splitter zusammen.
Sie waschen mich wie einen Goldklumpen; sie jäten mich wie einen Acker.
Die Operation wird sorgfältig und gewissenhaft durchgeführt ...
Bei diesem Raupenlesen treffen sich die Hände zufällig, gehen Worte hin und her; heimlich versöhnt man sich über meiner Wunde, und ich glaube fast, daß mein Vater das Jäten hinauszieht, damit der Zorn meiner Mutter Zeit hat, ganz zu verrauchen. Ich blute zwar ein bißchen; ab-

wechselnd stütze ich mich auf alle viere oder liege auf dem Bauch, je nachdem, was sie anordnen und wie die Splitter sitzen; aber ich fühle, daß ich meiner Familie einen Dienst erwiesen habe, und das ist ein Trost, nicht wahr?

Anstatt so viele Bohnen in den Ecken herumzuschieben, sollte Herr Beliben besser sagen: ›Sehen Sie, wie feinsinnig und gut Gott ist! Wie hat er es geschafft, den Gatten und die Gattin, die sich stritten, wieder miteinander zu versöhnen? Er hat den Hintern eines Kindes angenommen, des kleinen Vingtras, und hat ihn zum Sitz der Versöhnung gemacht.‹

Man könnte mich in Kursen für Philosophie oder Bibellehre vorzeigen.

Ich wurde zwar krank, bekam Fieber. Aber das Gewitter war vorüber; die Sache mit der Orangenschale wurde in Ruhe geklärt; es wurde eine Erklärung für die verspätete Ankunft bei der Poststation gefunden; auf den Zorn wurden Kompressen gelegt, auf mich, woandershin auch.

Die Sache mit der Orangenschale wurde geklärt, aber anscheinend war da noch ein Geheimnis ...

Mein Vater hatte gelogen, als er gesagt hatte, Herr Laurier hätte ihn aufgehalten; ich habe es erfahren, weil ich ihn mit einem Kollegen reden hörte, der ihn besuchen kam, als meine Mutter, von der Reise, vom Warten, von dem Gewitter und vor allem vom Raupenlesen müde, gerade ein Schläfchen machte.

»Sie sagen so, ich sage so. Wir kommen allem zuvor. – Wenn *sie* sich nicht einfallen lassen, uns auf der Straße wiederzuerkennen. – Keine Gefahr, oder?«

Ich habe alles vom Bett aus gehört, wo ich platt auf dem Bauch, ab und an ein bißchen auf der Seite lag, und habe mich gefragt, was dieses *sie* bedeutete.

X Rechtschaffene Leute

Ich wüßte kaum zu sagen, wie die Wohnung aussah, in die wir so, wie ich es erzählt habe, mit einem zerbrochenen Bild, blinkender Straßenlaterne und posthumer Versöhnung – wenn posthum das richtige Wort ist – eingezogen. Kaum hatten wir uns eingerichtet, als ein großes Ereignis eintrat.
Meine Mutter mußte abreisen, um eine Erbschaft in Empfang zu nehmen oder zu verwalten – vielleicht die von Tante Agnès, und ich blieb mit meinem Vater allein.

Ein neues Leben – er ist nie da, ich bin frei, und ich lebe im Erdgeschoß mit den Kleinen vom Schuhmacher und der Krämersfrau.
Ich bin ganz wild auf das Pech, den Leim, die Schusternadel: ich höre es gern, wenn das Schustermesser durch das dicke Leder fährt und wenn der Hammer auf das frische Kalbsleder und den blauen Stein einklopft.
Wir spielen zwischen den Pantoffelbergen, und der große Bruder ähnelt meinem Onkel Joseph. Er ist auch Zunftgenosse, er hat einen Grad, und manchmal darf ich die Bänder an seinem Stock festmachen und seinen Festtagsrock bürsten. An normalen Tagen läßt er mich Nägel einschlagen und Ecken von rotem Maroquinleder stibitzen.
Ich gehöre fast zur Familie. Mein Vater hat mich bei ihnen in Pension gegeben; er ißt ich weiß nicht wo zu Mittag, sicher in der Schule mit den Elementarlehrern. Ich löffle enorm viel Suppe aus angeschlagenen Näpfen, und zum Hammelragout bekomme ich in einem dicken Glas meinen Schluck Wein.
In dieser Familie sind sie glücklich! – Es geht herzlich, geschwätzig, kindlich zu: alle arbeiten, aber sie schwatzen dabei; alle streiten miteinander, aber sie lieben sich.

Es sind die Fabres.
Die andere Familie im Erdgeschoß, die Vincents, sind Krämersleute.

Frau Vincent ist eine Kichererbse. Ich finde sie alle fröhlich, diese Leute, bei denen ich ein- und ausgehe und die meine Mutter verachtet, weil sie Land bestellen, Schuhe flicken oder Zucker abwiegen.
Frau Vincent lebt nicht mit ihrem Mann zusammen. Er ist nur einmal aufgetaucht, arabisch angezogen, mit einem weißen Burnus, aber er ist nur zwei Stunden geblieben, dann ist er wieder weggefahren.
Sie haben sich wohl getrennt – rechtskräftig –, ich weiß nicht, was das ist, und er lebt in Afrika, in *Algerien*, sagt Fabre.
Er war gekommen, um einen seiner Söhne zu holen. An diesem Tag lachte Frau Vincent, die immer lacht, nicht! Ganz und gar nicht. Man hörte sie durch die Tür mit harter Stimme »Nein, nein« sagen, und der kleine Vincent weinte:
»Ich will bei der Mama bleiben!«
»Ich schenke dir ein Pferd, und eine Pistole wie die da.«
Eine Pistole! Ein Pferd!
Wenn mein Vater mir das versprochen hätte, und obendrein, daß er mich weit von meiner Mutter fortführen würde! Wenn er mich mit sich genommen hätte, ohne den Olivenrock und ohne den Ofenrohrhut, hätte ich einen Freudenseufzer ausgestoßen! – Aber erst an der Tür – aus Angst, meine Mutter könnte mich hören und zurückverlangen! ... Oh ja, ich wäre gegangen!
Der kleine Vincent hat im Gegenteil geweint und sich an die Röcke geklammert.
Es hat noch Krach gegeben ... der Vater wurde zornig, die Mutter sprach lauter als sonst, und das Kind schluchzte ... dann öffnete sich die Tür und der weiße Burnus kam heraus. Er ist nicht wiedergekommen.
Er hat mir dennoch Kummer gemacht. Ich sah ihn, wie er sich an der Straßenecke versteckte; er beobachtete das

Haus, aus dem er kam, wo seine Frau, sein Kind wohnten; er blieb lange so, traurig, ich glaubte zu sehen, daß er weinte.
Es gibt Väter, die weinen, Mütter, die lachen; bei mir zu Haus habe ich niemals jemanden weinen, niemals jemanden lachen sehen. Es wird genörgelt, es wird geschrien. Das ist so, weil mein Vater ein Lehrer, ein Mann von Welt und meine Mutter eine mutige und entschlossene Mutter ist, die mich erziehen will, wie es sich gehört.

Die Vincents, die Fabres und der kleine Vingtras bilden eine kreischende, fröhliche, unausstehliche Gemeinschaft.
»Jacques, Ernest, ihr seid unausstehlich ...«
Frau Vincent versucht, böse zu sein, kann aber nicht; Vater Fabre sagt es leise, mit dem milden Lächeln eines Alten.
»Unausstehlich! Wartet, wenn ich euch kriege!«
Sie kriegen uns immerzu, und sie lassen uns weitermachen.
Rechtschaffene Leute! Sie fluchten und wetterten, und zwar gesalzen; aber es hieß von ihnen: ›Gut wie gutes Brot, und ehrlich wie Gold.‹ Mit dem Pfeffer und dem Pech atmete ich den Duft von Freude und Gesundheit; sie hatten schwarze Hände, aber das Herz auf dem rechten Fleck; sie schaukelten in den Hüften und hielten die Finger gespreizt, sie sprachen mit den Stoffen und dem Leder. Das gehört zum Handwerk, sagte der große Fabre. Sie machten mir Lust, auch Handwerker zu werden und ein so gutes Leben zu leben, wo man weder vor seiner Mutter noch vor den Reichen Angst hatte, wo man nur frühmorgens aufstehen mußte, um den ganzen Tag zu singen und zu klopfen.
Sie hatten schöne spitze Pfrieme. Unter ihren Händen sah man die lange Schnute eines Halbschuhs oder einen geschwungenen Stiefelabsatz leuchten, und sie pantschten eine Schuhwichse zusammen, die ein bißchen nach Essig roch und in die Nase stach.
Rechtschaffene Leute!

Sie schlugen ihre Kinder nicht – und sie gaben Almosen. Es war nicht wie bei uns.

Meine ganze Kindheit hindurch habe ich meine Mutter sagen hören, daß man den Armen nichts geben dürfte: sie würden das Geld, das sie bekämen, vertrinken, und es wäre besser, einen Sou in den Fluß zu werfen, weil er dann wenigstens nicht ins Wirtshaus rollte. Ich habe indessen niemals einen Mann um einen Sou für Brot betteln sehen können, ohne daß es sich mir aufs Herz gelegt hätte wie ein Stein.
Wie aber geht das zusammen?
Frau Vincent sah es gern, wenn ihr Sohn einen Sou aus seiner kleinen Börse zog, um ihn einem Unglücklichen in die Hand zu drücken. Sie küßte Ernest und sagte: »Er hat ein gutes Herz!«
Wollte Frau Vincent also ihren Sohn unglücklich machen? Sie liebte ihn doch, sonst hätte sie ihn dem Mann mit dem weißen Burnus mitgegeben.
Die rechtschaffenen Frauen, Mutter Vincent und Mutter Fabre, verwirrten mich wirklich etwas! Glücklicherweise war das nicht von Dauer und hielt nicht länger als eine Minute an, wenn ich darüber nachdachte.
Sie wagten nicht, ihre Kinder zu schlagen, weil es ihnen Leid verursacht hätte, sie weinen zu sehen! Sie ließen sie Almosen geben, weil das ihrem kleinen Herzen gefiel.
Meine Mutter hatte mehr Mut. Sie opferte sich, sie erstickte ihre Schwächen, sie drehte den Kopf im ersten Impuls weg, um sich im zweiten zu stellen. Statt mich zu küssen, kniff sie mich. – Glauben Sie etwa, das kostete sie nichts?! – Manchmal brach sie sich sogar die Fingernägel ab. Sie schlug mich zu meinem Besten, wissen Sie. Ihre Hand weigerte sich mehr als einmal; sie mußte den Fuß nehmen.
Mehr als einmal schreckte sie auch vor der Idee zurück, ihr Fleisch an meinem wundzureiben; sie nahm einen Stock, einen Besen, etwas, wodurch jede Berührung mit der Haut ihres Kindes, ihres vergötterten Kindes unmöglich wurde.

Ich empfand die Vortrefflichkeit der Beweggründe und das Heldentum in den Gefühlen, die meine Mutter leiteten, so sehr, daß ich mich vor Gott wegen meines Ungehorsams anklagte, und ich sagte schnell zwei oder drei Gebete auf, um mich von meiner Schuld reinzuwaschen. Unglücklicherweise hatte ich wenig freie Zeit, und meine *mea culpa* gingen durch den Schornstein, weil mich Ernest, Charles oder Barnabé, ein Vincent oder ein Fabre zu einer Schlitterpartie, einem Spaziergang oder einem Ulk riefen, um irgendwelcher Stiefel oder Marmelade wegen; immer gab es irgendein Faß, irgendeinen Kanister, irgendeinen Streit, irgendeinen Topf leer zu machen, im Laden oder Schuppen Hand anzulegen, Arbeit oder Schabernack.

Wir stiegen in den zweiten Stock, um die Frau des Gipsers aufzuziehen.
Die Gipserin war eine lange Blonde, sehr sanft, besonders adrett, ein wenig kränklich. Wenn ihr Mann nicht da war, ließ sie uns manchmal zum Spielen über ihr Zimmer herfallen; aber sobald sie ihn hörte, mußten wir hinuntergehen; sie schloß die Tür, und wenn sie wieder erschien, war ihr Gesicht noch müder und ihre Hüften waren noch schwächlicher. Frau Vincent gegenüber sprach sie ständig davon, daß sie ein Kind haben wollte, daß sie fürchtete, es wäre diesmal noch nicht soweit, und das könnte ihren Mann in Verzweiflung stürzen.
Wenn ein Fabre, der achtzehnjährige oder der von dreiundzwanzig, in dem Moment vorbeikam, schwieg sie; der aber warf ihr zum Schabernack eine Bemerkung hin, die sie bis zu den Wurzeln ihrer bleichen Haare erröten ließ: sie versuchte zu lächeln, aber sie war sanft verlegen.
»Sie haben hier Gips« (er deutete auf einen kleinen weißen Fleck), »und da ein Stück Federbett« (er las ihr eine kleine Feder von der Schulter und schüttelte amüsiert den Kopf).
»Dieser Herr Fabre! ...«
»Aber Dame!« sagte er eines Tages, »sie werden nicht unterm Kohl gefunden.«

Dieser Ausspruch bohrte sich in mein Ohr wie ein Pfriem und blieb dort hängen wie Pech.

Hatte man mich irregeführt?

Meine Mutter ist wiedergekommen. Die Erbschaftsangelegenheit war erledigt, ich weiß nicht wie. Ich bin unter die Peitsche zurückgefallen, ich bin nur noch an den Tagen frei, an denen sie zufällig weggeht.

Am Fastnachtsdienstag aber hat die Frau eines Kollegen sie unvorhergesehen abgeholt, um sie wegen eines Kleides um Rat zu fragen – sie hat ja so viel Geschmack! – und um gleich den Tag mit ihr zu verbringen. Meine Mutter hat keine Zeit gehabt, mich einzuschließen. Ich bin am Fastnachtsdienstag mein eigener Herr!

An diesem Tag ist es Sitte, daß jede Straße eine Kohlepyramide errichtet, einen Scheiterhaufen in Form eines Kohlenmeilers, der aussieht wie eine große Mütze aus schwarzer Baumwolle, mit einer Zündschnur, an die man am Morgen das Feuer legt.

Es ging das Gerücht, daß die von der Straße nebenan kommen würden unser Bauwerk zerstören; die beiden Straßen liegen seit langem miteinander in Fehde. Ein Schlingel, der Sohn vom Wirt des Lion-d'Or, schlägt vor, eine Wache aufzustellen, mit Steinen und einer Schleuder in der Tasche; sie hat den Befehl, die Schleuder zu benutzen, wenn der Feind in Massen und von fern anrückt, sich mit dem Stein in der Hand zu wehren, wenn sie überrascht und angefallen wird.

Ich bin einer der ersten, die Wache halten.

Da sehe ich doch den kleinen Somonat aus der Rue Marescaut, wie er seine Nase hinter der Kirchentür hervorsteckt ... Ich habe den Eindruck, daß er Zeichen macht; gleich werden sie in Massen ankommen mich überrennen, umwerfen. – Was soll dann der Sohn des Wirts, meine ganze Straße sagen? Kann ich je zurückkehren, wenn ich mich nicht wie ein Held verteidige?

Mein Entschluß steht fest: ich habe meinen Steinhaufen, ich lade meine Schleuder und lasse sie los, schleudere eine

Ladung Kieselsteine aufs Geratewohl den Marescautianern entgegen, sie pfeifen durch die Luft, und ich höre sie gegen die geschlossenen Läden der Holztür prasseln! Ich zerwühle die Gegend auf gut Glück, wie man sie mit einer Kanone zerwühlt. – In meiner Einbildung befinde ich mich auf dem Feldzug von Arbela oder Mazagran. – Wenn ich eine Tricolore hätte, würde ich sie aufpflanzen. – Die Geschichte von Arbela haben wir gestern aus dem *Quintus Curtius* übersetzt. Die von Mazagran ist brandneu. Alles spricht nur davon, und von *capitaine Lelièvre.*[1]

Und von mir wird man auch sprechen – zum Donnerwetter! Ich bombardiere ein ganzes Stadtviertel mit Steinen, ich nehme in Kauf, daß die Bevölkerung getötet und das normale Leben einer Stadt lahmgelegt wird.

Leute – nicht gerade viele – kommen aus den Häusern und gucken, ich bediene immer noch meine Schleuder, aber ich fange an, mich zu fragen, wie der Feldzug ausgehen wird.

Ich habe Fensterscheiben herunterfallen hören, ich habe gesehen, wie ein Stein in ein Zimmer geflogen ist; vielleicht habe ich jemanden getötet. Der Gegenschlag bleibt aus! Ich habe mich also geirrt. Es war kein Angriff – sie werden mich gefangennehmen, verurteilen, mein Vater wird seine Stellung verlieren.

Was tun?

Ich habe gehört, daß man bei Feuereinstellung die weiße Fahne hißt; ich nehme mein Taschentuch – es ist blau. Rückzug? Vielleicht schaffe ich es, der Platz ist verlassen, wenn ich mich nach links verdrücke ...

Ich renne los.

Was ist denn jetzt mit mir los? Ich bin hingefallen. Sie stehen um mich herum. Ich habe mir den Arm gebrochen. Herr Dropal, der Arzt, kommt vorbei, sie halten ihn an. Was wird er sagen?

[1] *Mazagran*; *Lelièvre:* Hauptmann Lelièvre widerstand 1840 während der kolonialen Eroberungen in Nordafrika in Mazagran einer Übermacht algerischer Berber.

Wenn es nun zufällig nichts ist, was soll aus mir werden? Wie soll ich mich nach Hause vor meine Mutter trauen? Und was werden die Gesteinigten mit mir machen?
Der Arzt schüttelt mit einem traurigen Ah! den Kopf. Ich stelle mich ohnmächtig, um besser zuhören zu können.
»Das ist ernst, das ist ernst!«
Gott sei gelobt! Sie sollen schnell gehen und meiner Mutter sagen, daß es ernst ist, dann kommt sie nicht auf die Idee, mich auszuschimpfen und durchzubläuen!
Es war ernst; ich konnte nicht sprechen. Ich hatte mehr Glück als ich verdiente: sie sagen, es hat mir die Sprache verschlagen! Wie praktisch das ist! Ich muß nichts erklären; ich bin wahrscheinlich lange krank, und wenn ich gesund bin, hat sich alles beruhigt.
Ich konnte lange nicht wieder sprechen, aber als ich es konnte, habe ich nicht gleich losgesprochen.
Ich bemerkte, daß meine Mutter in dem Maß, in dem ich gesund wurde, Rechnungen ausstellte.
»Schon zwei Francs für Diachylon[1]!«
Tapfere Frau, die Sparsamkeit im Haushalt anstrebte und niemals die Gesetze der Ordnung vergaß, durch die allein Heil in eine Familie kommt, ohne die man im Krankenhaus und auf dem Schafott landet.
Ich geriet in Verzweiflung bei der Vorstellung, daß ich gesund würde!
Ich sah den Augenblick kommen, da ich soweit sein würde, daß sie mich züchtigen konnte, obwohl ich keine Tracht nötig hatte, damit mir die Lust verginge, wieder anzufangen.
Ich fühlte nicht die geringste Neigung zu einem neuen Feldzug, einer neuen Niederlage, einer so schrecklichen Flut von Gefühlen. Ich wünschte, meine Mutter hätte es gewußt, mein Vater hätte es verstanden, dann hätten sie mich vielleicht nicht geschlagen.
Ich wurde nicht geschlagen – sie taten etwas Schlimmeres.

[1] *Diachylon:* Bleipflaster für Wundbehandlungen.

Sie wußten, daß ich gern zu den Fabres ging, sie straften mich hiermit.
Meine Mutter war sowieso schon lange eifersüchtig und schämte sich; sie litt darunter, mich in der Gesellschaft von Schustern herumlungern zu sehen, und seit einigen Wochen überlegte sie, wie sie mich da herausholen könnte.
Nur war sie geschwätzig, die Mutter Vingtras, und bei den Fabres hörte man ihr zu. In ihrer Gutmütigkeit glaubten sie vielleicht, daß diese Dame mit Hut ihnen überlegen wäre; jedenfalls liehen sie ihr ein freundliches Ohr, und sie räumten Pech und Kleister höflich beiseite, wenn sie mich holen kam.
Sie wollte, daß ihr Jacques aufhörte, mit Flickschustern zu verkehren, aber sie wollte ihre Zuhörer nicht verlieren.
Mein Fastnachtsdienstagabenteuer ermöglichte es ihr, die Sache zu schaukeln, zwei Fliegen mit einer Klappe zu schlagen.
Sie erlegte mir die Strafe auf, nicht mehr dorthin zu gehen; trotzdem verkrachte sie sich nicht.
»Jacques hat eine Strafe verdient, nicht wahr. Er hat sie verdient, aber er hat auch schon genug gelitten, der arme Junge.«
»O ja«, sagte Mutter Fabre und hoffte, daß Zustimmung – wenn auch nur von einer Flickschusterin – das Pendel nach der Seite der Vergebung ausschlagen lassen könnte.
»Und ich will ihn nicht schlagen.«
Ich hörte die Unterhaltung mit an, nicht daß ich lauschte, aber ich stand hinter der Tür; meine Mutter wußte das und wollte vielleicht, daß ich zuhörte.
Es war mein erster Ausgang: ich war noch recht schwach, schlecht zusammengeflickt, seit vierzehn Tagen nährte ich mich von einer etwas bleichen Bouillon; meine Mutter wußte, daß eine zu kräftige Brühe mehr schadet als nützt, daß man die Adern mit Kuhbrühe berauscht wie mit Traubensaft – denn es war Kuhbrühe. »Die ist zarter«; sagte sie, »Kuh für die Kinder, Ochse für die Erwachsenen«.
Ich wurde also nur mit ein bißchen eingeweichter Kuh er-

halten; ich war noch von dem Sturz angeschlagen, und mein Kopf kam mir hohl vor wie ein Globus: ich hatte Blut verloren; was noch da war, stieg mir in die hohlen Backen, und ich fühlte, wie sie brannten.

Man wollte mich nicht schlagen!

Man wollte es schlimmer machen.

»Ich will ihn nicht schlagen«, fuhr meine Mutter fort, »aber da ich weiß, daß er gern mit Ihren Söhnen zusammen ist, werde ich ihm verbieten, sie zu sehen; das ist eine gute Strafe.«

Die Fabres antworteten nichts – die armen Leute glaubten, sie hätten kein Recht, die Beschlüsse der Frau eines Gymnasiallehrers anzufechten, sie waren im Gegenteil ganz verwirrt von der Ehre, die ihren Rangen widerfuhr, da es so schien, als ob Jacques, der Latein lernte, ihre Gesellschaft bevorzugte.

Ich verstand ihr Schweigen, und ich verstand auch, daß meine Mutter erraten hatte, wie sie mich schlagen konnte, womit sie meiner Seele wehtat. Ich habe oft geweint, als ich klein war; es war auf mehr als einer Seite von Tränen die Rede, und es wird von ihnen die Rede sein, aber ich weiß nicht, warum ich mich mit besonderer Bitterkeit an den Kummer erinnere, den ich an diesem Tag damals empfand. Es schien mir, daß meine Mutter eine Grausamkeit beging, daß sie böse war.

Ich war noch krank, fast verkrüppelt, seit Wochen mit Schmerzen und Fieber in ein Zimmer gesperrt, ich brauchte Kinder zum Plaudern, Kinder, die ich nach Neuigkeiten fragen, denen ich meine Geschichte erzählen konnte. Sie waren mir so gut erschienen, wie sie im Treppenhaus auf mich zukamen und teilnahmsvoll sagten: »Wie blaß du bist! ...« In ihrer Stimme war Rührung, ja Freundschaft. Gute kleine Jungen, gesunde Flickschustersbrut, gutherzige Meute! Ich hatte sie sehr gern. Meine Mutter hätte mich lieber schlagen und sie mich wiedersehen lassen sollen, als mein Arm geheilt war.

XI Das andere Gymnasium

Mein Vater war also Lehrer in der Siebten, Elementarlehrer, wie man damals sagte.
Ich war in seiner Klasse.
Niemals habe ich einen ähnlichen Gestank eingeatmet. Diese Klasse lag nahe bei den Toiletten, und zwar bei den Toiletten der Kleinen!
Ein Jahr lang habe ich in dieser verpesteten Luft gesessen. Ich saß an der Tür, denn das war der schlechteste Platz, und in meiner Eigenschaft als Sohn des Lehrers mußte ich ein Beispiel geben, auf dem Opferplatz, an vorderster Front ...
Neben mir saß ein kleiner Mann, aus dem eine hohe Persönlichkeit geworden ist, ein großer Präfekt, damals aber war er ein schlimmer Galgenstrick, sehr ulkig und kein schlechter Kamerad.
Er muß wirklich ein netter Junge gewesen sein, denn ich trage ihm die zwei oder drei Maulschellen nicht nach, die mein Vater mir verpaßt hat, weil aus unserer Ecke ein seltsames Geräusch gekommen, unter unsern Füßen ein Tintenstrahl hervorgeschossen ist. Das ging auf die Rechnung meines Nachbarn.
Jedesmal, wenn ich ihn einen Streich planen sah, zitterte ich; denn wenn er sich nicht durch eine Unvorsichtigkeit selbst verriet, wenn seine Schuld nicht offen zutage lag, war ich es, der drangekriegt wurde; das bedeutete, daß mein Vater ruhig von seinem Stuhl aufstand, mir das Ohr langziehen und mir ein oder zwei, manchmal drei Fußtritte versetzen kam. Er mußte beweisen, daß er seinen Sohn nicht begünstigte, daß er niemanden vorzog. Er begünstigte mich beim Austeilen von professoraler Prügel, und er verabreichte mir mit Vorzug Fußtritte in den Hintern.

Ob er darunter litt, daß er gezwungen war, seinen Sprößling so auszuklopfen?
Vielleicht schon, aber mein Nachbar, der Spaßmacher, war der Sohn einer wichtigen Persönlichkeit. – Ihm Strafarbeiten aufgeben, ihm die Ohren langziehen hieß, sich mit der Mama schlecht stellen, einer sehr koketten Frau, die in einem langen schreienden Seidenkleid und taufrischen Handschuhen mit drei Knöpfen im Sprechzimmer anrauschte.
Um dem aus dem Wege zu gehen, tat mein Vater so, als hielte er mich für den Schuldigen, auch wenn er sehr wohl wußte, daß es der andere war.
Ich nahm meinem Vater das nicht übel, wie konnte ich! Ich glaubte, ich fühlte, daß meine Haut ihm bei seinem Geschäft, seiner Art zu handeln, in seiner Lage nützlich war – also bot ich meine Haut an.
Nur zu, Papa!

Recht und schlecht hielt ich meinen (verpesteten) Platz unter den boshaften Bengels, die alle bereit waren, an dem Lehrerssohn den Haß abzureagieren, den sie natürlicherweise gegen seinen Vater empfanden.
Die öffentliche Prügel war mir nützlich; ich wurde nicht als Feind betrachtet, sie hätten mich eher bedauert, wenn Kinder fähig wären, zu bedauern!
Meine scheinbare Unempfindlichkeit war übrigens nicht dazu angetan, Mitleid zu erwecken; der Form halber wehrte ich mich einigermaßen gegen Fausthiebe; aber wenn es vorbei war, war auf meinem Gesicht keine Spur von Angst oder Schmerz zu sehen. So war ich weder ihr Sündenbock noch eine Jammerbeule; sie mieden mich nicht, ich galt für einen Kameraden, der weniger Glück hatte als andere und besser war als viele, weil ich niemals sagte: »Ich war es nicht.« Und dann war ich stark, die Raufereien mit Pierrouni hatten mich abgehärtet, ich hatte *Muskeln*, wie das hieß, wenn man seinen Arm anspannte und den Bizeps anschwellen ließ. Ich hatte mich geschlagen – *ich hatte mich mit Rosée eingelassen*, dem Stärksten

im Hof für die Kleinen. Es hieß *sich einlassen.* »Willst du dich nach der Schule *mit mir einlassen*?«
Das bedeutete, daß man um zehn Uhr fünf oder um vier Uhr fünf vorschlug, im Hof des Coq-Rouge, eines Wirtshauses, mit Fußtritten übereinander herzufallen, es gab da eine Ecke, in der man sich ungesehen prügeln konnte.
Ich habe Roseé ein paar Schläge versetzt, die Aufsehen erregt haben – auf seiner Nase und im Gymnasium. – Stellen Sie sich vor! Ich hatte das Einverständnis meines Vaters.
Er hatte Wind von dem Streit – um eine gemopste Feder – und von der Herausforderung.
Aber Roseé hatte auch nicht das Geringste mit einer wichtigen Persönlichkeit zu tun.
Noch besser; sein Onkel, ein Gemeinderat, war bei der Behörde in Ungnade gefallen. Ich durfte *mich mit ihm einlassen.*
Und bei jedem Faustschlag, den ich diesem Unglücklichen versetzte, stellte ich mir vor, daß ich ein Saatkorn säte, daß ich eine Hoffnung auf das Feld der väterlichen Karriere pflanzte. Dank diesem schönen Erlebnis entrann ich der fürchterlichsten aller Gefahren, nämlich der – als Sohn eines Lehrers – verfolgt, isoliert, herumgeschubst zu werden. Ich habe solche Unglücklichen kennengelernt!
Wenn mir mein Vater allerdings verboten hätte, mich zu schlagen; wenn Roseé der Sohn des Bürgermeisters gewesen wäre; wenn umgekehrt ich mich hätte verhauen lassen müssen? ...
Man muß tun, was die Eltern befehlen; schließlich ist es ihr Brot, das auf den Tisch kommt. Laß dich hänseln und schlagen, leide und heule, armes Kind, Lehrerssohn ...
Und dann die Prinzipien!
»Was würde aus einer Gesellschaft«, sagte Herr Beliben, »einer Gesellschaft, die ... das ... Prinzipien müssen sein ... ich brauche noch eine Bohne ...«
Ich hatte das Glück, auf Roseé zu stoßen.
Wo er auch sein mag auf der Welt, wenn er noch lebt, seiner Nase sei mein herzlicher Dank ausgesprochen:

Kelch mit Nasenlöchern, meines Retters Blut,
Salutaris nasus, noch einen Kuß! [1]

... Ich wurde eines Tages bestraft: ich glaube dafür, daß ich, von einem Großen geschubst, einem vorbeikommenden kleinen Hilfslehrer zwischen die Beine gerollt bin, so daß er kopfüber nach hinten stürzte! Er hat sich eine fürchterliche Beule geholt, und es ist ihm ein Fläschchen zerbrochen, das in seiner Seitentasche war; ein Reisefläschchen mit Cognac, aus dem er – heimlich, in kleinen Schlukken, mit verdrehten Augen – trank. Man sah ihn ab und zu, wie er zu beten schien und sich entzückt den Magen rieb. – Ich bin schuld an dem zerbrochenen Reisefläschchen, an der Beule, die anschwillt ... der Hilfslehrer war böse.

Er hat mich in Arrest gesteckt – eigenhändig hat er mich in einen leeren Studiensaal gesperrt, den Schlüssel umgedreht, und da sitze ich allein zwischen den dreckigen Mauern, vor einer Landkarte, die Gelbsucht hat und einer großen schwarzen Tafel mit weißen Kreisen und der Krakelschrift des Aufsehers. Ich gehe von einem Pult zum andern: alle leer – hier soll saubergemacht werden, und die Schüler sind umgezogen.

Nichts, ein Lineal, verrostete Federn, ein Stückchen Faden, ein Damespiel, der Leichnam einer Eidechse.

In einer Ritze steckt ein Buch: ich sehe den Rücken, ich zerschinde mir die Fingernägel beim Versuch, es herauszuziehen. Ich nehme ein Lineal, ich demoliere ein Pult, es gelingt mir schließlich; ich halte den Band in der Hand und betrachte den Titel:

ROBINSON CRUSOE

Es ist dunkel. Auf einmal nehme ich es wahr. Wie lange Zeit bin ich in dem Buch? – Wie spät ist es?

Ich weiß es nicht, aber laß versuchen, ob ich noch lesen kann! Ich reibe mir die Augen, ich *spanne* meinen Blick *an*, die Buchstaben verschwimmen, die Zeilen fließen in-

[1] *Kelch:* Vallès parodiert hier die katholische Litanei.

einander, ich erwische noch ein letztes Wort, dann ist es aus. Mein Hals ist steif, der Nacken tut mir weh, die Brust ist eingefallen: ich habe über die Kapitel gebeugt gesessen, ohne den Kopf zu heben, ohne etwas zu hören, von Neugier verschlungen, bin Robinson nicht von der Seite gewichen, von tiefer Rührung ergriffen, bis ins Innerste meines Hirns und meines Herzens bewegt; und in dem Augenblick, in dem der Mond dahinten ein Stück von seiner Sichel vorzeigt, lasse ich alle Vögel der Insel durch den Himmel fliegen, und den langen Kopf einer Pappel sehe ich sich abzeichnen wie den Mast von Crusoes Schiff! Den leeren Raum bevölkere ich mit meinen Gedanken, ganz wie er den Horizont mit seinen Ängsten bevölkert hat; am Fenster stehend träume ich von ewiger Einsamkeit und frage mich, wo ich Brot wachsen lassen werde ...

Hunger meldet sich: ich habe großen Hunger.

Werde ich genötigt sein, die Ratten zu fressen, die ich unter dem Podium des Studiensaales höre? Wie Feuer machen? Ich habe auch Durst. Keine Bananen! Er, ja, er hatte frische Zitronen! Und ich schwärme für Limonade!

Klick, klick! Jemand stochert im Schlüsselloch.

Ist es Freitag? Sind es Wilde?

Der kleine Hilfslehrer ist es, dem beim Aufstehen eingefallen ist, daß er mich vergessen hat, und der jetzt nachsehen kommt, ob ich von den Ratten verschlungen worden bin, oder ob ich sie gefressen habe.

Er wirkt etwas verwirrt, der Arme!

Er findet mich verfroren, zerschlagen, mit trockenen Haaren und fiebriger Hand wieder; er entschuldigt sich, so gut er kann und nimmt mich mit in sein Zimmer, wo er mich ein schönes Feuer anzünden und mich aufwärmen läßt.

Er hat eine Büchse Thunfisch »und vielleicht sogar einen kleinen Tropfen, dahinten in der Ecke, den hat ein Freund vor zwei Monaten dagelassen«.

Es ist eine Reiseflasche mit Schnaps, seiner lieblichen Sünde, seiner feuchten Marotte, seinem gelben Steckenpferd.

Er muß fortgehen, in seine Klasse. Er läßt mich allein,

allein mit dem Thunfisch – dem Fisch aus dem weiten Meer –, dem Tropfen – dem Heil des Seemannes – und dem Feuer – dem Leuchtfeuer für die Schiffbrüchigen.
Ich stürze mich wieder in das Buch, das ich unter meinem Hemd versteckt gehalten hatte, und verschlinge es – mit ein bißchen Thunfisch und Cognactropfen – vor dem Kaminfeuer.
Mir ist zumute, als ob ich in einer Schiffskabine oder einer Laubhütte läge, als ob es zehn Jahre her wäre, daß ich das Gymnasium verlassen habe; vielleicht habe ich graue Haare, auf jeden Fall verwitterte Haut. – Was ist aus meinen alten Eltern geworden? Sie starben, ohne die Freude, ihren verlorenen Sohn noch einmal zu umarmen. (Dies war immerhin eine Gelegenheit, da sie ihn vorher niemals umarmten.) Oh, meine Mutter! Meine Mutter!
Ich sage: ›Oh, meine Mutter!‹, ohne mir viel dabei zu denken, so wird es in Büchern gemacht.
Und ich füge hinzu: ›Wann werde ich Sie wiedersehen? Sie wiedersehen und sterben!‹
Ich werde sie wiedersehen, *so Gott will.*
Aber wenn ich wieder vor ihr erscheine, wie wird sie mich aufnehmen! Wird sie mich wiedererkennen?
Nicht von der wiedererkannt zu werden, die dich von der Wiege an mit ihrer Fürsorge umgeben, dich in ihre Zärtlichkeit eingehüllt hat, kurz, von der Mutter!
Wer ersetzt eine Mutter?
Mein Gott! Ein Knüppel würde die meine voll ersetzen!
Mich nicht wiedererkennen! Sie weiß genau, daß mir hinter dem Ohr eine Haarsträhne fehlt, denn sie hat sie mir eines Tages ausgerissen. Mich nicht erkennen; ich habe noch die Narbe von der Verletzung, die ich mir beim Hinfallen zugezogen habe, damals als mir verboten wurde, die Fabres zu sehen. Alle Spuren ihres Dranges, zu beschützen, ihrer Fürsorglichkeit, sind an weißen Streifen, an kleinen blauen Flecken ablesbar. Sie wird mich wiedererkennen; ich werde wieder geliebt, geschlagen, gepeitscht, und nicht verwöhnt werden.
Kinder darf man nicht verwöhnen.

Sie hat mich wiedererkannt! Dank sei Gott! Sie hat mich wiedererkannt und losgeschrien:
»Da kommst du also! Wenn dir noch mal einfällt, mich bis zwei Uhr morgens warten und die Kerzen brennen zu lassen, und die Tür offenzuhalten, dann werde ich dir was erzählen! Er gähnt auch noch! Vor seiner Mutter!«
»Ich bin müde.«
»Er geruht, müde zu sein!«
»Mir ist kalt.«
»Womöglich machen wir extra für ihn Feuer an – verbrennen ein Bündel Holz!«
»Aber Herr Doizy hat ...«
»Herr Doizy hat dich vergessen, was! Wenn du ihn nicht umgeworfen hättest, hätte er dich nicht zu bestrafen brauchen, und er hätte dich nicht vergessen. Hört euch das an, er versucht auch noch, sich zu entschuldigen! Hier, das ist alles, was von der Kerze übrig ist, die ich gestern angefangen habe. Und das alles, weil man aufbleiben und sich fragen muß, wo der Herr geblieben ist! Los, spiel nicht den Erfrorenen – wir wollen nicht so tun, als ob wir Fieber hätten. Klappere gefälligst nicht so mit den Zähnen! Ich wollte, daß du eines Tages mal richtig krank würdest, das würde dich vielleicht kurieren ...«
Ich fand nicht, daß ich das verdient hatte: sicher, es war meine Schuld; aber ich kann nicht dafür, daß ich mit den Zähnen klappere; meine Hände brennen, und Schauer laufen mir über den Rücken. Ich habe mich heute nacht auf den Bänken, den Schädel auf dem Pult, erkältet; die Lektüre hat mich auch noch aufgewühlt.
Oh! Ich möchte schlafen! Ich mache ein Nickerchen auf dem Stuhl.
»Steh da auf«, sagt meine Mutter und zieht mir den Stuhl weg. »Am hellichten Tag wird nicht geschlafen. Was sind das jetzt für Sitten?«
Es sind keine Sitten. Ich bin müde, weil ich nicht in meinem Bett geschlafen habe.
»Du wirst dein Bett heute abend vorfinden, falls du es nicht vorziehst, zu *vagabundieren*.«

»Ich habe nicht vagabundiert...«
»Wie nennt man das, wenn man draußen schläft? Jetzt widerspricht er auch noch seiner Mutter! Los, nimm deine Bücher vor. Kannst du deine Lektion für heute abend?«

Ach! Die verlassene Insel, die wilden Tiere, die endlosen Regenfälle, die Erdbeben, die Tierfelle, der Sonnenschirm, der Tritt des Wilden, alle Schiffbrüche, alle Stürme, Menschenfresser – aber keine Lektionen für heute abend! Ich zittere den ganzen Tag vor Kälte. Aber ich war nicht mehr allein; Robinson und Freitag waren meine Freunde. Von jetzt an gab es eine blaue Region in meiner Phantasie, eine Poesie der Träume in der Prosa meines verprügelten Kinderlebens, und mein Herz setzte Segel nach den Ländern, wo man leidet, wo man schuftet, aber frei ist.
Wie oft ich diesen *Robinson* gelesen und wiedergelesen habe! Ich forschte nach, wer der Besitzer war; er gehörte einem Schüler aus der vierten Klasse, der noch mehr davon in seinem Pult versteckt hielt; er hatte den *Schweizer Robinson*, die *Erzählungen* des Kanonikus Schmid, das *Leben des Cartouche*, mit Stichen.
Hierher gehört eine Tat in meinem Leben, die ich verheimlichen könnte. Aber nein! Heute, heute erst gebe ich mein Geheimnis preis, so wie ein Sterbender den Generalstaatsanwalt rufen läßt und ihm die Geschichte eines Verbrechens anvertraut. Es ist mir peinlich, dieses Geständnis abzulegen, aber ich schulde es der Ehre meiner Familie, der Ehrfurcht vor der Wahrheit, der Bank von Frankreich, mir selbst.
Ich war *Fälscher*! Die Angst vor dem Zuchthaus, die Furcht, meine Eltern in Verzweiflung zu stürzen, die mich doch, wie man weiß, vergötterten, hängten eine undurchdringliche Maske vor meine Fälscherstirn, von keiner Hand fortzureißen. Ich zeige mich selbst an, und ich werde erklären, unter welchen Umständen ich das Gaunerstück ausführte, wie ich in diese Schande geriet und mit welchem Zynismus ich den Weg der Unehrenhaftigkeit beschritt.

Diese Stiche! Das *Leben des Cartouche*, die *Erzählungen* des Kanonikus Schmid, die Abenteuer des *Schweizer Robinson*!...

Einer meiner Kameraden – dreizehn Jahre alt und rothaarig – besaß sie alle ... Dafür, daß er sie mir abtrat, stellte er infame Bedingungen; ich nahm an ... Und ich erinnere mich, daß ich nicht zögerte.

Der verabscheuungswürdige Handel fand auf folgendem Hintergrund statt:

Im Gymnasium von Saint-Etienne wurden, wie überall, Vergünstigungszettel, die vom Unterricht oder von Strafarbeiten befreiten, ausgeteilt. Mein Vater hatte das Recht, sie außerhalb seiner Klasse zu vergeben, weil er alle vierzehn Tage in irgendeinem Studiensaal die Aufsicht führte; er kam der Reihe nach in alle Klassen, er konnte Strafen auferlegen oder Belohnungen zusprechen. Der Junge, der die Bücher mit den Stichen besaß, war einverstanden, sie mir zu leihen, wenn ich ihm Vergünstigungszettel beschaffen wollte.

Meine Haare stellten sich nicht zu Berge.

»Du kannst die Unterschrift deines Vaters nachmachen?«

Die Hände fielen mir nicht vom Arm, die Zunge vertrocknete nicht in meinem Mund.

»Schreib mir einen Erlaß auf zweihundert Verse, und ich leihe dir das *Leben des Cartouche*.«

Mein Herz schlug zum Zerspringen.

»Ich schenk' es dir! Ich *leihe* es dir nicht, ich *schenk'* es dir ...«

Das Ding war gedreht, der Abgrund geöffnet; ich schlug meine Ehre in den Wind, ich sagte dem Leben in der Gemeinschaft Adieu, ich zog mich in die Fälscherei zurück.

Ich habe also über eine Zeit hinweg, die ich nicht abzuschätzen wage, Vergünstigungszettel geliefert, ich habe den Jungen mit gefälschten Unterschriften gemästet; zwar hat er die Idee für unser kriminelles Zusammenspiel ausgeheckt, aber ich gab mich, gesenkten Hauptes, zum teuflischen Komplizen her.

Um diesen Preis bekam ich Bücher, alle, die er selbst hatte – er bekam viel Geld von zu Haus, konnte sich sogar Frösche hinter Wörterbüchern halten. Ich hätte auch Frösche haben können – er hat mir welche angeboten –, aber wenn ich schon fähig war, den Namen meines Vaters zu entehren, um lesen, meiner Leidenschaft für Reisen und Abenteuer nachhängen zu können, wenn ich dieser Versuchung nicht hatte widerstehen können, so hatte ich mir doch geschworen, den andern zu widerstehen, und niemals habe ich den Schwanz eines Frosches berührt, man glaube mir aufs Wort! Ich mache hier keine halben Geständnisse.

Und ist es nicht genug, das öffentliche Vertrauen getäuscht, eine ehrenwerte und geehrte Unterschrift während zweier Jahre nachgemacht zu haben! Zwei Jahre dauerte das. Wir hörten auf, weil wir des Verbrechens müde waren, oder weil die Sache zu nichts mehr gut war; ich weiß es nicht mehr, und niemand erfuhr je, daß wir Fälscher gewesen waren; es ging mir, obwohl ich es tat, nicht schlechter, Man sollte meinen, daß verbrecherische Gefühle in Fieber versetzen, daß Gewissensbisse einen erbleichen lassen; es gibt Verbrecher, und das ist das Unglück, an denen nagt nichts, ihre Niedertracht stört sie nicht beim Kreiselspielen und nicht, wenn sie Maikäfern in aller Unschuld Papierschwänze an den Hintern hängen.

So war mein Fall gewickelt: viele Papierschwänze, ungeniertes Kreiselspiel. Vielleicht ist es ein Heilmittel, ich habe nie so gesund ausgesehen und so frei geatmet wie während der Fälscher-Periode.

Erst heute erfaßt mich Scham und ich beichte errötend. Man fälscht zuerst Vergünstigungszettel, am Ende Banknoten. Ich habe nie an Banknoten gedacht: vielleicht, weil ich anderes zu tun hatte, weil ich faul bin, weil ich keine Tinte bei mir hatte; wenn das Fälschen von Vergünstigungszetteln allerdings ins Zuchthaus führt, dann müßte ich da sein.

Und wer sagt, daß ich nicht hineinkomme?

XII Scheuern – Schlemmen – Sauberkeit

Man trägt mir Hausarbeiten auf. »Ein Mann muß alles können.«

Es ist keine große Sache: ein paar Teller waschen, ein bißchen fegen, Staubwedel und Scheuerlappen; aber ich habe eine unglückliche Hand, ich zerbreche immer wieder ein Schälchen, ein Glas.

Meine Mutter brüllte, daß ich es absichtlich gemacht hätte, daß wir bald am Bettelstab sein würden, wenn dieser *Alleszertrümmerer* sich nicht besserte.

Einmal habe ich mir – bis zum Knochen – in den Finger geschnitten.

»Jetzt schneidet er sich auch noch!« faucht sie wütend.

Unglücklicherweise geht sie gern methodisch vor ... wie Descartes, von dem Herr Béliben manchmal sprach: am liebsten hätte sie es, wenn ich Bouquets aus Küchenabfällen zusammenstellte.

»Nicht für zwei Heller Phantasie.«

Wenn sie zur Gießkanne oder zum Besen greift, entwirft sie mit Wasser und Staub Muster auf dem Boden, tänzelnd, geziert, lächelnd.

Nein, diese Anmut habe ich sicherlich nicht!

Manchmal stürzt sie sich in Kraftakte: sie nimmt ein Putzleder oder eine grobe Bürste und fällt ein Kupfergeschirr oder eine Möbelecke an.

Sie macht Hauruck! wie ein Bäckerjunge; sie ächzt, als wollte sie auf dem Parkett Brot wachsen lassen! Beim Zusehen läuft mir der Schweiß über den Rücken!

Aber ich bin voller Energie, ich habe Mumm, ich nehme ihr das Scheuertuch aus den Händen, um den Kampf fortzusetzen. Ich werfe mich auf die Möbel, oder ich stürze mich gegen das Treppengeländer, ich fresse das Holz, verschlinge die Politur.

»Jacques, Jacques! Du bist ja verrückt!«
In der Tat steigt mir die Begeisterung ins Hirn, Monomanie ergreift mich ...
»Jacques, hör gefälligst auf! Der würde das Haus demolieren, brutal wie er ist, wenn man ihn ließe!«
Es verwirrt mich sehr – entweder werde ich als faul beschimpft, weil ich nicht genug zupacke, oder man schimpft mich brutal, weil ich zu stark zupacke.
Ich habe nicht für zwei Heller Phantasie. Es ist wahr, ich fühle es. Unfähig sogar, mit Anmut abzuwaschen! Was wird nur später aus mir werden? Ich kann nur Aufschnitt essen – Speck auf Brot und Schinken aus dem Papier. In die Natur muß ich mit meinem Mittagessen gehen, da kann ich die Reste im Gras liegen lassen.
(Ob ich Dichter werde? Ich esse gern auf Wiesen zu Mittag!)
Auf die Weise hätte ich keine Teller zu waschen, und Gott würde mir nicht auferlegen, den Dreck der kleinen Vögel aufzulesen.
Das furchtbarste an dieser Abwascherei ist, daß sie mir wie einem Hausmädchen eine Schürze umbinden. Mein Vater empfängt manchmal Besuche von Eltern, von den Müttern der Schüler, die sehen mich durch die Tür in meinem Aschenbrödel-Kostüm scheuern, wischen und abwaschen. Sie kennen mich, sie wissen nicht, was sie glauben sollen, ob ich nun ein Junge bin oder ein Mädchen.

Fluch der Zwiebel ...
Jeden Dienstag und Freitag essen wir Gehacktes mit Zwiebeln, sieben Jahre lang habe ich kein Gehacktes mit Zwiebeln essen können, ohne mich zu übergeben.
Mir ekelt vor diesem Gemüse.
Wie ein Reicher! Ja, mein Gott! – Als hochmütiger kleiner Kerl gestattete ich mir, dies und das nicht zu mögen, Grimassen zu schneiden, wenn man mir vorsetzte, was mir nicht zusagte. Ich *hörte auf mich*, ich hatte vor allem Gefühle, und der Zwiebelgeruch drehte mir das Herz um – damit wir uns verstehen: das, was ich das Herz nannte,

denn ich bin nicht sicher, ob den Armen das Recht zusteht, ein Herz zu haben.
»Man muß *sich zwingen*«, schrie meine Mutter. »Das machst du absichtlich«, fügte sie wie immer hinzu.
Das war ihre ewige Rede: »Das machst du absichtlich!«
Glücklicherweise war sie zäh: sie hielt durch, und nach fünf Jahren, als ich in die dritte Klasse kam, konnte ich Gehacktes mit Zwiebeln essen. Sie hatte mich gelehrt, daß man mit allem fertig werden kann, wenn der Wille der große Meister ist.
Sobald ich Gehacktes mit Zwiebeln essen konnte, ohne krank zu werden, machte sie keins mehr: Warum? Es war so teuer wie etwas anderes, und es verpestete die Luft. Es genügte, daß ihre Methode gesiegt hatte – wenn sich später im Leben eine Schwierigkeit vor mir auftat, dann sagte sie:
»Jacques, denk an das Gehackte mit Zwiebeln! Fünf Jahre lang hast du es ausgebrochen, nach fünf Jahren konntest du es bei dir behalten. Denke daran, Jacques!«
Ich dachte nur zu sehr daran.
Lauch aß ich gern.
Was ist dabei? – Ich haßte Zwiebeln, ich mochte Lauch. Er wurde mir vom Munde weggerissen, wie man einem Verbrecher die Pistole aus den Händen reißt, wie man einem Unglücklichen, der sich umbringen will, den Giftkelch wegnimmt.
»Warum darf ich keinen essen?« fragte ich weinend.
»Weil du ihn magst«, antwortete diese Frau voller Weisheit, die verhindern wollte, daß ihr Sohn Leidenschaften entwickelte. Du wirst Zwiebeln essen, weil sie dich krank machen, du wirst keinen Lauch essen, weil du ihn magst.
»Magst du Linsen?«
»Ich weiß nicht ...«
Es war gefährlich, sich festzulegen, ich äußerte mich nur noch, wenn ich gut nachgedacht und alles abgewogen hatte.
Du lügst, Jacques!
Du behauptest, daß deine Mutter dir verbietet, das nicht zu essen, was du magst.

Du magst aber Hammelkeule, Jacques.
Enthält dir deine Mutter die etwa vor?
Am Sonntag bereitet sie eine zu. – Du bekommst deinen Teil.
Montags serviert sie kalten Hammel. – Verweigert sie ihn dir?
Dienstags wird er mit Zwiebeln aufgewärmt – es ist der geheiligte Zwiebeltag –, da bekommst du zwei Portionen statt einer.
Und am Mittwoch, Jacques! Wer opfert sich am Mittwoch für seinen Sohn? Wer läßt am Donnerstag die ganze Hammelkeule seinem Kind? Wer? Rede!
Deine Mutter – wie eine Pelikanmutter! Du ißt die Reste der Keule – dir läßt man die Ehre!
»Nage den Knochen sauber! Ich werde dich nicht hindern, los!«
Hörst du, wie deine Mutter dich anbrüllt, du solltest keine Bedenken haben, so viel nehmen, wie du Hunger hast, sie will deinen Appetit nicht einschränken ... »Du entscheidest frei, es ist noch was da, genier dich nicht!«
Gott ruhte am siebenten Tag! Ich aber sitze jetzt zum achten Male davor, in meinem Magen blökt ein Hammel: Gnade, Erbarmen!
Nein, keine Gnade, kein Erbarmen! Da du Hammelkeule magst, wirst du sie bekommen.
»Hast du etwa nicht gesagt, daß du sie magst!«
»Ich habe es gesagt, am Montag ...«
»Und du widersprichst dir am Samstag! Mach Essig dran – vorwärts, der letzte Happen! Du hast hoffentlich ordentlich zugelangt? ...«
So war das wirklich! Am Anfang des Monats, wenn mein Vater sein Gehalt bekam, wurde eine Hammelkeule gekauft. Sie aßen zweimal davon, der Rest war für mich – als Salat, mit Soße, gehackt, als Bouletten; es wurde alles getan, die trostlose Monotonie zu maskieren; aber zum Schluß hatte ich das Gefühl, zum Schaf zu werden, ich blökte und trampelte, wenn jemand ›mäh‹ rief.

Das Bad! Meine Mutter machte eine Marter daraus. Glücklicherweise nahm sie mich nur alle drei Monate mit, um mich von Grund auf zu schrubben.
Sie rieb maßlos auf mir herum und ließ mich durch alle Poren Soda und Talg schlucken, die eine Marseiller Seife für zwei Sous das Stück ausschwitzte, sie verpestete die Luft wie eine Kerzenfabrik. Meine Mutter schmierte mich überall ein, die Augen brannten mir eine Woche lang davon, mein Mund sabberte ...
Dank dieser Seife aus Marseille lernte ich Sauberkeit hassen!

Allwöchentlich wurde ich zu Hause gereinigt.
Jeden Sonntagmorgen sah ich aus wie ein Kalb. Samstags hatten sie mich einpoliert; am Sonntag wurde ich zur Schwemme geführt; meine Mutter schüttete eimerweise Wasser über mich und verfolgte mich wie Galatée, und – wie Galatée – hatte ich zu flüchten, um wieder gekriegt zu werden, mein schöner Jacques! Ich sehe mich noch im Schrankspiegel mit keuscher Schamlosigkeit über die Fliesen laufen, die bei gleicher Gelegenheit gewaschen wurden, nackt wie Amor, einem Pendel gleich, als Engel der Reinigung.
Es fehlte nur eine Zitrone zwischen den Zähnen und Petersilie in den Nasenlöchern, wie bei Kalbsköpfen. Ich schimmerte bläulich, war fade und wabbelnd wie sie; aber ich war sauber, bitteschön!
Und die Ohren! Mein Gott, die Ohren! Ein Stück Handtuch wurde gezwirbelt und bis auf den Grund hineingestoßen, wie man einen Bohrer ansetzt, wie man einen Korkenzieher in den Korken treibt ...
Das gezwirbelte Tuch wurde so energisch vorangetrieben, daß mir die Mandeln anschwollen; das Trommelfell fing zu bluten an, zehn Minuten lang war ich taub, sie hätten mich mit einem Schild um den Hals betteln schicken können.
Nichts geht über Sauberkeit, mein Junge!
Sauber sein und sich gerade halten, das ist die Hauptsache.

Ich bin sauber wie eine neuverzinnte Kasserolle. Ja, aber gerade halte ich mich nicht.
Denn während ich meine Lektion lerne, schlafe ich oft ein und lege den Kopf auf die Arme, mit krummem Rücken.
Meine Mutter wünscht, daß ich mich gerade halte.
»In unserer Familie hat es noch keinen Buckligen gegeben, du wirst hoffentlich nicht der erste sein!«
Sie sagt das in drohendem Ton, und selbst wenn ich die Absicht hätte, bucklig zu werden, würde sie mir schlagartig die Lust nehmen.

XIII Das Geld

»Mama! Ich habe Bauchschmerzen.«
»Das sind Würmer, mein Kind!«
»Ich fühl' es aber genau, daß ich Schmerzen habe.«
»Memme, hör auf! Als ob du ein Einkommen von zehntausend Francs hättest!... Wenn du Bauchweh hast, mach es wie mein Vater, schlag einen Purzelbaum!«

Geld! – Einkommen!
Wie allen Rotznasen verspricht man mir Belohnungen, einen dicken Sou, wenn ich lieb bin, und eine Silbermünze jedesmal, wenn ich Erster bin. Bekomme ich sie? ... Nein, dafür liebt meine Mutter mich zu sehr.
Sie beraubt mich allerdings nicht, um sich zu bereichern. Die zehn Sous kehrten nicht in die Familie zurück – sie gingen in einer Sparbüchse zur Ruhe, deren Maul mir ins Gesicht lachte.
»Das ist für dich«, sagt meine Mutter, während sie mir das Geldstück zeigte, bevor sie es ins Loch schob!
Ich sah es nicht wieder!
»Dafür kaufen wir dir einen Ersatzmann, der für dich den Militärdienst macht!« fügte sie hinzu.
Der in der Sparbüchse versteckte Stellvertreter saugt alle kleinen Silberstücke und dicken Sous ein, die von andern, meinen Kameraden, am Sonntag oder wenn Markt ist, für den Eintritt in Buden, für Strohzigarren und Kupferkanonen ausgegeben werden.
Meine Mutter, die mit ihrem Jahrhundert Schritt hielt, flößte mir weise und ohne Pedanterie gelehrsam den Haß aufs *stehende Heer* ein und brachte mich dazu, über die *Blutsteuer* nachzudenken. Ich lehnte mich manchmal auf und verwies auf meine Kameraden, die ihr Geld ausgaben, statt es aufzuheben, um sich von der Armee freizukaufen.
»Sie sind zweifellos verkrüppelt, siehst du!«

Sie sprach sogar mit trauriger Stimme und in mitfühlendem Ton angesichts dieser armen Kinder, die es richtig machten, sich mit dem Ausgeben ihrer Sous zu trösten, da der Himmel sie krumm oder bucklig gemacht hatte, ohne daß das zum Vorschein käme.
»Und warum!« Sie sprach mit sich selbst und stieß bis zur Gotteslästerung vor.
»Es ist ein Verbrechen der Natur, beinahe eine Ungerechtigkeit vor Gott. – Dich hat er verschont«, fuhr sie fort und klopfte mir auf den Rücken, um mir deutlich zu machen, daß da kein Buckel war, und daß sie den Stellvertreter auf dem Grund der Sparbüchse weiterhin nähren könnte, ja müßte – es war ihre Aufgabe als Mutter ...
Und ich, der ich ungläubig, undankbar auf die Holzpferde zu steigen wünschte, ich bedauerte oft, daß ich nicht bucklig war, ich bat Gott, er möge irgendeine Ungerechtigkeit begehen, die ich unterm Hemd verstecken würde, die mich vor der Auslösung bewahren und mir doch das Recht geben würde, zu nehmen, was da war, und nichts mehr in diese verdammte Sparbüchse zu tun.

In Kürze wird die Generalinspektion erwartet.
Mein Vater strapaziert seine Schüler, ruft die Guten zusammen und bereitet mit ihnen die Inspektion vor. Er verteilt Rollen unter ihnen. Den wird er nach dieser, jenen nach jener Stelle fragen.
»Tribouillard, Sie nehmen das *Weggelassene*, und Caillotin, Sie die *Heilige Geschichte*. Piochez die *Propheten*.«
»Herr Vingtras«, sagte Caillotin, »wie wird *Hesekiel* ausgesprochen?«

Meine Mutter, tollkühn wie André Chénier[1]:
»Jacques, wenn du bis zur Inspektion unter den drei Ersten bist, gebe ich dir ... schau! Das ist für dich, für dich ganz allein; du kannst damit machen, was du willst.«

[1] *André Chénier:* französischer Lyriker (1762–1794); wandelte sich vom Anhänger zum Gegner der Revolution; schrieb noch im Gefängnis Pamphlete.

Sie zeigte mir *Gold*; ein Zwanzig-Sous-Stück. Ah – warum weckte sie die Gier nach Reichtum in mir? Gehört sich das für eine Mutter?
In mir spielt sich ein Kampf ab – kein langer.
»Für mich ganz allein? Ich kann mir kaufen, was ich will? Ich kann es, wenn ich will, einem Armen schenken?«
Es einem Armen schenken! – Meine Mutter schwankt; sie ist entsetzt über meine Verrücktheit, aber sie antwortet im Angesicht des Himmels:
»Ja, es soll deins sein. Ich hoffe, daß du es keinem Armen schenkst!«
Aber das ist ja eine Revolution! Bisher hatte ich nichts, was mir gehörte, nicht einmal meine Haut.
Sie muß es wiederholen.

Mitternacht

Es geht darum, gut Geschichte zu lernen, um Erster zu werden – und ich ochse, ich ochse!

Der Samstag kommt.
Der Direktor kommt herein. Die Schüler stehen auf.
Der Lehrer liest vor:
»Griechischer Aufsatz.
– Erster: Jacques Vingtras.«

»Und?« sagt meine Mutter, als ich nach Haus komme.
»Ich bin Erster.«
»Ah, das ist gut. Da siehst du, wie gut du sein kannst, wenn du arbeitest! Morgen mache ich dir eine schöne Pachade.«
Die Pachade ist eine Art Pfannkuchen aus Kartoffeln, ein gelber Mörtel ohne Butter, den meine Mutter mir wie ein Schlemmergericht präsentiert. Ich will ein Zwanzig-Sous-Stück. Davon ist nicht die Rede. Die Sache ist so ernst, daß ich nicht davon anzufangen wage. Meine Mutter tut so, als ob sie ganz von der Pachade beansprucht wäre, sie hält ein völlig verdrecktes Ei hoch und sagt:

»Ich hoffe, es ist dir dick genug!«
Alles Mätzchen. Und meine zwanzig Sous, habe ich sie verdient oder nicht? Sind sie mir nun versprochen worden? Vielleicht sollte ich sie darum bitten. Aber warum? Hat sie sie vergessen?
An ihrer leichten Befangenheit, an ihrer Koketterie mit dem Ei und ihrem gezwungenen Lächeln sehe ich sehr wohl, daß sie sich erinnert. Vielleicht will sie die Rangordnung einhalten. Es ist Sache des Sohnes, die Mutter an das zu erinnern, was sie versprochen hat.
»Und meine zwanzig Sous, Mama?«
Sie antwortet nicht gleich; aber auf einmal kommt sie auf mich zu, und mit einer Stimme, die ihrer vorigen nicht gleicht, schelmisch und liebreizend, das dicke verdreckte Ei hochhaltend:
»Jacques, gibst du deiner Mutter Kredit?...«
In ihrem Tonfall liegt die ganze Würde der Besiegten, die ihr Schicksal im voraus annimmt, aber von ihrem Sieger eine Gunst erbittet. Sie verteidigt ihr Portemonnaie nicht, hier bitte! – Die zwanzig Sous sind auf dem Tisch – aber sie bittet, daß man ihr Zeit läßt.
Ja, meine Mutter, ich gebe Ihnen Kredit. Oh, behalten, behalten Sie die zwanzig Sous, ob damit nun eine Lücke gestopft werden soll, ob Sie sie für mich in einem Unternehmen anlegen wollen, – und ohne mir etwas zu sagen, indem Sie vielmehr zum Schein bei mir um Verzeihung betteln, verleiben Sie mein Kapital dem Ihren ein, kaufen Sie mich in Geschäfte ein, machen Sie mich zum Teilhaber des Haushalts! Danke!
Sie versteht sich auf Geschäfte, meine Mutter; sie weiß, wie man Geld zusammenkratzt; sie hat mir oft erzählt, daß sie schon mit vier Jahren ihren Lebensunterhalt verdienen konnte. Zuerst hat sie für sieben Sous, die sie mit Gänsehüten verdient hatte, eine Taube gekauft. Die Taube hat sie gemästet und wieder verkauft, um ein Lamm zu kaufen, als es aus dem Bauch seiner Mutter kroch.
Sie hat dieses Lamm wieder verkauft und sich ein Kalb verschafft, immer im gleichen Alter.

Sobald in einem Stall, einem Verschlag, einer Hundehütte irgendein Tier niederkam, sah man meine Mutter herbeilaufen, die dann, neugierig auf die Wunder der Natur, mit dem Geld in der Hand wartete, immer auf dem Sprung, den Taler auf die Stelle, das Geld unter den Bauch zu legen.
Ich habe nicht ihre Kraft! Wenn ich drei Sous hätte, würde ich sie ausgeben, und es würde mir nicht einfallen, ein säugendes Kaninchen zu kaufen, um mit dem Geld ein Kalb bei der Landung zu erwischen.

Einmal habe ich wohl geglaubt, daß ich vierzig Sous bekommen würde, die ich dem Ersatzmann vorenthalten und zu den Holzpferden tragen könnte. Es ging wieder darum, vor dem Ball beim Direktor, zwei- oder dreimal *Erster* zu sein.
Ich schoß wieder den Vogel ab.
Diesmal hatte ich meine Bedingungen gestellt. Ich hatte gefragt:
»*Es ist für mich? Ich werde es behalten.*« Ich hatte klargemacht, daß ich diese Summe nicht der zuschlagen wollte, die ich schon in den Geschäften hatte. Fünf Francs kann man in ein Unternehmen stecken, aber nicht sieben.
»*Ich kann es behalten?*«
»*Du kannst es behalten.*«
Meine Mutter hielt ihr Versprechen. Ich bekam die vierzig Sous; ich stopfte sie in meine Hosentasche; aber als ich von Karussellfahren sprach, erinnerte mich meine Mutter an den Vertrag:
»Du hast gesagt, du würdest sie *behalten*!«
Und sie fügte hinzu, daß ich es mit ihr zu tun bekommen würde, wenn es mir einfiele, das Stück zu wechseln. Ich protestierte, aber:
»Jetzt bist du also zum Lügner geworden; das hatte dir nur noch gefehlt, mein Junge!«
Ich konnte es nicht leugnen; ich war von mir selbst geschlagen. Ich hatte mit eigener Zunge Selbstmord begangen.

Was mir verblieb, war, die vierzig Sous wie eine Blindenplakette herumzuschleppen.
Jeden Abend wollte meine Mutter sie sehen.
Eines Tages konnte ich sie ihr nicht zeigen! ...
Ich war über die Place Marengo gegangen, in einen Dreizehn-Sous-Laden, *alles zu dreizehn*!
Ich kaufte ein paar Hosenträger mit Besatz. Sie waren zart rosa!
Kaum hatte ich diesen Fehler begangen, als ich seine Tragweite begriff. Das Geldstück war angerissen: ich hatte dreizehn Sous in Hosenträgern. Nur siebenundzwanzig Sous waren übrig! Was würde meine Mutter sagen? – Weg ist weg, ich sagte mir, daß ich jetzt bis ans bittere Ende gehen müßte.
Genießen ... und nach mir die Sintflut!
Zuerst ging ich in eine Allee, wo ich mich auszog, um meine Hosenträger anzulegen. Nach einigen vergeblichen Versuchen, bei denen mich andauernd Leute störten und schräg ansahen, die sich wunderten, mich halb nackt vor ihrer Tür zu sehen, erschien es mir vorsichtiger, wenn auch etwas weniger würdevoll, mich ins erste beste Versteck, das ich finden würde, zu verziehen.
Ich hatte noch siebenundzwanzig Sous, in Sous – noch niemals hatte ich eine so große Summe zur Verfügung gehabt. Sie beulte nur die Taschen aus. Bumsvallera, rollen die Sous auf die Erde – und nach allen Seiten!
Entsetzlich.
Ich habe nur einen Franc und zwei Sous wiedergefunden.
Ich verliere den Kopf ...
Ich gehe zu einer der beiden Spielbuden, die auf der Place Marengo aufgebaut sind:
»Drei Kugeln für einen Sous! Ein Hase zu gewinnen.«
Ich nehme das Gewehr, schultere und ziehe ab .. . Ich ziele mit geschlossenen Augen, wie ein Bankier sich eine Kugel durch den Kopf jagt.
»Er hat den Hasen gewonnen!«
Ein Lärm erhebt sich, die Menge sieht mich an, sie halten mich für einen Schweizer; jemand behauptet, daß die Kin-

der in diesem Land da mit drei Jahren schießen lernen und daß manche von ihnen mit zehn Jahren auf zwanzig Schritte Haselnüsse treffen.

»Der Hase gehört ihm!«

Der Händler hatte es tatsächlich nicht gerade eilig, aber die Menge kommt näher, drängt vor und macht gleich Hasenragout aus dem Mann, wenn er den Hasen nicht herausgibt, der dasitzt und Gras frißt.

Ich hab' ihn! Ich hab' ihn! Ich nehme ihn bei den Ohren und gehe mit ihm fort.

Die Menge muß man gesehen haben! Der Hase macht fürchterliche Sprünge. Er wird mir gleich entkommen.

Wie bei allen Kämpfen hat jede Seite ihre Parteigänger. Die einen halten zum Hasen, die andern zum Schweizer – der Schweizer bin ich –, und ich fühle die ganze Verantwortung, die auf meinem Haupte lastet. Ab und zu macht das Tier einen Satz, der die Meinen in Schrecken versetzt. Ich würde gern die Hand wechseln, ihn eine Weile beim Schwanz nehmen. Ich traue mich vor dieser Menge nicht.

Ich habe nicht den Mut, den Kopf zu drehen, aber ich kann erraten, daß die Reihen angeschwollen sind.

Sie gehen im Gleichschritt.

Ich gehe voran, ein paar Schritte vor der Kolonne, allein wie ein Prophet oder ein Bandenchef ...

Unterwegs fragen sich die Leute, was wir wollen, ob ich von einer religiösen Idee oder von sozialen Gedanken angetrieben bin.

Wenn die Idee praktisch ist, wird man ja sehen – aber was soll der Hase! – Ist das etwa eine Fahne? – Wir sollen es jetzt sagen.

Meine Hände sind ganz verkrampft, gleich habe ich nur noch die Ohren in der Hand. Der Hase macht eine ungeheure Anstrengung ...

Er entwischt mir! Aber er fällt in meine Hose – eine schlecht umgearbeitete Hose von meinem Vater, oben weit, mit engen Beinen. – Da bleibt er.

Die Leute werden unruhig, fragen ...

Die Massen mögen nicht, daß man sich über sie lustig

macht. Man läßt seine Fahne nicht so ohne weiteres verschwinden!
Der-Ha-se! Der-Ha-se! – auf die Melodie von den *Lampions.*
Leute kommen ans Fenster; Neugierige rotten sich zusammen.
Der Hase ist noch immer zwischen Fleisch und Stoff, ich fühle ihn.
Wenn ich bloß fliehen könnte! Ich will es versuchen. Da ist eine freie Stelle – ich schlupfe durch ... Sie suchen mich, aber ich kenne alle Ecken.
Wohin jetzt? – Ich treffe auf Herrn Laurier, den Verwalter. Ich mache Botengänge für ihn, ich habe Briefe an eine Dame überbracht. Ich kenne sein Geheimnis, ich bin zur Erpressung bereit. – Er muß mich retten! Ich erzähle ihm alles.
»Da, hier sind deine vierzig Sous. Ich bringe dich zurück und sage, daß ich auf dich aufgepaßt habe, und gib mir dieses Vieh!«
Meine Mutter glaubt unsere Lüge.
»Es ist gut, Herr Laurier – wenn Sie bei ihm waren ... Wissen Sie, was heute abend auf der Straße los ist? Angeblich wollten die Grubenarbeiter Aufruhr machen und haben das Kloster in Brand gesteckt.«

Am nächsten Tag.
»Iß doch, Jacques. Iß! Magst du plötzlich keinen Hasen mehr?«
Sie hat heute morgen einen Hasen gekauft, billig, weil er ein bißchen zerquetscht war, und er hatte Hemdfetzen zwischen den Zähnen.
Wo ist das Fell? ...
Ich gehe in die Küche.
Er ist es! ...

XIV Reise aufs Land

Jacques wird seine Ferien auf dem Land verbringen.
Meine Mutter verkündet mir diese Neuigkeit.
»Siehst du, wir vergeben dir die Streiche, die du dieses Jahr ausgeheckt hast, wir schicken dich zu deinem Onkel; da wirst du reiten und Forellen angeln, und du wirst Landwurst essen. Hier sind drei Francs für die Reise.«
Die Wahrheit sieht so aus, daß mein Onkel der Pfarrer, der *auf die siebzig geht*, davon gesprochen hat, daß er mich zu seinem Erben machen will, und er bittet darum, mich in den Ferien bei sich zu haben.
Der alte Priester spart, er hat einen guten alten Kerl zum Notar, der hat meinem Vater zwei Worte darüber gesteckt, in einem Brief, den sie auf dem Tisch vergessen haben und den ich gelesen habe. Ich bin auf dem Laufenden. Man wird mir eine Summe von ... hinterlassen, zahlbar, wenn ich mündig bin: das ist der Sinn des Testaments.

Ich habe mein Mäntelchen über dem Arm, eine Mütze ohne Schirm und eine Feldflasche.
»Er sieht aus wie ein Engländer.«
Dieses Wort erfüllt mich mit Stolz.
Mein Vater (wie er mich verwöhnt!) nimmt mich ins Café mit, um einen auf die Reise zu heben.
»Los, trink das, das wird dir guttun.«
Ich kippe den Schnaps auf einen Zug hinunter, danach niese ich fünf Minuten lang, und meine Augen tränen, als wenn ich die ganze Nacht geweint hätte. Die Zunge kocht mir, ich möchte sie in den Straßengraben tunken.
»Sei liebenswürdig zu deinem Onkel.«
Das ist die letzte Empfehlung meines Vaters.
»Paß auf deine neue Jacke auf.«
Das ist der letzte Schrei meiner Mutter.

Abfahren, hau drauf, Kutscher!
Die Abschiedsworte waren schlicht. Ich will jetzt so schnell wie möglich zum Großonkel.
Von Gefühlen war keine Rede.
Und ich habe nur auf den Moment gewartet, wo die Pferde loszögen ...
Die ganze Nacht habe ich meine Freude ausgekostet. Ich habe getrunken, geschlafen, geträumt, mir Säfte am Buffet gekauft, ich habe die Fenster hochgeschoben, ich bin *bei Steigungen* ausgestiegen.
Früh um sechs Uhr war ich mitten in Le Puy, vor dem Café zur Poststation.
Ich lasse mein Gepäck auf der Poststation und klettere zu unserm alten Haus hoch, wo Fräulein Balandreau mich erwartet. Sie haben ihr geschrieben, daß ich käme, ohne den Tag anzugeben.
Ich klopfe.
Ich muß nicht lange warten! Da kommt das gute alte Mädchen an, zerzaust und gerührt! Und umarmt mich, umarmt mich – wie meine Mutter mich niemals umarmt hat.
Sie läßt mich ablegen, sie befürchtet, ich könnte mich schwach fühlen, ich könnte gefroren haben ...
»Du bist sicher müde. Gib mir den Mantel da. Es ist nicht möglich! Du bist es wirklich! – Wie groß du geworden bist! – Armer Kleiner, die ganze Nacht im Wagen – du möchtest sicher schlafen. Hast du schlafen können?«
»Kein Auge zugemacht.«
Ich lüge das Blaue vom Himmel, aber es wird ihr schmeicheln, daß ihr Liebling kein Auge zugemacht hat und doch so frisch und stark wirkt. – Er ist jetzt ein großer Junge, der sich die Nächte um die Ohren schlagen kann.
»Willst du dich hinlegen? – Komm, leg dich hin. – Willst du nicht? – Aber du nimmst wenigstens eine Tasse Kaffee? – So eine, weißt du, wie ich dir heimlich gegeben habe, ohne daß deine Mutter es wußte, mit Milch. – Du hast immer die Sahne abgeschöpft. – Du hast gesagt: ›Gib mir *die Haut.*‹«

Wie sehr sie mich liebt!
Wir bereiten den Kaffee zusammen. Sie sieht aus wie eine Hexe und ich wie ein Teufelchen; sie dreht mit ihren flatternden Schleifchen die Kaffeemühle, ich blase in der Asche das Feuer an ...
Wie alle alten Mädchen – die sich eine Liebhaberei leisten – vergöttert sie ihren Milchkaffee, und er ist auch gut! Er macht mir die Lippen ganz fett und die Backen ganz warm. Es ist das gleiche Schüsselchen, in das ich damals meine Schnute getaucht habe, als ich mit Doppelschlukken trank, weil meine Mutter dazwischenkommen konnte, und weil meine Mutter nicht wollte, daß jemand außer ihr mich verwöhnte – außerdem ist Milchkaffee schlecht für Kinder, »sie bekommen davon einen schleimigen Mund.«

»Kommen Sie doch und sagen Sie ihm guten Tag!«
Sie hat die Nachbarn geholt, sie hat die Gevatterinnen zusammengebracht. In der Ecke sitzt ein kleines Fräulein.
»Erkennst du Fräulein Perrinet nicht wieder?«
Was, das kleine Mädchen, das immer Samthosen trug und unordentliche Haare hatte, mit dem ich mich geschlagen habe, das mich zerkratzt hat – ich habe noch eine Narbe –, sie war bös wie Galle: die ist das, die da jetzt mit einem schönen Zopf sitzt, mit einem Schildpattkamm, mit einem blauen Knoten am Mieder, einer Erdbeere aus Tüll um den Hals und einem braunen Hauch auf Wangen und Lippen?
»Umarmt euch doch!«
Ich traue mich nicht, sie wartet ab. Ich werde geschoben, sie kommt näher. Nicht sehr!
Ich bin rot, sie ist es auch ein wenig! Wir haben damals Mann und Frau gespielt; wir hatten zusammen die Puppenmahlzeit zubereitet, und den dicken Kratzer, den ich als weißen Strich behalten habe, bekam ich, glaube ich, im Anschluß an eine Eifersuchtsszene.
Ich erinnere mich daran, sie hat es vielleicht nicht vergessen.

Mein Koffer ist auf der Poststation.
Ich sage das mit einem Anflug von Eitelkeit, selbstverständlich muß ich ihn mit einem kleinen Nachbarn holen gehen.
»Er ist zu schwer für dich«, sagt Fräulein Balandreau.
Meine Wäsche ist drin, ein paar Hemden, meine neue Jakke, ein Paket für Tante Rosalie, ein Paket für den alten Onkel und ein Stein für einen Herrn.
Dieser Herr ist eine Persönlichkeit, die eine Steinsammlung besitzt und unbedingt einen *Nierenstein* gesucht hat.
Ich habe sechs Monate lang von dem Nierenstein reden hören, immer mit der gleichen Verwunderung; schließlich wurde ein eisenfarbenes Ding gefunden, das mein Vater sorgfältig eingepackt hat und das ich dem Sammler bringen soll; er ist verwandt mit ich weiß nicht mehr wem an der hohen Universität, und das berufliche Fortkommen von Herrn Vingtras kann an dem Nierenstein hängen.
Das Wort Niere ist mir trotzdem peinlich, und als eine Dame, die dazukommt, wie ich meinen Koffer aufmache, fragt, was das für ein blauer Stein ist, sage ich ihr nicht, wie er sich nennt.
Ich bringe den Stein schnell dem, für den er bestimmt ist, der ihn dreht und wendet und ansieht, wie man ein Ei prüft. Er begleitet mich hinaus und gibt mir an der Tür fünf Francs in die Hand.
»Das ist für dich«, meint er.
»Nicht für meine Eltern?« habe ich ganz verwirrt gesagt.
»Für dich, du kannst dich in den Ferien damit amüsieren.«

Ich bin durch die Stadt gegangen, den Fluß entlang, ich habe einsame Plätze aufgesucht, ich mußte allein sein.
Im Besitz eines Vermögens! – So jung, in meinem Alter, ohne daß ich meinen Eltern darüber Rechenschaft ablegen muß, berechtigt, darüber zu verfügen, wie es mir gerade einfällt, Dummheiten zu machen oder zu sparen, das Geld in einem Topf zu verstecken oder zum Fenster hinauszuwerfen!

Vielleicht steckt ein Verbrechen dahinter.
Nein. Herr Buzon, der Empfänger des Steins, ist ein Ehrenmann, er hat ein gutmütiges Gesicht – sogar ein bißchen dumm –, ich habe sagen hören, daß Verbrecher niemals dumm aussehen. Herr Buzon ist über allen Zweifel erhaben. Und dennoch! – Ich weiß einfach nicht, ob ich das Geld von diesem Herrn behalten soll! ...
Oh! Es war unrecht. Ich bin ein kleiner Bettler.

»Hör mal, Fräulein Balandreau, bring es ihm zurück, ich bitte dich schön! Sag, daß ich es genommen habe, ohne zu überlegen ...«
Und ich höre nicht auf, als bis ich sie an ihrem Kleid vor die Tür des Herrn »zur Niere« gezerrt habe.
Ich bin in einer Nische versteckt, und gucke, ob sie hineingeht.
Als sie herauskommt, sagt sie: »Es ist erledigt«, und sie umarmt mich und reibt sich ein paarmal die Nase.
»Du weinst ja!«
»Liebling!« sagt sie und versteckt ihre Tränen nicht mehr und wischt sich die Augen. »Der gute Mann, er wollte das Geldstück nicht zurücknehmen. Ich habe ihm gesagt, er muß. Jetzt weine ich. Weine ich? ... Mitanzusehen, daß du sowas gemacht hast, du kleiner Wicht! Schon so stolz ...«
Sie wischt sich die Nase und die Wimpern.
Ich würde beim Weggehen am liebsten Steine in die Fensterscheiben werfen; noch ein bißchen, und ich schlage sie ihm für seine fünf Francs ein.

Zu Pferd!
Mein Onkel erwartet mich morgen. Ein paar Leute aus seiner Gemeinde, die zum Markt gekommen sind, fahren zusammen nach Haus zurück; sie nehmen mich mit. Einer von ihnen hat gerade ein Pferd gekauft. Ich darf aufsteigen, wir werden in einer Karawane nach Chaudeyrolles reisen.
Bei Marcelin treffen wir uns.

Marcelin hat ein Gasthaus in einer Vorortstraße.
Zehn Meilen im Umkreis ist er für seinen Weißwein und seinen Schweinebraten berühmt.
Beim Eintreten schlägt einem ein warmer Geruch nach Misthaufen und schwitzenden Tieren entgegen, er kommt wie eine Dampfwolke vom Stall herüber.
In dem Saal, wo sie trinken, riecht es scharf nach dem Essig, der über den Braten gegossen wird und die Petersilienblätter beizt. Die starken Ausdünstungen von Schimmelkäse kommen dazu.
Es ist eine kraftvolle Atmosphäre voller Würze, Krach, Leben.
Sie machen Witze in ihrer Mundart, und sie gießen die Gläser bis zum Rand voll.
Ich spiele mit ein paar alten Sporen, die auf dem Tisch herumliegen, ich wäge dicke Knüppel mit Lederbeschlägen in der Hand; einige von ihnen haben eine Geschichte. – Jemand erzählt das Stückchen von der Haut des Gerichtsvollziehers.

Also los! ... Wir müssen aufbrechen.
Das Geklimper der Steigbügel, die aneinander stoßen, wenn die Sättel herbeigebracht werden, das Knarren des Leders, das Knirschen des Zaumzeugs, alles habe ich noch im Ohr, dazu den Namen Baptiste, das war der Stallbursche.
Ich bin zu klein: sie setzen mich drauf und verkürzen die Riemen.
Noch mehr, mehr! Ich habe zu kurze Beine. Jetzt geht's!
Sie geben mir die Zügel in die Hand.
»Du machst das so, und so. Bist du schon mal geritten?«
»Nein.«
»Das macht nichts. *Hab keine Angst!*«
Alle sind zu Pferd. Mit mir sind wir fünf. Sie kümmern sich kaum um mich. Sie finden, daß ich groß und eingeweiht genug bin, daß sie mich mir selbst überlassen können. Es macht mich stolz!

Ich bin ganz gerädert und zerschunden angekommen, aber ich habe so getan, als ob ich nicht müde wäre.
Zuerst erschien mir alles traurig.
Gleich bei der Kirche liegt der Friedhof, und es sind keine Kinder zum Spielen da; ein harter Wind weht und saust zornig über die Erde, weil er kein stilles Plätzchen in den Blättern großer Bäume findet. Ich kann nur magere Tannen sehen, lang wie Schiffsmasten, und dahinten sieht man das Gebirge, nackt und abgepellt wie der glatte Rücken eines Elefanten.
Leer ist alles, leer, nur zusammengekauerte Kühe oder Pferde, die auf den Weiden stehen!
Auf den Wegen liegen graue Steine wie Pilgermuscheln, und die Flußufer sind rötlich, als ob da Blut geflossen wäre: das Gras ist düster.

Aber nach und nach peitscht diese rauhe Bergluft mein Blut und läßt mir Schauer über den Rücken laufen.
Ich mache den Mund ganz weit auf und trinke sie, ich öffne mein Hemd, daß sie mir an die Brust hämmert.
Macht das vielleicht Spaß? Ich fühle, wenn die Luft mich gebadet hat, ist mein Blick so rein und mein Kopf so klar!
Ich komme aus dem Kohlenpott, wo es Fabriken mit drekkigen Füßen gibt, Hochöfen mit traurigen Buckeln, Wolken von Rauch, Dreck aus den Minen, einen Horizont, den man mit dem Messer schneiden, mit dem Besen fegen kann ...
Hier ist der Himmel klar, und wenn ein bißchen Rauch aufsteigt, dann ist das ein fröhlicher Tupfer in der Gegend – er steigt wie Weihrauch von einem Feuer aus totem Holz auf, das da unten ein Schäfer angezündet hat, oder vom Feuer aus Weinranken, in das ein kleiner Kuhhirte bläst, in seiner Hütte nahe bei der Gruppe von Tannen da ...
In den Fischteich fließt schäumend alles Wasser aus den Bergen, es ist so kalt, daß es die Finger verbrennt. Fische

spielen darin. Ein kleines Gitter hindert sie vorbeizuschwimmen. Ich verbringe Viertelstunden damit, das Wasser brodeln zu sehen, es kommen zu hören, ihm zuzuschauen, wie es wegfließt und sich wie ein weißer Rock über die Steine legt.

Der Fluß ist voller Forellen. Ich bin einmal bis zu den Schenkeln hineingegangen; ich dachte, mir würden die Beine mit einer Eissäge abgeschnitten. Jetzt macht es mir Spaß, diesen ersten Schauder wiederzuempfinden. Ich stecke meine Hände zwischen die Steine und durchwühle sie. Die Forellen gleiten zwischen meinen Fingern durch; aber Vater Regis weiß, wie man sie fängt, er wirft sie ins Gras, wo sie aussehen wie Silberstreifen mit goldenen Einstichen und kleinen Blutflecken.

Mein Onkel hat eine Kuh im Stall stehen; ich darf mit der Sichel ihr Gras schneiden. Wie die Sichel durch das fette Gras pfeift, wenn ich ihr Blatt an einem blauen, von frischem Wasser triefenden Stein gewetzt habe!

Manchmal zersäble ich das Nest einer Ringelnatter.

Ich selbst bringe dem Tier sein Futter, und es grüßt mich mit dem Kopf, wenn es mich kommen hört. Ich führe es auf die Weide und bringe es abends zurück. Die guten Landleute sprechen mit mir wie mit einer Persönlichkeit, und die kleinen Hütejungen mögen mich wie einen Kameraden.

Ich bin glücklich!

Wenn ich dabliebe, wenn ich Bauer würde?

Ich spreche eines Tages mit meinem Onkel darüber, als er das Essen unter der Kaminhaube hat auftragen lassen und seinen Pelure d'oignon[1] trinkt.

»Später, wenn ich tot bin. Dann kannst du ein Stück Land kaufen, aber du würdest wohl kein Knecht sein wollen?«

Ich weiß nicht so genau.

Wenn es regnet und man weder fischen, noch da unten im Geröll am Fuße der Berge wilde Johannisbeeren suchen

[1] *Pelure d'oignon:* Landwein aus dem Süden der Auvergne.

kann – oder wenn die Sonne wie ein Stück Weißblech glüht und das schattenlose Land versengt –, an solchen Tagen schließe ich mich in der Bibliothek meines Onkels ein und lese, lese. Da ist die Biographie berühmter Männer von Abbé de Feller. Ich verschlinge die Stellen, wo von Napoleon die Rede ist, und mit offenen Augen träume ich von St. Helena. Aus dem Fenster sehe ich auf das weite Land und den leeren Horizont, und ich suche nach Hudson Lowe[1]. Wenn ich den kriege!

Mein Onkel erwartet die Pfarrer aus der Nachbarschaft zur *Konferenz.*

Sie kommen. Ich höre, wie sie bei Tisch über den Vikar von Saint-Parlier und über den Pfarrer von Solignac lästern; offensichtlich lassen sie heute den lieben Gott einen frommen Mann sein!

Mein Onkel mischt sich nur wenig in die Unterhaltung. Sein Alter entschuldigt ihn; er tut sogar älter als er ist, spielt den Schwerhörigen und fast Blinden; den andern aber hat der Wein die Zunge gelöst. Ein Dicker, der wie ein Säufer aussieht, reißt die Knöpfe seiner schmierigen, weinbefleckten Robe auf und bringt sein gelb kaffeefleckiges Bäffchen in Unordnung. Ein Dünner mit einem Schlangenkopf trinkt nur Wasser; aber er wirft Blicke nach rechts und links, die mich in Angst versetzen. Im Theater von Saint-Etienne habe ich einmal gesehen, wie der Verräter vergiftete Gläser gereicht hat; so sieht er aus.

Die andern essen und trinken wie Vielfraße, und wenn ein Gebet gesprochen werden muß, tun sie es mit vollem Maul.

Unter den schmutzigen Roben kommen ihre Hosen zum Vorschein.

Der Schmierige, der Dicke, wendet sich mir zu.

»Das ist ihr Neffe, Herr Pfarrer? Er ist ja wenigstens gut bei Appetit, der Galgenstrick! Ist der stämmig!«

[1] *Hudson Lowe:* englischer General (1769–1844); während der Verbannung Napoleons war er Gouverneur von St. Helena.

Und er streicht mir mit der Hand über den Rücken, was mich anwidert und mir peinlich ist.

»Und Maclou, der Protestant, was machen Sie nun mit dem?« fragt eine Stimme.
»Er ist jetzt am See von Saint-Front.«
»Bei seinem Haufen! Da haben sie sich also ihr Nest bereitet.«
»Ihr Vipernnest«, wispert der *Schlangenkopf*.
Protestanten gibt es also wirklich! Ich habe in der Bibliothek von Chaudeyrolles gelesen, was man über sie sagt, und die Protestanten, die man verbrannt hat, die man zur Hölle schickt, erscheinen mir wie eine verdammte Rasse.
Eines Tages gehe ich zum See, ganz allein. Es ist ein weiter Ausflug. Den ganzen langen Tag denke ich an die Bartholomäusnacht, und ich sehe rote Kreuze am Himmel.
Da ist der See, mit ein oder zwei Booten im Schilf und überall in den Feldern verstreuten Hütten.
Man hat mir gesagt, ich sollte auf die Hütte links zugehen, zu Jean Robanès; ich brauche nur zu sagen, daß ich der Neffe des Pfarrers bin, dann werden sie mir Milch anbieten und mir die Protestanten zeigen.
Ich werde freundlich empfangen; »Und was die Protestanten angeht«, sagt der Mann, »da unten ist gerade einer, der da in der Furche steht«.
Er sieht hart und finster aus – hager, gelb, mit spitzem Kinn –, scharf wie ein Degen.
Werden sie nicht von der Polizei bewacht? Kann man mit ihnen reden? Hat er eine Kugel am Bein? Ich weiß wohl, daß in der Bibel alle Gottlosen bestraft werden, und in den Büchern aus der Bibliothek werden sie niederträchtig genannt! Ich spreche meinen Onkel am Abend darauf an; er antwortet nur halb, und ich fange an zu glauben, daß es mit den infamen Protestanten dasselbe auf sich hat wie mit den sprechenden Tieren bei La Fontaine.
Eine Farce ist das alles!

Ich muß abreisen.
Mein Onkel tritt eine Rundreise an, und ich muß bald ins Gymnasium in Saint-Etienne zurück.
Wir reiten auf demselben Weg fort, auf dem ich gekommen bin, aber diesmal habe ich ein sanftes Pferd, sie haben mich in Reithosen gesteckt und auswattiert, und ich habe mich im voraus mit Talg eingerieben. Im übrigen bin ich einen Monat lang geritten, ich bin abgehärtet, es macht mir Freude, mich auf dem Sattel umzudrehen, um dem Land Auf Wiedersehen zu sagen. Ich gebe dem Pferd die Sporen und reite ein Stück im Galopp, ich bin zärtlich zu dem Tier wie zu einem alten Freund ...
Mein Onkel verläßt mich am Missionskreuz. Er spricht gütig mit mir.
»Arbeite schön«, sagt er.
»Schreiben Sie Papa, daß ich nächstes Jahr wiederkommen soll.«
»Dein Vater! Dein Vater wird dich nicht hindern, aber vielleicht deine Mutter; ich stehe nicht gut mit deiner Mutter, weißt du!«
Ich weiß es.
In den ersten Tagen nach meiner Ankunft habe ich seine Haushälterin im Zimmer reden hören.
»Ist das der Sohn von Frau Vingtras?«
»Ja.«
»Von der, die so viel Böses über Sie geredet hat?«
»Das ist jetzt vorbei, ich habe ihr vergeben – und ich liebe dieses Kind.«

Er war nicht schön, mein Onkel, er hatte kleine Augen, eine dicke Nase, überall Haare, aber er war gut.
Ich wußte, daß er fühlte, wie unglücklich ich zu Hause war, und daß ich, indem ich ihn verließ, Freiheit und Glück verlor. Er war so traurig wie ich.
»Adieu«, sagte er, umarmte mich und gab mir einen Händedruck, der mich noch mehr freute als seine Umarmung.
»Unten in deinem Koffer wirst du etwas finden, sag deiner Mutter nichts davon.«

Er hielt mir noch einmal seine alten grauen Finger hin, machte eine Kopfbewegung und ritt davon.
Wenn dieser Onkel mit seinem guten Herzen doch mein Vater gewesen wäre!
Aber Priester können niemandes Vater sein, scheint es: warum eigentlich?
Ich hatte Fräulein Balandreau einen Brief geschickt, der ihr meine Ankunft ankündigte, einen Brief, den sie überall herumzeigte.
»Wie schön er schreibt! Sehen Sie doch diese großen Buchstaben!«
Sie hat mir ein Bett in einer kleinen Kammer neben ihrem Zimmer hergerichtet. Es ist so groß wie ein Topf, aber ich habe das Recht, die Tür hinter mir zuzumachen, meine Mütze aufs Bett zu werfen und mit einem uff! meinen Mantel fallen zu lassen. Ich entwickle Allüren wie ein Junggeselle, ich ordne meine Papiere, ich trällere ...
Was ist in meinem Koffer, wovon hat mein Onkel gesprochen?
Zehn Francs!
Von ihm kann ich sie annehmen ...
Ich bin auf einen Schlag reich.

Das Wetter ist prachtvoll, gegen neun steige ich hinab in die Stadt, frei, berstend vor Glück, daß ich frei bin; ich fühle mich froh, ich fühle mich stark, beim Laufen hämmere ich mit den Absätzen auf die Erde und verschlinge mit den Augen alles, was passiert. Die Wolken am Himmel, den Soldaten auf der Straße; ich lungere auf dem Markt herum, gehe am Rathaus entlang, gehe auf dem Breuil spazieren, die Hände auf dem Rücken, mit der Schuhspitze kicke ich kleine Steine vor mir her wie der Beamte, der vor mir geht. Keine Pflichten, keine Strafarbeiten, weder Vater noch Mutter, niemand, nichts!
Der Austrommler der Stadt hält an der Ecke an und versammelt die Leute um sich; ich streife ganz nah an ein paar Offizieren mit goldenen Epauletten vorbei; ich habe das Recht, zu allen Versammlungen zu gehen.

Ich lasse mir jeden Morgen von Moustache die Schuhe putzen. Sehen Sie!
Nur einen Monat Ferien mit Kühetreiben, Ausflügen in die Felder und einsamen Spaziergängen habe ich gebraucht, damit mir Geist und Herz aufgingen!

Abends gehen wir ins Café; drei oder vier alte Kameraden; wir leisten uns einen Mokka, ein Schnäpschen und lassen unsern Cognac anzünden! Der Rauch, der Alkoholgeruch, der Klang der Billardkugeln, das Knallen der Korken, das laute Lachen, all das reizt meine Sinne, es kommt mir so vor, als ob mir ein Schnurrbart gewachsen wäre, als ob ich das Billard hochstemmen könnte!
Hinterher machen wir eine Runde ums Hufeisen – wie Rentner! – Wenn es interessant ist, bleiben wir im Kreis stehen, ich laufe manchmal rückwärts vor dem Haufen her.
Dann gewinnt das Alter wieder die Oberhand.
»Du bist dran! Springst du mit geschlossenen Beinen über diese Bank? Hebst du diesen Stein mit gestrecktem Arm hoch?«
»Ich wette, daß ich Michelon auf den Kopf stelle.«
Ich weiß nicht, ob ich der Stärkste bin, aber sie glauben es, so sehr strenge ich mich an! Ich hätte lieber Blut gespuckt als den Stein fahren gelassen oder Michelon um Gnade gebeten.
Ich bin *mein eigener Herr*; ich mache, was ich will, ich bin sogar ein bißchen der Anführer, der, auf den sie hören, der, der neulich, als so ein Strolch einen Stein nach uns geworfen hat, sagte: »Ihr rührt euch nicht!« – Ich habe den Strolch gegriffen und ihn beim Gürtel herübergebracht und ihn bis zu unserm Haufen geohrfeigt. – »Bitte um Verzeihung!« Er war größer als ich.
Wir haben eine Bootspartie gemacht: Keiner kann rudern, und wir sind zehnmal fast ertrunken. Oh, wir haben uns gut amüsiert!
Sie wollten mich zum Hauptmann ernennen.
»Dummes Zeug! Ernennt Michelon, ich schlafe jetzt.«

Und ich habe mich im Boot ausgestreckt, in die Sonne gesehen, mit den Augen blinzelnd, und habe meine Hände ins blaue Wasser getaucht ...

Ein Onkel, ich weiß nicht aus welchem Zweig der Familie, rennt auf dem Martouret hinter mir her, nimmt sich gerade die Zeit, Fräulein Balandreau zu benachrichtigen, da führt er mich schon in seinem Wägelchen davon, seine Familie besuchen; übermorgen bringt er mich zurück.
»Auf geht's, mein Neffe. Hü! Graue.«
Ich halte die Zügel, als wir durch die Vorstadt fahren. Von Zeit zu Zeit jage ich einen sinnlosen Peitschenhieb los, ich haue mit dem Peitschenstiel zu und tue so, als ob ich fluche:
»Los! *Alte Schindmähre!*«
Wir halten beim Cheval-Blanc, damit die Graue ihren Hafer bekommt. Ich springe aus dem Wägelchen wie ein Clown und knalle mit der Peitsche durch die Luft wie ein Pferdehändler.
Der Onkel von ich weiß nicht welchem Zweig platzt vor Stolz.
»Das ist mein Neffe!« erklärt er jedem im Gasthof.
Wir essen mit den Ellbogen auf dem Tisch, er erzählt mir (immer während er Eier in Wein, dann Eier mit Speck, zum Schluß einen Salat aus harten Eiern ißt), er erzählt mir die Geschichte seines Zweiges der Familie. Er hat dies und das geheiratet, er ist germanischen Ursprungs, usw.
»Du wirst deine Cousinen sehen, sie sind hübsch.«

Ja, das sind sie, und wie gewitzt sie wirken, Donnerwetter!
Ich bin *das Mädchen*, ich werde auf einmal linkisch, ich komme mir dumm vor. Für Bauerntöchter sprechen sie sehr gutes Französisch. Sie sind in der benachbarten Stadt zur Schule gegangen.
»Ein Glas Wein!« bieten sie mir an.
»Ja, ein Glas Wein.«
Ich lasse mich in Kneipen nur auf Wein ein, wenn ange-

stoßen wird, oder in Gasthäusern, weil es lustig ist, wenn die Gläser aneinanderstoßen, und Cognac nehme ich nur an, um ihn brennen zu lassen: die blaue Flamme ist hübsch. Aber jetzt, zum Teufel, bringen mich diese Cousinen mit ihrem dreisten Auftreten und ihren lauten Stimmen auf einen Schlag auf Trab, und ich trinke drauflos – trinke Wein und Courage.

»Zum Wohl!« sagen sie, nachdem sie einen Tropfen, einen ganz kleinen Tropfen in ihre Gläser geschüttet haben. Meins haben sie bis zum Rand vollgegossen.

Ich bin, glaube ich, ein bißchen beschwipst – passen Sie auf, Cousinen!

Jedenfalls fühle ich mich von teuflischer Unverfrorenheit und höllischer Kühnheit erfüllt!

Sie wollten mir den Obstgarten zeigen. Auf zum Obstgarten! Und ich komme hinein, indem ich mit geschlossenen Füßen über den Zaun springe.

Ja, so bin ich!

Meine Cousinen sehen mir entgeistert zu, ich lache und komme zu ihnen zurück, um ihnen die Hand zu reichen und ihnen beim Herübersteigen zu helfen.

Eins, zwei, na also!

Sie stoßen kleine Schreie aus und fallen mir in die Arme, als sie die Füße auf den Boden stellen; sie stützen sich auf mich, hängen sich an mich, wir werden gleich umfallen! Wir fallen um, ja, alle verlieren wir das Gleichgewicht und rollen auf den Rasen.

Sie haben blaue Strumpfbänder.

Es ist herrliches Wetter! Goldene Sonne! Große Schweißtropfen fallen mir von den Schläfen, und ihnen rollen auch Perlen über die rosenroten Wangen. Das Summen der Bienen, die um die Bienenstöcke hinter den Johannisbeerbüschen herumbrummen, erfüllt die Luft mit eintöniger Musik ...

»Was macht ihr denn da?« schreit eine Stimme von der Haustür.

Was wir machen? ... Wir sind glücklich, glücklich wie ich noch nie war, wie ich nie mehr sein werde. Ich wate bis zu

den Knöcheln in den Blumen, und gerade habe ich Wangen geküßt, die nach Erdbeeren rochen.
Wir müssen zurückgehen, wir werden gerufen! Wir kommen ganz artig zurück, und diese Fräulein haben mich jede bei einem Arm gepackt; sie stützen sich ein bißchen auf, mit gekreuzten Händen, und jedesmal, wenn sie mir etwas mitteilen oder mich ausfragen wollen, schütteln sie meinen Ellbogen.
Sieh mal an, sie zanken schon mit mir! Angeblich antworte ich nicht, oder ich antworte nicht richtig. Man wird nicht mehr mit mir reden, wenn ich mich so mokiere ...
»Wenn Sie das wollen!«
Sie versetzen mir Klapse, sie machen mir Vorwürfe.
Ich habe nämlich ein System gefunden, mit dem ich die Situation meistere: ich gebe ihnen einen Kuß, wenn sie mir eine Frage stellen, die mir zu schwer ist.
Ach! Ich habe gut daran getan, Wein zu trinken!
Sie wollen mich *in die Mangel nehmen.*
»Kennen Sie sich in Geographie aus?«
»Nicht sehr.«
»Sie wissen aber wohl, welches die Provinzhauptstadt von ...« Ich weiß es überhaupt nicht, und um mich aus der Klemme zu ziehen, küsse, küsse ich; meine Selbstsicherheit fängt an zu wanken, trotz des großen Glases Wein, und wenn sie nicht immerzu versuchen würden, sich zu verstecken, sähen sie mich erröten wie eine Pfingstrose.
Wir setzen uns zu Tisch. Es ist Mittag. Die Holzpantinen der Knechte schlagen die Essensstunde im Hof, alle kommen herein, sogar die Hühner, die auf ihre Körner warten und sich gegen die Tür drücken. Ein verkrüppeltes Kücken beeilt sich und zieht ein Beinchen nach; vor dem Haus ist alles leer, ich sehe die Pflüge auf den Feldern anhalten und die Landarbeiter sich setzen, um die Suppe zu essen, die ihnen die Magd in ihrer grünen Schürze gebracht hat.
Die große Ruhe des Mittags, und eine große Stille.

Auf unserm Tisch (für den Neffen ist besonders gedeckt worden) liegt ein weißes Tischtuch, Früchte sind auf Un-

tertassen angeordnet, und ein Heckenrosenzweig zittert im Wasser wie ein grüner Federbusch mit roten Glöckchen.
Holunderduft strömt herein. – Ah! Das Herz geht mir auf, so süß ist der Duft!

Nach dem Essen

»Dürfen wir mit unserm Cousin eine Spazierfahrt im Wagen machen?«
»Die Graue ist zu müde«, sagt der Vater.
»Das stimmt. Wo gehen wir also hin?«
Ich schlage vor, zu den Holunderbüschen zu gehen, und schon bald sind wir damit beschäftigt, das Mark aus dem Holunder herauszuschälen und Pfeifen zu machen, leuchtend wie aus Kupfer; Cousine Marguerite schneidet sich in den Finger, und dicke Blutstropfen fallen auf die weißen Blüten.
Wir reißen ein Blatt ab, um sie zu verbinden, wir gehen weit von den garstigen Büschen weg, die Anlaß waren, daß sich jemand geschnitten hat.
Wir gehen zum Tümpel, in dem die Enten plantschen, wir gehen in die Scheune, wo die *Dreschflegel* stille halten, wenn die Fräulein und der Cousin eintreten! Sie machen dann im großen Kreis weiter und schlagen im Takt die Garben auf dem hallenden Boden. Ich greife mir einen und versuche es; ich fühle, wie der Klöppel sich dreht, er saust los wie eine Schleuder und kommt wie ein Hammer zurück, er ergreift die Luft und macht Wind ... Wenn er einen Kopf träfe, er würde ihn zerschmettern wie Glas.
Am Ende des Gartens ist ein Loch voll Wasser und altem Laub, mit kleinen grünen Fröschen, die in der Sonne glänzen; ich mache eine Angel aus einem Stock, den ich vom Boden auflese, einem Stück Schnur, das ich aus meiner Tasche hole und einer Nadel, die Marguerite beisteuert.
Ihre Schwester opfert ein Stück scharlachrotes Schleifenband, und das Angeln kann losgehen.
Was für ein Geschrei, als der erste Laubfrosch anbeißt!

Aber es muß ihn einer vom Haken nehmen, keiner traut sich, der Frosch entkommt, und die Mädchen flüchten.

Ich verfolge sie! Wir verbringen einen wunderbaren Tag, schweifen durch die Felder, waten bis zu den Knien im Am Abend sind wir ein bißchen müde, wir plaudern auf Fluß! Ich laufe ihnen nach und springe über die Steine, die die Strömung poliert.
Plötzlich rutsche ich aus und falle ins Wasser.
Ich komme triefend heraus und gehe mit klebender Hose mich in die Sonne legen. Ich dampfe wie eine Suppe.
»Wollen wir ihn auswringen?« sagt die eine Cousine und macht eine Geste wie beim Wäschewaschen.
Sie selbst gehen hinter einen Stein, der sie nur schlecht versteckt, und ziehen ihre Strümpfe aus; sie haben nasse Beine, da können sie sagen, was sie wollen ... und so weiße!
Endlich sind wir alle getrocknet, wir brechen fröhlich wieder auf.
Unsere Augen leuchten, unsere Haut glänzt. Wir gehen von Mauern eingefaßte Wege entlang, wo es Mengen von kleinen violetten Pflaumen gibt, von denen wir ganze Hände voll essen – um mich als Mann zu beweisen, verschlucke ich die Kerne.
Wir zanken uns, wir gehen auseinander! Aber wir finden uns immer wieder, Arm in Arm, befriedet und neugierig. Ich erzähle, was ich in Saint-Etienne mache, was für Streiche in der Schule; sie erzählen Lustiges aus dem Pensionat, dies und das, und am Ende schreien sie:
»Welche von uns beiden lieben Sie am meisten?«
»Welche liebst du mehr?« fragt Marguerite direkt, schlägt das *Sie* in den Wind und stellt sich vor mir auf.
Ich weiß nicht, was ich antworten soll und küsse sie beide.
Sie schlagen mir mit einer Blume ins Gesicht, sie laufen ein Stück weg und bombardieren mich mit violetten Pflaumen.

dem abgewetzten Stein vor dem Haus, wie Greise vor der Herbergspforte.

Oh, ich mag Marguerite entschieden lieber! Nach jedem Satz greift sie nach meiner Hand, sie fährt mir durch die Mähne und sagt:
»Wirf doch deine Haare nach hinten, so siehst du nicht schön aus!«
Ich werde in mein Zimmer geführt, das nah beim Speicher ist – beim Speicher, wo sie den letzten Winter über Wein aufgehängt haben, Äpfel aufgestapelt, mit Fenchelsträußchen und getrockneten Büscheln Lavendel. Ein Duft davon ist noch geblieben, und ich lasse meine Tür offen, damit er in mein *zu Hause* hereinkommt – wieder ein *zu Hause* für einen Abend!
Ich stelle mich ans Fenster und sehe auf die Dörfchen, die sich weithin ausbreiten. Eine Nachtigall raschelt in einem Reisighaufen und fängt zu singen an. In den Bäumen des großen Waldes ruft ein Kuckuck, und die Frösche quaken im Grünzeug der Sümpfe.
Ich lausche, und höre bald nichts mehr.
Der Hahn schreckt mich auf, ich war mit der Stirn auf den Händen eingeschlafen, ich ziehe mich fröstelnd aus, um von Düften betäubt, vom Glück erdrückt, traumlos zu schlafen.
Zwei solche Tage – voller Streitereien und Versöhnungen bei den Gebüschen, in den Blumen, im Heu; das großartige Spiel der Dreschflegel, das sanfte Singen des Flusses und der Duft des Holunders!
Ich muß abreisen!
»Schreib mir«, seufzt Marguerite, als sie mir Auf Wiedersehen sagt. »Da, heb den Strauß als Andenken auf. Guten Abend!...« Sie hält mir ihre Stirn zum Küssen hin, nur ihre Stirn. Zwei Tage lang hat sie sich auf den Mund küssen lassen; sie wirkt ganz ernst, ich sehe sie von weitem, wie sie dasteht und ihr Taschentuch schwenkt, wie es die Schloßherrinnen in Büchern tun, wenn ihr Verlobter fortreitet. Ich befühle das Sträußchen, das sie mir an die Brust gesteckt hat und steche mich an seinen Dornen in den Finger. Ich hab lange an dem Finger gelutscht.
Das Sträußchen wird uns wieder begegnen, mit Tränen in den trockenen Blumen...

XV Fluchtpläne

Ich komme in die vierte Klasse. Lehrer ist Herr Turfin.
Er ist zweiter beim Staatsexamen gewesen; er ist der Neffe eines hohen Ministerialbeamten, er trägt große Vatermörder, lange Gehröcke, seine Unterlippe ist dick und feucht, seine Augen sind fayenceblau, seine Haare lang und strähnig.
Er hegt Verachtung für die Hilfslehrer, Verachtung für die Armen, er schikaniert die Stipendiaten und macht sich über schlecht Angezogene lustig.
Er bringt die andern auf meine Kosten zum Lachen; es kommt mir so vor, als ob er sie auch über meine Mutter zum Lachen bringen will.
Ich hasse ihn ...

Ich genieße als Lehrerssohn *Vergünstigungen*.
Auch als Externer werde ich wie ein Interner bestraft. Immer mit Nachsitzen. Ich komme mittags fast nie nach Haus. Aus dem Speisesaal wird mir ein Stück trockenes Brot gebracht.
»Auf die Weise bekommt er unentgeltlich ein Mittagessen; ich erspare der Mutter Vingtras noch einen Gemüsetopf.«
Turfin sagt das zu einem Kollegen, und der lächelt; er sagt es ziemlich weit von mir entfernt mit halber Stimme, aber ich glaube, er will, daß ich ihn höre.
Ich begnüge mich damit, meine Hände in den Taschen zu vergraben und so zu tun, als ob ich lache! Ich weine. Wieviele Schluchzer habe ich erstickt, wenn mich keiner sah!
Ich bin nur noch ein Strafarbeitstier!
Abschreiben, abschreiben! – Arrest, Nachsitzen, Karzer!
Den Karzer ziehe ich dem Nachsitzen vor.

Ich bin frei in meinen vier Wänden, ich pfeife, ich knete Kügelchen, ich male Männchen, ich spiele ganz allein Murmeln.
Aus Holzstückchen und Schnurenden errichte ich Galgen, an denen ich Turfin erhänge, gegen Abend gehe ich an die Arbeit und erledige meine Strafarbeiten.
Um neun Uhr schicken sie mich nach Haus.
Der Karzer jagt mir keinen Schrecken ein. Ich empfinde sogar ein wenig Stolz, wenn ich abends über die verlassenen Höfe gehe und unterwegs ein paar Schüler treffe, die mich ansehen wie einen Revolutionär!
Malatesta und ich, wir treffen uns oft, er kommt aus einem andern Karzer. Er ist der *Oberraufbold* bei den Großen.
Er macht bald seine erste Prüfung.
Er wird nächstes Jahr in Saint-Cyr[1] angenommen werden; er ist das Paradestück von Saint-Etienne; nicht für ein Königreich würden sie ihn hinauswerfen.
Er trägt ein Käppi mit Goldborte, und er *nimmt Fechtunterricht*.
Malatesta nickt mir im Vorübergehen zu und grüßt mich: »Salute, Vingtras!«
›Salute‹, wie im Lateinischen, ›Vingtras‹, wie zu einem Mann.

Das Nachsitzen ist mir am lästigsten.
Ich heimse mir noch neue Strafarbeiten ein. – Ich bin so ungeschickt! – Mein Tintenfaß fällt um, meine Federtasche fällt auf den Boden, meine Papiere fliegen durch die Gegend, mein Pult klappt herunter.
»Vingtras, hundert Zeilen!«
Bumsvallera! Mein Bücherstapel kommt ins Rutschen und macht einen Höllenlärm!
»Noch mal hundert Zeilen.«
»Herr Lehrer!«
»Was, Widerworte? Fünf Seiten griechische Grammatik.«
Auch noch! Immerzu!
Sie wollen mich mit Strafarbeiten erdrücken, diese Leute!

[1] Saint-Cyr: französische Militär-Akademie

Ich sehe kaum mehr die Sonne!

Sonntags treffe ich wie an den andern Tagen zum großen Nachsitzen ein, von zwei bis sechs, in dem Saal, der an diesem Tag wahrhaft finster ist mit seiner niederschmetternden Stille, dem schwermütigen Geräusch, das ein vorübergehender Schuh macht, eine Tür, die zufällt, ein einsames Trällern, der Schrei eines Händlers, weit weg, weit weg!

Wir sind zwanzig.

Eine Feder kratzt, jemand hustet, der Hilfslehrer macht zwei-, dreimal die Runde und sieht durch die Fenster zum Himmel hinauf.

»Darf ich mal raus!«

Er nickt ja, und unter dem Vorwand, wohin zu gehen, streiche ich ein bißchen durch die langen Korridore, stecke meine Nase in die leeren Klassen, werfe eine Murmel aus einem Fenster, schiebe einem Spatzen ein Brotkügelchen zu, ich beobachte die Krankenschwester und versuche, im Speisesaal Obst zu mopsen, dann hüpfe ich auf einem Bein zum Arbeitssaal zurück.

Ich tauche meinen Kopf in die *restlichen* Blätter, die ich mit der *restlichen* Tinte vollsudele, ich denke an alles, nur nicht an das, was ich da schreibe, und manchmal steht in meinen Strafarbeiten: ›Turfin ist ein Mistvieh‹, ›Turfin ist doof.‹

Dienstagmorgen

Wir haben einen lateinischen Aufsatz geschrieben.

In einem ganz kleinen Wörterbuch, das mein Vater mir geschenkt hat, suchte ich ein Wort.

Turfin hält es für eine Kladde.

Er kommt näher und verlangt von mir das Buch, das ich versteckte.

Ich zeige ihm das kleine Wörterbuch.

»Das ist es nicht.«

»Doch, Herr Turfin!«

»Sie schreiben Ihren Aufsatz ab.«

»Das ist nicht wahr!«
Ich bin noch nicht fertig, da ohrfeigt er mich schon.
Mein Vater und meine Mutter schlagen mich, aber sie allein auf der Welt haben das Recht, mich zu prügeln. Der da schlägt mich, weil er die Armen verachtet.
Er schlägt mich, um deutlich zu machen, daß er mit dem Unterpräfekten befreundet ist, daß er Zweiter beim Staatsexamen war.
Ach! Wenn meine Eltern doch wären wie andere, wie die von Destrême, die sich beschwert haben, weil einer der Lehrer ihrem Sohn einen kleinen Klaps versetzt hatte!
Mein Vater aber wendet sich gegen mich, anstatt sich über Turfin aufzuregen, weil Turfin sein Kollege ist, weil Turfin im Gymnasium Einfluß hat, weil er mit Recht denkt, daß ein paar Schläge mehr oder weniger meiner Birne nicht viel ausmachen werden. Nein, aber sie graben sich in mein Herz ein.
Ich hatte eine Aufwallung von dumpfem Zorn gegen meinen Vater.
Ich kann hier nicht mehr bleiben; ich muß fliehen, von zu Haus und aus der Schule.

Wohin soll ich gehen? – Nach Toulon.
Ich gehe als Schiffsjunge an Bord eines Schiffes und reise um die Welt.
Wenn sie mir Fußtritte oder Schläge mit dem Tauende verpassen, dann wird es ein Fremder sein, der sie mir verpaßt. Wenn sie mich zu sehr prügeln, stürze ich mich ins Wasser und fliehe auf eine einsame Insel, wo es weder Lektionen zu lernen noch Griechisch zu übersetzen gibt.
Es gibt noch einen Trost, auch wenn man an den großen Mast gefesselt oder in Ketten in den Laderaum geworfen wird; es gibt die Hoffnung, selbst zum Offizier aufzusteigen, dann hat man das Recht, den Kapitän zu ohrfeigen.

Turfin kann mich quälen, soviel er will, ohne daß ich mich rächen kann.
Mein Vater kann mich meine ganze Jugend hindurch zum

Weinen und Bluten bringen: ich schulde ihm Gehorsam und Respekt.
Die Regeln des Familienlebens geben ihm das Recht über mein Leben und meinen Tod.
Bei Lichte besehen bin ich ja ein mieser Untertan.
Es ist richtig, daß einem der Kopf gestoßen und die Rippen zerbrochen werden, wenn man, statt die griechischen Vokabeln zu lernen, den dahinziehenden Wolken oder dem Schwirren der Fliegen zusieht.
Es ist faul und verschroben, wenn man Schuhmacher werden möchte, zwischen Pech und Kleister leben, den Faden führen, mit dem Schustermesser umgehen, statt von der *Toga* des Professoren zu träumen, von Barett und Hermelin.
Es ist unverschämt gegen den Vater, wenn man findet, daß man mit der *Toga* arm, mit der Lederschürze aber frei ist!
Das Unrecht liegt bei mir, er hat recht, wenn er mich prügelt.
Ich entehre ihn mit meinen vulgären Wunschträumen, meinen Lehrlingsinstinkten, meinen Handwerkerangewohnheiten.
Meine Eltern haben mir eine Erziehung verpaßt, ich will sie nicht mehr!
Ich gehe lieber mit Landarbeitern und Schuhflickern um als mit Akademikern; und ich fand Onkel Joseph immer weniger dumm als Herrn Béliben! ...
»Bei seiner Begabung, und so faul!«, so reden sie dauernd.
Gerade, weil ich begabt bin, langweile ich mich in diesen Klassen und Arbeitssälen, wo ich den ganzen Tag überwacht werde. Die Beine jucken mir, der Nacken tut mir weh.
Ich bin von Natur fröhlich; ich lache gern, und ab und zu geht es mit mir durch! Wenn ich den Strafarbeiten entrinne, den Zwangsverordnungen entkomme, und wenn Hilfslehrer und Lehrer weit weg sind, dann springe ich umher wie ein großer Hund, ich bin fröhlich wie ein Neger.
Neger sein!

Ach, wie sehr ich mir lange Zeit gewünscht habe, ein Neger zu sein!
Erstmal lieben die Negerinnen ihre Kleinen. – Ich hätte eine liebevolle Mutter gehabt.
Und dann machen sie, wenn der Tag vorüber ist, aus Spaß Körbe und flechten Lianen und meißeln Kokosnüsse auf, und sie tanzen im Kreis!
Zizi, bambula! Tanzt, Canada!
Oh! Ja! Neger wäre ich gern gewesen. Ich bin es nicht, ich habe kein Glück!
Also werde ich Matrose werden.
Alle werden damit zufrieden sein.
Ich bringe sie vor Kummer ins Grab, das haben sie mir zur Genüge erzählt, nicht wahr?
Sie werden wieder lebendig werden, auferstehen.
Ich lasse ihnen meinen Anteil Bohnen, meine Scheibe Brot; aber sie werden den Hammel aufessen müssen!
Den Hammel aufessen?
Ich bin eine miese Natur, ganz entschieden! Ich denke nicht nur an die Freude, diesem Hammel zu entkommen; sondern, von Rachegedanken besessen, sage ich mir, wie ein kleiner Jesuit, daß sie ihn jetzt werden essen müssen, gebraten, aufgewärmt, mit Salatsoße, mit dunkler Soße, kleingehackt und als Bouletten – so wie ich es tat.

Ich gehe weiter, scheinheilig wie ich bin!
Ich sage mir, daß ich mich trainieren, erproben, abhärten muß, und ich suche nach allen möglichen Vorwänden, damit sie mich *durchbleuen*.
Ich sehe harten Zeiten auf dem Schiff entgegen. Ich muß mich vorher *zerbrechen*, sonst *zerbrechen* sie mich im Beruf; und also behaupte ich wochenlang, daß ich Geschirr zerschlagen, Flaschen mit Tinte vergeudet, alles Papier aufgefressen hätte! – Dazu muß man sagen, daß ich immerzu Papier fresse und immerzu Tinte trinke, ich kann nicht an mich halten.
Meinem Vater fällt nichts auf, er geht in die Falle, der Unglückliche! ...

Ich verschleiße ihm drei Lineale und ein Paar Stiefel in vierzehn Tagen, er zerbricht mir die Lineale auf den Fingern und stößt mir die Stiefel in die Seiten. Ich fresse ihm die Haare vom Kopf, ich ruiniere ihn, den Mann!
Ich denke, später wird er mir verzeihen, angesichts der guten Absicht; und übrigens scheint es mir, daß es ihm nicht allzu lästig ist.
Nur ein bißchen müde ist er, wenn er mich zu lange verdroschen hat – warm ist ihm!
Ich schleppe mich dann ans Fenster und schließe es, damit er keinen Zug bekommt.
In der Nacht lege ich mich in einen Koffer schlafen – im Hemd.

Ich schlafe im Hemd!
Allmächtiger Gott, begünstige
Dieses heilige Unternehmen!

Soll ich allein fortgehen?
Das ist ganz schön langweilig! Und zu mehreren kann man sich eines Schiffes bemächtigen, Seeräuber werden, nötigenfalls Revolten anführen und, wenn man es satt hat, eine Kolonie gründen.
Wen soll ich in dieses Abenteuer hineinziehen?

Malatesta ist gerade gestern abgereist.
Seine Mutter ist plötzlich krank geworden, er ist sie besuchen gefahren.
Er himmelt seine Mutter an, und dabei ist es eine schlechte Mutter. Sie schickt ihm immer Wassermelonen, Datteln und Apfelsinen; hinter dem Rücken des Direktors steckt sie ihm Geld zu.
»Deine Mutter ist ziemlich reich, was?« habe ich ihn einmal gefragt.
»Nein, aber sehr lieb!«
»Du hast sie gern!«
»Das will ich meinen!«
Das sagt er mit einer kleinen Träne im Auge.
Er, der Soldat werden soll!
Eine so schlechte Mutter zu haben und sie so zu lieben!

Eine Mutter, die ihn tröstet, wenn er bestraft wird, die vielleicht weniger Brot ißt, damit ihr Kind mehr Apfelsinen bekommt!
»Was macht deine Mutter?«
»Sie ist Metzgerin in Modène.«
Und er wird nicht im geringsten rot!
Metzgerin. Jetzt ist alles klar. Eine Frau *aus dem Volk*.
Meine Mutter wäre nie Metzgerin geworden, nie!

Oh, sie ist stolz, meine Mutter, das muß man ihr lassen! Wenn nicht ihretwegen, so hätte sie um ihres Sohnes willen keinen Schinken verkaufen wollen.
Sie zog es vor, ein dumpfes, stumpfsinniges, gemeines Le-
Feigheit zu raten! ...
Sie zog es vor, ein dumpfes, stumpfsinniges, gemeines Leben zu leben; aber sie war die Frau eines Beamten, eine Dame, und ihr Sohn würde eines Tages sagen:
»Mein Vater hat die Universität besucht.«
Oh! Wie mich das weiterbringen wird, es sieht ganz so aus, als ob die Herren von der Universität enorm geachtet wären!
Wenn sie hören könnte, was ich höre, nicht nur, was die Schüler murmeln – das zählt nicht –, aber was die Eltern sagen, dann wüßte sie, was die Leute von den Lehrern halten! Wenn sie eine Ahnung hätte, wie sehr sie sogar von ihren Vorgesetzten verachtet werden: vom Direktor, vom Aufsichtsbeamten, vom Schulrat, die einer reichen Mutter, wenn sie sich beschwert, antworten:
»Keine Angst: dem werde ich den Kopf waschen!«
In der Kammer, in die sie mich gewöhnlich einschließen, ehe ich in den Karzer komme, kriege ich mit, was im Empfangszimmer des Direktors gesprochen wird, und ich habe nicht versäumt, mein Ohr an die Wand zu drücken, sooft ich konnte.
Einmal kam einer der Lehrer und beklagte sich, daß ein Schuldiener ihn beleidigt habe. Der Direktor hat nicht gefackelt: er ruft den Hilfslehrer Souillard, der ihm als Sekretär dient:

»Herr Souillard, Herr Pichon beklagt sich, daß Jean ihm vor den Schülern unverschämt gekommen ist – einer von beiden muß gehen. Ich halte etwas auf Jean, er putzt gut. Herr Pichon ist ein Schwachkopf, der keine Protektion hat, der für hundert Francs Schmöker zusammenkauft für sein etymologisches Buch, aber sich anzieht, daß es uns zur Schande gereicht.
Schreiben Sie auf den Rand an seiner Akte:
›PICHON. Legt sich mit dem Personal an – hat schweinische Manieren – kennt seine Klassiker. Wäre anderswo sehr nützlich.‹«

Heiliger Piependeckel! Hoch die Metzger!
Und die Schuhmacher ebenfalls! Hoch die Gemischtwarenhändler und die Ochsentreiber!
Hoch die Neger!...
Ich würde alles, alles, alles, ehe ich Lehrer würde!...

Mit Malatesta kann ich also nicht rechnen, er ist in der Metzgerei von Modène, in seinem Pult hat er sogar ein Glas Eingemachtes unangebrochen zurückgelassen, das heimlich geteilt wird.
Ich suche überall nach anderen Verbündeten; ich lasse den geübten Blick des Kapitäns über die Menge der Mitschüler schweifen. Einigen enthülle ich mich: sie zögern. Die einen sagen, daß es ihnen zu Haus nicht schlecht geht, daß es ihnen im Gegenteil gefällt, daß ihre Väter mit ihnen Quatsch machen, daß ihre Mütter dieselben Fehler haben wie die Mutter von Malatesta.
»Wirst du etwa nicht geschlagen?«
»Doch, manchmal, aber an den Tagen komme ich auf meine Kosten; ich kann sicher sein, daß sie mich abends ins Theater mitnehmen oder mir ein Zehn-Sous-Stück schenken. Mein Vater ist dann ganz wütend über sich, und er und meine Mutter schieben sich gegenseitig die Schuld zu. ›Das ist deine Schuld.‹ ›Nein, deine, sage ich dir.‹ – ›Du hast ihm doch wenigstens nicht wehgetan?‹ – ›Ich hab schon etwas stark zugeschlagen, ich brutaler Kerl!‹«

»Du hast ihm doch wenigstens wehgetan?« fragt meine Mutter meinen Vater, anders als diese schwachsinnigen Eltern. »Ich hoffe, daß er es diesmal gespürt hat!«
Man muß gestehen, daß meine Mutter logisch ist.
Wenn man Kinder schlägt, so ist es zu ihrem Besten, damit sie sich, sobald sie einen Fehler zu begehen im Begriff sind, daran erinnern, daß man ihnen dafür die Haare ausreißen und die Ohren blutig zotteln wird, daß sie eben zu leiden haben werden! ... Meine Mutter hat ein System, sie wendet es an.
Sie ist vernünftiger als die Eltern von diesem Kleinen, der zehn Sous bekommt, wenn er einen Katzenkopf hat einstecken müssen; die hauen, ohne zu wissen wofür, und die es bedauern, weh getan zu haben.
Ich kann nicht verstehen, wieso mein Kamerad seine Eltern liebt, wenn sie so dumm sind und so wenig Durchhaltekraft haben.
Ich bin an eine Mutter geraten, die hat Weisheit und Methode.

Werde ich also niemanden finden, der mit mir flieht?
Ricard?
Sie sind neun Kinder.
Sie werden fürchterlich verprügelt. – Was für ein Glück!
Ich taste Ricard ab; das Abtasten meine ich bildlich: er verbittet es sich, abgetastet zu werden (die Rippen tun ihm zu weh) – er ist dreckig wie ein Kamm; er erklärt mir, daß seine Mutter ihn und seine Geschwister schlägt, weil sie dreckig sind; aber sie ist selbst höllisch dreckig!
Sie prügelt sie auch, weil sie Schimpfworte benutzen; sie fluchen wie Fuhrknechte; der kleine Fünfjährige schreit immer: *Scheiß dich aus!*
Ein einziger in der Familie ist brav und flucht nicht. Das ist der, der in meine Klasse geht.
Geschlagen wird er trotzdem. Und warum?
Weil man in einer Familie niemanden vorziehen soll, das wirkt sich immer schlecht aus. Dann beschweren sich die andern.

Und dann *hockt er rum wie eine Gans.*
Er hockt rum wie eine Gans. – Dafür schlägt man ihn. Die andern werden verprügelt, weil sie Krach machen und fluchen und Schimpfworte gebrauchen: er aber, weil er nichts sagt und still ist.
Er hockt rum wie eine Gans ...
Er hat noch eine Schwäche – (wer hätte keine!) – er pißt ins Bett.
Das ist das Geheimnis seines Elends, warum er traurig ist, warum seine Mutter den ganzen Tag schreit, daß sie ihm das Fell über die Ohren ziehen wird!
Und seine Eltern scheinen zu glauben, daß er es aus Spaß macht, daß er daran Vergnügen empfindet, daß es aus Koketterie geschieht oder aus Trotz, Spielerei ist oder Drohung, hochmütige Laune oder der Einfall eines Müßiggängers. Der Ärmste tut in Wirklichkeit, was er kann – was er tut, nützt nichts. – Er wacht mitten im Verbrechen auf, und jeden Morgen müssen sie sein Laken zum Fenster hinaushängen.
Sie tun ihm diese Schmach an. – Jeder weiß von seinem Gebrechen; so wie man weiß, daß der König sich in den Tuilerien aufhält, wenn die Fahne über dem Schloß weht! ...
Er weint vor Pein, der arme Hund, er enthält sich selbst alles vor, wenn er zu Abend ißt, er trinkt mit einem Strohhalm.
Umsonst fleht er zu Gott, zur heiligen Jungfrau und forscht, ob es einen Heiligen gibt, der dieser speziellen Art von Sünde zugeteilt ist.
Den Verzweifelten ereilt wieder die Prügel mit dem Scheuerlappen seiner Mutter, die den Tanz mit einem komischen Ausdruck ankündigt. Sie sagt mit derber Stimme und erhobener Zuchtrute:
»Siehste, jetzt soll *der Hase mal weinen*!«
Zweifellos eine (ironische und grausame) Anspielung auf die Schwäche ihres Kindes und den Augenblick, in dem der Jäger und sein mörderisches Blei über den gestellten Hasen herfallen.

Ich habe entschieden. An Bord des Schiffes sorgt er selbst für seine Hängematte, niemand wird wissen, daß der Hase geweint hat!

Wenn ich auch mit Vidaljan sprechen würde?
Er ist der Sohn einer Kellerratte; wie ich bekommt er Prügel zum Steinerweichen.
Noch so einer, der gern werden würde, wovon sein Vater nicht will, daß er es wird; er möchte Zauberkünstler werden.
Ins Gymnasium ist ein Zauberkünstler gekommen. Die Schüler haben zwanzig Sous bezahlt. Vidaljan hat das Unglück gehabt, daß man ihn gewählt hat, um auf die Bühne zu steigen und das Kartenspiel zu halten; er hat gesehen, wie der Turteltaube der Hals durchgeschnitten wurde, wie das Taschentuch verbrannt ist; er hat Domingo, den großen Kumpel, berührt.
»Verzeihung, mein Freund, was haben Sie da in der Tasche?«
Und eine Perücke wurde aus seiner Tasche gezogen.
»Sie tragen Ihre Ersparnisse im Haar spazieren?«
Und ein Fünf-Francs-Stück geht von seinem Kopf mit.
»Und nun, mein Freund, danke ich Ihnen.«
Er ist vor der ganzen Schule zu seinem Platz heruntergegangen, umringt, ausgefragt, beneidet; seine Klasse platzt vor Eifersucht.
Warum ist er genommen worden? Wer hat ihn ausgewählt?
»Der hat ein Glück«, hat Ricard der Ältere gesagt und daran gedacht, daß in der kommenden Nacht ...

Seit diesem Abend, an dem er seinen von allen Kerzen des Hexenmeisters erleuchteten Auftritt hatte, die Aufmerksamkeit der Menge genoß, von den Blicken der *Großen* wie der *Mittleren* verschlungen, von diesem Tage an ist Vidaljans Entschluß gefaßt, seine Berufung klar: er macht sich sofort an die Arbeit. Schon immer hat er eine Neigung zur Zauberkunst gefühlt!

Er ist der größte Langfinger des Gymnasiums; er hat schon früher in den Pulten gewühlt, und er konnte einen Bleistift hinter dem Ohr eines Kameraden hervorholen, ohne daß dieser es merkte. Er konnte eine Apfelsine in acht Teile zerschneiden und ein Stück in der Ecke eines Taschentuches verschwinden lassen.

Er ließ schon einen Kreisel, einen Achat, eine Feder mit einem Totenkopf verschwinden. Er besaß eine Sammlung kleiner Zeichnungen, die er mit Hilfe eines Nachschlüssels in den Kästen der Kameraden zusammengelesen hatte.

Nicht daß er die Kunst liebte, aber es machte ihm Spaß, hinterlistige Schlossereien auszuführen und seine Hand in Ritzen zu stecken. Er stahl die Hefte mit den Strafpunkten und die Notenbücher aus den Taschen der Lehrer. Er hat einmal die Brieftasche eines Lehrers verschwinden lassen, die Intimitäten von Herrn Boquin waren acht Tage lang der Gnade der Bengels ausgeliefert.

Dem armen Boquin ist dadurch eine Heirat vermasselt worden, und er hätte fast seine Stelle verloren.

Vidaljan hat auch das Handwerkszeug für Strafarbeiten verbessert: es war ihm gelungen, vier Federn zusammenzubinden, was noch nie dagewesen war, sogar nach dem Urteil von Gravier, der drei Monate in Paris in Pension war, und er schrieb vier Verse Virgil auf einmal.

Schon zur Zauberei geneigt, ließ er sich von der weißen Magie den Kopf verdrehen.

Er kaufte sich die *Geheimnisse des kleinen Albert*. Wir sahen ihn mit Bechern und Muskatnüssen, mit getrockneten Kröten und ausgeblasenen Eierschalen.

Er stellte Schießpulver her.

Das hat mich bestimmt, mich an ihn zu wenden – trotz des leichten Mißtrauens, das sein Gehabe mir einflößte.

Vor zwei Tagen war er beinahe vom Urheber seiner Existenz abgemurkst worden, weil der merkte, daß sein Sohn sich, statt seine Aufgaben zu machen, der Mechanik widmete; und als seine Mutter das Bett durchsuchte, fand sie Schlangenhäute und Reißzwecken aus Kupfer mit den Wanzen der Familie vermischt.

Ich bot ihm an, mein Leutnant zu werden.
Er nahm an. – Ricard auch.
Aber am festgesetzten Tag weht die Flagge vor Ricards Fenster, und durch das gleiche Fenster wirft er mir einen Zettel heraus, der etwas feucht ist und mir schmerzliche Einzelheiten mitteilt. Er hat sich mehr als gewöhnlich strafbar gemacht und ist schlimmer als sonst verdroschen worden; er kann sich nicht mehr fortschleppen.
Und Vidaljan? – Er kommt nicht wie verabredet. Die Schüler kommen einer nach dem andern an, die Glocke läutet, alle gehen hinein, er ist nicht da. Was ist passiert? Ich schleiche zu seinem Haus und verstecke mich; die Gevatterinnen, die vorbeikommen, sprechen darüber, wie beinahe das Viertel in die Luft geflogen wäre, und der Sohn von Vidaljan mit ihm. »Er hat ein Streichholz auf ein Schüsselchen fallen lassen, in dem er Schießpulver machte. So ein kleiner Strolch hat ihm das in den Kopf gesetzt, der Kleine von dieser Dame, wissen Sie, die immer feilscht, und der der Schal wie eine Flunder auf dem Rükken klebt: Vingtrou, Vingtras ... Er soll schon gesucht werden. Hoffentlich werfen sie ihn ins Gefängnis.«
»Aber da ist er ja, ich erkenne ihn«, schreit eine Gevatterin, die mich plötzlich in der Ecke entdeckt, in die ich mich gedrückt hatte und aus der ich jetzt zu entkommen versuchte.
Sie bemächtigen sich meiner. – Sie führen mich nach Haus zurück.
Meine Mutter verabreichte mir eine entsprechende Tracht! Sie hörte erst auf, als ich bei allen Heiligen im Paradies gelobt hatte, nicht mehr fortzulaufen.
Und Vidaljan? – Er genas und machte kein Schießpulver mehr.
Und Ricard der Ältere? – Die Angst, die er bekam, als er von Vidaljans Unfall hörte, bewirkte bei ihm eine Revolution, er pißte nicht mehr ins Bett.
Wenigstens das.

XVI Ein Drama

Frau Brignolin, eine Nachbarin, ist zur Freundin des Hauses geworden.
Ein molliges, lebhaftes Geschöpf mit flammenden Augen; immer fröhlich, es ist eine Lust, sie trippeln, kichern, kokettieren, beim Lachen sich zurückbeugen und mit einer langsamen, zärtlichen Gebärde ihr Haar glattstreichen zu sehen! Sie hat eine Art sich zu bewegen, die selbst meinen Vater befremdet, denn er errötet, erbleicht, die Stimme versagt ihm, er stößt Stühle um.
Komische kleine Frau! Sie hat drei Kinder.
Sie leitet und meistert alles mit einer fieberhaften Unternehmungslust, sie kommt und geht nur immerzu; zieht den einen an, seift den andern ab, stülpt eine Mütze auf diese Rübe und eine Kappe auf jenes Köpfchen, flickt Hosen, bügelt Kleider, schneuzt diesen, reinigt jenen. Immer fröhlich!
Abends holt sie einen frischen Hausmantel heraus und macht auf einem alten Flügel ein bißchen Musik; nach jedem Stück entlockt sie der Seite, wo die tiefen Töne sind, ein tiefes *Bum* und der Seite mit den hohen Tönen ein zartes *Plim. Bum, bum, plim, plim* ...

»Herr Vingtras, Sie sind traurig wie eine Nachtmütze, und das, weil Sie sich nicht haben rasieren lassen, sehen Sie! Kommen Sie morgen frisch vom Friseur nach Haus. Dann gebe ich Ihnen einen Kuß, und Sie geben mir Ihre Bartstoppeln.«
Dabei geht sie nah an ihn heran, legt ihre Hand auf seine Hand, streift ihn mit ihrem Rock. Sie nimmt sogar seinen Arm und drückt ihn an ihre Hüfte.
»Tanzen wir einen Walzer«, sagt sie.
Und sie schiebt sich lustig vor, mit kühnen Füßchen, den

Oberkörper zurückgeworfen, mit flatternden Haaren, und zieht ihren Kavalier mit sich fort; ein- oder zweimal durch das viel zu enge Zimmer und läßt sich lachend vor ihm auf einen ächzenden Stuhl fallen, mein Vater aber sagt nichts. Dann verdrückt sie sich in Richtung Küche, aus der Lärm gekommen ist.

Das kleine Mädchen ist hingefallen; der kleine Bengel hat einen Krug zerschlagen; sie fegt dahin wie ein Wirbelwind aus Musselin, stürzt sich ins Geschehen, taucht unter, kommt wieder hoch, ausgelassen und übermütig, die Hände zwischen den Knien lehnt sie sich vor, um besser lachen zu können, schüttelt den hübschen Kopf und gibt ein paar dumme Streiche ihrer Sprößlinge zum Besten.

Nebenbei ergibt sich noch, daß sie Herrn Vingtras streift und im Vorübergehen anstößt.

Herr Brignolin ist selten da: er ist Wissenschaftler, Teilhaber einer Chemikalienfabrik. Er hat schon viel erfunden, was seinen Herd und Kessel am Kochen hält: sein Leben besteht aus seinen *Retorten*, und ich habe bemerkt, daß die Leute lachten, wenn dieses Wort fiel.[1]

Eine Cousine wohnt bei ihnen im Haus: Fräulein Miolan.

Sie ist zwanzig: sanft, freundlich und bleich, wachsbleich; und ich habe sagen hören, daß sie bald sterben wird.

Frau Brignolin ist sehr gut zu ihr, wir mögen sie alle; wir spielen Karten und Würfel auf ihren Knien; sie flicht uns Kokarden aus Bandresten – sie ist so geschickt mit ihren mageren Fingern! In einer Tasche trägt sie ein Brieftäschchen mit Perlmutterecken, das ist das einzige, was wir nicht anfassen dürfen:

»Da ist mein Herz drin«, hat sie einmal gesagt, und die Leute sagen, daß sie an einer unglücklichen Liebe stirbt.

Als Frau Brignolin das erzählte, saß mein Vater ganz nah neben ihr. Meine Mutter war nicht da. Ich drehte den Kopf weg: da hörte ich einen Seufzer, und als ich hin-

[1] *Retorten:* ›cornue‹ hat im Französischen zwei Bedeutungen, ›Retorte‹ und ›gehörnt‹.

schaute, sah ich, daß Frau Brignolin ihre Hände auf die meines Vaters gelegt hatte, und ihre Augen in seine versenkte! Er wirkte etwas peinlich berührt. Sie lächelte leise und sagte:
»Großer Dummkopf!«
Ich erriet, daß ich sie störte, sie sahen beide gleichzeitig zu mir herüber, als wollten sie sagen: »Nicht vor ihm!« oder »Warum sitzt er da?« Ich habe dieses zärtliche »Großer Dummkopf!« und diese sanfte Gebärde nicht vergessen.
Fräulein Miolan zuliebe wurde ein Stück Land gepachtet, wo wir abends nach der Schule zwei oder drei Stunden verbringen, wo wir, wenn schönes Wetter ist, den ganzen Sonntag über sind.
Schöne Stunden für die kleinen Brignolins und mich!
Die Umgebung des Gartenhäuschens ist nicht schön – es liegt am Ende eines verlassenen Weges, der schwarz von Kohle, gelb von Sand, grau von Staub ist; es riecht verbrannt, und in der Asche auf dem Weg werden die Schuhe zerkratzt und knirschen die Wagen. Da unten liegen eine Miene und zwei Ziegeleien, deren flache Dächer man in der Öde der Felder erkennt – das Gras ist mager und versengt, es wächst nur fleckenweise, wie Fellreste auf einem Kamelrücken. Koks- und Ziegelreste liegen herum, stumpfrot wie Krümel von geronnenem Blut; aber wir stapeln alles zu Säulengängen und Hütten auf, wir graben Löcher in die Erde; darin machen wir Feuer, blasen es an, die Flamme leuchtet, der Rauch dreht sich nach dem Wind. Es riecht nach Arbeit, erinnert an Robinson; wir sind allein auf der weiten Ebene – so, als müßten wir ohne Unterstützung aus den Städten leben: wir sprechen wie Männer miteinander, und wir fühlen, wie Männer fühlen, wenn Stille sie umgibt.
Wenn wir die stumme und leere Natur satt haben, wenn die Abendkühle niederfällt, wenn die Geräusche eins nach dem andern verhallen wie Steine in einem Abgrund, kehren wir in das Häuschen zurück, das rot bemützt und unten grün ist.

Im Gärtchen sind zwei Bäume, zwei Beete mit Stiefmütterchen und eine *Sonnenblume.*
Ich sehe die Stiefmütterchen noch vor mir, mit ihren goldenen Augen und blauen Pupillen, ich fühle ihre samtigen Blätter, und ich erinnere mich, daß ich für einen Strauch zu sorgen hatte; in einem alten Buch liegen noch ein paar Blütenblätter davon.
Wenn im Haus Licht gemacht wird, sehen wir die Lampe von weitem leuchten wie einen Stern.
Die Damen und mein Vater improvisieren ein Abendessen aus Früchten, dazu Milch und schwarzes Brot. Sie haben alles aus dem Dorf geholt. – Welche Ruhe! Vor Glückseligkeit habe ich Tränen in den Augen.

Sonntags gibt es ein Tohuwabohu! Wir nehmen Verpflegung mit. Frau Brignolin bindet eine weiße Schürze um, meine Mutter schürzt ihr Kleid, und mein Vater hilft Gemüse putzen. – Uns werfen sie rohe Mohrrüben zum Knabbern zu, und wir helfen bei der Küchenarbeit, wir drehen das Huhn am Kohlenfeuer (und fangen die Safttröpfchen auf): wir bringen alles durcheinander, wir stören überall, wir machen alles kaputt, keiner schimpft.
Erst hört man Töpfe und Teller, dann die Kinnbacken, dann die Korken! – Zum Nachtisch gibt es weißen Schaumwein.
Es wird geprostet und zurückgeprostet.
Am Anfang wird nur auf die Gesundheit von Frau Vingtras getrunken!
Sie antwortet ganz rot vor Freude: ihr Bauernblut fließt in der ländlichen Atmosphäre bei ein wenig Kneipenduft und dem Blick auf die weit entfernten Bauerngehöfte freier!
Sie denkt kaum daran, daß ich meine Hose hochkrempeln soll und an die Dreckklumpen an meinen neuen Schuhen. Frau Brignolin hindert sie übrigens daran.
»Alle sollen Spaß haben!« sagt sie, hält ihr den Mund zu und zieht sie am Arm fort zu einem Spaziergang durch den Garten.

Mein Vater wirkt glücklich!
Er spielt wie ein Kind; er ist die Blinde Kuh, er stößt die Schaukel an, wenn wir nicht mehr spielen wollen, er singt (er hat ein dünnes Stimmchen). Frau Brignolin schmettert nach ihm ein paar südfranzösische Lieder.
Meine Mutter – als Bauerntochter – sagt: »Das sind ja affige Lieder«, und sie intoniert im Dialekt der Auvergne:

Sag, Janette,
Du willst heiraten,
Laya!
So nimm einen Mann,
Der arbeiten kann!
Laya!

Laya! wiederholt Frau Brignolin und deutet eine Tanzpose an – sie macht nur eine Bewegung, wirft den Kopf zurück, knickt mit dem Oberkörper ein, und dann plötzlich ein Sammelsurium von Röcken, herumgeschleuderte Hüften!
Sie stampft mit den Füßen, schnalzt mit den Fingern, und nach einer Weile sieht es aus, als ob sie ohnmächtig werden würde, mit ihren geöffneten Lippen, durch die der Atem strömt, der ihre Brust hebt und senkt; einen Moment ist ihr das Lachen vergangen, aber in einem Anfall von Fröhlichkeit legt sie bald wieder los und vermischt die Cachucha[1] und die Bourrée[2], das Spanische und das Auvergnatische,

Die Madona und die Fouchtra[3],
Laya!

»Was heißt das?« fragt der Positivist Brignolin, der ab und zu dabei ist und die Soßen verdirbt.
Er probiert Extrakte auf chemischer Basis aus, sie riechen nach Wissenschaft und machen das Essen ungenießbar.
Wir machen Ratespiele – er bringt alles durcheinander – er rät nie etwas!

[1] *Cachucha:* spanischer Tanz.
[2] *Bourrée:* Bauerntanz aus der Auvergne.
[3] *Fouchtra:* Fluchwort, das in Frankreich zum Spitznamen für die Auvergnaten geworden ist.

Er *ist* immer.
»Er *ist*!«
Frau Brignolin sagt das ganz eigenartig und sie sieht dabei fast immer meinen Vater an; dann schüttelt sie ihren Mann und fügt hinzu:
»Weißt du, eigentlich kannst du nur den Arm reichen; nimm Frau Vingtras' Arm. – Herr Vingtras, wollen Sie mir Ihren geben? – Jacques, du bleibst bei Fräulein Miolan.«
Armes Mädchen! Während wir spielen und Unsinn machen, hat sie oft Herzbeklemmungen, oder sie erleidet einen Hustenanfall, der ihre blassen Wangen purpurrot färbt, danach sinkt sie in die Kissen zurück, mit denen ihr Liegestuhl vollgestopft ist – trotzdem lächelt sie, und sie wird böse, wenn wir ihr zuliebe ruhig sein wollen.
»Nein, nein, ich bitte Euch, amüsiert euch. Das macht mir Spaß, das tut mir gut, amüsiert euch.«
Ihre Stimme hält an, aber ihre Bewegung fährt fort, uns zu bitten:
»Amüsiert euch!«

Ruhepause

Das Leben verändert sich schlagartig.
Bis jetzt war ich die Trommel, auf der meine Mutter ihre Tschingbums und Rattatas geschlagen hat, sie hat auf mir verschiedene Prügelstile und Materialien ausprobiert, sie hat mich in jeder Hinsicht bearbeitet, hat mich gekniffen, gehackt, verdroschen, vollgestopft, geohrfeigt, abgescheuert, kartätscht und gegerbt, ohne daß ich idiotisch, mißgestaltet, bucklig oder krummbeinig geworden wäre, ohne daß mir Zwiebeln im Magen gewachsen wären oder Schafswolle auf dem Rücken – nach immerhin reichlich Hammelkeule!
Plötzlich entzieht sie mir ihre Zuwendung. Ihre Wachsamkeit schlafft ab.
Früher war nur piff, paff, ritsch ratsch und los, vorwärts zu hören – ich wurde Bandit, verdammter Gauner geheißen.

Dreizehn Jahre lang konnte ich nicht fünf Minuten, nein, keine fünf Minuten in ihrer Nähe sein, ohne sie zum Äußersten zu reizen, ohne daß ihre Liebe an mir verzweifeln mußte.
Was ist aus all dieser Bewegung, dem Lärm, der Stetigkeit beim Ohrfeigen geworden?
Ich haßte es nicht, wenn man mich Bandit und Lausekerl nannte; ich verdiente es – es schmeichelte mir sogar ein bißchen.
Bandit – wie in den Bilderromanen! – Und dann fühlte ich genau, daß meine Mutter Spaß daran hatte, mir wehzutun; daß sie Bewegung brauchte und sich so Gymnastik leisten konnte, ohne in eine Turnanstalt gehen zu müssen, wo sie ein Turnhöschen und ein Hemdchen hätte anziehen müssen. – Mir erschien sie nicht in Blüschen und Höschen.
Bei mir traf sie ins Schwarze, schoß sie die fliegende Taube, schnappte sich das Kaninchen; bei mir spielte sie den Dragoner.

Seit einiger Zeit lebe ich also, ohne daß mich etwas erfrischt oder erwärmt, wie die Garbe, die in einer Ecke verschimmelt, statt unter dem Dreschflegel zu zucken, wie die Gans, die mit gefesselten Füßen vor dem Feuer dick wird.
Ich muß nicht mehr aufstehen und – als ergebene Zielscheibe – zu meiner Mutter kommen; ich kann die ganze Zeit sitzen bleiben!
Die Ruhepause beunruhigt mich.
Sitzen bleiben ist gut – aber wenn die alten Gewohnheiten wieder aufleben, wenn die Stunde der Knute von neuem schlägt, was dann? Die Wonnen Capuas werden mich verweichlicht haben: ich werde nicht mehr den Panzer der Gewöhnung tragen, den Schild der Übung, die Narbung gegerbten Leders!

Was geht eigentlich vor? Ich verstehe nicht viel, aber es kommt mir so vor, als ob Frau Brignolin mit dieser düsteren Haustrauer, mit dem weißglühenden Zorn meiner Mutter zu tun hat.

Meine Mutter sitzt lange Abende stumm, mit starren Augen und zusammengekniffenen Lippen da. Sie versteckt sich am Fenster und hebt den Vorhang, als ob sie einer Beute auflauerte.
»Kommt Frau Brignolin nicht mehr?« fragt eines Tages eine Nachbarin.
»Doch, doch!«
»Das Verhältnis ist ein bißchen abgekühlt?«
»Nein, nein! ... Wir verbringen nächsten Sonntag sogar zusammen auf dem Land.«
In der Tat habe ich von einem Ausflug zur Versöhnung nach einigen Wochen der Kühle reden hören; ich habe auch ein paar Worte aufgeschnappt, die meine Mutter ganz leise vor sich hingesprochen hat:
»So tun, als ob nichts ist, sie machen lassen, ihnen auf leisen Sohlen nachschleichen ...«
Die Freundschaft wird erneuert, alle treffen sich am Donnerstag und machen Pläne für den Sonntag.

Ich hatte mir ausgerechnet ein *Nachsitzen* eingebrockt!
Mitten in der Klasse hatte ich ein Stück Kohle fallen lassen – Kohle, die ich bei dem Landhäuschen aufgelesen hatte. Ich hatte Herrn Brignolin sagen hören, daß man in den Minenabfällen Diamanten finden könnte; und von dem Tag an sammelte ich alle Stücke mit einer glänzenden Ader oder einem gelben Fleck.
Der Lehrer sah darin einen Streich, und schon war ich ertappt und gezwungen, an diesem Sonntag in der Stadt zu bleiben, und Schlag eins zum Nachsitzen anzutreten – im Arbeitssaal der Internatsschüler, im Gymnasium selbst.
Adieu, Landhaus!
Ich sah sie mit den Proviantkörben aufbrechen.
Die Damen trugen an diesem Tag neue Kleider.
Frau Brignolin sah bezaubernd aus; mit kleinem Dekolleté, einer blaugestreiften Schärpe und blauen Stiefelchen, und sie roch gut – so gut!
Meine Mutter weihte einen grünen Schal ein, er schrie wie ein Verdammter neben dem frischen, rosa getüpfelten

Musselinkleid, von dem Frau Brignolin wie von einem Nebel umhüllt war.

Mein Programm war vorgezeichnet. Ich sollte Bohnen in Öl essen, zum Nachsitzen gehen – mich dann zum Verwalter begeben, bei dem ich zu Abend essen würde.
»Das ist mehr als du verdienst«, hatte meine Mutter mir gesagt. Die Aussicht war schmeichelhaft genug, um die Trauer darüber, daß ich nicht zum Landhaus kam, nicht allzu groß werden zu lassen; ich nahm mein Schicksal ganz gern an.
Ich aß die Bohnen in Öl – ich ging mit zwei Schornsteinfegerjungen aus meiner Bekanntschaft Murmeln spielen. – Ich kam zu spät und rußbedeckt zum Nachsitzen – ich brachte es dahin, daß ich unter dem Vorwand, mal zu müssen, durch den Turnsaal bummelte, wo ich ein Trapez loshakte und mir beinahe das Genick brach; ich schlampte meine Strafarbeit herunter, trank etwas Tinte, und es wurde sechs Uhr.

Das Nachsitzen war aus, sie ließen uns laufen, ich stieg zu Herrn Laurier hinauf.
»Da bist du ja, Lausbub!«
»Ja, Herr Laurier.«
»Und geht das Nachsitzen weiter?«
»Nein, Herr Laurier!«
»Hast du Hunger?«
»Ja, Herr Laurier!«
»Willst du essen?«
»Nein, Herr Laurier!«
Ich hielt es für höflich, *nein* zu sagen: meine Mutter hatte mir eingeschärft, nicht ohne weiteres etwas anzunehmen, das gehörte sich nicht in der großen Welt. »Man stürzt sich nicht wie ein Vielfraß auf eine Einladung, hörst du«, und sie ging mit gutem Beispiel voran.
Wir aßen manchmal bei Eltern von Schülern zu Mittag.
»Nehmen Sie Suppe, Frau Vingtras?«
»Nein, doch, naja, ein wenig ...«

»Sie mögen keine Suppe?«
»Oh doch, ich mag sie sehr, aber ich habe gar keinen Hunger ...«
Teufel auch! Keinen Hunger, jetzt schon!

»Laß immer etwas auf dem Teller liegen.«
Noch so ein guter Rat von ihr.
Etwas auf dem Teller lassen.
Das tat ich mit der Suppe, zum großen Erstaunen des Verwalters, er hatte schon gefunden, daß es sehr einfältig von mir war zu sagen, ich hätte Hunger, wollte aber nicht essen.
Ich aber weiß, daß man seiner Mutter gehorchen soll – meine Mutter kennt sich in guten Manieren aus –, ich lasse etwas auf dem Teller, und ich lasse mich bitten.
Der Verwalter bietet mir Fisch an. – »Oh, nein, nicht doch!«
Ich falle nicht sofort über den Fisch her wie ein Bauer.
»Willst du Karpfen?«
»Nein, Herr Laurier!«
»Magst du keinen?«
»Doch, Herr Laurier!«
Meine Mutter hatte mir fest eingeschärft, bei fremden Leuten alles zu mögen; es sah so aus, als ob man an den Gastgebern herummäkelte, wenn man nicht mochte, was sie einem vorsetzten.
»Du magst ihn? Na also!«
Der Verwalter wirft mir ein Stück Karpfen vor wie einem Trottel: wenn er will, soll er essen, er soll es sein lassen, wenn er nicht will.
Ich esse meinen Karpfen – unter Schwierigkeiten.
Meine Mutter hatte mir noch gesagt: »Man darf nicht so nah an den Tisch heranrücken; es soll nicht so aussehen, als sei man zu Haus, als fühle man sich wohl.« Ich machte es mir so unbequem wie möglich – mein Stuhl war weit vom Teller weggerückt; zwei- oder dreimal bin ich beinahe umgefallen.

Mein Brot ist alle!
Meine Mutter hat mir beigebracht, daß man niemals *fragen* dürfe, Kinder müssen warten, bis man ihnen etwas vorsetzt.
Ich warte! Aber Herr Laurier kümmert sich nicht mehr um mich – er hat mich aufgegeben, und er ißt mit der Zeitung vor der Nase.
Ich klappere leise mit der Gabel, ich schlage die Zähne aufeinander wie ein mechanischer Kopf. Das Geklickere veranlaßt ihn schließlich, mir einen Blick zuzuwerfen, unter dem CENSEUR DE LYON zu mir herüberzuschielen, aber auf meinem Teller sieht er noch Karpfen, und viel Soße.
Das Herz dreht sich mir um, daß ich das ohne Brot essen soll, aber ich wage nicht, um welches zu bitten!
Brot, Brot!
Ich habe Hände wie ein Laternenanzünder, ich traue mich nicht, sie zu oft an der Serviette abzuwischen. »Das sieht so aus, als hätte man zu schmutzige Finger«, hat mir meine Mutter gesagt, »und es würde einen schlechten Eindruck machen, wenn beim Abdecken eine ganz fleckige Serviette vorgefunden würde.«
Ich wische mich am Hosenboden ab – eine Bewegung, die den Ökonom aus der Fassung bringt, als er sie aus den Augenwinkeln aufschnappt. – Er weiß nicht, was er davon halten soll!
»Juckt es dich?«
»Nein, Herr Laurier!«
»Warum kratzt du dich dann?«
»Ich weiß nicht.«
Diese Unschuld, diese Antworten eines Träumers und dieser mystische Fatalismus flößen ihm schließlich, das merke ich wohl, einen unüberwindlichen Widerwillen ein.
»Bist du mit dem Fisch fertig?«
»Ja, Herr Laurier!«
Herr Laurier nimmt mir den Teller weg und schiebt mir einen andern mit Kalbsbries und Champignonsauce herüber.
»Nun iß mal, genier dich nicht, iß dich satt.«

Naja! Wenn der Gastgeber es mir nahelegt! Und ich stürze mich auf das Kalbsbries.

Kein Brot! Kein Brot!

Das Kalb und der Fisch treffen in meinem Magen in einem Meer von Soße aufeinander und liefern einander ein grimmiges Gefecht.

Ich fühle mich, als hätte ich ein Schiff in meinem Innern, ein Butterschiff, das schmilzt, und mein Mund fühlt sich an, als hätte ich einen Topf Pomade zu zehn Sous das Pfund verschlungen!

Das Essen ist vorüber: es wurde Zeit! Herr Laurier schickt mich nach Haus, nicht ohne seinen Kneifer aufzusetzen, um die Zeichnungen zu betrachten, mit denen ich meine blaue Hose getigert habe; das Essen endet in einem Leopardenschwanz.

7.30 Uhr

Ich liege völlig angezogen auf meinen Bett; ein Stück Mond stößt durch die Scheiben.

Nicht ein Geräusch!

Mein Kopf brennt, mir ist, als ob man mir den Schädel auf der einen Seite eingeschlagen hätte.

Ich erinnere mich an alles: an das Brot, das fehlte, an den Fisch, der schwamm, an das Kalb, das nuckelte...

Es macht nichts; ich kann mir zugute halten, daß ich wenigstens die guten Manieren bewahrt habe. Ich habe gelitten, aber ich bin weit vom Tisch weggeblieben, ich habe nicht den Eindruck erweckt, daß ich um Brot bettle; ich war den Lehren meiner Mutter treu.

9.00 Uhr

Zwei Stunden Schlaf.

Das Kopfweh ist vergangen. Wenn ich ein Kalb im Zimmer sähe, würde ich aus dem Fenster springen; aber es ist unwahrscheinlich, und vor mich hinträumend ziehe ich mich aus.

10.00 Uhr

Ich hatte die Kerze angezündet und las; aber die Kerze ist gleich heruntergebrannt, es ist nur noch ein Stück für meine Eltern übrig, wenn sie nach Haus kommen.
Ich klettere auf meinen Hängeboden. Ich schlafe auf einem Hängeboden, den man über eine kleine Leiter erreicht; im Sommer erstickt man hier, im Winter friert man an; aber ich bin frei hier oben, ganz allein; ich liebe den Hängeboden, dieses schwebende Kabinett, in dem ich allein sein kann, dessen Holzwände all mein zorniges und schmerzliches Murmeln mitangehört haben.

Mitternacht

Ich war eingeschlummert! – Ich bin abrupt aufgewacht!
Ein wirrer Lärm, ohrenbetäubende Schreie – einer vor allem geht mir durchs Herz, schlitzt es auf wie ein Messerstich. Das ist die Stimme meiner Mutter ...
Ich springe im Hemd die Leiter hinunter; die Leiter war nicht festgehakt, und ich stürze mit Gepolter. Auf den Fliesen habe ich mir fast das Knie gespalten.
Das Drama läuft auf der Treppe ab; zwischen meiner Mutter, die mit irrem Blick über dem Treppengeländer hängt, und meinem Vater, der sie an sich zieht, blaß, mit wirren Haaren.
Ich werfe mich weinend mitten zwischen sie. Was geht vor?
Ich will losheulen.
»Nein, nein«, macht mein Vater und hält mir den Mund zu, »nein!« Er bricht mir mit seiner Faust fast die Zähne. – »Nein, nein!« In seiner Stimme ist ebensoviel Wut wie Schrecken.
Ich beuge mich über meine Mutter, die ohnmächtig geworden ist; ich überschwemme ihr Gesicht mit Tränen. Offensichtlich sind Kindertränen, wenn sie auf die Stirnen von Müttern fallen, etwas Gutes! Meine Mutter öffnet schlagartig die Augen, erkennt mich, sagt: »Jacques!« –

Sie nimmt meine Hand in ihre Hand und drückt sie. Zum ersten Male überhaupt.
Ich kannte nur die Schwielen ihrer Finger, den Stahl ihrer Augen, den Essig ihrer Stimme; jetzt erlebte sie eine Minute der Hilflosigkeit, einen Anfall von Zärtlichkeit, eine Schwäche ihrer Seele, sanft gibt sie ihrer Hand und ihrem Herzen nach.
Die Aufwallung von Güte, die ihr der Schrecken in diesem Augenblick abrang, ließ mich fühlen, daß ich im Leben jeder guten Geste weichen würde.
»Geh wieder ins Bett«, sagt mein Vater zu mir.
Ich gehe vereist zurück, ich bin gründlich durchgefroren, erst auf den Treppenfliesen, und dann in dem großen Zimmer, dessen Fenster geöffnet waren, damit die Leidende Luft bekäme!

Was hat sich eigentlich ereignet?
Mein Herz erlebt auch seinen Sturm, ich kann nicht zwei Gedanken fassen, nicht nachdenken in meinem Fieber! Die Stunden versinken eine nach der andern.
Ich sehe, wie die Nacht stirbt, der Morgen kommt; eine Art weißer Rauch steigt am Horizont auf.
Ich habe wie ein Mörder die Stunden einsam vor mir vorbeiziehen sehen; ich habe die Augen aufgehalten, während andere Kinder schlafen; ich habe am Himmel den Vollmond verfolgt, er ist ohne Blick, wie das Gesicht eines Irren; ich hörte, wie mein unschuldiges Herz über dem schweigenden Zimmer schlug. Das Alter ist einmal über mein Leben hingeweht, Schnee ist auf mich gefallen. Ich fühle, daß Unheil auf uns niedergestürzt ist!

Was hat sich ereignet? Ich möchte es endlich wissen.
Ich habe viele schmerzliche Situationen durchlebt; aber ich habe noch nie so gezittert, wie ich an jenem Tag zitterte, als ich mich fragte, wie sie mich empfangen würden, mit was für Augen mein Vater mich ansehen würde, der so bleich gesagt hatte: »Nein, nein, ruf nicht!«
Ich hatte Angst, daß sie sich vor mir schämten.

Ich überlegte, was für ein Gesicht ihr Sohn aufsetzen müßte, was ich sagen sollte, ob es nicht gut wäre, sie zu küssen. – Aber bei wem anfangen?
Und ich fröstelte durch alle Glieder ... seltsam zu sagen, – mehr in Angst davor, linkisch zu sein, an der falschen Stelle vorzutreten oder zu weinen, als in Angst vor dem unbekannten Drama, von dessen geheimer Ursache ich nichts wußte.
So ist es, wenn man des Herzens der Seinen nicht sicher ist und fürchtet, sie mit den Ausbrüchen der eigenen Zärtlichkeit zu verwirren; man fühlt instinktiv, daß solche Schmerzen keinen grausamen Empfang vertragen, das Herz könnte ihn nicht vergessen, und es behielte, schwarz oder rot, einen Fleck oder eine Wunde, Traurigkeit oder Zorn zurück.
Man zögert, man kneift!
Nichts sagen? – Aber sie können dich beschuldigen, bösartig zu sein, da du offenbar nicht von ihren Schmerzen gerührt bist! – Sprechen? Aber sie werden dir nachtragen, daß du ihren Fehler oder ihr Verbrechen ansprichst, daß du am Morgen mit deinen Tränen – deinen *Spiegelfechtereien* – Gespenster aufweckst. die mit dem letzten Schrei, dem ersten Sonnenstrahl sterben sollten.
Ich wußte nicht, was tun!

Der Morgen war schon lange da. – Mein Vater stand gewöhnlich um sieben Uhr auf, damit er um acht Uhr in der Schule war. Ich stand auch auf.
Ich machte es wie immer; ich kleidete mich an, aber langsam, und ich zog keine Schuhe an; ich wartete auf meinem Bett sitzend. Aus ihrem Zimmer kam nicht das geringste Geräusch; Totenstille.
Um Viertel vor acht rief mein Vater mich endlich.
Er schien nicht erstaunt zu sein, daß ich ganz fertig war; von der Tür aus verlangte er Papier und Tinte, schrieb einen Brief an den Schulaufseher, einen andern an einen Arzt und trug mir auf, sie zu bestellen.
»Sobald du sie übergeben hast, kommst du zurück.«

»Ich soll nicht zur Schule gehen?«

»Nein, deine kranke Mutter braucht Pflege. Wenn der Schulaufseher dich fragt, was sie hat, sagst du ihm, daß auf dem Land ein Schrecken über sie gekommen ist, und daß sie mit Fieber im Bett liegt...«

Er sagte das ohne große Rührung, in seiner Stimme war ein gemeiner Ton – er schlurfte mit seinen Pantoffeln über die Dielen und brachte seine Hose in Ordnung.

Was war passiert?

Ich habe es nie richtig erfahren. Aus Worten, die während der Gewitter fielen, aus dem Getöse von Streitereien, das an meine Ohren drang, glaubte ich zu erraten, daß meine Mutter sich an jenem Unglückssonntag in den Hinterhalt gelegt und Frau Brignolin dabei überrascht hatte, wie sie auf einem Rundgang durch den Garten mit meinem Vater leise plauderte!

Darauf war, wie es schien, eine Eifersuchts- und Kampfesszene gefolgt, die sich bis Mitternacht hinzog, bis zu der Stunde, als ich sie zurückkommen sah.

Ich konnte niemanden fragen; davon abgesehen verfolgte mich die bloße Erinnerung an diesen Moment wie ein Unheil, ich vertrieb sie, statt zu versuchen, etwas herauszubekommen.

Was herauszubekommen? Was passiert war, war passiert!

Ich bin vielleicht am meisten betroffen, ich, der Unschuldige, der Kleine, das Kind!

Von dem Tage an (ist es das Fieber oder sind es die Gewissensbisse, die Scham oder die Reue?) hat mein Vater sich für mich verändert.

Er hatte bis jetzt außerhalb des Hauses gelebt, aus dem Grund oder unter dem Vorwand, daß er im Gymnasium Nachhilfestunden geben und ein paar Vorlesungen hören müsse, die der Rhetoriklehrer für nicht promovierte Lehrer hielt.

Jetzt bleibt er zu Haus, vier von sechs Malen; er sitzt da mit gerunzelter Stirn, hartem Blick, die Lippen zusammengepreßt, trübsinnig und bleich, und ein Nichts läßt ihn aufbrausen und unausstehlich werden.

Er spricht mit tonloser Stimme mit meiner Mutter, seufzend oder pfeifend; man fühlt, daß er liebenswürdig erscheinen möchte, und daß er leidet; er hat eine Höflichkeit für sie, die wehtut und eine falsche Zärtlichkeit, die Mitleid erweckt.
Er ist tief verbittert, das sehe ich.
Oh, das Haus ist fürchterlich! Und sie schleichen umher, und sie sprechen mit leiser Stimme.
Ich lebe in diesem Schweigen und atme die von Trauer erfüllte Luft.
Manchmal störe ich den Frieden mit meinen Schreien.
Mein Vater muß sein Leid an jemandem auslassen, und er häuft seinen Kummer, seinen Zorn auf mich. Meine Mutter hat mich aufgegeben, mein Vater packt mich.
Er versetzt mir Schläge mit der Reitpeitsche, er prügelt mich mit Stockhieben durch, unter dem nichtigsten Vorwand, ohne daß ich es erwartete; oft, das schwöre ich, ohne daß ich es verdiente.
Ich habe lange ein Stück von einem spanischen Rohr aufbewahrt, das auf meinen Rippen zerbrochen worden ist und in das ich eine Klinge eingesetzt habe, und ich hatte mir gesagt, daß ich mich, wenn ich mich jemals töten würde, hiermit töten würde. – Und ich war einmal so weit, daß ich mich töten wollte!
Bei folgender Gelegenheit.

Mein Vater kommt überstürzt und blaß nach Haus, nimmt mich beim Arm, bricht ihn mir fast: »Du Luder«, stößt er zwischen den Zähnen hervor, »ich schlage dich tot!«
Ich sah einer Marter entgegen – und dabei hatte ich mich kaum von der letzten Züchtigung erholt, bei der er mir die Glieder zerschlagen hatte.
Er behauptete, daß der Direktor, als die Probleme der Stipendiaten und nichtzahlenden Schüler besprochen wurden und als man bei meinem Namen angekommen war, daß der Direktor auf ihn zugekommen wäre und gesagt hätte: »›Herr Vingtras, ihr Sohn könnte einen andern Platz in der Klasse einnehmen, als er einnimmt, wenn er arbeiten

würde. Wir raten Ihnen, sich um ihn zu kümmern ... Sie verstehen?‹ Ausgerechnet du Mistkerl brockst mir Vorwürfe ein?« und er stürzte sich wie rasend auf mich.
Es waren echte Leiden – aber mein Kummer war noch größer als meine Schmerzen!
Was! Ich vermurkste ihm seine Zukunft, es läge an mir, wenn sie ihn strafversetzen, oder wenn sie ihn vielleicht entlassen würden! Ich schlug mir mit *mea culpa* vor die Brust, mit Schlägen, die stärker waren als die seiner Fäuste, und ich hätte mich vielleicht getötet, so verzweifelt war ich, wenn ich nicht daran gedacht hätte, daß ich das Unrecht, das getan zu haben mein Vater mich beschuldigte, wieder gutmachen mußte.
Ich fing hart, sehr hart zu arbeiten an; ich wurde in der Schule nicht mehr bestraft, aber zu Hause schlug man mich trotzdem.
Wenn ich ein Engel gewesen wäre, hätten sie mich gleichermaßen verbläut und mir die Federn meiner Flügel ausgerissen, denn ich hatte mir vorgenommen, mich von der Folter nicht unterkriegen zu lassen, und wenn ich meine Tränen herunterschluckte und meinen Schmerz versteckte, wurde die Wut meines Vaters schäumend.
Zwei- oder dreimal muß ich Schreie ausgestoßen haben, wie diejenigen sie ausstoßen, die man umbringt, indem man ihnen die Seele aus dem Leib reißt: sogar er erschrak! Aber er fing immer wieder an, so krank war sein Geist, so schwarz waren seine Gedanken. Er war wirklich überzeugt, daß ich ein Luder sei, glaube ich. – Er sah alles durch Ekel und Wut verzerrt!
Manchmal, das ist dann noch schrecklicher, kommt meine Mutter dazwischen – und sie, die mich maßlos gebeutelt hat, nennt meinen Vater einen Barbaren!
»Du wirst dieses Kind nicht anrühren!«

Von Zeit zu Zeit vertragen sie sich wieder und verdreschen mich gemeinsam! Die Einigkeit ist nicht von Dauer.
Ich bin reichlich unglücklich, aber im Herzen sitzt mir immer der schneidende Vorwurf meines Vaters, und ich

sage mir, daß ich meinen Fehler büßen muß, den Kopf unter die Prügel beugen und *büffeln*, damit seine akademische Karriere durch meine Faulheit nicht noch mehr leide!
Ich tue, was ich kann; ich gehe manchmal um Mitternacht schlafen, und selbst meine Mutter, die mir früher vorwarf, daß ich zu früh schlief, wirft mir jetzt vor, daß ich zu viel Kerzen brenne: »Und zu was? Affentheater ist das alles!«
Mein Vater behauptet, ich lese heimlich Romane, sie danken mir die Mühe, die ich mir mache, nicht, und sie sind anscheinend kaum zufrieden damit, daß ich gute Noten bekomme, ich habe mich wieder hochgearbeitet und bin Erster in der Klasse.
Was für langweilige Stunden habe ich verbracht, bis ich so weit war! Dieser *Gradus ad Parnassum*[1], aus dem ich passende Beiwörter zusammenklaube, kurze oder lange, dieses Mistbuch jagt mir Schauer über den Rücken!
Mein *Alexander*[2] hat angefressene Ecken; ich habe in einem Wutanfall hineingebissen, das Leder liegt mir im Magen.
All dieses Latein, dieses Griechisch kommt mir wunderlich und barbarisch vor; ich mäste mich damit und würge es herunter wie Dreck.
Ich plaudere nicht, ich schwatze mit niemandem mehr; vorher war ich beliebter, und ich höre, wie sie hinter mir herreden: »Sein Vater macht ihm nämlich die Hölle heiß.«
Sie sagen auch:
»Finden Sie nicht, daß er duckmäuserisch geworden ist und den heiligen Rühr-mich-nicht-an spielt?«

Ich bin Erster geworden, ich weiß nicht mehr in was; und der Erste bringt die Klassenarbeiten zum Direktor; aber er hat gerade eine Privatunterhaltung mit jemand, man weist mich an, im Zimmerchen nebenan zu warten – von wo man alles hört.

[1] *Gradus ad Parnassum:* bis ins 19. Jahrhundert gebräuchliches lateinisches oder griechisches Reimlexikon.
[2] *Alexander:* Wörterbuch Griechisch–Französisch, Französisch–Griechisch.

Es wurde über uns gesprochen.
»Von der Affäre Vingtras sagen wir nichts weiter, einverstanden?«
»Nein, nichts; das hieße ihm seine ganze Karriere als Lehrer vermasseln, und dann, wissen Sie, wenn ich an seiner Stelle gewesen wäre, mit einer Frau wie seiner ...«
»Da ist was dran! Ununterbrochen erzählt sie Ihnen von den Schweinen, die sie gehütet hat, von den Bourrées, die sie getanzt hat – Jupp heidi! –, dagegen Frau Brignolin, oh!«
»Nicht so laut«, sagte der Direktor, »wenn meine Frau das hört!«
Ich bekam Angst in meinem Kabuff. Ich malte mir aus, wie sie zur Tür gingen und sie öffneten, um nachzusehen, ob da Ohren waren.
Es waren der Direktor und der Vorsitzende der Akademie: ich hatte ihre Stimme erkannt. Sie fuhren fort:
»Ich habe mich darauf beschränkt, ihm einmal eine Warnung zukommen zu lassen. Als Vorwand habe ich seinen Sohn genommen.«
»Was ist das für ein Junge?«
»Ein Häufchen Unglück, das sie anziehen wie einen Affen, das wie ein Teppich geklopft wird, nicht dumm, gutherzig. Er hat letztes Mal dem Schulaufseher sehr gefallen ... Ich habe ihn also als Vorwand genommen. ›Kümmern Sie sich mehr um Ihren Sohn‹, das sollte heißen: ›Bleiben Sie ein bißchen mehr bei Ihrer Frau‹ – und er hat der Mahnung Rechnung getragen.«

Ich blieb den ganzen nächsten Tag nachdenklich ...
Das ärgerte meinen Vater, und er stieß mich mit einer wütenden Handbewegung weiter:
»Träumst du schon wieder herum, du Nichtstuer? Der Aufseher kommt bald, ich will nicht, daß du uns wieder solche Schande machst wie letztes Jahr, daß wir wieder alle unter deiner Faulheit zu leiden haben!«
Welche Schande? Welche Faulheit?
Mein Vater hatte mich belogen.

XVII Erinnerungen

Herr Laurier, der Verwalter, der durch ein erstklassiges Gymnasium an der Westküste gegangen ist, hat davon gehört, daß in Nantes eine Stelle frei ist. Der Stuhl eines Grammatiklehrers ist vakant. Er hat sich ein Bein dafür ausgerissen, daß mein Vater ihn bekam.

Die Ernennung erfolgt.
Wir verlassen Saint-Etienne. Ich bin fertig damit, die Prüfungsunterlagen meines Vaters zu ordnen: hier die griechischen Aufsätze, da die lateinischen Übersetzungen; immer häufchenweise.
Meine Eltern machen ihre Abschiedsbesuche. Sie gehen aus dem Haus, ich sehe sie die Straße entlanggehen, ohne miteinander zu sprechen.
Instinktiv machen sie bei der Passage Kléber einen Umweg und nehmen die linke Straßenseite, um nicht an dem Haus vorbeizukommen, in dem Frau Brignolin wohnt ...
Ich folge mit dem Blick dieser Straße, die auf der einen Seite zum Gymnasium, auf der andern zur Place Marengo führt; sie ruft mir Vergnügen, Kummer, lange Stunden voller Trübsinn und glückliche Minuten zurück.
Ah! Ich bin größer geworden; ich bin nicht mehr das Kind, das ganz furchtsam und ganz naiv aus Le Puy ankam. Ich hatte nichts als den Katechismus gelesen, und ich glaubte an Gespenster. Ich hatte nur vor dem Angst, was ich nicht sah, vor dem lieben Gott, vor dem Teufel; heute habe ich Angst vor dem, was ich sehe; Angst vor bösartigen Lehrern, eifersüchtigen Müttern und verzweifelten Vätern. Ich habe mit meinen tintenbeschmierten Fingern das Leben berührt. Ich hatte Anlaß, unter ungerechten Schlägen zu weinen und über die Dummheiten und Lügen der Erwachsenen zu lachen.

Ich habe nicht mehr die Unschuld von einst. Ich zweifle an der Güte des Himmels und an den Geboten der Kirche. Ich weiß, daß Mütter versprechen und nicht immer alles halten.
Gerade, während ich durch die Wohnung schleiche, in der die Möbel herumstehen wie Theaterdekorationen vor dem Abbau, habe ich die Scherben des Sparschweins entdeckt, in das meine Mutter das Geld für den Ersatzmann tat und das sie soeben zerschlagen hat.
Ist es die Stille, die traurige Stimmung, die mich später immer überfallen wird, wenn ich einen Ort verlasse, an dem ich gelebt habe, und sei es ein Gefängnisloch?
Ist es der Geruch, der aus all diesen aufgestapelten Dingen aufsteigt? Ich weiß es nicht; alle meine Erinnerungen versammeln sich im Augenblick des Abschieds.

Hier, in der Ecke, ein Stück blaues Band.
Es gehörte meiner Cousine Marianne. Man hatte sie unter dem Vorwand aus Farreyrolles kommen lassen, daß sie damenhaft von Geburt sei und daß ein längerer Aufenthalt in unserer Familie ihr mit Sicherheit den Schliff und die Manieren vermitteln würde, die man im Zusammenleben mit Leuten von Erziehung und Geschmack gewinnt.
Arme Cousine Marianne!
Sie machten eine Dienstmagd aus ihr, sie mißhandelten sie so wie mich – von den Schlägen abgesehen.
Wir waren zusammen in der Küche – ich war fürs *Grobe* zuständig, ein Mann soll alles können. Ich kratze am Boden der Kessel herum, sie brachte die Bäuche zum Glänzen. An den Tellern beschabte ich den Bauch und sie wischte den Boden: so lautete die Dienstanweisung. Meine Mutter hatte mit Überzeugungskraft klargemacht, daß bei den Kesseln das Untere, bei den Tellern das Obere schmutzig ist. Auf diese Weise also erledigte ich das *Grobe*.
Sie haben sie auch gezwungen, ihren kleinen Bauernhut zu tragen. In Farreyrolles war sie ganz stolz auf ihn, sie wußte, daß die Burschen fanden, daß er ihr gut stand. Aber sie fühlte, daß sie sich in Saint-Etienne lächerlich

mit ihm machte. Die Leute drehten sich um und sahen ihr neugierig nach.

Meine Mutter dazu:

»Ich liebe sie eben wie meinen Sohn, sehen Sie! Ich mache keinen Unterschied zwischen den beiden.« Und sie fügte hinzu: »Jacques könnte beinahe böse werden.«

Ja, ich werde böse, ich wollte, daß ein Unterschied gemacht würde; es ist gerade genug, daß sie mich schikaniert haben, wie sie es taten, sie mußten sie nicht auch schikanieren. Selbst Herr Laurier hat zu bedenken gegeben, daß so etwas in der Stadt kaum Mode sei; meine Mutter hat geantwortet:

»Denken Sie etwa, daß ich über meine Herkunft erröte? Wollen Sie, daß es so aussieht, als ob ich mich für meine Schwestern schäme und Angst habe, mit meiner Nichte auszugehen, nur weil sie einen Bauernhut trägt? ... Oh! Sie kennen mich schlecht, Herr Laurier.«

Eines Tages glaubte sie jedoch, den Willen ihrer Nichte genügend gebrochen und genügend bewiesen zu haben, daß sie ihrer Herkunft wegen nicht rot würde; sie schaffte den Kopfputz ab, aber sie *diktierte* einen Hut, schnitt selbst ein Kleid zu.

»So gehe ich niemals auf die Straße«, sagte Marianne an dem Tag, an dem sie beides anprobierte.

»Du willst damit sagen, daß deine Tante keinen Geschmack hat, daß deine Tante ein dummer Mensch ist, der nicht weiß, wie man sich kleidet, der, was er berührt, verhunzt. Aha! Ich verhunze alles? ...«

»Das habe ich nicht gesagt, Tante.«

»Auch noch scheinheilig! Ja, geh und erzähl überall herum, daß ich meiner Nichte die Kleider verhunze. – Vielleicht erzählst du auch noch, daß ich sie Hungers sterben lasse!«

Pause.

Plötzlich, mit einer Wendung zu mir, mit der wahrhaftigen Stimme des Blutes, in der man die Tante sterben und die Mutter auferstehen hörte, sagte sie:

»Jacques, mein Sohn, küss deine Mutter ...«
Soviel Liebe, Zärtlichkeit, dieser Ausbruch, dieses Herz, das auf einmal über dem Schoß, der mich getragen hatte, schlug, alles verwirrte mich sehr, ich watete auf sie zu wie durch Leim.
»Du küßt deine Mutter nicht!« schrie sie in Trauer über die Verzögerung und hob die Hände zum Himmel.
Ich beschleunigte meinen Schritt – sie griff mich bei den Haaren und gab mir einen Kuß, der mich gegen die Wand zurückwarf, dabei schlug mein Schädel einen Nagel ein!
Oh! Diese Mütter! Wenn die Zärtlichkeit über sie kommt!
Es macht nichts, der Nagel hat mir eine Schramme gerissen.
Diese Mütter, die man für grausam hält, die aber ganz plötzlich ihre Kleinen küssen müssen!
Was für ein Stoß! Es tut weh! Und ich reibe mir den Hinterkopf.
»Jacques! Willst du dich wohl nicht so kratzen! Ah! Weißt du, ich habe mir vorhin den Kesselboden angesehen: das nennst du saubermachen? Mein Junge, du irrst dich! Seit zwei Tagen hat den keiner angefaßt, das schwöre ich!«
»Heute morgen, Mama!«
»Heute morgen! Du wagst es ...«
»Ganz bestimmt.«
»Aha, ich habe unrecht, deine Mutter lügt.«
»Nein, Mama.«
»Komm her und hol dir eine Ohrfeige!«

Die liebe Marianne, von diesem Tag an war sie sehr unglücklich.
Sie schrieb an ihre Mutter, die sie liebt, und bat sie, sofort aufs Dorf zurückkehren zu dürfen.
Auf den Brief aber, der aus Farreyrolles kam, erwiderte meine Mutter:
»Willst du deiner Tochter gegen mich recht geben? Glaubst du, daß deine Schwester eine Lügnerin ist? Glaubst du, daß ich, wie sie sagt, 'rumhunze! Glaubst du das? ... Wenn du es glaubst – gut!«

Die Kommas habe ich gesetzt, und wenn es nötig war, auch den Plural.
Sie haben Marianne nicht sofort zurückzunehmen gewagt, sie blieb noch einen Monat.
Sie litt sehr während dieses Monats, aber ich, wie glücklich war ich!
Sie war blond, mit großen blauen, immer ein wenig feuchten, ein wenig kalten Augen, die so aussahen, als ob sie in Wasser badeten. – Ihre Haare hatten fast die Farbe von Hanf, und ihre Wangen waren mit Sommersprossen überpudert; aber die Haut ihres Halses war weiß, zart und fein wie geronnene Milch.
Ich habe sie, viel später, in einem Kloster durch ein Gitter wiedergesehen: sie war Nonne geworden.
»Wenn ich länger in Saint-Etienne geblieben wäre«, murmelte sie und senkte die Augen, »wäre ich nie hierher gekommen.«
»Bedauern Sie es?«
Ihr bleiches Haupt, das von der großen weißen Haube der barmherzigen Schwestern eingerahmt war, wich vom Fensterchen zurück, sie antwortete nichts, aber ich glaubte, zwei Tränen aus ihren klaren Augen fallen zu sehen, und ich meinte, eine traurige und zärtliche Bewegung zu erkennen ...
Sie verschwand in der Stille des Wandelganges, den ein blutbefleckter Elfenbeinchristus schmückte.

Da ist das schwarze Pult, vor dem ich mich abplagte, es war zu hoch; Bücher mußten auf meinen Stuhl gelegt werden.
Was für traurige und verdrießliche Abende ich da verbracht habe, und was für schlimme Sonntagvormittage, wenn sie verlangten, daß ich zehn Verse fertig oder drei Seiten auswendig zu lernen hätte, bevor ich mein weißes Hemd und die guten Kleider anzog!
Mein Vater hat mich oft mit dem Kopf gegen die Kante gestoßen, wenn ich den Himmel durchs Fenster betrachtete, statt in die Bücher zu sehen. Ich hörte ihn nicht kom-

men, so sehr war ich in meinen Traum verloren, und er nannte mich *Nichtstuer*, während er meine Nase gegen das Holz rieb.
Die Nase ist empfindlich! Man meint nicht, wie empfindlich sie ist. Ich hatte eines Tages eine Kerbe in dieses Pult gemacht. Ich habe davon eine Narbe im Gesicht behalten, von einem Schlag mit dem Lineal, den er mir zur Strafe versetzte.

Da ist ein zerfledderter Korb, gefüllt mit altem Geschirr! In dem schlief Myrza, die kleine Hündin, die uns der strafversetzte Schulaufseher in Pflege gegeben hatte. Er hatte nicht genug Geld, um sie mit sich zu nehmen; er wußte auch nicht, ob er in dem Kaff, in dem sie ihn beerdigten, überhaupt Brot für seine Frau und sein Kind haben würde.
Myrza ist beim Werfen gestorben, und sie haben mich blödsinnig, einen ungeheuren Trottel genannt, als ich vor dem toten Tier in Schluchzen ausbrach, aber nicht wagte, seinen kalten Körper zu berühren und den Korb wie einen Sarg hinunter zu tragen!
Ich hatte gebeten, mit dem Beerdigen bis zum Abend zu warten. Ein Kamerad hatte mir eine Ecke in seinem Garten versprochen.
Ich mußte sie vor den Augen meiner grinsenden Mutter nehmen und forttragen. Mein Vater boxte mich, und beinahe wäre ich mit ihr die Treppe hinuntergefallen. Als ich unten angekommen war, drehte ich den Kopf weg, als ich den Korb über dem Abfallhaufen vor der Tür dieses verfluchten Hauses leerte. Ich hörte sie mit einem matten Geräusch fallen, und ich lief schreiend davon:
»Wo man sie doch hätte begraben können!« Es war meine fixe kindliche Idee, daß kein Straßenkehrer ihr mit seiner Schaufel den Schädel spalten sollte, daß ihre Eingeweide nicht unter einem Karren hervorquellen sollten! Ich habe sie lange so gesehen, ohne Kopf, mit aufgeplatztem Bauch, statt daß sie ein Plätzchen unter der Erde hatte, von dem ich gewußt hätte, daß da ein Wesen lag, das mich geliebt

hatte, das mir die Hände leckte, wenn sie blau und geschwollen waren, und mich mit einem Auge ansah, in dem ich Tränen zu erkennen glaubte, wenn ihr junger Herr sich die seinen wischte …

XVIII Die Abreise

Welche Freude abzureisen, weit weg!
Und dann Nantes, das ist fast schon das Meer! – Ich werde die großen Schiffe sehen, die Marineoffiziere, die Küstenwache, die Männer von den Schiffen, ich kann die Stürme schauen!
Ich sehe schon vage den Leuchtturm, das Zwinkern seines säbelnden Auges, und ich höre die Alarmkanone, wie sie ihr metallenes Stöhnen in die Verzweiflung der Schiffbrüchigen schleudert.
Ich habe *Frankreich zur See*[1] gelesen, seine Berichte von Angriffen und Enterungen, seine Geschichten von Rettungsbooten und von Walfischfängern, und da ich der Vidaljanschen Katastrophe wegen nicht habe Matrose werden können, habe ich mich in die Bücher gestürzt, durch die die Vögel des Ozeans schwirren.
Ich habe schon düstere Erzählungen geschrieben, so als ob ich einer ihrer Helden gewesen wäre, ich glaube sogar, daß die Sätze, die ich hier schreibe, voller Erinnerungen an Schmöker sind, die ich las, oder an Kompositionen, die ich in der Stille des Karzers entworfen habe.
Verzweiflung der Schiffbrüchigen, bronzene Seufzer, Schwirren der Vögel; es kommt mir so vor, als ob das Fulgence Girard[2], mein *Lieblingsheld* ist. Ich wiederhole mir diese großen Worte wie ein am Großmast angeketteter Papagei; aber auf dem Grund meiner Seele sitzt die Hoffnung des Galeerensträflings, der diesmal entkommen will.
In Nantes kann ich fliehen, wann immer ich will.

[1] *Frankreich zur See:* ›La France maritime‹ von Amédée Gréhan; erschienen 1837/42.
[2] *Fulgence Girard:* im Frankreich des 19. Jahrhunderts Autor populärer Bücher über die Seefahrt.

Wie von selbst rutscht man aus in dieser *großen Tasse* und ist im Ozean.
Ich gehöre nicht mehr meinem Vater; ich verstecke mich in der Pulverkammer, ich stopfe mich ins Maul einer Kanone, und wenn sie mein Verschwinden entdecken, bin ich auf dem offenen Meer.
Der Kapitän hat geflucht und gelästert – Fahrt zur Hölle! –, als er mich aus meinem Versteck kommen und als Neuling vor sich stehen sah, aber er kann mich nicht über Bord werfen; ich gehöre zur Besatzung!
Die augenblickliche Reise, in Erwartung der Flucht übers Salzwasser, ist schon voller Poesie.
Wir nehmen erst die Postkutsche – natürlich fahren wir auf dem Verdeck –, dann betreten wir den Bahnhof!
Die Lokomotiven schnauben wie Esel oder brüllen wie Ochsen und sprühen Funken aus den Nüstern. Sie stoßen Pfiffe aus, die die Seele spalten.

Orléans

Wir kommen nachts in Orléans an.
Die Koffer lassen wir am Bahnhof.
»Aber ein paar Dinge muß man bei sich haben«, sagt meine Mutter. Und sie hat viele Dinge bei sich; sie werden mir aufgehalst, ich sehe aus wie der Laden eines Korbwarenhändlers, und das Laufen fällt mir schwer.
Andauernd rutscht mir irgendeine Schachtel herunter, die wir im Mondschein auflesen.
Es wird kein Entschluß gefaßt: zu dieser Stunde, in der großen Stille neigt man zu einer Art Verinnerlichung, die mich, der ich alles auf dem Buckel trage, sehr ermüdet.
Es hat sehr wohl Gepäckträger und Hoteljungen gegeben, die uns vom Bahnhof zum Lion-d'Or, zum Cheval-Blanc, zum Coq-Hardi geleiten wollten. »Nur zwei Schritte, mein Herr! Hier ist der Wagen zum Hotel!«
Ins Hotel gehen, ins Cheval-Blanc, ins Lion-d'Or, mein Herz schlug vor Aufregung; aber meine Eltern sind ja nicht so blöde, sich so ohne weiteres dem Erstbesten aus-

zuliefern und in einer Stadt, die sie nicht kennen, einem Fremden zu folgen.
Meine Mutter kennt sich mit Menschen aus, sie hat nach einem Gesicht gesucht, das ihr zusagte, sie streicht umher, zieht meinen Vater wie einen Blinden hinter sich her, mustert mit prüfendem Blick und wirft um sich mit Fragen, die in der Dunkelheit und im Tohuwabohu untergehen.
Sie hat ihre Sache so gut gemacht, daß wir schließlich allein dastehen, wie ein Häufchen Waisenkinder.

Die Lichter werden ausgelöscht. – Nur eine Öllaterne brennt noch vor dem großen Portal, wie ein Nachtlämpchen; und da irren wir, schweigend und ohne Hoffnung, über einen Platz, den wir, uns mühsam weiterschleppend, erreicht haben, und meine Mutter sagt zu meinem Vater: »Das ist deine Schuld!« und mein Vater antwortet: »Das geht zu weit, es ist ja wohl deine!«
»Ah! Das ist gut!«
Wir haben einsame Passanten angerufen; wir haben sogar geglaubt, eine Sänfte zu sehen, aber unsere Rufe haben sich im Raum verloren.
Der Mond ist voll und rund – alle meine *epochalen* Nächte haben ihn bisher zum Zeugen gehabt.
Er überflutet den Platz mit seinem Licht, wir beflecken den Raum mit unsern Schatten. Es sieht seltsam aus.
Ich erscheine riesig mit meinem biblischen Baugerüst, und wenn mein Vater oder meine Mutter hinter einem Päckchen herlaufen, das heruntergefallen ist, verlängern sich die Schatten und stoßen auf dem Pflaster gegeneinander.
– Mein Vater hat eine Nase!
Ich kann nicht lachen – wenn ich lachen würde, ließe ich wieder etwas fallen –, mir ist auch nicht sehr nach Lachen zumute.

»Da hinten ist jemand!«
Ich drehe mich um wie eine Bäuerin, die einen Eimer trägt, wie ein Jongleur, der auf einen Ball lauert; mein

Kopf drückt sich mir in die Brust, die Arme fallen von den Schultern, ich sehe aus wie ein Teleskop, das zusammengeklappt wird.

»Jemand!«

»Es ist eine Frau! Ich sage dir, es ist eine Frau!«

»Worauf reitet sie?«

»Worauf?«

»Ja, worauf?« (Meine Mutter ist sauer, sehr sauer.)

»He, gute Frau!«

Es bewegt sich nichts außer meinen Paketen, die mir beinahe weggerutscht wären.

. . . .

»Meine Freunde, wir haben uns alle geirrt ...«

Die Stimme meines Vaters bekommt einen religiösen Anflug, wird tief, man könnte meinen, eine Träne habe soeben ihre Saiten benetzt.

»Alle geirrt«, wiederholt er mit dem Ausdruck der aufrichtigsten Reue.

»Was wir vor uns haben, ist kein Mann, ist keine Frau, es ist die *Jungfrau von Orléans*.«

Er bleibt einen Moment stehen:

»Jacques, es ist die *Unberührte*!«

Ich habe in der Schule von ihr reden hören: die Jungfrau von Domrémy, die Schäferin von Vaucouleurs!

»Es ist die Unberührte, Jacques!«

Ich fühle, daß man ergriffen sein muß, aber ich bin es nicht. Ich schleppe auch zu viele Körbe!

Meine Mutter hat die undankbare Rolle im Haushalt übernommen; sie hat Familienmutter sein wollen, wie es in der Bibel steht, und sie hat kaum für etwas anderes Zeit gehabt, als ihr Kind zu verprügeln und ihm Polonaisen aufzuspielen; sie kennt Jeanne d'Arc vom Hörensagen, aber sie weiß nichts von dem keuschen Namen, den die Geschichte ihr gegeben hat.

»Vielleicht bist du bald fertig damit, dem Kind Schweinereien zu erzählen!«

Es nimmt ihr die Fassung, daß mein Vater vor mir Worte sagt, die man nicht sagen darf, während ich um zwei Uhr

in der Nacht Gepäck schleppe, in einer Provinzstadt, die wir nicht kennen...
»Es ist Jeanne d'Arc«, nimmt dieser Vater, der angeklagt ist, vor seinem Kinde leichtfertig zu reden, seine Mitteilung wieder auf, »die, die Frankreich gerettet hat!«
»Ja«, bestätigt meine Mutter zerstreut, und fügt zufrieden hinzu: »Man kann sich gegenlehnen.«

Wir haben dort die Nacht verbracht – es war ein wenig hart, aber den Rücken konnten wir anlehnen.
Ein Gendarm, der uns gesehen hat, ist herangekommen.
Er hat uns für eine fanatische Pilgerfamilie gehalten, die gekommen war, um vor Erschöpfung – mit viel Gepäck, wahrhaftig – zu den Füßen ihrer Heiligen niederzusinken; er hat uns nicht angeschnauzt, aber er hat gesagt, wir müßten von hier fort. Er hat sich erboten, uns in eine Herberge zu bringen, die sein Schwager selbst führte, am Ende der Straße, nahe dem Markt.
»Hast du keinen Hunger?« fragt mein Vater meine Mutter auf dem Weg.
»Warum sollte ich Hunger haben?«
Dazu muß man sagen, daß mein Vater im Laufe des Abends vorgeschlagen hatte, daß wir am Buffet in Vierzon essen sollten, aus Angst wohl, ohne diese Vorsichtsmaßnahme würde es zu spät werden. Meine Mutter hatte sich dem widersetzt, und sie erwartete, daß niemand daherkam und einen Tadel über ihre Entscheidung äußerte, indem er sie fragte, ob sie hungrig sei.
Mein Vater muckst sich nicht. – Der Gendarm schielt erschrocken zu meiner Mutter hinüber.

Wir sind da.
Die Herberge erwacht; ein Stalljunge streicht mit einer Laterne umher, vor einen Bauernkarren werden Pferde gespannt. Der Gendarm ruft seinen Schwager, indem er gegen einen Verschlag klopft.
Brummen.
»Komme schon, komme schon!«

Durch die Ritzen scheint Licht, man hört den Mann sich gähnend anziehen, seine Hosenträger klatschen, seine Schuhe schlurren.

»Die Herrschaften hier wollen schlafen und einen Happen zu essen.«

Happen zu essen sagt er, das Gesicht meinem Vater zugewandt. Er erinnert sich an das ›Warum sollte ich Hunger haben?‹ meiner Mutter.

Aber sie fährt dazwischen. »Nur schlafen«, sagt sie, »wir essen beim Aufstehen zu Abend.«

»Wie Sie wollen«, sagt der Gastwirt, dem es egal ist, ob er seine Ragouts am Morgen oder in der Nacht verkauft, und der selbst auch lieber wieder schlafen geht, sobald die Reisenden untergebracht sind.

Ich höre es in den Därmen meines Vaters grollen wie Donner unter einem Gewölbe; in meinen heult es: ein Konzert von Magenknurren; auch meine Mutter kann nicht verhindern, daß es bei ihr gluckst und singt; aber auf dem Bahnhof hat sie erklärt, daß wir nicht essen werden, also essen wir nicht vor morgen.

Es wird nicht *ge-ges-sen.*

Sie hat meinen Vater immerhin angebrüllt:

»Du kannst ja essen, wenn du willst!«

Mein Vater hat nur mit dem Kopf geschüttelt; er hat wie ein Karpfen den Mund aufgemacht und gemurmelt:

»Nein, nein, morgen.«

Er weiß, was sie meint!

Sie meint: Ich will nicht, daß du auch nur einen einzigen Krümel auflicst, nur ein einziges Radieschen schabst, eine Wurst pellst oder auch nur an einem Käse riechst!

Mein Vater geht schlafen; meine Mutter folgt ihm. Für mich wird ein Strohsack in eine Ecke gelegt.

Ich falle vor Müdigkeit um und schlafe; meinen Eltern geht es genauso. Aber alle drei wachen wir immer wieder von dem Lärm auf, den unsere Eingeweide machen.

Meine Mutter hat ihren Part im Konzert wie wir – aber sie ergibt sich nicht. – Sie ist eine Frau von Charakter, meine Mutter. Oh, ich bewundere sie ehrlich! Welcher

Wille! Welcher Unterschied zu mir! Wenn ich Hunger hätte, würde ich es sagen, ich würde sogar futtern ... wenn es was gäbe!
Niederer Charakter, Angsthase, Mißgeburt!
Sieh deine Mutter an, die sich die ganze Nacht den Magen festhält und mit dem Essen bis zum Morgen wartet, um ihren Worten treu zu bleiben, um sich an das zu halten, was sie sagt. Du wirst sehen, sie wird noch so tun, als äße sie nur aus Gewohnheit, ohne Appetit. – Du hast eine Römerin zur Mutter, Jacques! Du kommst nicht nach ihr – vor allem nicht mit der Nase, deine ist wie der Fuß eines Suppenkessels.

Wir haben gefrühstückt, meine Mutter mit spitzen Zähnen: aber ich habe gesehen, wie sie in einer Ecke eine Kalbsleber verschlang, die sie in der Küche bestellt und die man ihr in Brot versteckt hatte – da biß sie hinein!
Mein Vater hat gegessen bis zum Platzen – seine Ohren sind blau angelaufen.
Er hat in der Nacht nicht aufgemuckt, weil ihm die Hände gebunden sind; bei der Abfahrt hat er eine große Unvorsichtigkeit begangen. Er hat alles Geld meiner Mutter anvertraut.
Meine Mutter hat ganz harmlos gesagt:
»Meine Taschen sind größer als deine, das Geld ist besser darin untergebracht; unterwegs werde ich zahlen.«
Mein Vater hat nicht sofort die Tragweite seines Unglücks, die Schwere seines Fehlers begriffen; aber bei der ersten Station hat er seine schlimme Lage erkannt. Er hatte nichts mehr, nicht ein Franc-Stück, nicht ein Stück zu zwei Sous. Er hatte sein Kleingeld in die Hände der Trinkgeldempfänger ausgeleert, der Möbelträger, der Postkutschenschaffner, er hatte nicht einmal genug, um ein Glas Johannisbeersaft zu trinken.
Er kam um vor Durst.
»Gib mir Geld.«
»Du willst Geld?«
»Ja, Jacques hat Durst ...«

Meine Mutter dreht sich zu mir um: »Du hast Durst?«
Donnerwetter! Ich will meinen Vater ja gern unterstützen, wenn es geht; aber wenn er Durst hat, warum sagt er, daß ich welchen habe?
Ich antworte nichts auf die Frage meiner Mutter, deren Augen mit kaltem Spott von ihrem Sohn zum Gatten wandern.
»Er kann bestimmt warten«, sagt sie, läßt sich in ihre Ecke zurückfallen und macht sich offenbar nicht mehr Sorgen um meinen Vater, als wenn er nicht existierte.

Drei Tage lang ist das so gegangen, mit Bitten um Geld und Zahlungsverweigerungen!
Mein Vater ist wütend geworden; es hat sogar lauten Streit gegeben, erst auf der Schwelle eines Gasthauses, dann in einem Eisenbahnabteil, und meine Mutter hat die Oberhand behalten: mein Vater hat sich entschuldigt.
Sie ist eben mutig und offen. – Sie sagt oft: »Ich bin offen wie Gold.«
Und da sie offen ist, beschimpft sie meinen Vater ganz laut, vor dem Hotelpersonal und vor den Reisenden als Mann ohne Herz, als Gatten ohne Manieren.
Sie erzählt ihre Geschichte, sie nennt laut die Namen.
»Es ist der Abschiedsschmerz um deine Brignolin, der dir keine Ruhe läßt. Ah! – *Vollstopfen* willst du dich, damit du vergessen kannst. Vielleicht will der Herr das Geld, um seine Frau und seinen Sohn zu verlassen und zu seiner Geliebten zurückzukehren.«
Um fünf jämmerliche Francs hatte mein Vater sie gebeten! Das reicht wohl kaum!
Er sitzt wie auf Nadeln, versucht die Sätze abzuschneiden, die Worte zu zerstückeln, den Eindruck zu vernebeln; aber meine Mutter ist so offen!
»Willst du mich etwa zum Schweigen bringen? Du brauchst mich gar nicht mit dem Ellbogen zu stoßen: was ich erzähle, ist wahr, das weißt du genau ... Gott sei Dank sind hier Leute; vor den Leuten wirst du mich ja nicht schlagen, oder? ...«

Auf dem Dampfer

Der Dampfer befreit uns – meine Mutter fühlt sich glücklicherweise krank.

Sie hat zu lange nichts gegessen, sie hat die Kalbsleber zu schnell verschlungen – sie hat in der Nacht kein Auge zugetan. – Schließlich überfällt sie die Migräne und schläfert sie ein.

Mein Vater bleibt bei ihr, die Anstandsfrist, die nötig ist, um sicher zu sein, daß sie ruht, daß sie fest schläft und daß sie nicht mehr die Kraft hat, sich auf ihn zu stürzen.

Er kommt an Deck ...

Ein Wiedersehen

»Chanlaire!«

»Vingtras!«

Chanlaire ist ein ehemaliger Hilfslehrer aus Le Puy, der einen Onkel in Nantes hat, mit dem er während der Hilfslehrerzeit verkracht war, sich später aber wieder versöhnt hat und zu dem er von einer Reise nach Paris, wo er persönliche Angelegenheiten zu regeln hatte, zurückkehrt.

Er ist glücklich, verdient Geld.

»Was für ein Zusammentreffen!«

»Das feiern wir – Ihre Frau ist nicht bei Ihnen?«

Er stellt diese Frage so, wie man einer Hoffnung Ausdruck verleiht, und er scheint ein wenig enttäuscht zu sein, als mein Vater mit trauriger Miene antwortet:

»Unten.« Und mit fröhlicherer Miene: »Krank.«

»Es ist doch nicht ernst.«

»Nein, nein, nein.«

»Es wird uns nicht hindern, eine Flasche Burgunder zu köpfen, im Gegenteil ...«

Und zu mir:

»Wissen Sie, daß Ihr Bengel gewachsen ist? Was für eine Mähne, und was für Augen! – Junge!«

Unten waren ein paar Unteroffiziere, die in Urlaub gingen und auch Kameraden getroffen hatten.
Der Kabinentisch ist mit Weinflaschen und Bierkrügen bedeckt. Fröhlichkeit, Lachen, wie ich es nie so frei gehört hatte! Sie spielen Karten, sie zünden Punsch an, sie trinken Schnaps; es riecht nach Zitrone.
Und jetzt wird gesungen!
Ein Furier intoniert ein Soldatenlied – alle singen den Refrain!
Ich mache mit, und meine kreischende Stimme vermischt sich mit ihren markigen Stimmen; ich habe etwas getrunken, das muß gesagt werden, aus dem Glas meines Vaters, er hat rosenrote Apfelbäckchen und leuchtende Augen.
Nach der dritten Runde hat er Chanlaire tapfer berichtet, daß er leere Taschen hat.
Die Bourgeoisie aber hat's ja!
»Wollen Sie zwanzig Francs? Sie können sie mir in Nantes zurückgeben, wir werden uns doch wiedersehen, hoffe ich, und ein paar flotte Partien machen ... aber ich sage das vor dem Jungen ...«
»Macht nichts.«
Nein, Vater, es macht nichts. Wie jung er aussieht! Und ich habe ihn noch nie so von Herzen lachen sehen.
Er spricht mit mir wie mit einem großen Jungen.
»Los, Jacques, einen Schluck!«
Da kommt ihm eine Idee:
»Wenn wir was essen würden? Die Schweinsfüße da sagen mir was; ich habe Lust, ihnen zwei Worte zu antworten.«
Eine kühne Sprache für einen Lehrer der Siebten; aber der Direktor aus Saint-Etienne ist weit weg; der Direktor aus Nantes ist noch nicht da, und die Schweinsfüße spreizen ihre wohlriechenden Zehen.
Oh, ich habe noch den Geschmack der Sauce Sainte-Menehould auf der Zunge, die über das Fleisch gegossen wurde, ihren Kräuterduft und die Witterung des Weißweins.
Ich bekomme ein Gedeck wie die andern, und ich darf mir selbst auflegen und einschenken. Es ist das erste Mal, daß

ich meines Vaters Kamerad bin, und wir stoßen an wie zwei Freunde.
Ich wische mich an der Serviette ab – wenn schon! –, ich stelle meinen Stuhl bequem hin – wenn schon! – Ich habe schlechte Manieren, ich fühle mich wohl! Keiner spricht von meinen Ellbogen, keiner von meinen Beinen, ich mache damit, was ich will. Eine Viertelstunde unaussprechlichen Glücks! Ich kannte es bis dahin nicht; meine Jugend erwacht, meine Mutter schläft.

... Meine Jugend erlischt, meine Mutter ist aufgewacht! Sie erscheint wie ein Gespenst in der Kabine – sie war in der hinteren, wir sind in der vorderen –, sie kommt direkt auf uns zu, und gleich wird eine Szene anfangen.
Aber nichts! Der Lärm überdeckt ihre Stimme. – Die Kellner kommen und gehen, der Koch bringt seine Platten, die Unteroffiziere hätscheln Flaschen am Herzen; hier wird ein Jokus ausgeheckt, dort platzt ein Lied los, Lärm, Tohuwabohu! Ihre Wut kocht auf Sparflamme.
Als einzige Frau ist sie von vornherein unterlegen; außerdem hat sie Geld in meines Vaters Hand gesehen, er bezahlt die Schweinsfüße.
»Ja, wir haben Geld«, sagt mein Vater ausgelassen und spöttisch, und er brüllt:
»Noch eine Flasche von dem Weißen da!«
»Ich habe keinen Durst.«
»Aber ich, ich habe Durst. – Jacques hat auch Durst. Hast du Durst?«
Das ist die Revanche für ihren Zug vom Vorabend; er sagt es spöttisch, nicht bösartig, der Wein hat ihn gutmütig gestimmt.
»Und Sie, Madame?« fragt er und hält ihr ein Glas und die Flasche entgegen.
Es ist unmöglich, Ärger loszuwerden. Meine Mutter versteift sich nicht, sie fühlt, daß ihr der Spielraum fehlt. Ohne allzu schlechte Laune sagt sie:
»Ich gehe aufs Deck. Du kannst ja kommen, wenn du hier fertig bist. Jacques, komm mit.«

»Nein, er bleibt bei uns! Wir spielen jetzt Domino, er ist unser *dritter Mann.*«
Den Dritten abgeben, neben Unteroffizieren, am gleichen Tisch; die Flaschen beiseite schieben, um meine Steine auszubreiten, und die Kellner bitten um Verzeihung, wenn sie mich im Vorübergehen anstoßen! Ich kann mich vor Stolz nicht lassen, das bin ich, ich, der Gepeitschte, Geprügelte, *blutig Geschlagene*, ich sitze da, spreize die Beine, mache die Krawatte ab, ich kann ganz laut lachen und meine Ärmel versauen.

Die Dominopartie ist aus.
»Jacques, geh, sag deiner Mutter, daß wir hinaufkommen.«
Wir hatten sie vergessen, und sobald das erste Feuer der Gefühle vorbei war, schäme ich mich ein bißchen dafür.
Meine Mutter empfängt mich mit einem harten Blick und einer Drohung; meine Gewissensbisse verfliegen. Mir scheint, sie hätte erraten sollen, daß ich in dem Moment an sie dachte; daß da ein zartes Gefühl war, das die Explosion meiner Fröhlichkeit überdauerte, ich nehme ihr ihren Empfang übel.
»Wenn wir erst da sind, wirst du mir das alles bezahlen.«
Was bezahlen? Einen Augenblick des Glücks? Habe ich denn etwas Böses getan? Ich habe meine Lippen in Gläser gestippt, auf denen Schaum war, auf denen ich die Sonne tanzen sah. Das mußte bezahlt werden. – Oh! Mit nichts werde ich das zu teuer bezahlen, und wenn wir da sind, können Sie mich schlagen ...

Heute ist mein Glückstag!
Eine Dame hat sich nahe bei uns niedergesetzt, und die Unterhaltung ist in Gang gekommen. Frau Vingtras ist immer im siebten Himmel, wenn eine gut angezogene Frau ihr die Ehre erweist, mit ihr zu plaudern.
Man redet, und die Kinder, die ab und zu kommen, um ihrer Mutter zuzulachen, ziehen mich weg zum Spielen.
»Jacques, bleib da.«

»Lassen Sie sie sich zusammen amüsieren«, sagt die elegante Gesprächspartnerin mit gutmütiger Miene.
»Sie haben keine Angst, daß sie ertrinken?«
Das ist alles, was meiner Mutter einfällt, aber es schmeichelt ihr, daß ihr Sohn mit reichen Kindern spielen darf, und wenn ich ertrinke, auch gut!
Ich glaube wirklich, sie hat Angst, daß ich ertrinke! Wenn wir einem Feuer nahe kommen, hat sie Angst, daß ich mich verbrenne. Eines Tages ist ein Ballon im Hof des Gymnasiums aufgestiegen, sie hat geschrien: »Er reißt dich mit!«
Aber sie weiß offenbar nicht, daß jedesmal, wenn sie meine Neugier erstickt oder auf sie eingeschlagen hat, meine Sehnsüchte angeschwollen sind wie meine Haut unter der Knute.
Es ist stärker als ich. Ich sage mir, daß ich nicht feiger als die andern sein darf, ich nehme jede Gelegenheit wahr, mich zu amüsieren wie meine Kameraden sich amüsieren; sie ertrinken nicht, sie verbrennen sich nicht, Ballons reißen sie nicht mit sich fort. Und ich habe kein *Schwänzen* verpaßt; ich war eifrig bemüht, sooft ich konnte, in der Schule zu fehlen, um mit dem Boot auf dem Furens spazieren zu fahren, oder bei der Schmiede, in der großen Fabrik, wo Terrassons Vater Vorarbeiter ist.
Ich bin auf den großen Baum des *Clo Pélissier* gestiegen, und ich bin bis ans Ende des großen Astes gekrochen.
Ich erinnere mich jetzt an all das; mein Geist ist ein bißchen angeheitert. In meiner Vorstellung stelle ich eine Balance her. Wenn man mich daran hindert, am Wasser entlangzugehen, mich einer Ziegelei oder Ballons zu nähern, werde ich nichts sagen – ich will nicht, daß meine Mutter sich ängstigt –, aber bei der ersten Gelegenheit werde ich das wieder aufholen, werde bis zum Gürtel in den Fluß gehen, meinen Fuß über *Ströme* von geschmolzenem Eisen halten.
Das ist beschlossene Sache. Inzwischen, da meine Mutter mich heute abend freigelassen hat, werde ich alles tun, um nicht zu ertrinken.

Wenn sie mir verboten hätte zu spielen, hätte ich es mir nicht verkneifen können, mich über das Rad zu beugen, zu versuchen, mit der hohlen Hand Schaum zu schöpfen…
Wir rennen von einem Ende des Schiffes zum andern; wir rufen zum Maschinisten hinunter, wir quälen den Mann am Steuer, wir untersuchen das Tauwerk, wir berühren die Ankerwinde, wir versuchen, den Anker zu heben…
Der Tag flieht, es kommt der Abend.

Wir lassen uns wie Männer von der Melancholie der Dämmerung überwältigen; mit kalten Wangen, einem Frösteln im Nacken, mit vom Wind wild geschüttelten Haaren betrachten wir die Furche, die das Schiff auf seinem Weg gräbt, wir starren auf die ersten Sterne, die am Himmel zittern, und wir verfolgen die Mondstreifen im geflammten Wasser.
Die Maschine macht bum, bum!
Jetzt läutet die Glocke; wir laufen zur Brücke.
Wir sind in Tours: hier wird die Reise unterbrochen.
Herr Chanlaire kennt ein Hotel, nicht teuer. Wir können zusammen hingehen, wenn alle wollen. Gut. Und zehn Minuten nach der Landung kommen wir im *Grand Cerf* an.

Wir essen an der Ehrentafel zu Abend.
Da sitzen Handlungsreisende, eine Engländerin, ein Priester: alle loben die Küche, aus der es gut riecht, und ein gewisser Dijonsenf hat einen Erfolg, der dem Keller zugute kommt. Seine Schärfe macht durstig.
Ich mache die Augen weit auf, blähe die Nasenlöcher, ich stelle die Ohren auf. Welcher Luxus! Wieviele silberne Wärmplatten!
Zehn Gerichte! Es wird geschwatzt, es wird gegessen.
»Reichen Sie mir das Ragout. – Wollen Sie Lachs?«
Es kommt mir vor, als sei ich bei einem Mahl aus *Tausend und eine Nacht*.
Es erstaunt mich zutiefst, zu sehen, daß alle hier die Vor-

schriften mit Füßen treten, die meine Mutter mir über die Art sich in Gesellschaft zu verhalten eingeschärft hat. Der Pfarrer sogar hat die Ellbogen auf der Tischdecke und seinen Stuhl ganz nah am Tisch, so wie auch ich es heute morgen in der Kabine im Angesicht des gebratenen Schweinsfußes und des Weißweins gemacht habe.

Meine Mutter sitzt neben der Dame aus Paris, die uns, ihre Söhne und mich, zu ihrer Rechten plaziert hat.

Ich bin fast frei, ich stürze mich auf die Schüsseln. Meine Mutter beklagt sich nicht darüber, ja sie wird sogar einen Moment böse, weil ich etwas ablehne.

»Als ob wir ihn Hungers sterben lassen wollten! Der Preis ist doch fest, nicht wahr?« fragt sie Herrn Chanlaire.

»Ja, zwei Francs pro Kopf.«

»Jacques«, schreit sie augenblicklich, »iß von allem!«

Sie schmettert das wie einen Schlachtruf, wie eine Kriegslosung: »Iß von allem!«

Es übertönt das Klappern der Löffel und Gabeln und bringt eine ganze Tischecke zum Lachen.

Sie kann nicht anders, sie muß sich von ihrem Platz aus um mich kümmern, sie wacht immerzu über ihr Kind.

»Jacques, man macht keine Senfschnitten. – Jacques, du weißt sehr gut, daß ich es nicht mag, wenn man die Finger ableckt. – Willst du dich wohl nicht so laut schneuzen! – Jacques, die Bürzel kannst du nicht essen!«

Ich sehe, wie sie umherliegende Eßsachen heimlich einsammelt und in ihre Tasche gleiten läßt. Sie wird beobachtet. Ich werde rot.

»Jacques, willst du wohl nicht so rot werden!«

Ah! Sie hat mir das Vergnügen verdorben ... Ich bemerke sehr genau, daß die Nachbarn sich über sie lustig machen, und die Oberkellner sehen sie von der Seite an. Ich hätte gern das Auftreten eines Mannes gehabt, hätte von den Kellnern nachgefordert: »Reichen Sie mir die Schüssel da!«, mir mit der Serviette den Mund abgewischt, mich nach hinten fallen lassen, und zum Abschluß hätte ich gesagt: »Noch ein Essen, das die Preußen nicht bekommen werden.«

Herr Chanlaire erhebt sich:
»Meine Damen, meine Herren, und die Bengels, ich gebe Champagner aus.«
»Jacques, du trinkst aus meinem Glas«, sagt meine Mutter, in einem Ton, als ob sie sagen würde: »Meinen Sohn nimmt mir niemand weg.«
»Nein, er trinkt aus seinem, und er weiht diese Flasche ein«, sagt Herr Chanlaire, während er den Korken herausdrückt, der losschießt wie eine Kugel, »die Kinder zuerst!«
Er füllt mir mein Glas, das überläuft, und sagt:
»Trink mir das aus!«
Meine Mutter wirft mir fürchterliche Blicke zu und trommelt mit kleinen Schlägen auf den Tisch, die sagen: nun sieh dir das an!
Ich wage weder sie anzusehen noch zu trinken.
»Sag mal, du sitzt ja da wie ein Tropf!«
Tropf! Herr Chanlaire sagt das ganz laut; es zerreißt mir das Herz, meine Hand zittert, ich verschütte die Hälfte des Champagners auf ein Kleid neben mir.
»Dummkopf!« sagt die Begossene ...
Tropf! Dummkopf! Meine Mutter ist schuld, daß ich so dämlich war.
Sie macht mir nachträglich noch Vorhaltungen und steigt damit bei den andern im Kurs.
Ich gehe aufgebläht und jammervoll schlafen.
»Ihr Zimmer ist hier«, sagt der Kellner.
Als ich am Ende des Korridors gerade der Dame aus Paris und ihren Söhnen, die den ganzen Abend lieb zu mir waren, auf Wiedersehen sage, ruft mir meine Mutter nach:
»Jacques, *die Toiletten sind unten*!«
In ihrer Stimme ist etwas von einem Befehl – einer Forderung sogar –, sie trifft Vorsorge, wo ihr Kind, mit der Sorglosigkeit seines Alters, nicht nachdenkt.
Meine Kameraden lächeln, ihre Mutter errötet, meine grüßt.
Noch heute höre ich in meinen Träumen, irgendwo in

einem Salon, mitten unter Damen in Abendtoilette, bei Tisch, auf einem Ball eine Stimme, wie Jeanne d'Arc: »Jacques, die Toiletten sind unten!«

Am nächsten Morgen gehen wir wieder aufs Schiff.
Die Dame aus Paris ist wieder mit meiner Mutter zusammen, und ich bin es wieder mit ihren Söhnen.
Sie sind unruhiger als ich und bleiben nicht mitten auf der Brücke mit geöffneten Lippen und schnuppernder Nase stehen, um den leichten Wind, der vorüberstreicht, einzuatmen, zu trinken: Morgenbrise, die die Blätter in den Baumwipfeln und die Spitzen der reisenden Damen schüttelt. Der Himmel ist klar, die Häuser sind weiß, der Fluß ist blau; am Ufer sind Gärten voller Rosen, und ich sehe, wie die Stadt da hinten ganz fröhlich verschwindet!

Da hinten ist eine Brücke, über die lachende Bäuerinnen trotten und ein Alter, der langsam geht, mit einem breitrandigen Schlapphut und grauen Haaren, ohne Bart, in einem Gehrock wie die Priester sie haben: fast das Aussehen eines Jesuiten.
»Er ist es! Er ist es!«
Jemand hat diesen Mann, der vorübergeht, bei einem Namen gerufen, und sie haben ihn erkannt.
»Das ist der Sänger der *Bettler*, Jacques, das ist Béranger.«[1]
Mein Vater sagt das so, wie er gesagt hat: »Es ist die Unberührte!«
Er hat seinen Hut abgenommen, glaube ich, und er hat eine ernste Pose eingenommen, als ob er beten würde.
Mein Vater ist voller Respekt vor Berühmtheiten, er würde sich erkälten, um sie zu grüßen.
Es ist ihm noch nicht gelungen, mir diese Ehrfurcht einzuflößen, und während Béranger auf der Brücke betrach-

[1] *Pierre-Jean de Béranger:* populärster Dichter politisch-satirischer Lieder in Frankreich (1780–1857); Vallès/Vingtras wird Béranger später wegen dessen Verehrung Napoleons und der Tendenz, in einigen seiner Chansons die Armut zu idyllisieren, heftig angreifen.

tet wird, betrachte ich in der Ferne auf einem Feld Vögel, die um einen großen Baum kreisen, sich fallen lassen, in das Silber der Zitterpappeln und in das Gold der Weiden eintauchen.

In meinem Geographiebuch habe ich gesehen, daß dieses Land der Garten Frankreichs genannt wurde.

Garten Frankreichs! Ja, und sogar ich hätte es so genannt, ich kleiner Bengel! So ist der Eindruck, den ich davon behalten habe – diese Düfte, diese Stille, diese mit frischen Häusern besäten Ufer, die das blaue Band der Loire grün und rosa einfassen! …

In das Band fließen schwarze Flecken; es nimmt plötzlich eine blaugrüne Farbe an und sieht so aus, als führe es schmutzigen Sand oder Schlamm mit. Das Meer nähert sich und spuckt die Flut aus; die Loire endet, und der Ozean beginnt.

Wir kommen an, da sind die Auen von Mauves! – Den ganzen Tag bin ich unter dem Eindruck der Morgenstille geblieben. – Ich habe wenig mit meinen kleinen Kameraden gespielt, die sich über mein Schweigen gewundert haben.

Die Weite hat mich immer schweigsam gestimmt.

Wir sind nahe der Eisenbrücke, ich lese von weitem *Hôtel de la Fleur*. – Das ist Nantes.

Nantes

Meine Mutter hat Herrn Chanlaire mit Fragen gelöchert, wo wir nach der Ankunft am besten hingingen, sie hat das so geschickt angefangen, daß er sie zum Teufel wünscht – ganz leise –, und sobald wir da sind, verdrückt er sich. Er wirft seine Adresse meinem Vater, seinen Koffer einem Gepäckträger zu, und weg ist er.

Die Dame aus Paris geht ihrer Wege. Wir Kinder drücken einander die Hände, und da steht nun Herr Vingtras, Lehrer der Sechsten im Gymnasium von Nantes, mit seinen Koffern, seiner Frau und seinem Jungen auf dem Pflaster der Stadt.

Es ist unsere Spezialität, das Leben der Städte, in die wir eindringen, mit unserer Anwesenheit zu belästigen und mit unserem Gepäck zu blockieren. Im Moment benehmen wir uns so, als wollten wir uns auf dem abschüssigen Quai festsetzen, man könnte glauben, daß wir jeden Moment ein Feuer anzünden und Suppe kochen. Wir stellen ein Hindernis für den Handel dar, die Ladearbeiten sind blokkiert. – Zu dritt nehmen wir mehr Platz ein, als in einem Handelshafen erlaubt ist, und es formen sich schon Ansammlungen rund um unsere Kolonie.
Meine Mutter hat sich über meinen Vater *hergemacht*.
»Herrn Chanlaire konntest du wohl nicht fragen?...«
»Schließlich hattest du das übernommen...«
»Ich!«
Sie stößt einen spitzen Laut aus, der die Passanten herumfahren läßt.
Man rottet sich zusammen.
Ein Gepäckträger naht.
»Wieviel!« sagt meine Mutter, »wenn sie das alles hier wegtragen?«
»Drei Francs.«
»Drei Francs!«
»Keinen Sou weniger.«
»Ich werde schon einen finden, laß mich mal machen, der keine drei Francs verlangt«, sagt meine Mutter, vertraut ihre Pakete, ihre Schals und eine Schachtel meinem Vater an und geht auf ein armes Luder in Lumpen zu, das da herumlungert.
Der Mann hat kaum Zeit zu antworten, da kommt der Gepäckträger, zeigt seine Plakette, stürzt sich in den Haufen, deckt den Zerlumpten mit Schlägen und die Familie Vingtras mit Flüchen ein.
In dem Durcheinander stürzen die Schachteln um und rollen auf den Fluß zu.
»Jacques, Jacques!«
Ich renne hinter einem Päckchen her, meine Mutter verfolgt ein anderes; sie schreit, der Zerlumpte ebenfalls; Gendarmen kommen auf meinen Vater zu. Ich laufe wie-

der hoch, um ihm beizustehen; wir sind umringt. Das ist unser Einzug in Nantes.

Uff!
Wir haben uns niedergelassen, das allerdings nicht ohne Mühe.
Wir haben acht Tage in einem Gasthaus verbracht, dessen Besitzer sich Houdebine nannte, ich erinnere mich daran, ich werde ihn *nie* vergessen.
Natürlich hatten wir Auseinandersetzungen mit ihm, es ist meiner Mutter gelungen, im Haus das Unterste zuoberst zu kehren: Theater wegen der Korridore, Dispute wegen der Treppen, Sticheleien gegen die Frauen von Reisenden. Die Rechnung wurde diskutiert; das Dienstmädchen verlangte ein Trinkgeld. Wir wurden hinausgeworfen; zur Mittagsstunde fanden wir uns von neuem auf dem Pflaster wieder, Herr Vingtras, seine Gattin und sein Sprößling.
Glücklicherweise ist, als wir gerade Wachtposten rund um unsere Koffer bezogen hatten, Herr Chanlaire vorbeigekommen. Ich war mit allen Paketen beladen, um mich, wie eine Division mit dem Ranzen auf dem Rücken, auf den Weg machen zu können, sobald wir wissen würden, wo es lang ging.
Im Viertel, wo man unsere Streitereien mit den Gepäckträgern mitbekommen hatte, waren wir schon bekannt. Dieses neue Warenlager auf offener Straße, die Anhäufung von Kästen, die schon wieder den Fluß der Geschäfte in der Stadt aufhielten, meine Erscheinung, das Geschrei meiner Mutter, die Verwirrung meines Vaters, alles hatte Aufsehen erregt, und nachdem es die Neugier geweckt hatte, begann es auch, Mißtrauen hervorzurufen.
Ich hätte etwas darum gegeben, auf einem Schiff zu sein, in einer Seeschlacht, den Enterhaken in der Hand, im Kugelhagel, weit weg vom Gepäck!
Wir waren auf der Straße – meine Mutter auf der einen Seite, ich auf der andern, mein Vater als trübseliger Kundschafter –, als zufällig Herr Chanlaire vorbeikam; er ist entschieden unsere Vorsehung.

Er führte uns wie eine Schar Gefangener zu einer Unterkunft, die er kannte: ich glaube, Polizeiagenten folgten uns. Sie fragten sich, worauf diese Familie aus war.
Mein Vater hatte nicht sagen wollen, wer er war, da das Gasthaus seiner Stellung unwürdig war, so schwebte ein Geheimnis über unsern Häuptern.

Mein Vater hat am Tag nach unserm Einzug sein Amt angetreten, und er hat den Schülern sofort Angst eingejagt: das garantierte ihm für immer Ruhe in seiner Klasse, und Mengen von Nachhilfestunden. – Er sieht so gemein aus – wir werden Nachhilfestunden bei ihm nehmen!
Alles läuft gut. – Sehen wir uns jetzt die Stadt an.
Alle meine Illusionen über den Ozean, dahin; alle meine Träume von Stürmen, ins Süßwasser gestürzt, denn es war Süßwasser! Keine Schiffe mit Kanonen, deren Mündung sich vorreckt, und keine Offiziere mit Kommandomütze; weder Artilleriesalven noch Kriegsmanöver; weder Seeräubergesichter noch Pulverkammern; kein Kommando *Klar zum Gefecht!*; keine Übungen im Entern; Teergerüche, nicht der Duft des Meeres. Eine Hoffnung wurde in mir erweckt: man erzählte mir von *Totenköpfen*, mit denen ein Dreimaster vollgestopft wäre; es waren Käse aus Holland.
Wie dumpf mir das Seemannsleben vorkommt!
Unten in unserm Haus ist eine kleine Schenke; hier hole ich den Schoppenwein für unser Abendessen, und hier stoße ich mit den Ellbogen der Matrosen zusammen. Sie sprechen nie von Kämpfen, sie können nicht schwimmen, sie stürzen sich also nicht von der Spitze des großen Mastes ›in die schäumende Woge‹, sie kämpfen nicht ›gegen die Wut der Wellen …‹. Nein, wenn sie ins Wasser fielen, würden sie ertrinken. Von zehn Matrosen sind keine fünf imstande, die Loire zu überqueren. Ich danke!
Wir wohnen zwar oben in der Stadt, und die großen Schiffe liegen unten, am Quai de la Fosse; aber ich mache keinen Unterschied zwischen den Handelsschiffen und den Kähnen. Angesichts der fehlenden Kanonen und Uniformen

unterscheidet meine Geringschätzung nicht zwischen dem Seemann und dem Flußschiffer; meine Verachtung verschmelzt sie beide, den Seewolf wie den Käselieferanten.

Mein Lehrer

Mein Lehrer ist ein kleiner Mann mit silbergeränderten Brillengläsern, spitzer Nase, spitzer Stimme, mit einem Hauch von Schnurrbart, X-Beinchen – sie werden ihn nicht daran hindern, seinen Weg zu machen –, einschmeichelnd, Schnüffler, Charmeur, Spürhund, Wiesel, Maulwurf: er kommt aus Paris, wo er wie Turfin als einer der Ersten durch die Examen gekommen ist; er hat Protektoren zurückgelassen, die er mit dem Esprit des Schwächlings amüsiert; er hat eine lustige, hübsche Frau mitgebracht, die wahrscheinlich all die Provinzler ziemlich albern findet.
Herr Larbeau, so ist sein Name, pfeift ein wenig auf seine Schüler – er ist liebevoll zu den Söhnen der Einflußreichen, die er behutsam anfaßt und bei denen er Popularität erlangt hat, weil er sie wie große Jungen behandelt, aber er ist den andern gegenüber kein *Menschenschinder*. Vorausgesetzt, man lacht über seine Witze! – Er macht Kalauer und gibt manchmal Rätsel auf; er wird »der Pariser« genannt.
Ich glaube, mich findet er ein bißchen *dickhäutig* – weil ich seine Scherze nicht lustig finde; und dann hat er von einem Kameraden, der bei ihm Nachhilfestunden nimmt, gehört, daß ich einmal Schuster werden wollte und daß ich heute gern Schmied wäre. Ich komme ihm gewöhnlich vor; meine Mutter findet er überdies ordinär, und mein Vater wirkt auf ihn wie ein armer Teufel. Aber er quält mich nicht, anscheinend glaubt er mir, sogar wenn ich sage, daß ich meine Aufgaben *vergessen* habe, oder daß ich mich in der Lektion *geirrt* habe.
Am Jahresende liest er uns für die Preisaufsätze Romane von Walter Scott vor.

Und da ist die feierliche Preisverteilung – ich bekomme nichts – oder ich bekomme etwas –, es kommt mir so vor, als hätte ich doch ein oder zwei Kronen davongetragen und wäre auf dem Podium von einem lästigen Menschen geküßt worden. – Und wenn schon!
Ich hatte keine Ehrfurcht davor, von dem Moment an, da mein Vater mich nicht mehr quälte, war es mir gleichgültig, ob ich Preise bekam oder nicht.

Das Haus

Wir wohnen in einem alten Haus, das wieder zusammengeflickt und neu gestrichen ist, dennoch aber alt riecht; und wenn es warm ist, entweicht ihm ein Geruch nach Terpentin und Gips, in dem ich gare wie eine gedämpfte Kartoffel: keine Luft, kein Himmel!
Ich verbringe da schlimme Stunden, vor allem sonntags. Kein Geräusch als das der Glocken, und auch während der Woche ist meine Traurigkeit unter diesem klaren Himmel schwerer als unter dem rauchigen Himmel von Saint-Etienne.
Ich liebte den Lärm der Förderwagen, die Nähe der Schmieden, das Feuer der Hochöfen, es gab eine Chronik der Grubenunglücke und der Bergarbeiteraufstände.
Hier, zumindest in dem Viertel, in dem wir wohnen, gibt es keine funkensprühenden Fabriken und keine Männer mit feurigen Augen, wie fast alle sie haben, die Eisen bearbeiten und vor den Glutöfen leben.
Es gibt Bauern mit langen, spärlichen Haaren, traurig und häßlich: sie laufen schweigend hinter ihren Karren durch die Stadt und wirken matt und düster wie Taubstumme. Keine kräftigen Bewegungen, kein weitausholender Gang, keine laute Stimme! Die Lippe ist schmal oder die Nase ist spitz, das Auge ist hohl und die Schläfe wie ein Schlangenkopf – sie haben nicht, wie die Bauern der Haute-Loire, Ähnlichkeit mit Ochsen –, sie riechen nicht nach Gras, sie riechen nach Schlamm; sie tragen nicht die weite kuhfarbene Weste, sie tragen einen schmut-

zigweißen Kittel, wie ein schmieriges Chorhemd. Auf mich wirken sie fromm, hart und falsch, diese Söhne der Vendée, diese Männer der Bretagne.
Der Cours Saint-Pierre kommt mir so leer vor – mit den paar Alten, die kommen und sich auf die Bänke setzen! Und die Schatten gleiten wie schwarze Insekten von der Kirche herüber ...

Ich möchte am liebsten weinen!
Ich werde nicht mehr geschlagen. Vielleicht ist es deswegen. Ich war ans Leiden oder an den Zorn gewöhnt – ich lebte andauernd mit ein bißchen Fieber.
Ich werde nicht mehr geschlagen. Der Direktor stammt nicht von dieser Schule. Er hat über einen seiner Lehrer sagen hören, daß er auf dem Hintern seines Sohnes dieselbe Methode anwandte wie mein Vater – er hat ihn kommen lassen.
»Sie werden in Zukunft Ihre Kinder woanders schinden, wenn Ihnen so viel daran liegt; aber wenn mir zu Ohren kommt, daß sie hier weitermachen, reiche ich Ihre Versetzung ein und sorge dafür, daß Sie in Ungnade fallen.«
Die Kunde hat die Ohren meines Vaters erreicht und meinen Hintern beschützt.
Meine Mutter hat die bucklige Frau eines Lehrers kennengelernt.
Wenn es schön ist, gehen wir jeden Abend spazieren.
Ich sehe aus wie ein Gefangener, den sie ein bißchen ausführen. Ich gehe vornweg, mit dem Befehl, mich nicht zu entfernen, nicht zu laufen, und ich kann mich nicht einmal bücken, um einen Zweig oder einen Kieselstein aufzuheben – davon würden meine Hosen platzen.
Eines Tages ist tatsächlich eine meiner Hosen gekracht, und Frau Boireau, die nicht mehr gut sieht, war dennoch äußerst entrüstet. Es wurde mir verboten, mich zu bücken, bis man mir eine weite Hose geschneidert hätte.
Sie wurde für mich geschneidert, nun ist keine Gefahr mehr – ich schlendere bequem damit herum –, ich sehe aus wie eine Ente, die den Hintern aufplustert.

Ich sehe wohl, daß ich auffalle, daß die Seeleute sich um mich sammeln, aber sie respektieren mich als Unbekannten! Die Kameraden, die mich kennen, treiben ihren Schabernack mit mir, im Vorbeilaufen ziehen sie dran wie an einem Hundeschwanz, sie streuen auch Salz drauf – sie nennen mich Circe.

Politische Kostüme und Verrätereien

Meine Garderobe wird erneuter Anlaß zur Marter. Viele Leute halten mich für einen Legitimisten[1]. – Ich habe eine Halsbinde, die dreimal um meinen Hals geschlungen ist, eine Halsbinde, wie die Incroyables[2] sie trugen, wie die Royalisten während der Restauration sie hatten. – Indessen hindern die Hoffnungen, die diese Partei meinetwegen hegen konnte, sie nicht, sich aufzulösen. Meine Mutter hat auf dem Grunde eines Koffers, zusammen mit einem Hundehalsband, einen Roßhaarkragen gefunden, und ich mache ihn um. Diesmal schreien sie ›Bonapartismus‹! Er ist das Erkennungszeichen der Strauchdiebe von der Loire, die Krawatte der Duellanten aus dem Café Lemblin.

Bin ich hier, um Streit mit den Mitgliedern vom Club der Weißen zu suchen, der gerade auf dem Platz versammelt ist? Man verliert sich in Mutmaßungen, aber das Erstaunen schwillt an, als man mich eines Sonntags im Stil der *besten aller Republiken*[3] gekleidet auftreten sieht.

Ich trage einen braunen Gehrock, einen grünen Schirm und einen grauen Hut.

Das ist mein Anzug für die Übergangszeit. Meine Mutter sieht, daß ich größer werde, sie hat mich kleiden wollen wie einen Mann der Mittelklasse, der etwas darstellt, nicht nach den Laffen schielt und dennoch seine besondere Note

[1] *Legitimisten:* Anhänger der Bourbonen, forderten deren Reinthronisierung in Frankreich.

[2] *Incroyables:* royalistische Schickeria zur Zeit des Directoire, 1795–1799.

[3] *die beste …:* Anspielung auf ein 1848 erschienenes und sehr erfolgreiches Buch mit dem Titel »Jérôme Paturot auf der Suche nach der besten der Republiken«.

hat. Ich habe meine Note – aber ich bin bescheiden, ich würde es vorziehen, im Dunkel zu leben, nicht Hoffnungen in den Parteien zu erwecken, die am nächsten Tag erstickt werden –, außerdem ersticke ich selbst! Dieser Gehrock ist so schwer und die Ärmel sind so lang, daß ich mich nicht schneuzen kann.
Heute Legitimist, morgen Bonapartist, übermorgen Republikaner, so pervertiert man die Gewissen, so demoralisiert man die Massen!
Und die Kameraden sind immer auf Trab – sie nennen mich Louis-Philippe. Das ist sogar gefährlich in dieser Zeit des Königsmordes. An den Tagen, an denen ich als *Mittelständler* gekleidet bin, als *Bürger Citoyen* gehe, komme ich zerschlagen nach Haus.

Unsere Dienstmädchen

Wir haben ein Dienstmädchen – mein Vater verdient offenbar Geld.
Er gibt *haufenweise* Nachhilfestunden; er nimmt sechs oder sieben Schüler, die ihm fünfundzwanzig Francs einbringen, und er erzählt ihnen eine Stunde lang Sachen, auf die sie nicht hören; am Ende des Monats schickt er seine Rechnung, mit dieser Verteilung von Partizipien auf die beiden Klassen kommt er im Trimester auf eine hübsche Summe.
Die mit Nachhilfestunden Traktierten bekommen weniger Strafarbeiten und flanieren in den Korridoren, während die anderen arbeiten. In dieser Zeit entstehen geschriebene oder gezeichnete Schwänke auf Lehrer oder Hilfslehrer auf den Wänden und Tafeln – die Nase vom einen, die Hörner vom andern, mit zotigen Versen in Kohle. Es sind starke Stücke drunter, die Frau des Schulaufsehers geniert sich, wenn sie dran vorbeigeht.
Wir sehen ihr durch Löcher, durch Ritzen nach: sie ist sehr hübsch, sehr frisch; sie hat den Aufseher geheiratet, weil er ein paar Sous hatte, und eines Tages wird er Direktor sein. – Ich habe gehört, wie man das meiner Mutter

zugeflüstert hat, die hinzufügt, daß die Frau sich schlecht kleide.

»Wenn das die Pariser Mode ist, ist mir die von *zu Hause* noch lieber.«

Das spielt auf die Bäuerin an in kindlichem Ton, mit einem bedeutungsvollen kleinen Lachen. Mir ist die von zu Hause nicht lieber!

Völlig unparteiisch in der Frage – da ich sogar die Schneider der Gegend in Erstaunen versetze und nach keiner von der Antike bis heute gekannten Mode gekleidet bin, als unbewußtes Mannequin einer Politik, die ich nicht verstehe, als Chamäleon wider Willen – kann ich Zeugnis ablegen; es hat Gewicht.

Also, mir gefällt die rosa Schärpe, die die Aufsehersfrau um ihre geschmeidige Taille schlingt, besser als der gelbe Schal, auf den meine Mutter gerade so stolz ist. Mir gefällt der Hut der Pariserin mit den kleinen wippenden Blümchen, zwei oder drei Margueriten mit goldenen Augen, besser als die Kopfbedeckung, die die trägt, die mich gestillt hat oder hat stillen lassen – ich weiß es nicht mehr –, eine Kopfbedeckung, auf der eine kleine Melone und ein Vogel mit zu dickem Bauch hockt.

Wir sind also glücklich zu Hause.

Es ärgert mich, daß sie ein Dienstmädchen genommen haben! Denn wenigstens war ich beschäftigt, wenn ich Wasser holen ging, wenn ich Holz heraufholte, als ich die schweren Möbel hin- und herschob. Ich habe gern gehämmert, gesägt und mit der Schulter geschoben. Ich fühlte mich stark und habe mich trainiert, wenn ich Schränke auf dem Rücken trug, und mit gestreckten Armen volle Eimer. Ich soll nichts mehr anrühren, und wenn ich es eilig habe, darf ich nicht einmal meine Schuhe abputzen.

»Da ist Dreck dran!«

»Das ist Sache des Mädchens!«

»Nur mit der groben Bürste?«

»Wir haben ein Mädchen, und das nicht, damit sie den ganzen Tag herumgähnt.«

Das arme Mädchen hat keine Zeit zum Gähnen! Meine Mutter hat Adleraugen!
Es ist immerhin weder ihr Kind noch ihre Nichte! Warum schenkt sie ihr die gleiche Beachtung wie mir? Sie tut für Fremde, was sie für Jacques tat. Sie macht keinen Unterschied zwischen ihrer Dienerin und ihrem Sohn. Ich muß ja zu glauben anfangen, daß sie mich niemals geliebt hat!
Das arme Mädchen kann es nicht mehr aushalten. Dabei wird sie gut ernährt. Meine Mutter gibt ihr alles, was wir nicht gewollt haben.
»Ich spare doch nicht am Essen fürs Dienstmädchen!«
Sie tut die Sehnen, die Haut, das Fette auf den Tellerrand.
»Die Sachen da sind gut fürs Temperament. Und kalte Bouletten, das stärkt!«
Arme Jeanneton! Wie würde sie dahinschwinden, wenn sie nicht so gut gepflegt würde! Denn selbst bei dieser Diät fühlt sie sich schlecht, sie ist nicht fett, aber das ist ihre Schuld!
Ich glaube zu bemerken, daß Jeanneton nicht wild auf meine Mutter ist, daß sie es darauf anlegt, ihr zu widersprechen.
»Wollen Sie ein Glas Apfelwein, Jeanneton?«
»Danke, Gnädige Frau.«
»Danke ja oder danke nein.«
»Nein, gnädige Frau.«
»Sie mögen keinen Apfelwein?«
Jeanneton stottert.
»Wie Sie wollen, mein Kind!« Und verdrießlich fügt meine Mutter hinzu: »Ich stelle das Glas da hin, Sie können es später nehmen, wenn Sie wollen; Sie können es auch schal werden lassen, wenn es Ihnen Spaß macht.«
Der Apfelwein wurde nicht schal, er ist es bereits eine gute Weile zuvor geworden. Seit zwei Tagen steht er in einer Flasche, die mein Vater nicht wollte, weil sie sauer roch und niemand sie verkorkt hat. – Eine *Kakerlake* ist hineingefallen. Aber meine Mutter hat sie vorhin herausgeholt, mit einer Sorgfalt, als ob sie es für sich getan hätte, und

nur weil sie an dem Apfelwein gerochen hat, hat sie sich entschlossen, ihn Jeanneton anzubieten.
»Der neue, der frische Apfelwein hat eine Säure, die schwachen Frauen nicht gut tut ... Merk dir das, mein Kind.«
Ich habe es mir gemerkt. Sollte ich je schwache Lungen haben, so werde ich solchen Apfelwein trinken, *der keine Säure hat*, der sauer und schimmelig riecht. Gehört unbedingt eine Kakerlake hinein?
Meine Mutter hat gesehen, daß ich die Kakerlake nachdenklich betrachtet habe.
»Das ist ein Zeichen, daß der Apfelwein gut ist. Wenn er schlecht wäre, wäre sie nicht drangegangen. Insekten habei auch ihr *Köpfchen*.«
Wie raffiniert!
Wieder eine Erkenntnis, der ich Rechnung tragen werde. Wenn irgendwo Ungeziefer dran ist, ist es gut. Und ich wollte keinen Käse essen, weil Maden drin waren, und ich hatte es lieber, daß keine Fliegen im Öl schwammen!
Jeanneton ist gegangen und hat noch ein Glas Wein abgelehnt, das meine Mutter ihr zum Abschied angeboten hat.
»Jacques«, sagte sie zu mir, »hol die Flasche, aus der wir Essig machen wollten, du weißt schon, die mit den *Blumen*.«
Jeanneton hat ihn abgelehnt.
Jeanneton wird durch Margoton ersetzt.
Aber der Haushalt ist jetzt schon für seine Zuteilungen von Sehnen, Haut und Fettem bekannt. Margoton stellt zu Beginn ihre Bedingungen.
»Ich habe keine schwachen Lungen«, sagte sie, und schlägt sich mit der Faust gegen den Magen, einen dicken Magen, der unter ihrem Kattunkleid hüpft, »ich habe keine schwachen Lungen, und ich mag Fleisch; ich will warm essen.«
Margoton spielt hoch.
Aber Margoton ist vom Direktor geschickt worden, und also steht Margoton unter dem gleichen Schutz wie der kleine Vingtras. Die Autorität hält im Mieder des Dienst-

mädchens Wache wie in der Hose des Kindes. Herr Vingtras würde nicht offiziell entlassen werden, wenn er seinem Sprößling im Vorübergehen eine Ohrfeige verabreichte oder wenn er sein Dienstmädchen mit steinharten Bouletten und dem Fetten vom Hammel vollstopfte; und doch wird er gut daran tun, seinem hohen Vorgesetzten nicht wegen seines Balges oder wegen seiner Dienstmagd zu mißfallen.

Was für ein Fehler das war, sich aus Höflichkeit an den Direktor zu wenden, um den Eindruck zu erwecken, daß man einen Rat erbäte! Jetzt wagt man nicht, die warm Empfohlene wegzuschicken, trotz der Ansprüche, die sie stellt, und sie wird angestellt.

Meine Mutter hat dieses Mädchens wegen ständig eine Hand über der Hammelkeule und einen Fuß im Grabe.

Sie ist nicht kräftig, es ermüdet sie zu schneiden. Eine Scheibe Fleisch für ihren Mann abzuschneiden, für ihr Kind, das ist ihre Gattenpflicht, es ist ihre Mutterrolle; die wird sie erfüllen!

Aber Margoton zu bedienen! ...

»Wollen Sie noch etwas?«

»Ja. gnädige Frau.«

»So?«

»Noch ein kleines Stück, bitte.«

Meine Mutter wird dran zugrunde gehen; ich merke es, ich sehe es an den schmerzvollen Lauten, die sie unterdrückt, wenn sie zum Messer greift, am Ausdruck ihrer Augen, wenn sie Soße hinzutut, und beim Nachtisch ist sie so schwach, daß sie die Kirschen eine nach der andern auf den Teller des Mädchens tun muß, wie in Krämpfen.

Marguerite verlangt immer wieder davon.

Aber meine Mutter erlebt zusehends eine Wiedergeburt.

Mein Gott! Mein Gott! Gepriesen seist Du!

Sie erlebt eine Wiedergeburt, wird wieder schelmisch, gewinnt wieder Farbe. Sie ist eines Tages ganz freudig im Arbeitszimmer meines Vaters erschienen.

»Antoine!« – und sie hat ihm etwas ins Ohr gesagt.
»Bist du sicher?« hat mein Vater erstaunt gefragt, und seine griechische Kappe ist verrutscht.
Sie hat nur lächelnd den Kopf geschüttelt.
»Wir müssen sie nur noch überraschen ...«
Sie nimmt die griechische Kappe ab und landet mit zugleich kühner und schmachtender Gebärde einen verstohlenen Kuß auf Antoines, ihres Gatten, meines Vaters Stirn.

Heute morgen ist etwas beobachtet worden, ich weiß nicht was, aber meine Mutter hat ihren gelben Schal und ihren schönen Hut angelegt – den mit der kleinen Melone und dem dickbäuchigen Vogel. Sie geht zur Frau des Direktors.
Als sie zurückkommt, reibt sie sich die Hände und wiegt freudig den Kopf: beinahe wären Vogel und Melone heruntergefallen.
Zehn Minuten später sehe ich, daß Margoton ihre Sachen packt und ausgezahlt wird. Sie hat Fleisch auf dem Teller liegen lassen: was ist los?
Aus ihren Augen kullern Tränen wie Bouillontropfen.
»Es war doch in Ehren, gnädige Frau!«
»In Ehren! ... In einem Keller! ...«
Was war in Ehren? Sie sagen mir nichts, aber ein paar Tage später plaudert meine Mutter mit meinem Vater über Margoton.
»Was für ein Glück, diese Gelegenheit, sie fortzuschicken, ohne daß der Direktor verärgert wird. Wenn sie nun nicht diesen Fuhrmann zum Geliebten gehabt hätte!«
Ich verstehe nicht.
Es ist beschlossene Sache, daß kein Mädchen mehr genommen wird, das beköstigt werden muß. Es strengt meine Mutter zu sehr an! Ich sehe eines morgens ein dickes Mädchen ankommen, rot, mächtig rot! Mit Sommersprossen, kurz und rund – eine Kugel. Die Augen treten ihr aus dem Kopf, und der Magen sprengt ihr Kleid! Wir bekommen ganz schöne Mägen ins Haus.

Sie soll das Geschirr waschen, die schmutzige Arbeit erledigen und meine Mutter zum Markt begleiten, um die Lebensmittel zu tragen. Meine Mutter besteht sogar darauf, daß sie mit mir ausgeht, damit wir zeigen, daß wir ständig ein Mädchen haben, daß es eine Dienstmagd zu meiner Verfügung gibt. Ich gehorche und gehe ein bißchen vor oder hinter Pétronille; so heißt sie. Sie hat aber leider die Manie, sich zu unterhalten, und sie hängt sich an mich; wir werden zusammen gesehen.

Wir werden gesehen, und eines morgens, als ich in die Schule komme, nennen sie mich *Lutscher*. Auf den Wänden des Klassenzimmers sehe ich das Portrait meines Vaters, und das Wort *Lutscher* darunter, und wir heißen nur noch die Lutscher.

Pétronille verkauft in ihren Mußestunden Malzbonbons auf den Straßen, die Schüler kennen sie gut. Sie haben sich, wenn sie mich mit ihr trafen, gefragt, welches geheimnisvolle Band es wohl zwischen uns gäbe, und es verbreitet sich das Gerücht, daß wir nachts Malzbonbons herstellen, daß mein Vater seinem Lehreramt diesen Industriezweig hinzugefügt hat.

Es heißt sogar, sie seien weniger gut, seit er Pétronilles Geschäftspartner ist.

Ich langweile mich zu Tode! – Es paßt mir nicht, daß ich nicht zu Hause bleiben darf, daß ich gezwungen werde, auszugehen, nur um zu laufen, ohne daß ich Blumen pflücken darf. Manchmal werde ich angehalten, welche zu pflücken, aber das ist, als ob ich *Munito* [1] hieße – als ob die Blumen Dominosteine wären, die ich mit den Augen zusammensuchen muß, die man so pflücken, dann so zusammenstellen muß. He, Munito!

Ich verbrenne mich an den Brennesseln, ich pieke mir Stacheln in die Haut, es ist eine widerwärtige Fronarbeit! Es kommt so weit, daß ich Gärten und Blumensträuße hasse,

[1] *Munito:* berühmter Zirkushund, der 1818 auch in Paris gezeigt wurde; er war unter anderem darauf dressiert, Dominosteine zusammenzulegen.

daß ich Gartenblumen und wilde Blumen, Rosen und Heckenrosen durcheinanderbringe.

Ich soll ganz lange Schritte machen, das ist *männlicher*, außerdem werden die Schuhe weniger abgenutzt. Ich mache lange Schritte und sehe immer aus, als ob ich zur Wachablösung schritte oder wieder zu meinem Fähnlein stieße, als ob ich auf der Parade wäre. Ich schreite mit soldatischer Steifheit und der Schnelligkeit eines chinesischen Schattens ins Leben.
Und hinten immer einen kleinen Stoffschwanz!

Ich wäre lieber im Arrest, lieber an ein Tischbein, an einen in die Mauer eingelassenen Ring angebunden, als daß ich abends mit der Familie spazieren gehe.
Heute morgen bin ich barfuß auf den *Dingsda von einer Flasche*[1] getreten. (Meine Mutter sagt, ich werde größer und soll mich auf den Eintritt in die Welt vorbereiten; sie verlangt deshalb, daß ich an meiner Sprache feile, und sie will, daß ich künftighin *Dingsda* von einer Flasche sage, und wenn ich schreibe, soll ich *Dingsda* durch einen Gedankenstrich ersetzen.)
Ich bin auf den *Dingsda* von einer Flasche getreten, und Glas ist in meine Fußsohle eingedrungen. Ah! Das hat sehr weh getan! Der Arzt hat einen Schreck bekommen, als er die Wunde sah.
»Sie müssen ganz schöne Schmerzen haben, mein Kind.«
Ja, ich habe Schmerzen, aber im gleichen Moment hat der Wind das Fenster geöffnet; ich habe hinten die Vorstadthecke, ein Stück der Umgebung, den trostlosen Feldrand gesehen, wo man mich immer abends hinführt. Für einige Zeit werde ich nicht dorthin gehen. Ich habe einen zerschnittenen Fuß. Was für ein Glück!
Und ich betrachte zufrieden meine Verletzung, sie ist häßlich und tief.

[1] *Dingsda:* im Französischen steht ›chose de bouteille‹, Umschreibung für den Ausdruck ›cul de bouteille‹ = Flaschenboden, ›cul‹ bedeutet umgangssprachlich ›Arsch‹.

Es ist meiner Mutter nicht genug, daß sie mir Keuschheit im Umgang mit Worten anrät, sie wünscht, daß zur Scham die Eleganz komme.
Sie ist auf die Idee gekommen, mir Stunden in *Anstand* geben zu lassen.
Herr Soubasson ist Tanz- und Anstandsmeister am Ort und Lehrer *feiner Sitten.*
Er ist ein ehemaliger Soldat, der viel trinkt und seine Frau schlägt, aber er schwimmt wie ein Fisch, und er hat die Rettungsmedaille. Er hat den Aufseher der Akademie, als er am Ertrinken war, aus dem Wasser gezogen. Als eine Art Belohnung und als Broterwerb hat man ihm den *Lehrstuhl* für Fußkampf und Tanz am Gymnasium gegeben. Er hält zusätzlich seinen Kurs in *feinen Sitten* ab, der besucht ist, weil Herr Soubasson schlecht sieht, schwer hört und gern einen süffelt, und wenn man ihm ein Nuckelfläschchen voll Lebenströster zum Munde führt, kann man in seinem Kurs machen, was man will.
Und da wird weiß Gott was angestellt!
Aber ich habe Einzelstunden außerhalb des Gymnasiums. Herr Soubasson kommt ins Haus. Er bringt seinen Sohn mit, den mein Vater mit ein wenig Latein überpudert, als Entgelt gibt mir Herr Soubasson Nachhilfestunden in feinen Sitten.
Meine Mutter ist zugegen.
»Lassen Sie den Fuß schleifen, eins, zwei, drei – Verbeugung! – lächeln Sie!«
»Du hörst, Jacques, du sollst lächeln! Aber du lächelst ja nicht!«
Ich lächle nicht? Aber mir ist nicht danach zumute.
Versuchen muß man es trotzdem, ich spitze den Mund zu einem albernen Hühner*dingsda.*
Meine Mutter posiert selbst vor dem Spiegel, probiert, versucht, arbeitet, und schließlich findet sie ein Lächeln, das sie mir als Fratze präsentiert.
»Guck mal, so!«

Ich soll auch den kleinen Finger abspreizen, es ist mir lästig!
»Achten Sie auf den Auricular[1]!« sagt Herr Soubasson andauernd, er hat sich in den wissenschaftlichen Bezeichnungen für alle Finger der Hand unterweisen lassen, und offenbar findet er das Lateinische eine wunderbare Sache, da er sich andauernd mit diesem kleinen Finger im Ohr puhlt. Er puhlt sich für meinen Geschmack sogar ein bißchen viel.

Wieviele verletzende Dinge mir meine Mutter während der Stunde in feinen Sitten sagt, wieviel Leid ich dieser Frau und ihrem Gefühl für Eleganz zufüge, wie gewöhnlich ich bin, wie bäurisch ich mich anstelle, nein, man kann es nicht sagen! Ich schaffe es nicht, meinen Fuß schleifen zu lassen, nicht einmal, den kleinen Finger abzuspreizen!
»Ich dachte, du wärst so stark«, sagt meine Mutter, sie weiß, daß ich mich vor dem *Klotz* in Pose setze, und sie will mich in meinem Stolz verletzen.
Ich bin anscheinend nicht stark, denn nach zehn Minuten fällt der Auricular entkräftet herab, bittet um Gnade, verkrampft sich wie der Schwanz einer vergifteten Ratte! Beim bloßen Gedanken daran windet er sich noch heute, und ich bekomme Gänsehaut.
Nach zwei Monaten bin ich kaum so weit, daß ich eine Verbeugung in drei Schleifschritten machen kann; ich kann jedenfalls nicht gleichzeitig sprechen. Wenn ich sprechen würde, würde ich bestimmt sagen: *Tach, Herr Bögemäster*, denn ich grüße wie die Bauern auf dem Theater. Beim Üben mit meiner Mutter bekomme ich Lust, sie ›Nanette‹ zu nennen und sie anzuschreien, daß ich ›Jobin‹ heiße, was falsch ist, gewiß, es ist schlecht, ich fühle es!
Trotz allem darf die viele Zeit nicht verloren sein, muß ich früher oder später meine Unterrichtsstunden in feinen Sitten in die Praxis umsetzen und Herrn Soubasson wie meiner Mutter mehr oder weniger Ehre machen.

[1] *Auricular:* ›auriculaire‹ (frz.), kleiner Finger; vom lateinischen ›auricula‹, Ohr abgeleitet.

»Jacques, am Samstag besuchen wir die Frau Direktor. Bereite dich auf feines Benehmen vor.«
Ich spreize wie ein Wahnsinniger den Auricular, ich mache eine Verbeugung nach der andern, am Tage bricht mir der Schweiß aus, nachts träume ich davon!
Der Samstag kommt, wir gehen feierlich zum Direktor.
»Bum, Bum!«
»Herein!«
Meine Mutter geht vor, ich kann nicht sehen, wie sie sich aus der Affäre zieht, vor meinen Augen ist Nebel.

Ich bin dran!
Aber ich brauche Platz, mechanisch mache ich ein Zeichen, daß sie beiseite gehen sollen.
Die verblüffte Runde weicht zurück wie vor einem Gaukelspieler.
Man fragt sich, was nun kommt; ziehe ich einen Zauberstab hervor, bin ich ein Hexenmeister? Mache ich einen Hechtsprung? Sie warten.
Ich trete in den Kreis und beginne:
Eins – ich schleife.
Zwei – ich weiche zurück.
Drei – ich ziehe wieder vor, und wie mit einem Messer schlitze ich den Teppich auf.
Es war ein Nagel an meinem Schuh.
Meine Mutter war bescheiden im Hintergrund und hat nichts gesehen. Sie souffliert:
»Jetzt das Lächeln!«
Ich lächle.
»Er lacht auch noch!« murmelt die Frau des Direktors aufgebracht.
Ja, und ich fahre fort, dem Teppich den Bauch aufzuschlitzen.
»Das geht zu weit!«
Sie kommen auf mich zu, umringen mich, ich werde gefangengenommen. Meine Mutter bittet um Gnade.
Ich habe den Kopf verloren und brülle: »Nanette, Nanette!«

»Meine Beförderung ist für fünf Jahre im Schornstein«, sagt mein Vater abends beim Schlafengehen.
Am folgenden Tag wird Herr Soubasson wie ein Rüpel fortgeschickt, wir stellen uns alle drei krank. Ich kehre zu schlechten Manieren zurück; es tut mir nicht leid um meinen kleinen Finger, der sich erholt, seine gewohnte Form einnimmt. Es ist mir lieber, schlechte Manieren zu haben und den Auricular nicht wie einen vergifteten Rattenschwanz zu halten.
Ich habe *Dusel* im Unglück.
Die Verletzung an meinem Fuß ist schlecht verheilt. Sie geht von Zeit zu Zeit wieder auf, ich lüge ein bißchen dazu, damit ich unter dem Vorwand, nicht laufen zu können, zu Hause bleiben kann. Ich kratze an der Narbe herum, ich würde noch mehr kratzen, aber es kitzelt.
Der Flaschen*dingsda* (ich gehorche Ihnen, Mutter) hat mir einen stolzen Dienst erwiesen. Ich bleibe zu Haus, ich ziehe nicht mehr herum auf verlassenen Wegen, gesäumt von Bäumen, auf die ich nicht klettern darf, von Laubhaufen, in denen mich zu wälzen mir verboten ist; und in deren Staub ich mich dahinschleppe wie ein verletztes Insekt im Dreck.
Ich bleibe an einem Tisch mit Büchern sitzen, in denen ich scheinbar lese, während ich Träumen nachhänge, die keiner errät.
Auf der andern Seite arbeitet mein Vater und stört mich nicht, außer wenn er sich mit übertriebenem Getöse schnäuzt. Er kümmert sich enorm um seine Nase.
Ich brauche nicht viel für die Schule zu büffeln, ich bin oft Erster, und ich brauche nur in den Seiten des Wörterbuchs zu blättern, damit mein Vater überzeugt ist, daß ich Wörter suche, während ich Erinnerungen an Farreyrolles, Le Puy und Saint-Etienne nachhänge ... Es macht mir ein seltsames Vergnügen, diese vergangenen Zeiten zu betrachten. Manchmal müssen wir eine Landschaft in einer Erzählung beschreiben. Ich verwende meine Erinnerungen.
»Sie haben diese Woche schlecht gearbeitet«, sagte der Lehrer, der in den Versen weder Vergil noch Horaz und

in der lateinischen Prosa keinen Fetzen Cicero wiederfindet; und nichts von Thomas oder Marmontel, wenn es sich um Französisch handelt.
Eines schönen Morgens werde ich noch der Letzte sein!
Ich fühle, daß ich erwachsen werde, ich vergesse die *Alten*, ich mache mir mehr Gedanken darüber, was aus mir werden wird als darüber, was aus irgendeinem römischen Kaiser geworden ist. Meine *leichte Auffassungsgabe*, meine Phantasie werden schwächer, sterben, sind tot!!! (Bossuet, *Grabreden*[1]).

Ein gewisser Herr David, Präsident der *Poetischen Akademie* von Nantes, gibt große Soireen. Er lädt die Lehrer und ihre Frauen zum Tanz bei sich ein.
Die Soiree findet in einem großen nackten Salon statt, wo eine Büste von Sokrates auf dem Kamin steht ... Eine junge Dame betrachtet sie und sagt:
»So häßlich sieht also ein Philosoph aus?«
Meine Mutter kommt *selbstverständlich* mit meinem Vater, und am Anfang wurde sogar ich mitgenommen.
Unsere Ankunft wird mit Vergnügen verkündet und günstig aufgenommen.
Mein Vater, wie immer trocken, dürr, mit Hakennase, die Stirn ein Dach über grauen Augen: wie zwei Katzenaugen unter eine Traufe. Er wirkt wenig gelöst.
Meine Mutter! ... Hm ... meine Mutter! ... Sie trägt ein weinrotes Kleid mit einem gelben Gürtel; auch an den Handgelenken hat sie gelbe bauschige Schleifen, wie Strohschleifen an einem getrimmten Pferdeschwanz. Sonst keine Verzierung. *Einfachheit* ist ihre Devise.
Nur einmal hat sie den Vogel von ihrem Hut angesteckt – als Brosche, den Schnabel nach unten, den *Dingsda* in die Höhe. Eine Laune, ein Versuch, so wie die Metternich eine Natter als Armband anlegte.
»Was macht der Vogel da?« wird gefragt.
Es gab Leute, die lieber den Schnabel in die Höhe, den *Dingsda* nach unten gesehen hätten.

[1] *Bossuet:* Kanzelredner des 17. Jahrhunderts.

Meine Mutter machte auf niedlich und kraulte den Vogel am Schnabel, als ob er lebendig wäre.
»Eia ... eia ... was für ein hübscher kleiner Vogel, das ist *mein Vogelliebchen*!«
Mein Vater hat erreicht, daß sie den Vogel auf dem Hut ließ – das hübsche *Vogelliebchen*!
Als er aber ein andres Mal an die Schleifen rühren wollte:
»Antoine«, hat meine Mutter geantwortet, »bin ich eine anständige Frau? Ja oder nein! Du zögerst, du sagst nichts! Dein Schweigen beleidigt mich! ...«
»Meine liebe Freundin!«
»Du glaubst doch, daß ich anständig bin, nicht wahr? ... Du hattest nie Anlaß zu dem Verdacht, daß Jacques, unser Kind, aus einer unreinen Quelle käme, eine verdorbene Frucht sei, mit einem Wurm drin? ...« – »Mit einem Wurm drin?« wiederholt sie. »Hab doch Vertrauen. Deine Frau kommt dir vielleicht kokett vor – was willst du, wir sind Evastöchter! Aber hab Vertrauen, Antoine. Wenn ich zu weit ginge – ich bin so unwissend! –, hättest du das Recht, mir Vorwürfe zu machen. Aber so! ... Und nimm die Artigkeiten, die man mir wegen einer kleinen Raffinesse, wegen meines guten Geschmacks sagt, nicht als Huldigungen einer sündigen Leidenschaft.«
Sie tippt sich aufs Kleid, zupft an einem gelben Schleifchen, dann gibt sie meinem Vater einen kleinen Klaps auf die Hand:
»So eine böse Eifersucht!«
Es wird getanzt.
»Sie tanzen nicht, Frau Vingtras?«
»Wir sind zu alt«, sagt mein Vater lächelnd und verbeugt sich.
»Zu *alt*! Sagst du das von mir?« fragt meine Mutter.
Die Szene läuft in einer Ecke hinter einem Vorhang ab, in die sie meinen Vater gedrängt hat.
»Du kannst ja nur mich meinen, da der Herr jünger ist als seine Frau. Antoine, hör zu ...«
»Sprich doch leiser.«
»Ich spreche so laut, wie ich will.«

Sie hebt sogar noch die Stimme.
»Du wirst mich nicht zum Schweigen bringen! Nein. Wenn du mich beleidigen willst, so habe ich keine Lust, mich beleidigen zu lassen, hörst du. Zu *alt*!« (Sie mißt ihn von oben bis unten.) »Zu *alt*! Weil ich nicht so jung bin wie die Brignoline, nicht wahr?«
Ich stehe wie auf glühenden Kohlen und mache Geräusche mit den Füßen, mit dem Mund. Um die Stimmen zu übertönen, imitiere ich in meiner Ecke Blasinstrumente – auf die Gefahr, mir Ohrfeigen einzuhandeln!
Endlich wird es hinter dem Vorhang friedlich.

Ich amüsiere mich nicht auf den Soireen des Direktors; man findet mich zu trübselig. – Ich bin neu eingekleidet. Nur hat man einen seltsamen Stoff gewählt; ich sehe aus, als ob ich in einem gerippten Wollstrumpf stecke; ein glanzloser Aufzug, und so traurig!
Da das Zeug abfärbt, mache ich andern Flecken auf die Kleidung. Sie halten sich von mir fern. Selbst meine Mutter spricht mich nur von weitem an, fast wie einen Fremden! – Oh, mein Gott!
»Ich werde tan-zen«, hat sie gesagt; und sie tanzt.
Sie bringt die Quadrille durcheinander, tritt diesem und jenem auf die Füße, pah! Sie rettet die Situation mit kleinen Scherzen und reizendem Geplapper – die perfekte Stümperin!
Beim Schlußgalopp kommt ihr die Idee, ihr Kind an den Freuden Terpsichores teilnehmen zu lassen, und indem sie eine Sekunde aus dem Galopp ausschert, greift sie mich und zieht mich in den Wirbel. Der Galopp ist vorbei, aber ich hopse weiter herum, und sie steht da wie ein Savoyarde, der eine Marionette tanzen läßt. – Es tut mir unter den Armen weh!
Seit einiger Zeit ist sie nachdenklich.
»Deine Mutter brütet eine Idee aus«, meint mein Vater wie ein Mann, der ein Unglück kommen sieht.
Sie schließt sich allein ein, wir hören Geräusche, kleine Schreie, der Fußboden zittert; wir haben sie durch einen

Türschlitz überrascht, als sie Verbeugungen vorm Spiegel machte und sich die Stirn hielt.
Soiree bei Herrn David. Die Frau des Geschichtslehrers, die aus Spanien stammt, versucht ziemlich behende einen Flamenco, ole, ole!, wenn auch umgestaltet und verändert wie die mit Imprimatur des Erzbischofs von Tour ausgestatteten Lesestücke.
Die Frau des Deutschlehrers, eine Elsässerin, jodelt *titi la itu, la itu* und tanzt einen Walzer aus ihrer Heimat. Es ist vorüber. Sie sinkt auf die Bank, und der Kreis, in dem eben getanzt wurde, ist leer.
Da hört man einen kleinen Schrei.
Eh, Hopp! Eh, Hopp!
Mein Vater, der mir gegenüber sitzt, sieht aus wie vom Schlag getroffen, und ich *stürze in seine Arme.*
Eh, Hopp! Eh, Hopp! Caterina! Hopp!
Und eine Erscheinung durchquert den Salon und dreht sich auf dem Parkett.
Die Erscheinung singt:

Hoch die Bourrée, la la!
Ja, die Bourrée, fouchtra!

Und indem sie energisch, fast biblisch wird, fordert die Stimme plötzlich:
»Los, mein Mann!«
Dieser Mann ist *Antoine*, der beim ersten *Hopp! Hopp!* die Gefahr vorausgeahnt hatte – mein Vater wird herangezogen wie ich am Tag der Marionetten.
»*Los*, mein Mann, *los*!«
Und meine Mutter pflanzt sich vor ihm auf und macht ihn wegen seiner Schwerfälligkeit herunter – zur Verblüffung der Anwesenden, die nicht vorbereitet worden waren.
»Nu' sing! Sing doch schon!«
Aus Angst, daß sie auch an mich denken könnte, verschwinde ich aufs Klo. Den ganzen Abend antworte ich:
»Hier ist einer! ...«
Die Nacht findet mich erschöpft und müde vor!
Als die letzte Lampe gelöscht wurde, kam ich schließlich

hervor, und ich kam heim, wo niemand an mich dachte.
Meine Mutter, allein mit meinem Vater, murmelt ihm ins Ohr: »Na, ist die Bourrée nicht so gut wie der Flamenco?«
Und sie fügte mit ein wenig zitternder Stimme hinzu:
»Nu' sag doch schon!«
Es war meuternder Stolz, ausgelassenes Glück!

Aber auch das vergeht.
Mein Vater – Antoine – hat sich nicht mehr mit meiner Mutter in Gesellschaft zeigen wollen.
Die Soiree mit der Bourrée hat ihr völlig den Kopf verdreht, sie ist trunken vom Erfolg; bei diesem Stil will sie bleiben, so will sie weitermachen, sie spricht nur noch den Dialekt der Auvergne, und sagt *Zugnaden der Herr* zu den Leuten.
Schließlich verbietet ihr mein Vater in aller Form, dieses Kauderwelsch zu sprechen.
Sie antwortet mit Bitterkeit:
»Aha! Dazu erwirbt man eine Erziehung, daß man dann auf eine Frau eifersüchtig ist, die nichts als ihr *Naturtalent* hat! Mein armer Freund, mit deiner Lateinerie und deinem Griechenkrams mußt du aufpassen, daß deine Frau, die vom Land kommt, dich nicht *in den Schatten stellt*!«
Die Streitereien werden gehässig.
»Weißt du, Antoine, ich habe dir genug Opfer gebracht, verlange nicht zuviel! Du hast verlangt, daß ich nicht mehr *Statute* sage, ich habe es getan. Du hast verlangt, daß ich nicht mehr *Tolettentisch* sage, ich habe es nicht mehr gesagt, aber treibe mich nicht zum Äußersten, weißt du, sonst fange ich wieder an.«
Sie fährt fort:
»Meine Mutter hat übrigens *Statute* gesagt ... sie war genauso ehrenwert wie deine, damit du's weißt!«
Mein Vater sieht sich von allen Seiten bedroht. *Statute, Tolettentisch!* Er wehrt sich ungeschickt und verbietet ihr beides.
Meine Mutter rächt sich mit Beleidigungen; sie sucht nach

Worten, die ihn verletzen! Spöktakel – Spözialität – Störnenzelt – Skölött! Die Umlaute greifen meinem Vater ans Herz. Am folgenden Samstag zieht er sich wortlos an und geht ohne sie zur Soiree.
Das gleiche Spiel am Samstag drauf, aber um Mitternacht kommt meine Mutter und weckt mich.
»Steh auf, du gehst jetzt deinen Vater vor Herrn Davids Tür erwarten, und wenn er herauskommt, schreist du: *La la, fouchtra!* Dann komme ich, und du läßt uns allein.«
Ich habe *La la, fouchtra!* geschrien. Ich tat unrecht.
Sie hat ihm vor allen Leuten eine Szene gemacht, ganz laut hat sie ihm vorgeworfen, daß er seine Familie Hungers sterben ließe, um auf Bälle zu laufen.
»Der Junge hat einen ziemlich dicken Hintern für ein Kind, das gleich Hungers stirbt«, sagt jemand.
»Ja«, wiederholt meine Mutter, »er läßt uns Hungers sterben.«
Wir haben abends eine gute Suppe gegessen, dann Würstchen: zum Schluß gab es Hasen. Ich sterbe nicht vor Hunger; sie hat auch viel gegessen.
Meine Mutter schreit immer noch.
»Mein Kind hat kein Hemd auf dem Hintern, sehen Sie, was er anhat!«
Ich bin heute nicht in schwarz, sondern in grauer Jacke, mit grauen Hosen. Wie ein Krankenpfleger sehe ich aus.
Leute rotten sich zusammen. Mein Vater will unter einen Wagen schlüpfen, verkriecht sich zwischen die Beine der Pferde. Er muß da herausgezogen werden.
Schließlich erscheint er wieder; sein Zylinder ist plattgedrückt und sieht wie ein Akkordeon aus. Meine Mutter nimmt ihn am Arm, so wie ein Gendarm zupacken würde.
»Komm her, mein Kind«, fährt sie unter Tränen zu mir redend fort. »Komm her, sag ihm, daß du sein Sohn bist!«
Aber er weiß es ja; hat er mich etwa nicht erkannt? Habe ich mich seit sieben Uhr verändert?
Auf dem ganzen Weg suche ich an den Türen von Modistinnen oder Schneidern nach einem Spiegel, um zu sehen, wie ich aussehe, seit ich Hungers sterbe.

Du, Sie

Das Haus ist wieder fast so düster wie zur Zeit der Frau Brignolin, als alles trostlos war. Mein Vater geht nicht mehr zur Soiree, er geht ich weiß nicht wohin.

Meine Mutter hat mir eines Abends befohlen, ihm heimlich zu folgen. Aber in dem Moment kam er dazu.

Ich stand vor ihr, fürchtete, schämte mich und fragte mich leise: Gehört sich das, seinen Vater zu bespitzeln?

»Wollen Sie einen Polizisten aus Ihrem Sohn machen?« hat er gesagt. »Ich habe gehört, was Sie ihm aufgetragen haben.«

Das *Sie* hat sie erbleichen lassen. Sie hat nie mehr mit mir darüber gesprochen.

Sie versucht, ein bißchen von dem verlorenen Terrain zurückzugewinnen, man hört es am Tonfall, man sieht es an ihren Gebärden.

»Sieh mal«, sagt sie, »es ist nicht angenehm, jeden Abend aufgeweckt zu werden, wenn *du* nach Hause kommst ...«

»Ich werde *Sie* nicht mehr aufwecken«, antwortet mein Vater.

Am selben Abend holte sich mein Vater eine Matratze und ein Klappbett vom Boden.

Kein Geräusch ist mehr im Haus zu hören. Wir lebten jeder in seiner Ecke, und wir sprachen kaum miteinander.

Die Aufwartefrauen gingen regelmäßig nach acht Tagen wieder, sie erklärten, in der Baracke würde man verkommen.

»Ist das trostlos dadrin!« war stehende Rede im Viertel.

Es geht schon lange so. Meine Mutter zwingt mich, ihr abends Gesellschaft zu leisten, ich lese ihr in ihrem Zimmer bei einer schlechten Kerze und einem Feuer ohne Flamme heiliges Zeug vor.

Es ist nur von der Hölle und von Plagen die Rede. – In diesen kirchlichen Büchern geht es immer trostlos zu.

Eine Szene! Mein Vater hat, als er einen alten Koffer umstülpte, etwas Schweres, Klimperndes entdeckt.

Es ist ein Strumpf, bis zum Knöchel mit Hundert-Sous-Stücken gefüllt.
Er will sich gerade verwundern, als meine Mutter hereinkommt wie eine Furie und sich auf den Strumpf stürzt, ihn ihm entreißt.
»Das Geld da gehört mir. Ich habe es mir von der Garderobe abgespart.«
Mein Vater läßt nicht los, meine Mutter schreit:
»Jacques, hilf mir!«
Und ich weiß nicht, was ich schreien und sagen soll und laufe von einem zum andern:
»Papa! Mama!«
Mein Vater bleibt Herr des Sacks und schließt ihn in seinen Schrank ein.

Sie haben sich versöhnt!
Meine Mutter ist ganz einfach zu meinem Vater gegangen und hat gesagt:
»Ich kann so nicht weiterleben, ich will lieber fortgehen – zu meiner Schwester zurückkehren, mein Kind mitnehmen.«
Aber sie will nicht weggehen, und schließlich sagt sie das laut und deutlich, beschwört Antoine, bekennt, daß sie Unrecht hatte – und bittet ihn, es zu vergessen.
Er hat ohne Zweifel auch genug, er sträubt sich der Form halber ein bißchen, läßt sich ein bißchen um den Bart gehen; es schmeichelt ihm, daß er um Verzeihung gebeten wird; das ist sein wahrer Charakter, er will, man soll vor ihm in die Knie gehen; und jetzt, da er sicher ist, daß er der Herr ist, daß sie nachgegeben hat, zieht er es vor, der Unbequemlichkeit zu entkommen, in die so viel Trotz und Schweigen ihn getrieben haben.
»Sag, Papa, soll ich das Klappbett und die Matratze auf den Boden zurücktragen?«
Ich bedaure, es gesagt zu haben, als ich sie verwirrt sehe.
»Jacques«, antwortet mein Vater, »du kannst mit dem Kleinen aus dem ersten Stock spielen gehen.«

XIX Louisette

Herr Bergougnard ist ein Klassenkamerad meines Vaters gewesen.
Er ist ein knochiger, bleicher Mann, immer streng gekleidet.
Er war Erster im Aufsatz, mein Vater war nur zweiter, aber Vater wiederum wurde *Preisträger* in lateinischen Versen. Sie haben eine tiefe Bewunderung füreinander bewahrt, wie zwei Staatsmänner, die sich geschlagen, aber einander immer geachtet haben.
Sie sind beide überzeugt, daß sie für große Dinge geboren sind, daß aber die Nichtigkeiten des Lebens sie dem Schlachtfeld ferngehalten haben.
Sie haben das Feld unter sich aufgeteilt.
»Du, du bist die Vorstellungskraft«, sagte Bergougnard, »eine glühende Vorstellungskraft ...«
Mein Vater plustert sich auf und bemüht sich verzweifelt, seine Augen zum Blitzen zu bringen; er wirft einen etwas verschwommenen Blick in die Weite – und zersaust sich im Geheimen die Haare.
»Du bist die wahnwitzige Vorstellungskraft ...«
Mein Vater mimt den Verworrenen und schneidet fürchterliche Grimassen.
»Ich«, fährt Bergougnard fort, »ich bin die kalte Vernunft, eisig, unerbittlich.« Und kerzengerade stellt er seinen Rohrstock zwischen die Beine.
Zugleich rückt er auf seiner gelblichen, wie ein Würfel schwarz gepunkteten Nase ein paar helle Brillengläser zurecht, die wie Brenngläser aussehen und mir meines etwas ausgetrockneten Anzugs wegen Schrecken einjagen.
Man könnte meinen, sie werden gleich Löcher einbrennen.
Ich frage mich sogar manchmal, ob sie ihm nicht die Au-

gen verschmort haben, die darunter nur als zwei große schwarze Flecken erscheinen.
»Ich bin die kalte, eisige, unerbittliche Vernunft ...«
Darauf legt er Wert. Er sagt es mit fast knirschenden Zähnen, als ob er an einer Antithese herumbisse und ihre Hörner zermalmte.
Er war auch an der Universität, das sieht man sofort; aber er hat sie verlassen, um eine Witwe zu heiraten – die einen großen Mann zu ehelichen glaubte und ihm kleine Bezüge einbrachte, mit denen er an seinem großen Buch *Von der Vernunft bei den Griechen* arbeiten konnte.
Er arbeitet seit drei Jahren daran; und die ganze Zeit sieht er so aus, als ob er mit den Zähnen knirschte; er wringt die Argumente wie Wäschestücke, er will eine straffe Beweisführung, keine schlaffe Logik – was ihm offenbar Verstopfung einbringt und schwere Migräneanfälle.
»Das Gehirn, weißt du«, sagt er zu meinem Vater und tippt sich mit dem Zeigefinger an die Stirn ...
»Nicht das Gehirn«, sagt der Arzt, der mehr an eine Erkrankung des Dickdarms glaubt; und er ist sich nicht sicher, ob Herr Bergougnard Philosoph ist, weil er Verstopfung hat, oder ob er Verstopfung hat, weil er Philosoph ist.
Man redet darüber; einige kleine, sehr scharfe Diskussionen über diesen Gegenstand finden in den Cafés statt. Das Gehirn hat seine Anhänger.
Meine Mutter hat zunächst eine ausgesprochene Abneigung erkennen lassen.
Mein Vater hatte eines Tages die Idee gehabt, ihn als Prediger zu ihr zu schicken, und so kam er, feierlich, mit knirschenden Zähnen, triefend vor Vernunft, und versuchte sie davon zu überzeugen, daß sie ihrem Gatten gegenüber manchmal die Gesetze des Respekts, so wie die Alten und die Modernen sie auslegten, außer acht ließe, wenn sie ihm Szenen machte, die bei den großen Klassikern nicht ihresgleichen hätten.
»Ich lege Ihnen ein kompliziertes Problem vor.«
»Sie täten besser daran, sich Senfpflaster aufzulegen.«

So war er gegangen, und er wäre niemals wiedergekommen, wenn meine Mutter ihren Widerwillen nicht meinetwegen überwunden hätte.
Sie schrieb ihre etwas starke Bemerkung ihrer bäurischen Fröhlichkeit zu, die *sich gern eins lacht*, und sie, die sich niemals entschuldigte, tat es, damit Herr Bergougnard wiederkäme – in meinem Interesse –, aus Liebe zu ihrem Sohn.
Für ihren Sohn Jacques erniedrigte sie sich bis zur Entschuldigung und bat dieses lebende Denkmal der Verstopfung auch noch, sich neben sie zu setzen – so gut es sich eben setzen konnte.
Für mich – ja! –, denn Herr Bergougnard lehrte mich, demonstrierte mir an Texten, bewies mir, mit dem Buch in der Hand, daß die Philosophen des alten Griechenlands und Roms ihre Söhne barbarisch schlugen; sie prügelten die ihren im Namen Spartas und Roms – Spartas an den Ohrfeigentagen, Roms an den Tagen fürs Hinternversohlen.
Meine Mutter hatte sich trotz ihrer Abneigung, aus Liebe zu ihrem Jacques, in die schrecklich dürren Arme des Herrn Bergougnard gestürzt, der als Mensch verstopfte Eingeweide hatte, als Philosoph aber gar keine, da schwitzte er Hemden durch, um dem *Dingsda* seiner Kinder die Prinzipien der Philosophie einzuprägen – wie man ein Firmenschild annagelt, wie man eine Fahne aufpflanzt.
Meine Mutter erriet, daß mir der Glaube an gegerbte Häute fehlte.
»Frag Herrn Bergougnard! Schau dir Herrn Bergougnard an, betrachte dir die Rücken der kleinen Bergougnards!«
In der Tat, nachdem ich vier- oder fünfmal die Nase in Herrn Bergougnards Haushalt gesteckt hatte, fand ich meine eigene Situation wundervoll, verglichen mit der, der die kleinen Bergougnards täglich ausgesetzt waren: einmal den Kopf zwischen den Beinen des Vaters, der sie mit gleichem Griff ein wenig würgte und sie in aller Bequemlichkeit durchprügelte; ein andermal von vorn, an den Haaren hochgehalten und mit Stockschlägen ausge-

staubt, aber gründlich – bis kein Haar oder Stäubchen mehr zu finden war.
Manchmal hörte man grauenvolle Schreie dadrinnen.
Einheimische zeigten die Villa Bergougnard auf Bildtafeln:
»Hier wohnt der Philosoph«, sagten sie und breiteten die Arme gegen die Villa aus. »Hier schreibt Herr Bergougnard: *Von der Vernunft bei den Griechen* ... Das ist das Haus des Weisen.«
Plötzlich erschienen seine Söhne am Fenster, wanden sich wie Affen und heulten wie Schakale.

Ja, die Schläge, die ich bekomme, sind Liebkosungen im Vergleich zu denen, die Herr Bergougnard in seiner Familie austeilt.
Aber es genügt Herrn Bergougnard nicht, seinen Sohn zu dessen eigenem Wohl zu schlagen – zum Besten Barnabés oder Bonaventures –, oder nur um seines, Bergougnards, eigenen Vergnügens willen.
Er ist nicht egoistisch und individualistisch – er hat sich einer Sache gewidmet, an die Menschheit wendet er sich, wenn er mit der einen Hand Bonaventures Hemd hochhebt und mit der andern den Weisen ein Zeichen gibt, daß er jetzt sein System exerziert.
Er verabreicht eine Tracht Prügel, wie er eine Kanone abzieht, und er freut sich, wenn Bonaventure Schreie ausstößt, die einer Lokomotive Angst machen würden.
Er hätte den blutenden Hintern seines Sohnes auf den Bug eines antiken Schiffes gebunden; in der Türkei hätte er ihn – wie einen Kopf auf die Spitze eines Spießes – auf das Gitter vor seinem Palast gerammt.

Ich bin nur isoliert, minderwertig, unnütz – ich bin zu nichts gut –, ich werde geschlagen, und weiß nicht warum, während Bonaventure ein Lehrbeispiel ist und *rückwärts*, aber gründlich in die Philosophie hineinwächst.
Ich beklage Bonaventure nicht.
Bonaventure ist häßlich, sehr dumm, sehr bösartig. Er

schlägt die Kleinen, wie sein Vater ihn schlägt, er bringt sie zum Weinen und lacht. Er hat einmal einer Katze mit einem Rasiermesser den Schwanz abgeschnitten, es tropfte wie ein Stock Siegellack über der Kerze; er machte Miene, Briefe mit den Blutstropfen zu versiegeln. Ein andermal hat er einen lebenden Vogel gerupft.
Sein Vater war es zufrieden.
»Bonaventure möchte sich Einsicht verschaffen, Bonaventure liebt die Wissenschaft ...«
Seit er den Katzenschwanz abgeschnitten hat, seit er den Vogel gerupft hat, hasse ich ihn. Ich würde zusehen, wenn er wie eine Kröte mit Steinen erschlagen würde. Bin ich auch grausam? Neulich hat er einem Knirps das Handgelenk umgedreht; ich habe ihn mit Fußtritten traktiert und ihn mit der Nase gegen die Wand gestoßen.

Aber seine kleine Schwester! – O mein Gott!
Sie hat bei einer Tante auf dem Land gelebt. Die Tante ist tot, sie haben das Kind nach Hause geschickt. Arme Unschuld, liebe Unglückliche!
Mein Herz hat viele Verletzungen empfangen, ich habe viele Tränen vergossen! Ich glaubte mehr als einmal, vor Traurigkeit sterben zu müssen, aber nie zuvor habe ich Liebe, Erniedrigung, den Tod, Schmerzen erlebt wie zu der Zeit, da sie Louisette vor mir töteten.
Was hatte dieses Kind denn verbrochen? Es war recht, mich zu schlagen, denn wenn sie mich schlugen, weinte ich nicht – ich lachte sogar manchmal, weil ich meine Mutter so komisch fand, wenn sie richtig in Zorn geriet –, ich hatte harte Knochen, *Baumstümpfe*, ich war ein Mann.
Ich schrie nicht, solange man mir nicht die Knochen brach – dann allerdings hätte ich mein Leben retten müssen.
»Papa, ich bin hilflos, verstümmle mich nicht!«
Aber dieses kleine Herzchen zu schlagen, das mit gefalteten Händchen um Gnade bat, das auf die Knie fiel, sich entsetzt vor dem Vater zusammenrollte, der immer noch draufschlug ... immerzu! ...
»Es tut weh, Papa! Papa!«

Sie schrie, wie ich einmal eine Verrückte von achtzig Jahren hatte schreien hören, die sich die Haare ausriß, weil sie glaubte, im Himmel jemanden gesehen zu haben, der sie töten wollte!
Das Schreien dieser Wahnsinnigen ist mir im Ohr geblieben, Louisettes Stimme, auch wahnsinnig vor Angst, war ihr ähnlich!
»Bitte nicht, bitte!«
Ich hörte noch einen Schlag; schließlich hörte ich nichts mehr als einen erstickten Laut, ein Röcheln.
Einmal glaubte ich, daß ihre Kehle zerschnitten, daß ihre kleine Brust auseinandergeplatzt sei, und ich lief in das Haus.
Sie lag am Boden, mit ganz weißem Gesicht, das Schluchzen konnte nicht mehr hervorkommen, sie war vor Entsetzen verkrampft vor ihrem kalten, fahlen Vater, der nur aufgehört hatte aus Angst, sie diesmal umzubringen.

Sie wurde trotzdem getötet. Mit zehn Jahren starb sie an ihren Schmerzen …
An ihren Schmerzen! … wie jemand, den der Kummer tötet.
Sie starb an den Verletzungen durch die Schläge!
Sie wurde so geschlagen! Und sie bat umsonst um Gnade.
Wenn ihr Vater ihr nur nahe kam, zitterte ihr kleiner Verstand in ihrem Engelsköpfchen …
Man hat diesen Vater aber nicht guillotiniert! Man hat diesem Mörder seines Kindes nicht mit gleicher Pein vergolten, man hat diesen Elenden nicht zu Tode gemartert, man hat ihn nicht neben der Toten lebendig begraben!
»Willst du wohl nicht weinen«, sagte er, weil er Angst hatte, daß die Nachbarn es hören könnten und schlug drauf, damit sie still war: es verdoppelte ihr Entsetzen und machte sie nur stärker weinen.

Sie war freundlich, als sie ankam, sehr fröhlich, sehr glücklich, sie hatte die Farbe einer Rose.
Nach kurzer Zeit hatte sie schon keine Farbe mehr, und

wenn sie ihren Vater kommen hörte, zitterte sie wie ein geprügelter Hund.
An der Poststation, wohin wir Herrn Bergougnard begleitet hatten, um sie wie einen Blumenstrauß in Empfang zu nehmen, hatte ich sie umarmt und ihre runden, warmen Wangen geküßt. In letzter Zeit (es dauerte nicht lange, zum Glück für sie!) war sie weiß wie Wachs; ich sah, daß sie wußte, sie müßte sterben, so klein wie sie war – ihr Lächeln war eine Grimasse.
Sie wirkte so alt, als sie mit zehn Jahren starb, Louisette – an ihren Schmerzen, sage ich euch!
Meine Mutter bemerkte am Beerdigungstag meinen Kummer.
»Ich glaube, du würdest nicht so viel weinen, wenn ich gestorben wäre?«
Das haben sie mir schon gesagt, als der Hund krepiert ist.
»Du würdest nicht so viel weinen.«
Ich antworte nichts.
»Jacques! Wenn deine Mutter spricht, so erwartet sie eine Antwort ... Willst du mir wohl antworten?«
Aber ich höre nicht, was sie sagen – ich denke an das tote Kind, daran, daß sie seinem Martyrium zugesehen haben, wie ich, und daß sie sie haben prügeln lassen, statt Herrn Bergougnard daran zu hindern, ihr etwas anzutun; zu ihr sagten sie, sie sollte nicht unartig sein und ihrem Papa Sorgen machen!
Louisette und unartig! Diese halbe Portion von einem Kind mit ihrer zarten Stimme und den feuchten Augen!
Meine Augen laufen über, ich greife nach irgend etwas, einem Stück Tuch, glaube ich, das ich der armen Ermordeten vom Hals genommen habe.

»Willst du wohl den dreckigen Lappen loslassen!«

. . . .

Meine Mutter stürzt sich auf mich. Ich drücke das Tuch an meine Brust; sie klammert sich wie rasend an meine Handgelenke.

»Willst du mir das geben!«
»Es hat Louisette gehört!«
»Du willst nicht? – Antoine, so läßt du mich von deinem Sohn behandeln?«
Mein Vater befiehlt mir, das Tuch loszulassen.
»Nein, ich gebe es nicht her!«
»Jacques!« schreit mein Vater wütend.
Ich rühre mich nicht.
»Jacques!« und er verdreht mir die Arme.
Sie nehmen mir das Stückchen Seide weg, das ich von Louisette hatte.
»Da ist irgendwo noch so ein Dreck, den ich auch verschwinden lassen werde«, sagt meine Mutter.
Sie meint das Sträußchen, das meine Cousine mir gegeben hat.
Sie hat es in einer Kommodenschublade gefunden, als sie eines Tages herumschnüffelte.
Sie holt es, reißt es auseinander, *bringt es um.* Ja, es kam mir vor, als ob etwas *umgebracht* würde, als das verwelkte Sträußchen zerrissen wurde ...
Ich schloß mich in einem dunklen Zimmer ein, um sie ganz leise zu verfluchen; ich dachte an Bergougnard und an meine Mutter, an Louisette und an die Cousine ...
Mörder! Mörder!
Es kam wie ein Schluchzen aus meiner Brust hoch, und ich sagte es in einem nervösen Anfall lange vor mich hin ...
Nachts bin ich aufgewacht und dachte, daß Louisette bei mir wäre, daß sie mit ihrem Leichentuch auf meinem Bett säße. Ihr schmächtiger Arm sah heraus, mit den Malen der Schläge! ...

XX Meine humanistischen Studien

Was für ein *Gimpel* mein neuer Klassenlehrer ist!
Er hat die Ecole Normale absolviert, er ist jung, ein bißchen kahlköpfig, trägt Hosen mit Hosensteg und arbeitet an einer Übersetzung von Pindar. Er sagt *Spinnenos* statt Spinne, und wenn ich mich bücke, um meine Schnürsenkel in die Schuhe zu stecken, schreit er los: »Tragen Sie ihre digitalen Extremitäten nicht auf Kothurnen herum.« Schöne Kothurne, wirklich, mit Dreckklumpen und Mist dran.
Vor der Schule treibe ich mich immer in einem Pferdestall bei uns in der Nähe herum, wo ich die Stallburschen kenne, und ich habe nicht nur Dreck an den Schuhen, bestimmt habe ich auch welchen in meinen Büchern.
Er lächelt ein wenig, wenn er *Kothurn* und *Spinnenos* sagt, damit es nicht allzu lächerlich wirkt, aber er hängt sehr daran, das sieht man, er liebt seine antiken Anspielungen, *ich weiß das* (nach Bossuet).

Er liebt mich, weil ich mit dem lateinischen Vers zurechtkomme.
»Wieviel Phantasie er hat, und welche Auffassungsgabe! Er hat Minerva zur Patin!«
»Tante Agnès«, sagt meine Mutter.
»Tantagnès, Tantagnétos, Tantagnététon.« [1]
»Was meinen Sie«, fragt Frau Vingtras, von seinen Harmonien offenbar erschreckt und beim Genitiv Plural errötend!

[1] *Tantagnététon:* bei der Anwendung der griechischen Deklination auf das französische Wort ›tante Agnès‹, Tante Agnès, entsteht im Genitiv Plural das fiktive französische Wort ›Tantagnététon‹, das allerdings einen neuen Sinn ergibt; es läßt sich nämlich zerlegen in ›tante Agnès‹ und ›téton‹, Busen; zu übersetzen also mit ›Tanteagnèsbusen‹.

»Was für eine Phantasie!« wiederholt der Lehrer, um das Gesicht zu wahren.
Und ich lasse ihn erzählen, daß ich intelligent, daß ich *begabt bin.*
ICH BIN ES NICHT!

Neulich hatten wir das Thema: ›Themistokles hält den Griechen eine Rede‹. Es ist mir nichts eingefallen, nichts, nichts!
»Ich hoffe doch, das ist ein schönes Thema, hm!« hat der Lehrer gesagt und sich die Lippen geleckt, schmierige Lippen, mit einer gelben Zunge.
Es ist sicherlich ein schönes Thema, und ganz sicher werden solche Themen nicht in den kleinen Schulen gestellt; nur in den königlichen Schulen kommen sie vor, und da, wo man Schüler wie mich hat.
Was soll ich dazu von mir geben?
»Versetzen Sie sich in die Lage von Themistokles.«
Sie fordern andauernd, man solle sich in die Lage von diesem oder jenem versetzen – mit abgehackter Nase wie Zopyros[1]? Mit verkohltem Handstummel wie Scaevola[2]?
Diese ewigen Generäle, Könige, Königinnen!
Aber ich bin vierzehn, ich weiß nicht, was man Hannibal, Caracalla oder Torquatus sagen lassen muß!
Nein, ich weiß es nicht!
Ich suche im *Gradus* nach Adverben und Adjektiven, ich schreibe einfach aus dem *Alexander* ab.
Mein Vater weiß nichts davon, ich habe es ihm nicht zu gestehen gewagt.
Aber er selbst! (Oh! Ich verrate ein Familiengeheimnis!) Ich habe gesehen, daß seine Arbeiten fürs Examen auch nur aus Stücken und Teilen zusammengesetzt waren. – Sind wir eine debile Familie? . . .

[1] *Zopyros:* persischer Satrap um 500 v. u. Z.; soll sich Nase und Ohren abgeschnitten haben, um seine politischen Absichten wirkungsvoller durchzusetzen.
[2] *Mucius Gajus, genannt Scaevola:* um seine Furchtlosigkeit zu beweisen, soll er nach seiner Gefangennahme durch die Etrusker 508 v. u. Z. seine rechte Hand im Altarfeuer verbrannt haben.

Manchmal erstellt er eine Abhandlung, in der eine Frau zu Wort kommen muß. – Die Klagen Agrippinas, Aspasias über Sokrates, Julias über Ovid.
Ich sehe, wie er sich am Kopf kratzt, er wühlt mit Schaudern im Bart. – Er ist Agripinus, Aspasios, aber nicht Agrippina, nicht Aspasia – er zwirbelt an seinen Barthaaren und beißt verzweifelt auf ihnen herum.
Mir wird die ganze Niedrigkeit meines Charakters klar, ich leide sehr darunter.
Ich leide darunter, daß man mich unter Lobreden erdrückt, die ich nicht verdiene, man hält mich für stark, ich bin nur einfach ein Gauner. Ich schwärme nach rechts, nach links aus, klaube *Abfälle* aus Büchern zusammen. Ich bin manchmal unredlich. Ich brauche etwa ein schmückendes Beiwort, und es macht mir wenig aus, den Sinn zu opfern! Ich nehme jedes Wort aus dem Wörterbuch, das hinhaut, auch wenn es das Gegenteil von dem bedeutet, was ich sagen wollte. Ich verliere den Sinn dafür, was angemessen ist! Mein Spondeus, mein Daktylus[1] muß stimmen, pfeif auf den Rest! – Die *Qualität* bedeutet nichts, die *Quantität* bedeutet alles.
Bei denen muß man andauernd um den Janiculus[2] herumschleichen. Aber ich kann mir nicht einreden, daß ich ein Römer bin.
Ich kann nicht!
Wenn ich mal die Klasse verlasse, gehe ich nicht auf die Latrinen des Vitellius. Ich war auch noch nie in Griechenland! Mir ist nicht vom Lorbeer des Miltiades schlecht, sondern von Zwiebeln. In meinen Erzählübungen brüste ich mich mit Verwundungen, die ich von vorn, *adverso pectore* empfangen habe; von hinten habe ich allerdings auch welche erhalten.
»Malen Sie das Leben der Römer so und so aus ...«
Was weiß ich, wie sie lebten! Ich wasche ab, man prügelt mich, ich trage Hosenträger, ich langweile mich nicht schlecht; aber ich kenne keinen Konsul außer meinem Va-

[1] *Spondeus, Daktylus:* griechische Versmaße.
[2] *Janiculus:* einer der vielen Hügel des alten Rom.

ter, der eine dicke Krawatte und reparierte Schuhe trägt, und was die alten Frauen *(anus*[1]*)* betrifft, kenne ich Mutter Gratteloux, die bei den Leuten im zweiten Stock sauber macht.
Und sie behaupten immer weiter, ich sei begabt.

Die Heuchelei ist zu groß. Oh! Ich ersticke in Schuldgefühlen!...
Herr Jaluzot, der Geschichtslehrer, ist in der ganzen Schule beliebt. Es heißt, er sei *von Hause aus* reich und sage daher frei seine Meinung. Er ist ein guter Kerl.
Ich werfe mich ihm zu Füßen und erzähle ihm alles.
»Herr Jaluzot!«
»Was ist denn, mein Junge?«
»Herr Jaluzot!«
Ich bade seine Hände mit meinen Tränen.
»Ich habe ... Herr Jaluzot, ich bin nämlich ein Gauner!«
Er glaubt, ich hätte ein Portemonnaie gestohlen und steckt schon mal seine Uhrkette in die Tasche.
Schließlich gestehe ich ihm meine Diebstähle aus dem *Alexander*, und wie ich die *Abfälle* wiederverwende, ich sage ihm, wo ich die Hinterpartien meiner lateinischen Verse hernehme.
»Stehen Sie auf, mein Junge! Sie haben den Kehricht zusammengerafft und Ihre Aufsätze daraus fabriziert? Genau dafür sind Sie ja auf dem Gymnasium, um das, was andere Ihnen vorgekäut haben, wiederzukäuen.«
»Ich versetze mich nie in die Lage des Themistokles!«
Dieses Geständnis fällt mir am schwersten.
Herr Jaluzot antwortet mit schallendem Gelächter, als ob er sich über Themistokles lustig machte. Man merkt, daß er Vermögen hat.
Auch in *französischer Erzählung* bin ich mit Aufbereitung, Flickarbeit, Lüge und Diebstahl erfolgreich.
Ich behaupte in diesen Arbeiten, daß es außer dem Vaterland und der Freiheit nichts gibt, was die Seele erhebt.

[1] *anus:* (lat.) ›ehrwürdige alte Frau‹.

Ich weiß nicht, was Freiheit ist, auch nicht, was Vaterland bedeutet. Was die Freiheit betrifft – ich bin immer verdroschen und geohrfeigt worden; und das Vaterland – ich kenne nichts außer unserer Wohnung, die mich anödet und den Feldern draußen, wo ich nicht hinkomme.
Mir sind Griechenland und Italien, Tiber und Eurotas schnuppe. Der Bach in Farreyrolles ist mir lieber, die Kuhfladen, der Pferdedreck, das Sammeln von Löwenzahn für Salat.

Klassische Rezitation und Redekunst

»Doller, mein Kind!«
Meine Mutter ist heute ganz sanft. »Doller« sagt sie wie eine Hospitalschwester zum Kranken, dem sie die glühende Stirn befühlt, »doller! So! Das ist gut!«
Ich falle erschöpft in einen Sessel, mit durchhängenden, schlaffen Armen, wie ein toter Hase; ich habe sogar einen Tropfen Blut an der Schnauze, wie der abgemurkste Hase: und dann, rundum, ist die Haut gerötet und glänzt wie eine Zwiebelschale, glänzt, glänzt! ... Wenn ich ein paar widerborstige Härchen hatte, sie sind fort, ersoffen, so viel Wasser ist seit dem Morgen durch meine Nasenlöcher geflossen!

Heute finden die Prüfungen in klassischer Rezitation und Redekunst statt, und meine Mutter will, daß ich den Preis bekomme.
Dafür braucht man nicht nur Wissen, man muß *schön sprechen*; und eine mit Nachdruck entschlackte Nase verhilft zu einer klaren Stimme.
Man hat mir die Nase entschlackt.
Meine Mutter hat sie genommen und in Wasser gesteckt; da ist sie lange, lange geblieben! Die Minuten waren wie Jahrhunderte! Endlich hat sie sie fein säuberlich herausgezogen und gesagt:
»Zieh hoch, mein Kind! Zieh hoch!«
Ich konnte nicht mehr.

»Gib dir Mühe, Jacques!«
Ich habe es getan.
Wie eine weiche Spritze hat meine Nase eine halbe Stunde lang und länger Wasser gesaugt und gespuckt, ich komme mir ganz ausgeleert vor; es ist mir, als ob mein Kopf an meinem Hals hängt wie ein rosa Luftballon an einem Faden; der Wind wiegt ihn hin und her. Ich führe die Hand hin. »Wo ist er? – Ah! da!«
Nur die Nase zählt; sie brennt wie sonstwas.
Ich halte mich an ihr fest, ich nehme sie selbst beim Ende und geleite mich so, ohne anzustoßen, bis zu meinem Pult, wo ich meine Lektion noch einmal durchgehe.
Ein paarmal schieße ich am Ziel vorbei, aus meiner Nase tropft es in alle Richtungen, Wasserperlen fallen heraus wie aus einem aufgehängten Putzlappen, und ich sage: »Baba.«
BABA zu der, die mir das Leben geschenkt hat!
Oh! *Baba, beine Butter!* statt: Mama, meine Mutter.
Beim Rezitieren des ersten Gesangs Homers Ilias in der Schule sage ich: *Benin, aeïde! – hatschi! Theia Beleiadeo – hatschi!*
Ich ziehe den alten *Hober* ins Lächerliche! Hachtschi, Hachtschi! Tralala, bum, bum!

Manchmal bleibt der Schnupfen aus, und ich spreche einfach wie eine Posaune, die ein Loch hat – da, wo ich die Nase habe. Ich repräsentiere den Menschen genauso wie ein Philosoph ihn beschrieben hat, ein Rohr, an beiden Enden durchlöchert.

Nichts ist besser für den Kopf eines Kindes, sagte der Direktor, er sprach über die Riten zur Reinigung der Nase, von denen meine Mutter erzählt hatte. Nichts ist besser für die Konstitution, jawohl.
Trotz allem oder trotz *alleb* – mit oder ohne *hatschi, hachtschi* –, ich habe eine *enorbe* Begabung fürs Rezitieren. Mein Gedächtnis nimmt das auf wie meine Nase Wasser, ich ziehe ganze Gesänge aus der Ilias und Chöre

von Aischylos, Vergil und Bossuet hoch – aber das geht wieder, wie es gekommen ist. Ich vergesse Bossuet, wie man die wohltuende Aloë vergißt.

Mathematik

»Dieser Junge hat eine feurige Imagination.«
Das steht fest. Ich bin ein kleiner Vulkan (der oft aus dem Mund nach Kohl riecht: wir essen zu Haus so viel davon!).
»Eine feurige Imagination, sage ich Ihnen! Na! Der wird nicht ausgerechnet stark in Mathematik sein!«
Anscheinend gehen sie davon aus, daß eine Stärke in Mathematik für die gut ist, bei denen *da oben* nichts zu holen ist.
Ging es in Rom, in Athen, in Sparta etwa auch nur eine Minute lang um Zahlen! Ich mag auch wirklich keine Subtraktionen mit Null, und ich verstehe nichts von der Probe auf die Division, nichts, nichts!
Mein Vater lacht darüber, der Literaturlehrer auch.
Ich bin immer bei den zehn Letzten.
Aber eines schönen Tages verbreitet sich eine Neuigkeit.
Großes Staunen. Unruhe im Hof, unter den Arkaden.
Ich bin Erster in Geometrie geworden.
Der Literaturlehrer sieht mich ein bißchen schief an. Bin ich nun ein Vulkan? – Oder bin ich keiner? ...
Der Coup kommt derart unerwartet, daß man sich fragt, ob ich geschummelt, abgeschrieben, *Schmu* gemacht habe, sie rufen mich an die Tafel, um zu sehen, ob ich mich mit der Kreide in der Hand behaupte.
Ich behaupte mich, ich demonstriere sogar mehr, als zur Lektion gehört. Ich wende mich an die Kameraden und erkläre das Problem, indem ich gestikuliere, Bücher heranziehe, Holzstücke greife; ich rolle Würfel, konstruiere Figuren und höre erst auf, als der Lehrer mit beleidigter Stimme sagt: »Sind Sie bald fertig mit Ihrer Zirkusvorstellung? Halten Sie hier die Stunde oder ich?«
Ich gehe unter bewunderndem Gemurmel auf meinen Platz zurück.

Nach der Stunde werde ich gefragt:
»Wie hast du das bloß gemacht! Wann hast du das gelernt?«
Wie ich es gelernt habe?

In einer kleinen Straße steht ein trauriges Haus, in dem einige Fenster eingeschlagen und mit Papier verkleidet sind; ein schwarzer Vogelkäfig hängt im zweiten Stock am Fenster, über einem Topf mit Blumen, die der Wind bewegt.
Da wohnt ein armer Mensch, ein verbannter Italiener.
Als ich ihn das erste Mal sah, schauderte mich; ich war ganz gerührt. Die ganze Vergangenheit meiner Schulaufsätze erschien da mit Fleisch und Knochen vor mir in der Person eines Mannes, der im Tiber gebadet hatte: Tacitus, Titus Livius, Caesars Pferd, die Ziege des Septimus, Neros Fackel!...
Wie traurig aber diese Behausung ist!
Auf einem mit Büchern beladenen Tisch brennt eine kleine Lampe, ein Hund sieht mich an, indem er mir das Weiße seiner Augen zeigt, und ein grauhaariger Mann mit einer dicken Brille zieht seine zerlumpten Hosen zurecht.
Das war der Römer.
»Mein Vater, Herr Vingtras schickt mich...«
Ich übergab ihm einen Brief. Er las, und ich ließ ihn nicht aus den Augen.
Was! Der kam aus Rom? Dieser graue Alte, der aussah wie ein Kauz im Schusterladen, während er einen Hosenboden auf seine Hose näht, der stammte aus dem Land der Gladiatoren?
War das sein *vexillum* [1], und war die Nadel sein Schwert? Und wo waren sein Helm und sein Schild? Er trägt ein Wollhemd...
Als ich ihn betrachtete, sah ich, daß ihm an einer Hand drei Finger fehlten; die runden Stummel sahen häßlich aus, die übrigen Finger wirkten wie zwei Hörner.
Er zitterte ein wenig, als er den Brief zusammenfaltete.

[1] *vexillum:* (lat.) Fahne.

»Sagen Sie Ihrem Vater meinen Dank«, sagte er.
Es kam mir so vor, als ob er einen hellen Fleck, einen Tropfen im Auge hatte.
Er weinte – aber weinen Römer?
Ich fing an zu glauben, daß man sich irrte, oder daß er gelogen hatte; er hielt mir ein kleines Buch hin.
»Das habe ich gemacht«, sagte er. »Mögen Sie Mathematik? …«
Er sah mir das Nein an.
»Nein! – Macht nichts! Vielleicht gefällt Ihnen mein Buch trotzdem. Nehmen Sie es, dazu gehört ein Kästchen.«
Er begleitete mich zur Tür, dabei hielt er immerzu seine Hose fest und schob mit den Fingerspitzen die Brille wieder hoch. Ich hörte, wie er zu dem Hund sagte:
»Es ist eine Stunde zu vierzig Sous; da bekommst du Wurst, und ich Brot.«
Er war meinem Vater zufällig genannt worden, und mein Vater hatte ihm eine Nachhilfestunde verschafft; das war der Inhalt des Briefes.
»Mögen Sie Mathematik?«
Er sah also nicht sofort, daß ich ein *Vulkan* war? Mochte er sie denn? War dieser Nachkomme von Romulus eine Buchhalterseele? Er hatte wirklich nichts vom *civis*[1] und vom *commilitio*[2], mit seinen Hosen und seiner Brille!
Was war in seiner Schachtel?
Gipsplatten.
Und in dem Buch?
Geometrische Lehrsätze.
Den nächsten Tag, einen Sonntag, verbrachte ich mit dem Buch und den Gipsplatten, statt zu einem Kameraden zu gehen, wie mein Vater es mir erlaubt hatte.
Am Samstag darauf war ich Erster.
Ich ging ganz fröhlich, es dem Mann mitzuteilen, der mir seine Geschichte erzählte.
Er wäre von königlichen Geheimpolizisten in Neapel beinahe totgeprügelt worden, sie waren gekommen, ihn als

[1] *civis:* (lat.) Bürger.
[2] *commilitio:* (lat.) Soldat.

Verschwörer zu verhaften, und er hatte sich gegen sie verteidigt, um Papiere zu retten, die andere Leute gefährdeten. Dabei sind ihm die Finger abgehackt worden. Er konnte sich in ein Loch schleppen; er wurde gefunden, gerettet, und er ist nach Frankreich entkommen.

»Verschwörer! Sie waren Verschwörer?«

»Ich war glücklicherweise Baumeister. Was ich durch meinen Beruf wußte, hat mir geholfen, diese geometrischen Modelle zu entwickeln. Übrigens: Sie haben mein System anscheinend verstanden.«

»Man muß nur hinsehen und es anfassen. Hier, wollen Sie, daß ich es Ihnen erkläre?«

Ich wiederholte die Demonstration mit den Platten, die da gerade lagen.

»Richtig! Richtig!« sagte er kopfschüttelnd. »Man will den Kindern beibringen, was ein Kegel ist, wie man ihn schneidet, das Volumen der Kugel, und man führt ihnen Linien, Linien vor! Gebt ihnen den Kegel aus Holz, die Figur in Gips, erklärt es ihnen, so wie man eine Orange schneidet! – Theologie ist das, ihr ganzes altes System! Immer der liebe Gott! Der liebe Gott!«

»Was sagen Sie vom lieben Gott?«

»Nichts, nichts.«

Er sah aus, als ob er einen Zorn herunterschluckte und fing wieder mit Fäden und Gips von der Geometrie zu sprechen an.

XXI Frau Devinol

»Herr Vingtras, wenn Jacques Erster wird, nehme ich ihn mit ins Theater. Sind Sie einverstanden?«

Die so fragt, ist Frau Devinol. Sie hat einen Sohn in meines Vaters Klasse, einen Herumkrebser und *Versager*. Wenn Herr Devinol nicht eine Persönlichkeit von Einfluß und reich wäre, hätte man den Bengel längst vor die Tür gesetzt.

Aber seine Mutter ist eine vornehme Frau, vielleicht ein bißchen zu braun: dunkle Augen, und so weiße Zähne! Es wird hell, wenn sie dich ansieht. Sie drückt die Hände, die sie nimmt. Es ist sanft, gut.

»Warum wirst du rot?« hat sie mich geradezu gefragt.

Ich stotterte, sie tätschelt mir die Backe und sagt:

»Seht euch diesen großen Jungen an! ... Ja, ich werde ihn jedesmal, wenn er Erster ist, ins Theater mitnehmen.«

Es schmeichelt meinem Vater, daß ich in Gesellschaft einer so bedeutenden Person gesehen werde, aber meine Mutter verwundert es sehr.

»Haben Sie keine Angst, daß er Sie blamiert?«

»Blamiert! – Aber sehen Sie denn nicht, was Ihr Sohn für eine Haltung hat, ein kleiner Mulatte, wie ein Soldat geht er!«

»Er hat einen ganz schön dicken Bauch!« sagt meine Mutter. »Man denkt es gar nicht ... aber Jacques hat einen Bauch.«

Ich, einen Bauch! Ich protestiere stumm.

»Ja, ja, so ist es; jetzt vielleicht weniger, aber du hattest einen *Ballon*, mein Kind.« (Sie wendet sich zu Frau Devinol.) »Ich kaschiere es durch die Kleidung.«

Frau Devinol sieht mich an und lächelt.

»Mir gefällt er, wie er ist. Holst du deinen Hut, mein Freund, und begleitest mich?«

Welchen Hut? Den grauen? Den *Mittelständlerhut*, mit dem ich wie Louis-Philippe aussehe?
Meine Mutter erlaubt mir, mit der Mütze auszugehen.
Zufällig habe ich einen einigermaßen normalen Anzug an, er ist in der Lotterie gewonnen worden. Für eine Tombola hatte ein Konfektionshaus einen Anzug gestiftet; meine Mutter hatte im Namen ihres Kindes eine Nummer gezogen. Die Nummer hat gewonnen.
»Da siehst du es, mein Sohn, die Tugend wird immer belohnt.«
»Und die, die nichts gewonnen haben?«
»Gottes Wege sind unerforschlich. Das da ist auch keine reine Wolle.«

Frau Devinol nimmt mich mit.
»Reich mir deinen Arm, nicht so zurückhaltend ... So, ja; sehr schön! So kann ich mich auf dich stützen; du bist stark.«
Ich weiß nicht, warum ich nicht mit lautem Knall von einem Ende zum andern aufplatze, so sehr blähe und straffe ich meine Muskeln, damit sie die Kraft meines Bizeps fühlt.
»Und nun sag mal, da gibt es eine Geschichte über deinen grauen Hut? Und dann hast du einen Ballon gehabt; du hast mir ja viel zu erzählen!«
Ich verliere die Contenance, ich werde rot, ich werde blaß. Ach was! Und wenn schon! Ich erzähle ihr alles.
Sie lacht, lacht aus vollem Halse, sie schüttelt sich, als sie sagt:
»Nein wirklich, à la Polonaise, und die Hammelkeule!«
Und sie stößt volltönende fröhliche *ah! ah!* aus, wie Silberglöckchen.
Ich erzähle ihr von meinen elenden Erlebnissen.
Ich habe meinen grauen Hut in den Wind geworfen, und geradezu mit Begeisterung habe ich ihr mein Verslein heruntergebetet; ich glaube, ich habe sie sogar einmal geduzt; mir ist zumute, als ob ich zu einem Kameraden spräche.

»Das macht doch nichts«, sagt sie, als sie meinen Schreck bemerkt.
»Ich duze dich ja auch. Sie haben es doch gern, daß man Sie duzt, mein Herr? Schließlich könnte ich deine Mama sein, oder?«
Verdammt, das wäre mir lieber gewesen!
»Ich bin alt ... Findest du mich sehr alt, sag?«
Sie sieht mich mit Sternenaugen an.
»Nein, nein!«
»Findest du mich hübsch oder häßlich? Du traust dich nicht zu antworten? Dann findest du mich also häßlich, zu häßlich, als daß du mich küssen wolltest ...«
»Nein ... oh! Nein!«
»Na, dann küß mich doch ...«
Sie nimmt mich wie ausgemacht jedesmal ins Theater mit, wenn ich Erster bin.
Wir kennen uns jetzt einen Monat.
»Kommst du gern mit mir?« fragt sie mich eines Tages.
»Ja, Frau Devinol; ich mag das Theater, die Komödien gefallen mir sehr.«
In Saint-Etienne bin ich einmal in *Die Pillen des Teufels*[1] mitgenommen worden; ich bin verrückt herausgekommen, und zwei Monate lang habe ich nichts andres getan, als von Seringuinos und Babylas zu reden. Dies hier waren Dramen; manchmal eine Oper. Es gab nicht mehr so viele Dekorationen! Aber wie ich mir trotzdem das Elend der Waisen, die Schicksalsschläge der Hauptrollen zu Herzen nahm! Und *Die Hugenotten*[2], mit der Segnung der Dolche! Und *Die Favoritin*[3], in der die Masson ›Oh, mein Ferdinand!‹ sang.
Sie löste ihr Haar, verschränkte die Arme:

Oh mein Ferdinand, alle Güter dieser Erde!

Sie sagte das mit ganzer Seele, und so, als wäre sie eine der

[1] *Die Pillen des Teufels:* Zauberspiel von Bourgeois, Laloue und Laurent, 1839.
[2] *Die Hugenotten:* Oper von Giacomo Meyerbeer (1791–1864), 1836.
[3] *Die Favoritin:* Oper von Gaetano Donizetti (1797–1848), 1840.

Christinnen, von deren Martyrium man uns in der Schule erzählte, aber sie betete nicht den Himmel, sondern einen großen Braunen an, mit Schnurrbart und geschmeidigen Stiefeln.
Nicht für den lieben Gott allein wurde also geseufzt und wurden Augen verdreht!

O komm mit in ein anderes Vaterland!
Komm, verstecke dein Glück...

Die Beine zitterten mir, und mein Kragen wurde am Hals feucht – Mutter Vingtras erklärte, daß diese Soireen für die Wäsche tödlich wären.
Noch bevor der Vorhang sich hob, fühlte ich mich gewachsen und von Gefühlen bestürmt.
Ich blähte die Nasenlöcher, um den Geruch von Gas und Orangen, von Pomaden und Blumenbouquets einzusaugen, der die Luft schwer und ein bißchen stickig machte. Wie ich diese warme Atmosphäre, die Parfüms, die Stille liebte!... das Rascheln der Seide in den ersten Rängen, das Schurren der Holzschuhe vom *Olymp*! Dekolletierte Damen lehnten sich nachlässig über die Logenbrüstungen: die Gassenjungen rissen Witze und schleuderten von oben ihre Programmzettel herunter! Die Reichen aßen Eis; die Armen bissen in Äpfel; alles war von Licht überflutet!
Ich war auf einer verzauberten Insel; und beim Anblick dieser Frauen, die mit den Schleppen wedelten wie die Sirenen in unseren Mythologiebüchern mit den Schwänzen, dachte ich an Circe und Helena.
Man hörte das Wimmern der Posaunen, das Weinen der Geigen, das *Pschsch* der Zimbeln, dumpfe Töne wie das Geflüster von Dieben, wenn die Musiker einer nach dem andern das Orchester betraten und ihre Instrumente stimmten.
Wenn die Masson auf der Bühne war, vergaß ich, daß es Frau Devinol gab.
Sie bemerkte das sehr wohl.
»Du hast sie lieber als mich, nicht wahr?«
»Nein!... Ja!... Ich mag sie sehr.«

Frau Devinol hatte mich eines Tages etwas früher abgeholt, sie wollte noch einen Spaziergang machen, und wir flanierten vor dem Theater auf und ab.
Unterwegs begegnete uns eine Dame.
»Kennst du die?«
»Wen?«
»Die Frau da, die beim Café vorbeigeht, mit dem seidenen Umhang.«
Ich schaue hin.
»Die Masson?«
Ich bin noch nicht ganz sicher.
»Ja, *mein Ferdinand*«, sagte Frau Devinol lachend ...
Welche Desillusion! Sie hatte ein fast männliches Gesicht, und viel zu viel um den Hals: einen Schal, Spitzen, eine Boa – und was nicht noch alles an Haaren und Wolle, das ihr bis auf den zu breiten Gürtel hing, es sah nicht hübsch aus, wie sie ihren Rock hob.
»Da bitte!« sagte Frau Devinol zu mir.
Im selben Augenblick kam der Theaterdirektor vorbei und grüßte die Schauspielerin, die er zuerst gesehen hatte, darauf Frau Devinol.
Sie erwiderten seinen Gruß: die Schauspielerin wie jedermann, Frau Devinol mit einer Neigung des Kopfes und einem Pupillenspiel, das sie wie eine Heilige aussehen ließ, aber so hübsch, und ein Stolz, ein Stolz!
Der Direktor verschwand, sie stützte sich wieder auf meinen Arm.
»Na, liebst du sie immer noch mehr als mich?«
»O nein! Um Gottes willen!«
»Er sagt das so reinen Herzens! Geh, du Schlingel! Ich gefalle dir also besser?«
In ihrer Loge will sie, daß ich mich nah an sie heransetze, ganz nah.
»Noch näher. Oder hast du Angst vor mir?«
Ein wenig.

Ich büffle jetzt vielleicht meine Lektionen!
Ab und zu geht es trotzdem schief. Ich werde nicht Erster.

Oh! Einmal! In lateinischem Vers!
Wir hatten auf, den Tod eines Papageien zu beschreiben. Ich habe alles gesagt, was es zu sagen gibt, wenn man über ein solches Unglück sprechen soll: daß ich mich nie trösten würde, daß *Charon*[1], hätte er den Käfig, nunmehr Sarg, an sich vorbeiziehen sehen, sein Ruder hätte fallen lassen; daß ich ihn überdies selbst beerdigen würde – *triste ministerium*[2]*!* – und daß wir Blumen draufstreuen würden. *Manibus date lilia plenis.*[3]
In einem genialen Vers hatte ich aufgeschrieben: »Jetzt, o Pein, könnt Ihr Petersilie auf sein Grab pflanzen!«
Der Lehrer hatte diese letzte Wendung gewürdigt, aber ich komme erst hinter Bresslair, dessen Rührung sich als lebendiger, dessen Schmerz sich als noch echter erwiesen hatten. Er war auf die Idee gekommen, wie in den Litaneien einen Refrain immer zu wiederholen:

Psittacus interiit! Jam fugit psittacus, eheu![4]

Eheu viermal wiederholt! Ich kann mich nicht über Ungerechtigkeit beklagen. Mein Gott! Das ist gut!
Ich bin nur Zweiter, und ich werde nicht ins Theater gehen. Ich könnte mir die Haare ausreißen: ich reiße mir auch welche aus. Ich hebe sie sogar auf. Wer weiß?
Sie sind ganz schön fettig! Denn ich benutze jetzt Pomade. Ich pflege mich. Ich rasiere mich auch.
Ich wünschte, ich hätte Bartwuchs.
Mein Vater versteckt sein Rasierzeug. Ich habe mir ein Messer mit ganz dünner und blauer Klinge unter die Matratze gelegt. Vom vielen Schleifen ist es abgenutzt.
Am Morgen, bei Sonnenaufgang hole ich es aus seinem Versteck und schleiche mich wie ein Mörder ... auf einen stillen Ort.

[1] *Charon:* in der griechischen Mythologie der Fährmann, der die Verstorbenen über den Styx, die Grenze zur Unterwelt, setzt.
[2] *triste ministerium:* (lat.) traurige Aufgabe.
[3] *Manibus date lilia plenis:* (lat.) »Mit vollen Händen streut Lilien« (Vergil, Aeneis, VI, 883).
[4] *Psittacus ...:* (lat.) »Der Papagei ist tot. Schon entfloh der Papagei, oha!«

Keiner stört mich. Dazu ist es zu früh!
Ich kann mich setzen.
Ich hänge einen Spiegel an die Wand, ich schlage mir Seifenschaum, ich bereite alles vor, ich fange an.
Ich schabe und schabe, aus meiner Haut tritt eine Art grünlicher Saft, als wenn man einen alten Strumpf dreschen würde.
Ich bringe mir fürchterliche Schnittwunden bei.
Die meisten verlaufen horizontal, was den Naturwissenschaftslehrer, der im zweiten Stock wohnt und mir gern über den Kopf streicht, wenn er Zeit hat, zu tiefem Nachdenken veranlaßt.
»Entweder beugt dieses Kind sich absichtlich herab, damit die Katze es kratzen kann, was aber nicht in der menschlichen Natur liegt ...« Er hält nachdenklich inne und fragt mich aus.
»Beugst du dich herab, damit sie dich kratzt?«
»Manchmal.« (Ich sage das, um mich über ihn lustig zu machen.)
»Also nicht immer?«
»Nein.«
»Nicht immer! – Also wandeln sich die Verhaltensweisen der Katzen ... Nachdem der Prankenschlag durch Jahrhunderte von oben nach unten geführt worden ist, wird er jetzt von links nach rechts geführt ... Eine Spielerei des Kosmos! Eine seltsame Metamorphose im Tierreich!«
Und er geht kopfschüttelnd weiter.
Wir waren im Theater. Frau Devinol sagt zu mir:
»Du bist heute so anders. Was hast du denn? Bist du böse ...«
Böse! Sie glaubt, ich könnte ihr böse sein, ich, der ich fünfzehn Jahre alt bin, lederne Schnürsenkel und für morgen eine Strafarbeit zu machen habe, ich, der Unverbesserliche!
Ich bin nicht böse. Aber ich habe mir gestern beim Rasieren beinahe die Nasenspitze abgeschnitten, davon habe ich einen schmalen roten Streifen um die Nase, wie eine Bauchbinde.

Ich werde doch sagen: »Ich bin böse!«
Es paßt gut. Da habe ich einen Vorwand, unter dem ich ihr den Rücken zukehren und meine Nase verstecken kann.
Ich habe es so eingerichtet, daß ich nicht Erster wurde, solange die Schmarre noch ein rosa Ring war, und daß ich nicht da war, wenn sie ins Haus kam. Schließlich blieb an einer Seite nur noch ein kleiner weißer Fleck zurück. Ich konnte im Profil mit ihr sprechen.
Was für Soireen!
Wir kommen zusammen und oft ganz allein aus dem Theater zurück. Ihr Mann kümmert sich nicht mehr um sie. Er sitzt immer im Café der Schauspieler, wo nach dem Theater gespielt wird. Er ist ein Spieler. Sie nimmt erst einmal meinen Arm und drückt ihn. Sie schmachtet an meiner Seite. Ich spüre sie von der Schulter bis zu ihren Hüften. Eine ihrer Hände faßt mich immer bei der Hand; ihre Fingerspitzen spielen zwischen Ärmel und Handschuh an meinem Handgelenk.
Wenn wir an ihrer Tür angelangt sind, kehren wir um, und das Karussell geht so fort, bis sie sich selbst mit einer langsamen Bewegung löst, ohne mich loszulassen.
»Du hältst mich immer so lange fest...«
Ich! Aber ich habe sie nie festgehalten, ich war sogar sehr erstaunt, als sie am ersten Abend, statt hineinzugehen, noch spazieren gehen wollte, wie eine Katze umherstreichen, während ihre Stiefelchen auf dem Pflaster klapperten! Sie hob ihr Kleid, und ich konnte das weiche Leder sich an ihre Fesseln schmiegen sehen, es schlug Falten, wenn sie den Fuß aufsetzte; Ihr Strumpf war weiß, von einem goldenen Weiß wie Wolle, ein bißchen fettig wie Fleisch.
Sie blieb zwei- oder dreimal stehen.
»Habe ich auch nicht mein Medaillon verloren?«
Sie suchte an ihrem matten Hals, und bestimmt hat sie dabei einen Knopf aufgemacht.
»Kannst du es nicht sehen?« sagte sie. – »Oh! Es wird hineingerutscht sein!«

Ihre Finger zerrten an ihrem Kragen, wie meine an der Krawatte, wenn sie zu eng ist.
»Hilf mir ...«
In dem Moment sprang das Medaillon heraus und glitzerte im Licht des Mondes.
Man hätte denken können, daß es sie wütend machte.
»Hast du auch etwas verloren«, sagte sie mit etwas trokkener Stimme, als sie sah, daß ich mich bückte.
»Nein, ich binde meine Schuhe zu.«
Ich binde andauernd meine Schuhe zu, weil die Senkel zu dick und die Löcher zu eng sind, außerdem ist eins ausgerissen.
»Jacques, wenn du zum zweiten Samstag des Monats Erster bist, nehme ich dich nach Aigues-la-Jolie mit. Meinem Mann werde ich sagen, daß ich Joséphines Amme besuche, und wir können *wie Kameraden* aufs Land fahren. Erst essen wir grüne Äpfel aus den Obstgärten, und dann Trüffeln im Restaurant.«
Trüffeln? Hm! Ich muß schon wieder meine Schuhe zubinden!
Ich habe einmal gehört, wie ein Freund meines Vaters von *Trüffeln* gesprochen hat, und meine Mutter ist dabei rot geworden.

Ich bin wahrhaftig Erster!
Ich bin mit einer lateinischen Dichtung niedergekommen, die Bewunderung erregt hat.
»Meint man nicht, dem Hühnervolk zuzuhören?« hat der Lehrer gefragt.
Es handelte sich wieder um einen Vogel – um einen Hahn.
Ich hatte einen Vers gedichtet, in Stabreimen, er begann so:
Caro cara canens ...[1]
Wir werden also aufs Land fahren, wie ausgemacht.
Wir treffen uns im Hof des Gasthauses, wo die Post nach Aigues abgeht. Der Kutscher schirrt gerade die Pferde an.
Ich hatte mich an der Straßenecke versteckt, um *sie* kom-

[1] *caro ...:* (lat.) »liebes krähendes Aas«.

men zu sehen, ich bin erst nach ihr hingegangen; ich hatte Angst, da allein herumzustehen.

Wenn man mich nun gefragt hätte: »Auf wen warten Sie?«

Sie hat mir erklärt, daß ich vor den Leuten ›Tante‹ zu ihr sagen sollte. Sie hat es mir gestern gesagt, sie wiederholt es heute, als wir in den Wagen steigen.

Ein Wassertropfen platscht wie Spucke auf die Scheibe des Wagens.

Der Himmel wird dunkel – weit weg Donner –, es regnet in Strömen.

Ein Reisender vom Verdeck bittet um Asyl. Keiner wagt, es ihm zu verweigern, aber alle machen sich breit, um ihn nicht an die Seite zu bekommen.

Nur meine *Tante* macht sich dünn und zeigt auf einen Platz zu ihrer Linken.

Sie ist gut und opfert sich; sie lehnt sich rechts an, sie sitzt fast auf mir drauf, ich bekomme eine Gänsehaut ...

Bei jedem Donnerschlag macht sie einen Hopser und hat anscheinend ziemliche Angst. Ich fürchte, daß sie die kleine ringförmige Schmarre entdeckt, ich weiß nicht, wo ich meine Nase hinstecken soll. Wie angenehm das aber ist, mit dieser Frau, die ich halb im Arm halte, deren Atem es mir warm den Rücken herunterlaufen läßt! ...

Wir sind da; es regnet noch immer.

Sie schüttelt sich unter dem Torbogen, während die Kutsche mit ihrem triefenden Dach abgespannt wird und ich mir die geräderten Beine vertrete.

»Kann man hier keinen Wagen haben?«

»Mit einem Wagen nach Aigues fahren? Bei den handbreiten Wegen, bei den Wagenspuren wie Räuberhöhlen! Sie scherzen, kleine Dame!«

»Also, Jacques! Was machen wir?«

Sie sieht mich an und lacht.

»Wenn es ein Zimmer gäbe, wo wir unterschlüpfen und dem Gewitter zusehen könnten.«

»Wir haben eins«, sagt der Gastwirt.

»Ah!«

Im Zimmer

»Ich bin ganz durchnäßt, weißt du ...«
Wie! In dem Moment vom Wagen bis zum Torbogen!
»Ganz durchnäßt. – Ich habe den ganzen Hals voll Wasser. Es fließt mir über die Brust. Hu! Ist das kalt ... ich muß mal mein Tuch abnehmen ... Du erlaubst! ... Jage ich Ihnen Angst ein, mein Herr?«

. . . .

Schreie, eine Explosion von Schreien!
Man ruft nach mir ...
»Vingtras! Vingtras!«
Zehn Mann rufen nach Vingtras.
Der zweite Studiensaal macht einen Ausflug hierher und hat sich in das Gasthaus gestürzt.
Ich sehe sie durch den Vorhang.
Frau Devinol springt zur Tür und schließt ab; dann besinnt sie sich eines Besseren.
»Nein, geh lieber; geh, geh schnell!«
Ich suche nach meinem Hut, er ist nicht da.
»Haben Sie meinen Hut gesehen?«
»So geh doch, daß ich wieder zumachen kann!«
»Ja, ja, aber was soll ich sagen?«
»Sag, was du willst, *Dummkopf*.«
Folgendes hatte sich zugetragen.
Als sie ins Gasthaus kamen, sahen sie einen abstrusen Überzieher auf einem Tisch, es war meiner, so wie der Hut aus grobem Filz.
Sie hatten mich erkannt! ...

Epilog

Ich muß die Stadt verlassen. Über mein Abenteuer wurde geklatscht.
Der Direktor rät meinem Vater, mich zu entfernen.
»Wenn Sie wollen, wird mein Schwager in Paris ihn aufnehmen, zu ermäßigtem Preis, denn er ist ja gut«, sagt der Lehrer der Zweiten. »Wollen Sie, daß ich ihm schreibe?«

»Ja, mein Gott, ja«, sagt mein Vater, der Lust hat, eine Reise nach Paris zu machen; und hier ist eine Gelegenheit.

Der Preis wird festgesetzt. Ich werfe mich in die Arme meiner Mutter; man reißt mich aus ihnen, und los geht's! Wir eilen nach Paris.

XXII Die Pension Legnagna

Ich bin in Paris.

Ich bin mit einer dicken Backe angekommen. Legnagna, der Pensionsvorsteher, hat mich mit Erstaunen in Empfang genommen. Er hat zu seiner Frau gesagt: »Das ist kein Schüler, das ist eine Schweinsblase.«

Aber schließlich hindert einen das nicht, bei den Prüfungen Preise zu bekommen.

»Sie lernen gut, nicht wahr?«

Und da meine Lippe die ganze Backe einnimmt, anworte ich:

»Ba, ba.«

Er hat mich weniger begabt gefunden, als er erwartete. Ich mische *Eigenes* in die Arbeiten.

»Sie sollen nichts von *sich* hineintun, hören Sie. Sie sollen die Alten imitieren.«

Er spricht laut mit mir, er läßt mich fühlen, daß ich weniger bezahle als die Kameraden.

Vom zweiten Tag an hat er darauf angespielt. Es gibt Spinat. Ich mag keinen Spinat, also habe ich die Schüssel vorbeigehen lassen.

Er sah es.

»Sie mögen das nicht?«

»Nein, Herr Legnagna!«

»Zu Hause haben Sie wohl Wachteln gegessen? Sie brauchen sicher Rebhühner in Rotwein?«

»Nein, Speck ist mir lieber!«

Er hat hämisch gelacht und die Schultern hochgezogen und beim Weitergehen »Bauer!« gemurmelt.

Sonntags gibt er Soireen; ich bin eingeladen.

Ich sage immer ›Verdammter Mist.‹ Das ist so eine Angewohnheit; sie verfolgt mich bis in den Salon.

»Herr Vingtras«, schreit er mir von einem Ende des

Tisches zum andern zu, »wo sind Sie erzogen worden? Haben Sie die Kühe gehütet?«
»Ja, Herr Legnagna, mit meiner Cousine.«
Er verliert die Fassung und läuft rot an.
»Was sagen Sie dazu, gnädige Frau!« sagt er zu einer Nachbarin.
Und zu mir:
»Gehen Sie in den Schlafsaal!«
Ich bin in der Klasse der Großen, die sich herzlich wenig um mich kümmern, aber es stört mich nicht; sie tun so, als ob sie mit allen Wassern gewaschen wären, aber ich finde sie dumm, unglaublich dumm! ... Einer ist das Staatsstück, ein Preisträger; er ist dünn, grün, hat eine Art Veitstanz, kratzt sich unausgesetzt am Ohr und versucht immerzu, mit der Zunge an die Nasenspitze zu kommen.
Es gibt ein Halbstaatsstück – Anatoly.
Er ist für gute Beziehungen zwischen Schülern und Lehrern; er möchte, daß alle sich gut vertragen – wozu?
Ich wirke wie ein *Klotz*; sie finden mich schwerfällig, wenn ich am Barren turne, sie machen ihre Witze über den Provinzler. Anatoly verteidigt mich.
»Er macht sich schon, belämmert ihn doch nicht! In einem Monat ist er wie wir; und in zweien werdet ihr es erleben!«
Oh! Ich fühle mich nicht sehr belämmert! Ich bin stabil, und meine Eltern sind nicht da, um mich einzuschüchtern, zu beschämen, linkisch zu machen. Es ist mir fast egal, ob sie ihre Witze über mich machen, ich bin nicht vom Glanz der Kameraden geblendet.
Ich habe mir weiß Gott eine andere Vorstellung von diesen Lateingrößen gemacht! Die Provinz fand ich fröhlicher!
Sie sprechen aber auch unausgesetzt von der gleichen Sache – von dem und dem, der einen Preis bekommen hat, von dem und dem, bei dem es nicht dazu gereicht hat; Gerbidon hat einen Barbarismus begangen, der und der einen Sprachschnitzer ...
»Der Kleine bei Labadens, du weißt, der den Preis in griechischem Aufsatz bekommen sollte, er ist nicht gekommen,

weil sein Vater an dem Morgen gestorben ist. Labadens ist ihn holen gefahren und hat ihm versprochen, daß er ihn mit dem Wagen zur Beerdigung zurückbringen würde. Er wollte nicht und hat nur geweint.«
Sie sehen so aus, als ob sie diesen Kleinen blöde fänden.
Die Pensionsschüler gehen ins Bonaparte-Gymnasium.
Dienstags darf man dableiben, um am Aufsatz zu feilen, ich bleibe, bis der Lehrer Zeit gefunden hat, mal zu verschwinden; dann entwische ich auch. Ich habe eine ganze Stunde vor mir, nach der ich die Abschrift, die ich angeblich in der Zwischenzeit beendet habe, bei seinem Hausmeister abgebe.
Ich streiche durch die Straßen voller Frauen ohne Hüte; sie sehen so fröhlich und so hübsch aus mit ihren weiten Arbeitskitteln! Ich folge ihnen mit den Augen, höre sie trällern und sehe ihnen durch die Fensterscheiben zu, wie sie neben Ziseleuren in weißen Hemden und Druckern mit Papiermützen zu Mittag essen. Das ist alles, was ich mir ansehe.
Ich habe keine Lust, Denkmäler zu besichtigen, obwohl mich hier kein Gepäck mehr hindern würde; ich finde, daß alle Steine gleich aussehen, ich mag nur, was läuft und strahlt.
Von Paris kenne ich also nichts als die Umgebung des Fauborg Saint-Honoré, den Weg zum Bonaparte-Gymnasium, die Rue Miromesnil, die Rue Verte, die Place Beauvau; man sieht hier viele Dienstboten in roten Hemden und Zimmermädchen mit Hauben, deren Bänder im sanften Wind flattern.

Sonntags gehen wir spazieren.
Meistens in die Tuilerien, in die Allee mit dem Wildschwein. Dieses *Wildschwein*! Ich hasse es, es regt mich auf mit seiner steinernen Schnauze.
Ich langweile mich weniger, seit Herr Chaillu Hilfslehrer ist. Er nimmt die Sache nicht ernst; er läßt uns am Sonntag auseinanderlaufen, vorausgesetzt, wir sind um sechs Uhr zurück.

Wir ziehen ab zum *Hollandais* beim Palais-Royal. Das ist das Café der Schüler von Saint-Cyr und des Geflügels. *Geflügel* werden die genannt, die sich an Militärschulen verpflichten und schon Uniformen tragen, mit orangefarbenen Bändern, lachsfarbenen Rockaufschlägen und Käppis mit steifen Schirmen und goldener oder silberner Litze.

Obwohl ich *Literatur* mache, stehe ich mit dem Geflügel gut, vor allem mit dem vom Lauriol-Gymnasium. Leider habe ich nur zwanzig Sous in der Tasche und muß zweimal hinsehen, ehe ich etwas trinke.

Eines Tages bekam ich Heidenangst. Wir hatten gespielt, ich hatte einen Franc fünfzig verloren. Nach der ersten Partie wollte ich aufstehen; ich traute mich nicht.

»He, nanu, bleib da!«

Schweiß auf dem Rücken, Kopfsausen.

Ich spiele schlecht, ich lasse mir in die Dominosteine gukken. Alles ist aus, ich *sitze in der Tinte*!...

Zum Glück entstand eine Schlägerei. Ein Streit ging los zwischen einem gelben Geflügel und einem roten Geflügel, zwischen neuen und alten Saint-Cyr-Schülern, und die Karaffen fingen an zu fliegen.

Ich stürzte mich blindwütig ins Handgemenge.

Ich hoffte auf ein paar Schläge, die mich zerteilen würden.

Nichts zu machen! Ich gebe viel und bekomme nichts zurück.

Ich wurde dennoch gerettet.

Man setzte uns vor die Tür, die ganze Bande, um den Schauplatz zu entrümpeln, und ich haute ab in Richtung *Wildschwein*, mit dreißig Sous Schulden im *Hollandais*; aber ich hatte bis nächsten Sonntag Zeit.

Bei der Aufsatzsitzung am Dienstag verkaufte ich eine lateinische Rede – zwanzig Sous in bar.

Ich machte manchmal so einen Handel, verschaffte jemandem, der seinen Onkel erwartete oder an seinem Namenstag glänzen wollte oder was weiß ich für ein Interesse daran hatte, die Möglichkeit, *unter den zehn* zu sein!

Mit meinen dreißig Sous in der hohlen Hand kam ich zum *Hollandais*. Man wollte mein Geld nicht. Aus der Kasse von Saint-Cyr oder mit einer Sammlung unter dem Geflügel waren der *Bruch* und die Zeche bezahlt worden.
Ich hatte also Geld in der Hand, und dazu den Ruf eines Raufbolds.
Und dennoch, ich komme jedesmal nachdenklich aus dieser Kneipe für die Reichen zurück! Und nachts, wenn ich in meinem Schülerbett liege, frage ich mich, was aus mir werden wird, den man in eine Schule schickt, die ich mit Angst betrete, der ich nicht, wie das Geflügel, meine Vorstellungen habe, mein Ziel, der ich kein Vermögen haben werde.

Mein Sonntagsleben ändert sich mit einem Schlag.
An der Schule in Nantes gab es einen Musterschüler, Matoussaint hieß er.
Matoussaint zieht nach Paris. Mein Vater hat ihm einen Brief mitgegeben, der ihm das Recht gibt, mich sonntags auszuführen.
Matoussaint kann erst ab zwei Uhr.
Der halbe Tag ist noch allemal genug – wir wissen nicht, was wir bis fünf Uhr anfangen sollen; ins Café wollen wir nicht gehen, um kein Geld auszugeben. Er hat mir zwanzig Francs von meiner Mutter mitgebracht; aber die spare ich.
Wir schlagen mit Mühe den Nachmittag tot. – Es ist langweilig, finde ich, spazieren zu gehen, wenn alle andern auch spazieren gehen, und wenn alle wie blöde aussehen. Ah! Wenn es wie in der Woche wäre! Dann würden die Leute durcheinanderwimmeln. Heute machen sie keinen Lärm. Sie schleichen wie die Priester.
Wir müßten nach Meudon fahren. Da wird gelacht, man amüsiert sich. Aber es kostet *zehn Sous* von Paris nach Meudon! Warten wir, bis wir vermögend geworden sind!
»Es tut gut, in der Kälte zu laufen«, sagt Matoussaint – er will mir weis machen, daß er sich amüsiert, aber er zittert vor Kälte wie ein Kronleuchter, der abgestaubt wird.

Weniger gesund, dafür aber wärmer wäre mir lieber.
Wenn es sonntags regnet, gehen wir in die Museen.
»Man lernt immer etwas«, sagt Matoussaint und betritt eine Galerie.
»Was lernt man?«
»Du betrachtest die Bilder, die Marmorstatuen!«
»Na und?«
Matoussaint nennt mich Positivist und sagt mit Bitterkeit:
»Und du hast so schöne lateinische Verse gemacht!«
Das ist auch wahr.
Matoussaint sieht mich schwanken und fährt fort:
»Du leugnest deine Götter, du spuckst auf deine Verskunst!«
»Meine Herren«, schreit der Wächter im grünen Anzug, streckt seinen Stock aus und deutet auf einen Napf Kleie, »wenn sie ausspucken wollen, in der Ecke.«
Endlich ist es fünf Uhr. Ich bin entschieden nicht verrückt nach Meisterwerken und Denkmälern.
Um fünf Uhr treffen wir Lemaître. Lemaître ist ein *Ladenschwengel*, und Matoussaint hält nicht viel von ihm; er hält mehr auf vornehme Berufe. Aber da Lemaître Kneipen und komische Typen kennt, empfängt er ihn mit offenen Armen.
Er kommt, wir gehen auf einen Absinth in die Rotonde, oder ins *Pißhaus*, wo wir hoffentlich Grassot antreffen werden. »Ah! Da ist Sainville!« – »Nein!« – »Doch!«
Nachdem einmal der Absinth auf die sechs Stunden Langeweile getröpfelt ist, ziehen wir zum Palais-Royal hinüber, um bei Tavernier Freunde zu treffen. Sie sitzen immer im großen Saal, am Tisch in der Ecke.
Wir essen für zweiunddreißig Sous zu Abend.
Die andern Ladenschwengel, Lemaîtres Kameraden, bringen ihre kleinen Freundinnen mit, hübsch zurechtgemacht, sehr lieb, und sie lachen, lachen über alles und nichts ...
Und wie gut alles schmeckt, was wir essen!
Purée Crécy, *Côtelettes Soubise*, *Sauce Montmorency*.
Teufel auch! So lernt man Geschichte!

Diese Gerichte mit ihren Soßen sind so raffiniert, so pikant!
Herr Radigon, Spaßvogel der Clique, hat nichts übrig für solche Lächerlichkeiten.
»Ober, einen gebratenen Schweinefuß ... Nehmen Sie Ihre Füße als Schweinefüße, schaben Sie sie.«
Alle lachen. Ich sage nichts, ich höre zu.
»Ist ihr Freund stumm, Herr Matoussaint?«
Ich schneide eine Grimasse und stoße einen Laut aus, um zu beweisen, daß ich nicht zu den Schülern des Abbé de l'Epée[1] gehöre. Am Tischende diskutieren sie über mich.
»Ein Kopf – Augen – aber er sieht zu sehr wie ein *Dickhäuter* aus!«
Ich versuche, durch Kraftakte aufzuholen. Ich lasse die Handgelenke hängen, ich knacke mit den Fingern, ich hebe mit den Zähnen die Suppenschüssel hoch, ich halte vierundzwanzig Sekunden den Atem an, zum Schrecken der Leute nebenan, die sehen, wie meine Adern anschwellen; die Augen treten mir aus dem Kopf.
»Ich mag solche Faxen beim Essen nicht«, sagt ein Nachbar.
Sogar Radigon hat genug davon.
»Ah! Jetzt ödet er uns auch noch mit seiner Atmung an!«
Nach dem Essen muß ich gehen.
Die andern Schüler in der Pension haben frei bis Mitternacht. Legnagna verlangt – aus Gemeinheit –, daß ich um acht Uhr da bin.
Ich verlasse die *Gesellschaft* und gehe über den Faubourg Saint-Honoré zurück.
Es bleibt mir noch eine Viertelstunde totzuschlagen, bevor ich zur Kajüte zurückkehre, aber wenn ich vor der Zeit wieder aufgetaucht wäre, würde es so aussehen, als hätte ich nichts mit meiner freien Zeit anzufangen gewußt.
Ich wäre lieber zu Haus. Ich fürchte mich nicht vor dem Alleinsein im Schlafsaal, wo ich die Kameraden einen nach dem andern kommen höre. Ich kann nachdenken, mit mir

[1] *Abbé de l'Epée:* französischer Pädagoge (1712–1789), entwickelte eine Zeichensprache für Taubstumme.

reden, es sind meine einzigen ganz ruhigen Momente. Ich werde nicht vom Lärm der andern abgelenkt, von denen meine Schüchternheit mich isoliert; kein Blättern in Wörterbüchern und Papierrascheln wie bei den Prüfungen stört mich.

Ich erinnere mich an dieses und jenes – an einen Spaziergang in Vourzac, an eine Ernte bei strahlender Sonne! – In der Stille dieser Pension, die langsam einschläft, den Kopf zum Fenster gewandt, durch das ich den Himmel sehe, träume ich nicht in die Zukunft, sondern in die Vergangenheit.

Ich werde eines Tages zu Legnagna gerufen.

Er überreicht mir ein Paket von meiner Mutter; er wirkt wütend.

»Und das hier nehmen Sie auch mit«, sagt er.

Er drückt mir einen Topf in die Hand und begleitet mich zur Tür. Ich verstehe gar nichts, ich packe das Paket aus. Da finde ich einen Brief:

Mein lieber Sohn,

Ich schicke dir eine neue Hose zum Namenstag, dein Vater hat sie aus seiner alten zugeschnitten, ich habe sie genäht. Wir wollten dir diesen Beweis unserer Liebe zukommen lassen. Wir legen noch einen blauen Anzug mit goldenen Knöpfen bei. Mit gleicher Post schicke ich ein Glas eingemachte Gurken für Herrn Legnagna, um ihn dir günstig zu stimmen.

Arbeite gut, mein Kind, und nimm deine Schöße hoch, wenn du dich hinsetzt.

Mein Vater hatte auch etwas geschrieben.

Ich hatte ihm berichtet, daß Legnagna mich zu demütigen versuchte, daß ich die Pension verlassen wollte, da ich darunter litt, alle Tage so gekränkt zu werden.

Mein Vater hat mir einen Brief zur Antwort geschickt, der mich ganz verwirrt hat. Spielt er Komödie? Ist er im Grunde gut?

»Fasse Mut, mein Freund! Ich will dich nicht daran erinnern, daß es deine Schuld ist, daß du in Paris bist ... Hab

Geduld, arbeite gut, zahle deine Pension in Preisen, dann wirst du ihm sagen können, was du denkst.«

Keine Anspielung auf Vergangenes, nichts? Kein Vorwurf, fast Güte, ein wenig Traurigkeit! ... Ich wäre ihm, wenn er dagewesen wäre, um den Hals gefallen.

Ich tat, wie er gesagt hat: ich wartete ab und versuchte, Preise zu bekommen. Wie langweilig aber dieses Latein und dieses Griechisch ist! Und was machen mir schließlich Barbarismen und Wortschnitzer aus!

Und immer, immer die große Prüfung vor Augen!

Der Lehrer heißt D ...

Er hat einen kleinen spitzen Mund, watschelt wie eine Ente, es gluckert, wenn er lacht, und seine Perücke glänzt wie Gefieder. Er hat zum dritten Mal den Ehrenpreis bei den Prüfungen in seiner Klasse gehabt; voriges Jahr ist er dekoriert worden, er trägt einen roten Orden. Seine Aussprache ist ein bißchen preziös, er sagt: »Studiert Cice-onem, Alma pa-ens!«[1]

Er ist Lateinlehrer, er pflegt seine eigene Sprache.

Wenn Schüler geschwänzt haben, um ins Café oder ins Bad zu gehen, und er sieht die leeren Bänke, sagt er: »Ich sehe hier viele Schüler, die nicht da sind.«

Der Französischlehrer heißt N ... Er ist der Bruder eines Lehrers an der Akademie, der statt einer zwei Moralbegriffe hat, nun, ein Überfluß an Gütern kann nicht schaden.

Er ist lang, mager und rot, hat einen Überrock wie ein Priester, eine Brille wie zum Karneval, eine brüchige, flötende, pfeifende Stimme. Mit dieser Stimme liest er Stellen aus *Iphigenie* oder *Esther*, und wenn er fertig ist, faltet er die Hände, sieht zur Decke, die voller Spinnen ist, auf und ruft aus:

»Auf die Knie, auf die Knie vor dem göttlichen Racine!«

Einmal ist ein Neuer tatsächlich auf die Knie gegangen.

[1] *Studiert Cice-onem ...:* (lat.), steht für »Studiert Ciceronem, Alma parens!«, »Studiert Cicero, unsere Nährmutter!«.

Und mit einer Geste der Verachtung weist der Lehrer das Buch, das er vor sich liegen hat, von sich und fährt fort:
»Man kann die andern Bücher nur noch schließen.«
Ich verlange nichts Besseres.
»Und die eigene Ohnmacht eingestehen.«
Das ist seine Sache.
Ich hatte anfangs gute Plätze in französischem Aufsatz, aber ich sacke schnell ab.
Vom zweiten falle ich auf den zehnten, auf den fünfzehnten!
Als von Bauern zu sprechen war, die zusammen trinken, um ihren König zu feiern, hatte ich einmal gesagt:
Und als alle beieinander waren, tranken sie ein GUTES *Glas Wein.*
»EIN GUTES! – dieser Bursche hat nichts Blumiges, gar nichts. Es würde mich nicht wundern, wenn das Bosheit wäre, EIN GUTES! Da unsere Sprache so reich an glücklichen Wendungen ist, in denen die Operation zu beschreiben wäre, die diejenigen durchführen, die den Saft des Bacchus, den Nektar der Götter an die Lippen führen! Und warum hat er sich nicht an das gleichzeitig bescheidene und kühne Bild von Boileau erinnert:

Ein Glas des Weines trinken, *der im Heidekraut lacht!*

Ich habe diesen Vers niemals verstanden! Ein Glas trinken, das sich im Gras vor Lachen die Seiten hält, unter dem Haselbusch!
Ich bin trocken, noch viel trockener, als er glaubt, denn es gibt noch einen Haufen Dinge, die ich nicht verstehe.
»Da ist zu wenig drin«, sagt der Lehrer, indem er einen Finger auf sein Herz legt.
Er hält einen Moment inne:
»Aber sicher ist nichts da drin«, fügt er hinzu, schlägt sich vor die Stirn und schüttelt scheinbar in tiefem Mitleid den Kopf. »Er hat einmal etwas erreicht, weil er Pierrot gelesen hatte – aber gehen Sie, was ist das für ein Bursche, der immer lieber ›Gewehr‹ schreiben würde als ›Waffe, die den Tod ausspeit‹.«

Es fällt mir eben so ein! Wir sprechen zu Hause so – so sprach man in den Häusern, in die ich ging. – Wir verkehrten mit so armen Leuten! Ich werfe mich auf den lateinischen Vers, mit dem lateinischen Vers habe ich Erfolg.
Es wird Zeit.
Ich sah schon den Moment kommen, wo mir dieser elende Legnagna mit der Verachtung für meine Mißerfolge zu dumm gekommen wäre. Ich hätte ihm eines schönen Morgens die Rippen zerbrochen.
Ich hatte sogar einmal überlegt, ob ich ganz abhauen sollte; nicht um auf den Champs-Elysées oder vor den Gauklerbuden herumzustreichen, wie ich es machte, wenn ich schwänzte; sondern um für immer die Pension zu verlassen und mich wie einer, der von den Galeeren geflohen ist, in den Pariser Untergrund zu stürzen.
Was hätte ich angefangen? Ich weiß es nicht.
Aber ich habe mich oft gefragt, ob es nicht genauso gut gewesen wäre, wenn ich an jenem Tag geflohen wäre und wenn damit festgestanden hätte, daß mein Leben eine Folge von Kämpfen sein würde? Vielleicht schon.
Mein Entschluß war beinahe gefaßt. Anatoly, der Pazifist, hat ihn durchkreuzt, denn er hielt es für gut, Legnagna davon zu erzählen.
Der ließ mich kommen und sagte mir, daß er wisse, was ich vorhätte. Er fügte hinzu, daß der Polizeikommissar informiert sei und daß ich, wenn ich ausrisse, der Polizei in die Hände liefe. Das machte mir Angst.
Über dieses Zwischenspiel komponierte ich ein Stück in Distichen, das, wie es schien, eine Offenbarung war. Ich würde den Preis bekommen, wenn ich so in der Prüfung abschnitte.
Den Preis bei der Prüfung hätte ich gern. Damit könnte ich meine Schulden bezahlen, und beim Verlassen der Sorbonne würde ich mitten auf dem Hof Legnagna beim Ohr nehmen und einen Knoten hineinmachen.
Der Tag der Prüfung kommt.
Wir stehen früh auf. Man hat uns *Filet* serviert, eine der

Trophäen des Hauses, dazu gibt es Wein, kaltes Hühnchen.

Legnagna nimmt mich bei der Hand.

Ich kann sie ihm nicht verweigern, aber ich greife schlecht zu, und diese Geste falscher Freundschaft ist schlimmer als die Feindseligkeit und das Schweigen.

»Zeichnen Sie sich aus ...«

Er lacht schwächlich.

Anatoly und ich gehen los; es ist sehr frisch.

Wir kommen beinahe zu spät.

Ich hatte Paris noch nie bei frischer Morgensonne gesehen, leer und still, und ich bin fünf Minuten auf der Brücke stehengeblieben, habe den weißen Himmel betrachtet und das Wasser fließen hören. Es schlug gegen den Brückenbogen.

Am Ufer der Seine wusch ein Mann mit Hut sein Taschentuch. Wie eine Wäscherin lag er auf den Knien; er stand auf, wrang das Wäschestück aus und hielt es eine Sekunde in den Wind. Ich folgte ihm mit den Augen. Dann faltete er es sorgfältig zusammen und steckte es zum Trocknen unter seinen Gehrock, den er mit der Geste eines Diebes öffnete und wieder zuknöpfte.

Er hob etwas auf, das ich auf der Erde bemerkt hatte. Es war ein Buch, anscheinend ein Wörterbuch.

Anatoly zog mich an den Rockschößen, wir mußten weitergehen; aber ich hatte die Zeit, plötzlich über den Stufen ein bleiches Gesicht auftauchen zu sehen.

Ich habe es noch vor Augen, den ganzen Tag stand es zwischen mir und dem weißen Papier.

Ich täte besser zu sagen, daß es mein Leben lang vor mir stand.

Im Gesicht dieses Lumpenwäschers, das weißer war als sein Taschentuch, hatte ich sein Leben gelesen.

An dem Buch sah ich, daß er auch Schüler gewesen war, Preisträger vielleicht. Mit einem Schlag hatte ich mich an die ganze Existenz meines Vaters erinnert, an die dummen Direktoren, die grausamen Schüler, die feigen Auf-

seher, und den immer unglücklichen, immer gedemütigten Lehrer, von Ungnade bedroht!
»Ich wette, daß der Arme, den ich unter der Brücke beobachtet habe, das Bakkalaureat hat«, sagte ich zu Anatoly.
Ich irrte mich nicht.
Im Moment, als wir aufgerufen wurden, in die Sorbonne einzutreten, brüllte einer vom Charlemagne-Gymnasium, indem er auf einen dunklen Schatten zeigte, der die Straße heraufkam:
»Guckt mal, der ehemalige Nachhilfelehrer von Jauffret!«
Es war das bleiche Gesicht, der Mann mit dem Taschentuch, der Arme mit dem Buch.
Das Thema wird diktiert.
Werde ich es schaffen? Wozu bloß!
Um Nachhilfelehrer wie dieser Mann zu werden, und dann Taschentuchwäscher unter den Brücken? Wie sieht die Geschichte dieses Wesens aus, das meine Gedanken beherrscht?
Ich weiß nicht. Vielleicht hat er einen Zensor geohrfeigt, nicht einmal geohrfeigt, nur einen Witz über ihn gemacht.
Vielleicht hat er einen Artikel für L'ARGUS DE DIJON oder LE PETIT HOMME GRIS in Issingeaux geschrieben, und man hat ihn deshalb entlassen.
Nicht diesen Beruf, nein, nein!
Trotzdem muß ich mich ehrbar aufführen, ich muß tun, was ich kann.
Es fällt mir nichts ein, nichts – mir ist schlecht, wie damals, als ich als ganz kleines Kind zu viel Melasse gegessen hatte.
Endlich habe ich vierzig Alexandriner *gedrechselt*. Meine Abschrift ist fertig.
»Bist du fertig?« fragt mein Nachbar.
»Ja.«
»Ich auch. Wollen wir Würstchen braten?«
Er zieht einen kleinen Spirituskocher heraus und versteckt ihn zwischen den Wörterbüchern, dann holt er eine kleine Pfanne hervor.

»Es wird zischen, paß auf!«

Der Lehrer Deschanel hatte Aufsicht; das war ein scharfsinniger Bursche – er hörte die Würstchen brutzeln. – Es war erlaubt, während der langen Prüfung kalt zu essen – er nahm wohl an, es wäre erlaubt, zu kochen. Wer statt des Wörterbuches die Pfanne in die Schlacht führte, würde es selbst auszubaden haben!

»Jetzt der Kaffee. Ich möchte meinen Kaffee haben, und du?«

Der vom Charlemagne machte Kaffee.

Ein Tropfen fehlte noch. Wir verkauften Aufsatzpartien, Abschriftstücke an *Döskôppe* vom Stanislas und vom Rollin[1] mit steifen Vatermördern, gestärkter Hemdbrust und Geld in der Westentasche. Wir erhielten etwas Gutes zum Nachspülen, ein *Trösterchen*. Ich habe mich speziell um etwas Hartes zum Abschluß bemüht.

»Deine Kladde?« fragte Anatoly, sobald wir wieder in der Pension waren.

Legnagna kam dazu, und sie nahmen sie gemeinsam auseinander. Ich weiß, daß mein Aufsatz danebengegangen ist, und jetzt, wo die Erinnerung an das bleiche Gesicht schwächer ist und die Düfte unseres Banketts sich verzogen haben, tut es mir weh, ich fühle so etwas wie Gewissensbisse.

Legnagna spricht kein Wort mit mir. Er wirft mir einen haßerfüllten Blick zu.

Das Resultat wird bekanntgegeben. – Ich bekomme nichts! Aber Anatoly hat auch nichts, die Klasse hat nichts, die Schule hat nicht viel. Es ist eine Katastrophe für das Gymnasium. Die Streber und die Gerissenen haben nicht besser abgeschnitten als ich; das beruhigt mein Gewissen.

Die Preisverteilung kommt heran. Ich wohne ihr im Dunkeln und ruhmlos bei! *Fractis occumbam inglorius armis!*[2]

[1] *Stanislas, Rollin:* Gymnasium in Paris.
[2] *Fractis ...:* (lat.) »Mit kraftlosen Waffen werde ich ruhmlos untergehen!«

Und alle reisen ab.
Ich bleibe.
Ich erwarte einen Brief von meinem Vater und Anweisungen. Es kommt nichts. Sie überlassen mich hier der Gnade Legnagnas, der mich haßt.
Wir sind zu viert in der Pension.
Einer, der keine Eltern mehr hat, für den der Vormund das Pensionsgeld schickt, ein Kreole von den Antillen, der selten ausgeht, und ein kleiner Japaner, der nie ausgeht.
Die andern zahlen voll; ich bin auf Rabatt angewiesen, während ich doch Preise hätte bringen sollen. Ich habe keinen bekommen, und ich esse viel.

Ich habe geschrieben. Wenn meine Eltern morgen nicht kommen, wenn ich keine Antwort bekomme, verlasse ich das Haus und reise ab.
Legnagna wird mich diesmal aus Ersparnisgründen ziehen lassen, ohne zur Polizei zu gehen.
Oh! Dieses Warten auf Briefe! Dieses Lauern auf den Briefträger! Diese flehentlichen Bitten, über die mein Vater und meine Mutter sich lustig machen!
Ich habe in meinen Formulierungen fast geheult, gebeten, daß sie mich abholten, weil Legnagna mich mit seinen ewigen Vorwürfen spickt.
»Es hat mir gereicht, Sie während des Schuljahrs durchzufüttern, jetzt muß ich Sie auch noch in den Ferien weiterfüttern!«

Eines Tages platzt eine Szene; mein Vater ist im Spiel. Legnagna kommt mit flatternden Haaren an.
»Was!« schreit er mich schäumend an, »ich erfahre soeben, daß ihr Vater gut verdient, daß er in diesem Jahr *achttausend eingenommen hat*; ich erfahre soeben, daß ich mich für ihn zum Narren gemacht habe, als ich Sie wie einen Bettler zahlen ließ, während Sie wie ein Reicher zahlen konnten. Das ist unehrenhaft, mein Herr, hören Sie?«
Er trampelt, kommt auf mich zu …

Oh, nein! Halt! Vorsicht, Legnagna!
Er besinnt sich und entwischt, indem er seinen Zorn an der Tür ausläßt und mit ihr die Wand ohrfeigt.
Sobald er weg ist und der Aufruhr seiner Beleidigungen sich gelegt hat, denke ich über das nach, was er mir gerade gesagt hat, und ich gebe ihm recht.
O mein Vater! Diese Demütigungen konnten Sie mir ersparen!
Ist es denn wahr, daß Sie gar nicht so arm sind?
Es ist wahr. – Wer Legnagna gewarnt hat, ist sein Schwager selbst, der am Vorabend aus Nantes angekommen ist.
Nach der Szene ist Legnagna im Hof auf mich zugekommen.
»Ich hätte noch nichts gesagt«, meint er, »wenn Ihr Vater Sie am Ende des Schuljahrs zurückgenommen hätte, aber seit acht Tagen sitzen Sie hier ohne Nachricht; das wirkt so, als ob Sie sich lustig machen würden, verstehen Sie!«
Ich stottere und weiß gar nichts zu antworten; ich denke wie er.
»Mein Vater wird für die acht Tage bezahlen.«
»Er kann es. Ihr Vater hat dieses Jahr mehr verdient als ich, er hatte es nicht nötig, um eine Ermäßigung von 300 Francs auf Ihre Pension zu bitten.«
Für 300 Francs habe ich so viel gelitten!

XXIII Frau Vingtras in Paris

»Jacques!«
Es ist meine Mutter! Sie kommt auf mich zu und ergreift mechanisch meinen Kopf. Der kleine Japaner lacht, der Kreole gähnt – er gähnt immer.
Sie hat meinen Kopf von der Seite erwischt, sie hat große Mühe, eine passende Stelle zu finden, auf die sie mich küssen kann.

Man läßt uns in ein Zimmer eintreten, in dem man kaum etwas sehen kann, es ist Abend, die Kerze, die der Hausmeister herbeibringt, gibt nur ein schwaches Licht.
»Wie du gewachsen bist! Wie groß du geworden bist!«
Das ist ihr erstes Wort. Sie läßt mir keine Zeit zum Sprechen; sie dreht und wendet mich, rotiert auf ihren kleinen Beinen.
»Küß mich, wie es sich gehört; komm, sei nicht bös zu deiner Mutter.«
Das sagt sie in ziemlich herzlichem Ton. Ununterbrochen ruft sie aus:
»Du hast ja eine so gute Haltung! Ich habe dir einen Anzug à la française mitgebracht; ich werde dir Stiefel anmessen lassen. Aber laß dich doch sehen: ein Schnurrbart! Du hast einen Schnurrbart!«
Sie kann sich vor Freude, vor Stolz nicht lassen. Sie hebt die Hände zum Himmel und fällt gleich auf die Knie.
»Du bist schön, mein Junge, weißt du das!«
Sie gafft mich immer noch an. »Ganz die Mutter!«
Ich glaube es nicht. Mein Kopf ist klobig geschnitten, die Backenknochen stehen vor, die Unterkiefer auch, ich habe Zähne so spitz wie ein Hund. Ich habe etwas von einem Hund. Ich habe auch etwas von einem Maulwurf, eine Haut gelb wie Buchsbaum.

Was meine Augen betrifft, da behauptet Frau Allard, die Wäscherin, die mich einmal fragte, ob ich sie mollig fände, ich könnte nicht verhehlen, daß ich aus der Auvergne sei, meine Augen ähnelten zwei Stücken junger Kohle.

»Du wirkst ernst, weißt du?«

Kann schon sein. Dieses letzte Jahr war das schwerste. Ich bin sinnlos gedemütigt worden, habe nichts Fröhliches zum Ausgleich erlebt.

Ich bin angewidert. Meine Enttäuschung über Paris ist tief gewesen.

Ich sehe einen dummen Horizont, ein plattes Leben, eine häßliche Zukunft. Ich bin im großen Babylon! Mehr ist es nicht, ein Babylon!

Die Leute hier sind so klein! Ich habe von nichts als von Latein reden hören!

Sonn- und wochentags war ich der Gnade dieses Legnagna ausgeliefert, der schon schwach, neidisch, kriecherisch zur Welt gekommen ist, und den der Mißerfolg noch verbittert hat.

Diese zehn letzten Tagen haben wie eine Marter auf mir gelastet.

»Warum hast du mir nicht geschrieben?«

»Ich wollte jeden Tag abreisen«, sagt meine Mutter.

Sie wollte die Briefmarke sparen.

Ich erzähle ihr von den Vorwürfen, die man mir wegen meiner Armut gemacht hat, von den Demütigungen, die ich geschluckt habe.

»Der spricht von unserer Armut! Wenn er so viel verdient, wie dein Vater dieses Jahr verdient hat, dann kann er mitreden ...«

»Aber wenn mein Vater gut verdient hat, warum hat er ihm nicht die volle Pension bezahlt wie die andern, als ich euch schrieb, wie er mich beleidigte, und wie unglücklich ich war?«

»Beleidigungen, Beleidigungen? – Na und? Geht es dir deswegen schlechter, mein Junge? Wir haben immerhin dreihundert Francs gespart, und du wirst glücklich sein, sie nach unserm Tod vorzufinden. Es sind dreihundert

Francs und mehr, halte dich daran ... Die wird er nicht haben!«
Sie lacht und schlägt auf ihre Tasche.
»So muß man es machen in der Welt, siehst du; jetzt, wo du groß bist, sollst du das wissen. Glaubst du etwa, er hat dich um deiner schönen Augen willen genommen oder aus Barmherzigkeit uns gegenüber? Nein, er hat dich genommen wie eine gute Kuh, du kalbst nicht, wie sie es wollen, du hast bei der großen Prüfung keinen Preis bekommen. Sie hätten besser wählen sollen: hätten sie dich doch abgeklopft, bevor du angefangen hast. Ich werde ihm was erzählen, warte einen Moment, komm!«
Ich leide darunter, meine Mutter so böse werden zu sehen. Dieser Mann, den ich zu hassen glaubte, macht mir jetzt Kummer!
Indem sie mir noch auseinandersetzt, daß sie ihn tüchtig *anzuschnauzen* gedenkt, sagt meine Mutter:
»Pack deine Sachen!«
Wir waren schon im Korridor – der Hausmeister war auch da. »Gnädige Frau, aus diesem Haus darf nichts entfernt werden.«
»Die Sachen meines Sohnes! – Ich hätte nicht das Recht, seine Wäsche mitzunehmen? Die Schuhe meines Kindes! ... Hat Ihr *Gnagnagna* das angeordnet?«
»Nein. Der Besitzer des Hauses hat die Anweisung erlassen, Herr Legnagna hat Schulden bei ihm.«
Der Bäcker steht mit einer Rechnung da, dann der Fleischer ... Trauriger Mann, ja, trauriger Mann! Er trat die Armen, er hatte nur mich, den er schlecht behandeln konnte. Alle, die ihm anheimgegeben waren oder zu ermäßigtem Preis bei ihm lebten, wurden von ihm angespuckt, und die Kleinen hat er sogar geschlagen.
Er ist dumm – unter den Pensionen hat er den Ruf, ein schrulliger Typ zu sein. Sein Name steht für Pedant, Dummkopf, Heuchler.
Die Überlegungen, die meine Mutter eben vor mir angestellt hat, das Argument mit der Kuh hat mir alle Skrupel vertrieben, hat mir eingeleuchtet.

Mit der Kuh ... das ist wahr! Um meiner schönen Augen willen haben sie mich bestimmt nicht genommen!
»Nein, geh, du kannst ganz beruhigt sein«, hat meine Mutter noch einmal gesagt, weil sie meine Überlegungen aus meinem Schweigen und meinem Blick erriet.
Er tut mir trotzdem leid, dieser Unglückliche. Ich erreiche bei meiner Mutter, daß sie keine Szene macht, und wir erreichen beim Besitzer, daß er meine Schätze aus dem Haus läßt.

Ich weiß nicht, wie wir aus dem Haus kommen. Wir nehmen eine Droschke, um zu den Koffern zu gelangen, die meine Mutter in der Poststation zurückgelassen hat.
Sie murmelt andauernd Beschimpfungen gegen Legnagna, sie lächelt höhnisch, sie schreit los: sie verspottet ihn und rempelt ihn mit Stimme und Bewegungen an, als ob er da wäre:
»Wollen Sie wohl schweigen! Das hätten Sie mir sagen müssen, was Sie ihm gesagt haben!« Und zu mir: »Du hast keinen Mumm gehabt, dich so behandeln zu lassen! Ah! Du bist nicht deiner Mutter Sohn!«
Bin ich ein Kind des Zufalls? Hat sie mich irrtümlich dreizehn Jahre lang ausgeprügelt? Reden Sie, die ich bis heute *genetrix*, meine Mutter, genannt habe, deren cara soboles[1] ich war, reden Sie!
»Und wo gehen wir jetzt hin?«
Meine Mutter stellt mir diese Frage, als wir uns schon in den Wagen gezwängt haben. Der Kutscher wartet.
»Wir werden ja nicht in der Droschke schlafen, nicht wahr? Jetzt bist du ein Jahr in Paris, und du weißt immer noch nicht, wo du deine Mutter hinführen sollst, du weißt nicht, wo man absteigen kann?«
Ich kenne die Sorbonne und das Wildschwein! – Würde man ihr im *Hollandais* ein Bett aufschlagen?
»Also muß ich dich führen! Ah, diese Kinder!«
Sie stößt mich gegen die Tür.

[1] *cara soboles:* »Cara deum soboles ...« (lat.), »Teurer Sproß der Götter ...«, Zitat aus Vergils Hirtengedichten.

»Ruf den Kutscher!«
»Kutscher!«
Er hält an und beugt sich herunter.
»Kennen Sie das ›Wappen von Frankreich‹?«
»Das ist in Dijon, werte Bürgerin!«
»In jeder Stadt gibt es ein Hotel, das ›Wappen von Frankreich‹ heißt.«
»Kenne ich hier nicht!«
Sie legt sich den Schal um die Schultern, greift ihren Reisesack mit einer Hand, stößt mit der andern die Tür auf und springt auf die Erde.
»In diesem Wagen bleibe ich nicht eine Minute länger.«
»Wie ihr wollt, meine Kinder; ich habe keine Lust, mich mit Leuten wie euch abzurackern! Zahlen Sie die Stunde, und da sind Ihre Koffer.«
Wir bezahlen – und es geht wieder los wie in Orléans, am Platz der Unberührten, und wie in Nantes. Wir stehen vor Koffern und Hutschachteln, die aufeinandergetürmt sind. Meine Mutter kann in keine Stadt einziehen, ohne sich selbst den Weg zu verstellen! ...
Sie haut mit dem Regenschirm nach mir.
»So tummel dich doch!«
Ich tummle mich, so gut ich kann, ich muß auf die Kartons aufpassen, an mir ist nicht viel frei, alles besetzt außer einem Finger.
»Halt einen Wagen an.«
Ich mache einem Kutscher ein Zeichen, aber das Gleichgewicht hat fatale Gesetzmäßigkeiten, die man nicht verletzen soll, und dieses Zeichen wird mir zum Verderben! Der Gepäckberg fällt auseinander. – Meine Mutter stößt einen Schrei aus! Die Wagen halten an, Gendarmen eilen herbei – immer, immer das gleiche! Was für eine persönliche Note!

Was wäre aus uns geworden ohne die Menschenfreunde, die vorbeikamen?
Sie fragten nach nichts, was unsere politischen oder religiösen Überzeugungen berührt hätte! Nein, nichts. Sie

halfen uns mit Ratschlägen, ohne Gleichheit der Gesinnung oder feige Verstellung zu fordern. Jesuiten hätten nicht so gehandelt!

Sie rieten uns, über die Straße zu gehen, »gerade gegenüber, wo das Schild ist«, und sie belehrten uns, daß *möblierte Zimmer* für Leute da waren, die keine hatten.

»Und das hast du nicht gewußt, Jacques!« sagte meine Mutter. »Die lateinischen Verse haben dich offenbar so zugerichtet! Oder vielleicht eine Verletzung. Bist du auch nicht auf den Kopf gefallen?«

»Nein, nur auf den Hintern.«

Das scheint meine Mutter etwas zu beruhigen.

Da sind wir: ein Zimmer mit Nebengelaß.

Schreie im Zimmer meiner Mutter ...

»Jacques, Jacques!«

»Da bin ich.«

Ich konnte gerade noch in meine Hose schlüpfen, aber ich habe große Mühe, sie auch anzubehalten.

Sie hat sie beim Hosenboden ergriffen und zieht mich rückwärts an sich.

»Bist du mein Sohn?«

Es fängt an, mich ernsthaft zu beunruhigen. Sie hat mich das schon einmal gefragt.

Auf dem Tisch sehe ich zwei Hosen und zwei Westen ausgebreitet, die ich das ganze Jahr über getragen habe.

Sie dreht mich abrupt herum und starrt mich an, als ob sie immer noch argwöhnte, daß ich ihr einen Fremden an meiner Stelle präsentiert hätte.

Schließlich, fast versichert, daß ich mich nicht geirrt habe, und im übrigen auf die Stimme des Blutes hörend, läßt sie ihrem Schmerz freien Lauf.

»Jacques«, bricht sie aus, »Jacques, sind dies die Hosen und Jacken, ist dies der kornblumenblaue Anzug, die ich dir geschickt habe? Ich weiß, wie schnell du einen Anzug eindreckst, ich weiß es, mein Gott, aber ich kann nicht glauben, daß du aus lauter Übermut die Farbe gefressen hast, und dann war der, den ich dir geschickt habe, größer! Es

war eine Reserve im Hosenboden, er flattert, da war Luft, Platz! Nichts, nichts ist davon übrig!
Jacques, dein Vater und ich, wir haben ihn zusammen genäht! Das habe ich dir geschrieben, du wußtest es! – Was haben sie aus meinem Sohn gemacht?«
Zum dritten Mal scheint sie jetzt unsicher zu sein! Ich fühle mir auf den Zahn.
»Jetzt erklär dich doch, du Idiot!«
O nein, sie hat mich durchschaut.
Ich erkläre die Sache mit den Kleidern.
Ich habe die Sachen abgetragen, die ich bei der Ankunft trug. Die, die sie mir geschickt haben, die mein Vater, meine Mutter genäht haben, waren zu weit; man hätte noch einen zweiten neben mich hineinstecken können. Ich wußte keinen.
Ich bin an Rajoux geraten, der zweimal so dick ist wie ich, und der seinerseits zu enge Sachen trug.
Er hat mich gefragt, ob ich tauschen wollte, da ich doch eine so komische Figur mit meinem zu umfangreichen Hosenboden abgäbe. Es beunruhige die Leute, die mich mühsam einhergehen sehen, heftig! Was wurde nicht alles darüber geredet?
Wir haben den Handel eines Tages im Schlafsaal besiegelt; er hat mir seine Klamotten gegeben, ich ihm die meinen, und ich konnte wieder am Barren turnen.

Meine Mutter schwieg. Ich wartete, zerschmettert; schließlich brach sie ihr Schweigen.
»Naja! Das ist gar kein schlechter Stoff! ... Dein Rajoux hatte ja offenbar keine Ahnung, du hättest verlangen sollen, daß er noch etwas drauflegt, ein Flanellhemd, eine Unterhose. Ah! Wenn ich dabei gewesen wäre! Geh! Naja, der Stoff ist gut. Wir haben nur keinen Flecken«, und sie examiniert den gestreiften Hosenboden, »zu diesem Boden da paßt nur die Decke aus meinem Zimmer. Das Futter könnte ich aus meinen alten Vorhängen machen.«
Zum Teufel!
»Mit dem da kannst du ja wohl keine Eroberungen ma-

chen. Und ich mag es, wenn ein Mann in seiner Toilette ein wenig kokett ist – ein grüner Gehrock, eine karierte Hose ... Oh! Natürlich möchte ich nicht übertreiben! Gefallen, aber nicht sich dem Laster anheimgeben; nur weil man gut angezogen ist, muß man nicht ins Lotterleben abrutschen, nein! Aber, sag was du willst, ein Schuß Originalität schadet nichts. Und ich wäre dir nicht böse gewesen, wenn man sich auf der Straße umgedreht hätte, um dir an meinem Arm nachzusehen. Wer dreht sich nach dir um? Niemand! Du bleibst unbeachtet. Naja, wenn du anspruchslos bist ...«, (in ihrem Ton liegt ein wenig Ironie und Enttäuschung), »dann ist es ja gut, ich sage nicht, daß es nicht gut ist.«

»Wohin führst du mich zum Mittagessen?«

Sie sagt das fast wie Fräulein Hermine zu Radigon, und tätschelt mich dabei.

Dieser gutmütige kindliche Ton gefällt mir und rührt mich, und ich schlage ihr schnell Tavernier vor, zu zweiunddreißig Sous.

»Könnten wir nicht einmal zu den Provenzalischen Brüdern oder zu Véfour gehen? – Von einem Mal werden wir nicht sterben, komm; und dein Vater hat dies Jahr so gut verdient!«

Es hat mich große Mühe gekostet, sie von Véfour abzubringen. Sie war nicht zum Knausern aufgelegt; wenn es zehn Francs kosten würde, na bitte! »Ah! und wenn schon! Heute feiern wir!«

Zehn Francs – du lieber Himmel! –, ich sah die Rechnung schon auf einen Louisdor ansteigen und meine Mutter die Kellner als Diebe beschimpfen. »Ich weiß schließlich, was das Fleisch kostet. Sie werden mir nicht beibringen, was eine Niere kostet. Zwanzig Sous für einen Käse!«

Ich log ein wenig, ich sagte, daß Freunde von mir dort gegessen hätten, und daß sie mir geschworen hätten, daß die Koteletts dreißig Sous kosteten.

»Da hat man sich über dich lustig gemacht, mein Junge! Ah! Schlauer bist du in deinem Paris nicht geworden! Das kannst du mir nicht einreden, daß jemand dreißig Sous

für ein Kotelett verlangt. Für dreißig Sous kann man bei uns ja ein Ferkel haben!«
»Es ist gar nicht so gut, wie man denkt!« (Ich versuche es schüchtern.)
»Wenn es schlecht ist, werde ich Ihnen den Kopf waschen für ihre zehn Francs, da kannst du ganz ruhig sein!«
Ich war es nicht, und fing wieder an:
»Laß uns erst Tavernier ausprobieren, glaub mir.«
Wir gehen zu Tavernier.
Kaum war sie drin, legte sie los:
»Das ist hier zu schön, als daß es gut sein könnte; das ist doch alles Tinnef, siehst du?«
Sie sprach ganz laut, wie zu Hause, und ich schämte mich schrecklich, da ich sah, daß die Dame am *Dessertbuffet* zuhörte.
Wir sind dreimal durch den Saal gegangen, ehe wir einen Platz fanden.
Man bemerkte, daß wir ziemlich oft vorbeikamen! Endlich scheint meine Mutter entschlossen zu sein.
»Hier sitzen wir gut ... – Nein, auf dieser Seite ... – Geh mal gucken, ob wir uns nicht nahe ans Fenster setzen können, da hinten.«
Ich durchquere das Restaurant, rot bis an die Ohren.
Ich bin den Kellnern und der Ausgabe der Menus im Wege. Zwei- oder dreimal kollidiere ich hart mit einer vorbeikommenden Seezunge und einem Setzei. Der Kellner hielt sich links, ich auch – also rechts: da war ich schon wieder! Er versucht es geradeaus – Vor-sicht!
Im Hintergrund werden Wetten abgeschlossen.
»Kommt vorbei, kommt nicht vorbei!«
Meine Mutter erklärte: »Das ist mein Sohn!«
Ich beglückwünsche Sie, gnädige Frau!
Es gelingt mir, zu ihr zurückzukommen; der Kellner ist unter dem Beifall der Zuschauer unter meinem Arm durchgeschlüpft. Wer meinetwegen eine Wette verloren hat, zahlt und schielt wütend zu mir herüber.
Zu zweit sind wir stärker; meine Mutter will mich nicht mehr weglassen.

»Wir bleiben jetzt zusammen!« sagt sie.
Wir streben einen strategischen Punkt an, wo wir uns sicher fühlen können, und halten Rat.
Wir werden beobachtet.
»Hast du Hunger? Mein armes Kind!«
Warum nennt sie mich vor allen Leuten ihr armes Kind?
Sie beginnen schon zu grölen:

Los, verhau den po ...
Tröst den po ...
Stopf den powern Kleinen!

Aber der Chef ist benachrichtigt worden, er hat gerade Wein in Flaschen gefüllt. Er kommt mit seiner Serviette, die unter seinem Arm flattert.
»Sind Sie nun zum Mittagessen gekommen?«
Ich antworte kühn: »Nein«.
Erstaunen bei dem Mann – Gemurmel in der Menge.
Ich habe nein gesagt, weil er so wütend aussah!
»Sie sind nicht zum Essen gekommen? Wozu dann?«
»Mein Herr, ich bin Frau Vingtras, ich komme aus Nantes. – Das da ist Jacques!«
Im Saal rufen sie Bravo. – *Hört, hört! Laßt den Redner sprechen.*
In meinen Ohren hämmert es. Ich höre nichts mehr. Ich höre nur, daß der Chef sagt: »Das muß aufhören!«
Es wurde kurzer Prozeß mit uns gemacht; wir wurden in eine Ecke bugsiert.
Ich gab schließlich zu, daß wir zum Essen gekommen seien.
Wir wurden mit Reserve bedient.
»Das kenne ich, das sind Schlitzohren«, sagte ein alter Kellner, »die spielen den Esel, solange es Heu gibt, und dann verduften sie auf die englische Art.«
»Ein anderes Restaurant würde mir sicher genauso gefallen, dir nicht?« fragt meine Mutter.
»Mir auch, ja, oh ja, mir auch. Das Lied ist widerlich: *Verhau den po ... setz ihn an die Luft, den po* ... Laß uns zu Bessay gehen, nur zwei Schritte, und es kostet nur zweiundzwanzig Sous.«

Meine Mutter nimmt bei Bessay Platz.
»Was haben Sie mir anzubieten, Meister Ober?«
»Mama, es heißt nicht *Meister* Ober.«
»Ach, du bist inzwischen unhöflich geworden! Man soll zu den Leuten nicht so stolz sein, man weiß nie, was kommt, mein Kind!«
Der Kellner hat auf die höfliche Frage meiner Mutter nicht geantwortet, er ist mit einem Gast beschäftigt, zu dem er sagt:
»Wir haben einen Kalbskopf, nicht wahr?«
Der Herr nickt zustimmend, er leugnet es nicht, er hat wirklich einen Kalbskopf.

Der Kellner kommt zu uns.
»Was also raten Sie uns?« fragt meine Mutter.
»Ich empfehle Ihnen den Kalbsbraten.«
»Ich bin nicht nach Paris gekommen, um zu essen, was ich auch zu Hause essen kann, nein. – Was würden Sie selbst essen, sagen Sie uns das!«
Sie möchte ihn wie einen Freund ansprechen. »Na, also, was gibt's Gutes? ... Woher stammen Sie?«
Er schlägt ein Gericht vor, sie geht erst darauf ein, aber nein, nein, sie denkt nach ...
»Jacques, ruf ihn zurück!«
»Ober?«
Ich sage es schüchtern, so wie man bei einem Zahnarzt an der Tür klingelt. Ich hoffe, daß er mich nicht hört.
»Du siehst doch, daß er weggeht: lauf hinterher, nu' lauf schon!«
Ich erwische den Kellner, wie er, ein Bein erhoben und den Kopf nach unten, mit Stentorstimme die Treppe hinunterruft:
»WO BLEIBEN MEINE KUTTELN?«
Er dreht sich brüsk um:
»Was ist?«
»Wir wollen doch keinen Braten.«
»Was wollen Sie dann?«
Meine Mutter, von hinten aus dem Saal:

»Ein schönes Kotelett, nicht zu fett; nur, wenn es nicht fett ist, und den Teller bitte schön warm!«
»Das Kotelett ... bitte!«
»Ich habe doch gesagt: nicht fett!«
»Das ist ja nicht fett, gnädige Frau!«
»Also, mein Freund, wenn Sie ehrlich sind ...«
Der Kellner ist verschwunden.
Meine Mutter dreht und wendet das Kotelett mit der Gabelspitze; schließlich macht sie folgenden Vorschlag:
»Jacques, geh in die Küche fragen, ob sie es dir umtauschen wollen.«
»Mama!«
»Für sein Geld bekommt man hier nicht mal, was man haben möchte!
Man könnte ja denken, wir bitten hier um Almosen!« (mit einschmeichelnder Stimme): »Du verlangst also, daß ich etwas esse, wovon mir schlecht wird? Geh und bitte, daß sie es umtauschen, geh, mein Freund.«
Ich weiß nicht, wohin ich mich verkriechen soll; alle sehen auf uns, man hört nur uns; ich finde einen Winkelzug, und schelmisch und schmollend (ich glaube, ich lutsche sogar am Finger): »Wo ich doch Fettes so gern esse!«
»Auf einmal magst du es also? Was habe ich dir gesagt, als ich dich noch prügeln mußte, damit du es ißt, daß du eines Tages danach verrückt sein würdest! – Da, mein Kind, schlemm tüchtig.«
Mir ekelt immer noch vor dem Fett, aber ich sehe keine andere Möglichkeit, wenn ich das Kotelett nicht zurücktragen will, vielleicht kann ich das Fette da auch irgendwie verschwinden lassen.
Tatsächlich gelingt es mir, ein Stück in meine Westentasche und ein anderes hinten in meine Hosentasche zu stopfen.

Aber eines Abends nimmt meine Mutter mich beiseite; sie hat ernsthaft mit mir zu reden:
»So geht es ja nun nicht immer weiter, mein Junge, wir müssen überlegen, was wir jetzt machen sollen. Eine ganze

Woche laufen wir in die Theater und stopfen uns in den Restaurants voll, und wir haben noch nichts über deine Zukunft beschlossen.«

Jedesmal, wenn meine Mutter feierlich wird, läuft mir der Schweiß den Rücken herunter. Eine Woche war sie nett; am achten Tag gibt sie zu erkennen, daß sie sich verausgabt, und daß ich davon profitiere. »Man merkt, daß nicht du das Geld verdienst. Für einen kostet das Restaurant nur 22 Sous, aber für zwei sind es 44, ohne das Trinkgeld. Du wolltest, daß wir drei Sous geben! Ich habe sie gegeben, na gut, obwohl zwei völlig gereicht hätten; wenn es nach mir ginge, würde ich nichts geben, nicht so viel!«

Sie hat eine Art, die Vergnügungen, die sie bietet, so zu kommentieren, daß sie ein bißchen an Glanz verlieren.

Als wir zum Beispiel ins Palais-Royal gegangen sind, mußte ich zwei Stunden lang lachen – um zu beweisen, daß das kein rausgeworfenes Geld war. – Wenn ich mir vor Vergnügen nicht die Seiten halte, sagt sie: »Dafür haben wir nun 4 Francs ausgegeben!«

Ich lache, soviel ich kann! Sobald sie den Kopf wegdreht, ruhe ich mich ein wenig aus, aber es ist trotzdem anstrengend.

Sie hat mich ins Hippodrom ausgeführt – wir sind zu Fuß zurückgekommen. Sie läuft gern, ich nicht. Ich lasse mich melancholisch hängen.

»Der Herr mimt auf einmal den Traurigen! Aber als du den Stutzer gespielt und den Kunstreiterinnen nachgeguckt hast, da warst du nicht traurig.«

Den Stutzer???

»Also! Was sollen wir mit dir machen?«

»Ich weiß es nicht!«

»Hast du eine Idee?«

»Nein.«

»Du mußt die Schule zu Ende machen.«

Ich sehe da keine Notwendigkeit.

Meine Mutter errät meine Gedanken.

»Ich wette – ja, ich wette! –, daß es ihm einerlei wäre,

wenn die Opfer, die wir für ihn gebracht haben, umsonst gewesen wären. Es wäre ihm recht, die Schule zu verlassen, sieh mal an! Er würde seine Studien im Stich lassen! ...«

Wenn es mir Spaß machen würde, und wenn es mir nützlich wäre! ... (Innerlich stelle ich immerzu Überlegungen an).

»Aber wirst du jetzt antworten«, schreit meine Mutter, »wirst du mir wohl antworten?«

»Auf was soll ich denn antworten?«

»Was gedenkst du zu tun? Hast du eine Idee, irgendeine Vorstellung?«

Ich antworte nicht, aber ich sage mir ganz leise: Ja, ich habe eine Idee und eine Vorstellung! Ich habe die Idee, daß die Zeit, die man mit diesem Latein, diesem Griechisch – diesem Blödsinn! – verbringt, verlorene Zeit ist; und ich stelle mir vor, wie sehr ich als kleiner Junge recht hatte, als ich ein Handwerk lernen wollte! Ich will schnell mein Brot verdienen und für mich selbst sorgen!

Ich bin der Schmerzen, die ich ausstehen mußte, müde, und müde auch der Vergnügungen, die man mir bietet. Mir wäre es lieber, keine Erziehung und keine Beleidigungen zu empfangen. Ich will nicht am Montag ins Theater gehen, damit man mir am Dienstag vorwirft, daß man mich mitgenommen hat; ich fühle, daß ich immer unglücklich mit Ihnen sein werde, solange Sie mir vorhalten können, daß ich einen einzigen Sou koste! ...

Das denke ich, meine Mutter.

Ich habe Ihnen noch mehr zu sagen – ob ich will oder nicht, ich erinnere mich daran, wie ich als ganz kleines Kind unter Ihrem Zorn gelitten habe. Manchmal kommen Anfälle von Rachsucht über mich, und ich werde erst glücklich sein, wenn ich weit von Ihnen weg bin, damit Sie es wissen! ...

Auf einmal kommen die Gedanken laut aus mir heraus!

Meine Mutter wurde bleich.

»Ja, ich will in eine Fabrik gehen, ich will in einer Werkstatt arbeiten, ich werde Kisten schleppen, die Läden vor-

hängen, den Fußboden fegen, ich werde einen Beruf erlernen. Wenn ich einen habe, kann ich fünf Francs am Tag verdienen. Dann gebe ich Ihnen das Geld fürs Palais-Royal zurück, und die drei Sous Trinkgeld ...«
»Du Unseliger, du willst deinen Vater zur Verzweiflung treiben!«
»Lassen Sie mich mit Ihrer Verzweiflung in Ruhe! Ich will jedenfalls nicht seinen Beruf ergreifen, ein gelehrter Hund werden! Ich will nicht dämlich wie N ... und dämlich wie D ... werden. Ich will lieber eine Weste wie Onkel Joseph tragen, aber am Samstag Lohn, und das Recht, am Sonntag dorthin zu gehen, wohin ich will.«
. . . .
»Und du sagst, du willst uns am liebsten nicht mehr sehen?«
Sie übergeht alle andern Vorwürfe, die ihren Stolz verletzen, ihre Pläne durchkreuzen, ihr Leben durcheinander bringen, nur an einen Satz hält sie sich, den, mit dem ich hinausgeschrien habe, daß ich sie nicht liebte, daß ich sie nicht mehr sehen wollte!
Ihre Traurigkeit hat mich tief bewegt; ich nehme sie bei den Händen.
»Weinst du?«
Sie hat einen Schluchzer nicht unterdrücken können, und mit einer kummervollen Geste, wie ich sie auf den Kirchenbildern gesehen habe, hat sie ihren Kopf in meine Hände fallen lassen ...
Als sie ihr Gesicht hochhob, erkannte ich sie nicht mehr: auf diesen bäurischen Zügen lag alle Poesie des Schmerzes; sie war weiß wie eine große Dame, in ihren Augen waren Tränen wie Perlen.
»Verzeihung!«
Sie nahm mich bei der Hand. Ich bat noch einmal um Verzeihung.
»Ich habe dir nichts zu vergeben ... ich kann dich nur bitten, siehst du, daß du nicht wieder so harte Worte sagst.«
Sie senkte die Stimme und murmelte:
»Vor allem, wenn ich sie verdient habe, mein Kind ...«

»Nein, nein«, sagte ich durch meine Tränen hindurch.
»Bitte«, sagte sie, »ich will heute abend allein sein; du kannst ausgehen ... Laß mich. Laß mich.«
Sie ließ mir den Schlüssel geben – »damit er bis Mitternacht bleiben kann«, hatte sie zu Herrn Molay, dem Vermieter gesagt.
Ich schlug den ersten besten Weg ein, ich verlor mich in entlegene Straßen, und den ganzen Abend dachte ich an die rührenden Worte, die ebenso viele harte Worte und grausame Handlungen weggewischt hatten ...
»Jacques? Willst du uns wohl den Gefallen tun, weiter auf die Schule zu gehen?«
»Ja, Mutter.«
Von dem Tag an habe ich sie bis zu ihrem Tod nur noch ›Mutter‹ genannt.
»Ah! Du machst mir Freude! Danke, mein Kind! Siehst du! Es hätte mir großes Leid bereitet, mit anzusehen, wie du, nachdem du alle Klassen durchlaufen hast, vor dem Ende aufhörst. Um deines Vaters willen hätte ich gelitten. Du wirst tun, was er will, du wirst dein Bakkalaureat machen, und dann danach ... danach machst du dann, was du willst ... da es dich unglücklich machen würde, zu tun, was wir wollen ...«
Am Morgen nach dem Tag, an dem sie geweint hatte, war beschlossen worden, daß wir nicht mehr von der Ecole Normale sprechen würden, daß ich nur mein Bakkalaureat vorbereiten würde.
Ich habe zugestimmt, froh, die Augen der armen Frau mit diesem Versprechen zu trocknen, sie in meinem Opfer zu baden.
Sie spricht nicht wie einst mit mir.
Sie ist so ernsthaft und so besorgt, mich nicht zu verletzen!
»Ich habe dir mit meinem Unsinn ganz schönen Kummer bereitet, nicht wahr?«
Mit Bewegung fügt sie hinzu:
»Von jetzt an wirst du mit mir schimpfen. Du übernimmst erst mal die Börse. Sag nicht nein, ich bestehe darauf, ich

will es so. Und dann bin ich schließlich eine alte Frau, wahrscheinlich langweilt es dich, immer mit mir zusammen zu sein. Ich kann sehr gut mit Frau Molay schwatzen. Sie wird mir die Sehenswürdigkeiten so gut zeigen wie du. Ich will, daß du wenigstens die Abende für dich hast. Geh und triff deine Freunde, deine Kameraden; geh zu Matoussaint.«

Ich suchte Matoussaint in seinem Zimmer im Quartier Latin auf, wo er mit einem Mann zusammenwohnt, zehn Jahre älter als er, einem Jacobiner, der für eine republikanische Zeitung schreibt. Er schreibt an einer Geschichte des Konvent[1].

Er diktiert Matoussaint.

Sie diskutierten gerade ernsthaft. Sie haben mich freundlich empfangen, aber die Unterhaltung fortgesetzt.

Ihre Sätze rasseln wie Säbel: »Ein Journalist muß gleichzeitig auch Soldat sein.« – »Ein Degen muß bei der Feder liegen.« – »Bereit sein, Blutstropfen in das Geschriebene fließen zu lassen.« – »Es gibt Stunden im Leben der Völker.«

Matoussaint und sein Freund, der Journalist, wie wir ihn nennen, haben mir Bücher geliehen, am Donnerstag habe ich sie mitgenommen. Am Sonntag darauf war ich nicht mehr derselbe.

Ich war in die Geschichte der Revolution eingedrungen.

Vor mir tat sich ein Buch auf, in dem von Elend und Hunger die Rede war, Gestalten zogen vorbei, die mich an meinen Onkel Joseph oder an Onkel Chadenas erinnerten, Tischler, die ihre Zirkel zur Waffe spreizten und Bauern, deren Gabeln Blut an den Zinken hatten.

Da waren Frauen, die nach Versailles marschierten und hinausschrien, daß *Madame Veto*[2] das Volk aushungere; und der Spieß, auf den der Laib Schwarzbrot – als Fahne

[1] *Konvent:* Nationalkonvent, 1792–1795 verfassunggebende Versammlung der französischen Revolution; verurteilte den König, rief die Republik aus.

[2] *Madame Veto:* Spitzname für Marie Antoinette.

– gesteckt war, durchbohrte die Seiten und stach mir in die Augen.
Mir wurde klar, daß das einfache Menschen wie meine Großeltern waren, daß sie schwielige Hände wie meine Onkel hatten; es wurde mir klar, daß die Frauen den Bettlerinnen ähnlich waren, denen wir auf der Straße einen Sou schenkten, ich sah Kinder, die sie am Handgelenk mitzogen. Ich hörte sie reden wie jedermann, wie Vater Fabre, wie Mutter Vincent, wie mich; das war es, was mich von den Zehen bis in die Haarspitzen erschütterte.
Hier gab es kein Latein mehr. Sie riefen: »Wir haben Hunger! Wir wollen frei sein!«
Mein Brot zu Haus war allzuoft bitter gewesen, ich hatte zuviele Martyrien erlitten, als daß ihre Rufe mir nicht ans Herz rühren sollten.
Dann zerriß ich in Gedanken, die mies zusammengeschneiderten Kleider, die ich immer getragen hatte, die mich immer lächerlich gemacht hatten; ich ersetzte sie durch die blaue Uniform der Arbeiter, ich schlüpfte in die Lumpen derer aus der Sambre-et-Meuse-Region.
Man wurde nicht mehr von seiner Mutter verprügelt, auch nicht von seinem Vater, man wurde vom Feind erschossen, und man starb wie Bara[1]. *Es lebe das Volk!*
Das Volk in den Büchern, die ich da bekommen hatte, bestand aus Leuten mit Lederschürzen, Arbeitsjacken und geflickten Hosen, und nur sie liebte ich, weil nur die Armen gut zu mir gewesen waren, als ich klein war.

Ich erinnerte mich jetzt an Redensarten, die ich in den Tälern, an Lieder, die ich auf den Feldern gehört hatte, die Namen von Robespierre und *Buonaparte* standen am Schluß des Refrains in Mundart; und an einen Alten, ganz Alten mit weißen Haaren, der allein am Ende des Dorfes wohnte, den sie den Verrückten nannten. Er setzte manchmal eine rote Kappe auf seine weißen Haare und sah mit starrem Blick in die Asche.

[1] *Joseph Bara:* junger französischer Revolutionär (1779–1793); von Gegenrevolutionären ermordet.

Ich erinnere mich an einen, den sie den *Sansculotte* nannten, der Priester nicht *ausstehen konnte.* Er war aus dem Haus gegangen, als seine Frau vor ihrem Tod *den lieben Gott* angerufen hatte.
Ich erinnere mich auch an Gesten, die sie vor mir gemacht hatten, sie schlugen auf einen Gewehrkolben, sie legten mit zornigen Blicken das Gewehr aufs Schloß an.
Und das Blut eines Bauernsohnes, eines Arbeiterneffen wallt unwillkürlich auf in meinen Gelehrtenadern!
Ich bekam Lust, an Onkel Joseph und Onkel Chadenas zu schreiben ... ›Seid versichert, daß ich euch nicht vergessen habe, daß ich lieber mit euch gelebt hätte, hinterm Pflug, im Stall, als in meinem lateinischen Zuhause. Aber wenn ihr gegen die *Aristokraten* losmarschiert, dann ruft mich!‹

»Du wirst seit einiger Zeit so aufgeregt«, sagte meine Mutter.
Es ist wahr – ich bin aus einer toten in eine lebendige Welt gesprungen. – Diese Geschichte, die ich da verschlinge, handelt nicht von Göttern, Königen, Heiligen – es ist die Geschichte von Pierre und Jean, von Mathurine und Florimond, die Geschichte meiner Heimat, die Geschichte meines Dorfes. In diesen Annalen, deren Tinte noch kaum getrocknet ist, ist vom Weinen der Armen, vom Blut der Aufständischen, vom Elend der Meinen die Rede.
Mit was für einer Leidenschaft ich die Freiheit ausnutze, die meine Mutter mir läßt! Jeden Tag erscheine ich in der Rue Jacob, um mich vollen Herzens in die Bücher zu stürzen, die es da gibt, oder um den Journalisten von der republikanischen Fahne erzählen zu hören, die auf den Brücken aufgepflanzt war, die von den Brigaden mit dem Ruf *Es lebe die Nation! – Nieder mit dem König! – Freiheit oder Tod!* verteidigt wurden!
Frei sein? Ich weiß nicht, was das heißt, aber ich weiß, was es heißt, Opfer zu sein; ich weiß es, so jung wie ich bin.
Wir stellen uns manchmal vor, Matoussaint und ich, wir wären auf dem Land, und jeder hängt seinen Träumen nach.

Er möchte den Hut des Saint-Just bei der Armee tragen, goldene Epauletten und den breiten Gürtel in den Farben der Tricolore.
Ich sehe mich als Sergeant, ich rufe *Los! He, meine Kinder!* Wir kommen alle aus dem gleichen Dorf, sitzen ums gleiche Biwakfeuer und sprechen von der Haute-Loire.
Ich träume von Epauletten aus Wolle und einem Gewehrgehänge aus Bindfaden.
Ich wäre gern beim Mosel-Bataillon. Mit Bauern und Arbeitern. Onkel Joseph sollte Hauptmann sein, und Onkel Chadenas Leutnant.
›Nach dem Sieg‹ würden wir in die Tischlerwerkstatt oder zur Ernte auf die Felder zurückkehren.

Rue Coq-Héron

Der Journalist nimmt uns eines Abends in die Druckerei in einem Erdgeschoß mit, wo seine Zeitung gedruckt wird; er ist mit einem der Arbeiter befreundet.
Die Maschine läuft, schluckt die Blätter und spuckt sie wieder aus, die Riemen schnurren. Es riecht nach Harz und frischer Druckerschwärze.
Es ist so gut wie Mistgeruch. Es riecht ebenso warm wie in einem Stall. Die Arbeiter sind in Hemdsärmeln, mit Papiermützen. Es wird kommandiert wie auf einem Schiff in Seenot. Der Anleger achtet wie ein Schiffsjunge auf den Maschinenmeister, und der paßt auf wie ein Kapitän.
Eine Druckwalze ist zersprungen. – He! – Ah! Es gibt eine Unterbrechung – und zehn Minuten später fängt das Tier aus Holz und Eisen wieder zu schnauben an.

Ich habe den Beruf gefunden, der zu mir paßt ...
Hier trüge auch ich den blauen Arbeitskittel und die Mütze aus grauem Papier, ich würde dieses Rad anhalten, diese Walze ankurbeln, ich würde den Duft atmen – er macht beschwipst, wirklich, wie derber Wein.
Setzer? Nein. – Drucker, ja!
So ein schönes Handwerk, wo man eine Maschine leben

und keuchen hört, wo alle gleichzeitig in Bewegung sind, wie in einer Schlacht!

Man muß stark sein – Mut haben. Eisen und Lärm, mir gefällt das. Man verdient seinen Lebensunterhalt, und man liest als erster die Zeitung.

Ich spreche nicht darüber; ich behalte meine Pläne für mich. Ich fühle, daß es nötig ist, den Mund zu halten, wenn man etwas will, was die andern nicht wollen. Ich sage nichts, aber ich freue mich! Es ist ein bißchen schmerzliche Eitelkeit in dieser Freude.

Ich stelle mir vor, wie überlegen ich den Kameraden sein werde, die ein Bohémienleben führen – es ist unvorstellbar –, weil sie keine sichere Arbeit haben; ich aber, ich verdiene meine fünf Francs am Tag, komme was wolle, indem ich nur meine Arme ermüde.

Ich werde von niemandem abhängig sein, nachts werde ich lesen, am Sonntag werde ich schreiben. – Ich kann, wenn ich will, einer geheimen Vereinigung angehören. – Wenn ich losgehe, werde ich gegessen haben, und ich werde noch etwas für politische Gefangene oder zum Kauf von Waffen geben können ...

Arbeitend leben, kämpfend sterben!

»Jacques, ich habe einen Brief von deinem Vater bekommen, er will, daß wir nach Nantes zurückkommen und daß du bei ihm dein Bakkalaureat vorbereitest.«

Daran hatte ich nicht mehr gedacht. Ich stand bis zum Hals in der Revolution, und ich liebte jetzt Paris. Diese Druckerei! ... Wir waren zum Stammessen in Kneipen gegangen, wohin Arbeiter kamen, die den Saisons[1] angehört, bei Aufständen mitgemacht hatten.

Bluse und Gehrock saßen am gleichen Tisch und tranken einander zu.

Am Sonntag gingen wir in die Kneipen, wo die Volks-

[1] *Saisons:* die ›Société des Quatre Saisons‹, ›Gesellschaft der Jahreszeiten‹; von Auguste Blanqui (1805–1881) und Armand Barbès (1809–1870) gegründete und geführte Geheimgesellschaft.

sänger auftraten, in die *Lyre chansonnière* oder die *Enfants du Luth.* Ich weiß nicht mehr genau.
Bei den Spottliedern langweilte ich mich ein bißchen; aber plötzlich hieß es: »Das ist Festeau[1], das ist Gille[2].« Und ich meinte, in der Ferne das dumpfe Trommeln eines republikanischen Tambours zu hören; dann wurde das Trommeln deutlicher, Gille sang, und diese Musik drang mir voll ins Herz.
Trotzdem bin ich nicht sicher, ob ich den Liedern von Schlachten und vom Sterben nicht die der Schnitter und Schmiede vorziehe; ein großer Mechaniker, sanft wie ein Lamm, aber stark wie ein Ochse, singt sie aus vollem Halse. Er singt von der Poesie der Werkstatt, vom Lärm und Dampf – er spricht von der Hausfrau, die sagt: Hab Mut, mein Mann – arbeite – es ist für das Balg!
Jetzt wird der Sänger leiser. »Macht die Fenster zu«, sagt jemand. Und sie antworten ihm mit dem Refrain:

Die Fahne, die das Volk in Saint-Merry trug!

Hinter den Versen lauert die Revolte. – Ich empfinde es zumindest so, der ich gestern die *Geschichte der zehn Jahre* angefangen habe, und ich bin nicht mehr bei 93. Ich bin in Lyon und beim schwarzen Banner. Die Weber schreien: *Brot oder Blei!*

»Am Montag fahren wir nach Nantes, Jacques.«
Ein Messerstich könnte mir nicht schmerzlicher sein. Vor einem Monat wäre ich zufrieden abgereist, vielleicht hätte ich am Zollbaum auf Paris gespuckt, so erstickend hatte ich es gefunden, so sehr war ich von den Kameraden und Lehrern enttäuscht gewesen.
Vor einem Monat aber flossen die Tränen meiner Mutter, und am Tag nach dieser Szene eröffnete sich mir die volle Freiheit; von Zeit zu Zeit vierzig Sous, um mit Freunden

[1] *Louis Festeau:* französischer Schriftsteller (1793–1869), Verfasser politischer Lieder; Freund von Béranger.
[2] *Charles-Eugène Gille:* französischer Arbeiter (1820–1856), schrieb und sang politisch-satirische Lieder.

ein bißchen Schwein zu Abend zu essen, und sonntags zum Mittagessen geschmortes Rind bei Ramponneau.
Ich war unterm Volk, ich habe in schlechtem Französisch, aber aus gutem Herzen scherzen hören. Ich habe Leute aus dem Volk und Bürger reden hören: sie sagten *Liberté* und nicht *Libertas*.
Ich habe die Probleme der Armut mein Leben lang gekannt; mein Vater ist gedemütigt worden, weil er arm war, ich auch, und statt der Reden von Cato, Cicero und diesen Leuten auf *o*, *onis*, *us*, *i*, *orum*, sehe ich, wie sie sich auf einem öffentlichen Platz versammeln, um über das Elend zu diskutieren, um Arbeit oder Tod zu fordern.
»He! Jean-Marie, wenn schon kein Krümel zu Haus zu finden ist, ist es nicht besser, *den Geschmack von Brot hinter sich zu lassen*?«

Zurückkehren?
Mit wem soll ich von Republik und Revolte sprechen?
Hat es in Nantes jemals Erhebungen gegeben? In Lyon, das wäre etwas anderes!
Oh, hätte ich meiner Mutter nichts versprochen! – Wenn sie doch nie geweint hätte!
Wenn sie nie geweint hätte, hätte ich gesagt: »Ich will hier nicht weg.« Der Puritaner hätte mich als Bürojungen, als Aushilfskraft bei einer Zeitung untergebracht. Gerade (das ist eine Chance!) ist ein Platz beim NATIONAL frei; sie zahlen dreißig Francs im Monat fürs *Kopiehalten*, dafür, daß man dem Korrektor vorliest. Ich hätte von diesen dreißig Francs gelebt. Wenn ich mit der Arbeit fertig gewesen wäre, wäre ich in die Druckerei hinuntergegangen, um Druckerschwärze und Papier zu riechen, und ich hätte die Arbeiter gebeten, mir ihr Handwerk beizubringen.
Wenn ich mit meiner Mutter darüber spräche?

Ich spreche mit ihr darüber.
»Du hast mir aber doch gesagt ...«
»Ja, es ist wahr.«
Ich sage dem Journalisten und Matoussaint Adieu.

Der Journalist macht mir Mut.
»Sie kommen wieder, mein Lieber.«
»Schreiben Sie mir wenigstens!«
»Ja. Und wenn es wäre«, sagt er lächelnd, »um Sie zum Sturmangriff auf den Elyséepalast zu rufen. «
»Dann vor allem, Citoyen[1]!«

[1] *Citoyen:* (frz.) ›Bürger‹ im revolutionären Sinne, im Gegensatz zu ›bourgeois‹, dem Besitzbürger.

XXIV Die Rückkehr

Ach, die Reise ist traurig!

Meine Mutter sieht meinen Schmerz und versucht, mich zu trösten, was mich irritiert, ich muß mich zusammennehmen, um sie nicht vor den Kopf zu stoßen. Ich nehme es mir übel, daß ich niedergedrückt wirke: ich habe also nicht genug Beherrschung!

Nein, ich habe sie nicht; die Namen der Stationen, auf den Bahnhöfen ausgerufen, dringen mir wie Dornen in die Brust: Beaugency! Amboise! Ancenis!

Es wird auf ein Schloß, eine Ruine aufmerksam gemacht; aber das ist schon ganz nah bei Nantes!

»Es sind nur noch fünf Meilen, junger Mann.«

»Oh! Mein Gott!«

»Wir sind da.«

Wie öde mir die Straßen vorkommen! Am Quai, wo wir wohnen, gehen zwei oder drei Leute vorbei – nicht mehr. Ich erkenne einen alten Kapitän wieder, auf der Bank, auf der er schon damals saß, wenn ich zur Schule ging, dann einen zerlumpten Neger, er hatte Kinder, man schenkte ihnen Almosen.

Was für eine Stille! Man könnte meinen, man wäre auf dem Land.

Da steht mein Vater, dünn, grimmig, unbeweglich.

Als ich klein war und man mich ihm in die Arme warf, um ihn zu küssen, hat er mich zurückgestoßen.

Und jedesmal, wenn die Feierlichkeit einer Trennung oder eines *Wiedersehens* anfällt, fühlen wir uns beide unwohl!

Diesmal bietet er mir ein fahles Gesicht und eine steinerne Stirn zum Küssen an.

Ich wage es nicht.

Meine Mutter stößt uns ein bißchen an, ich recke den Hals vor, er hält mir seinen entgegen. Meine Haare machen

ihn blind, und sein Bart piekt mich. Wir reiben uns aneinander, beide wie in Rachsucht.
Ohne ein Wort gehen wir die Treppen hinauf. Mein Vater kommt hinterher; wie zu einer *Exekution* im Londoner Tower.
Wenn die Exekution noch schnell ginge – aber nein –, mein Vater *nimmt sich* in aller Feierlichkeit *Zeit*.
Das ist Latein. – Das ist die Erinnerung an Väter, die in der Geschichte ihre Söhne ermordet haben: Cato, Brutus.
Er will mich nicht umbringen; aber im Grunde weiß ich, daß er nur zu feige ist, und er möchte, daß sein Sohn, daß Bruticulus ihm dafür dankbar ist; wenn ich eine Bewegung mache oder mich etwas lebhaft äußere, runzelt er die Stirn, beißt sich auf die Lippen (es muß für den würdigen Mann anstrengend sein!) als ob er sagen wollte: »Du vergißt anscheinend, daß du nur durch meine Gnade lebst, daß ich dich mit der Axt niederschlagen, dem Lictor ausliefern könnte?«
Er bleibt antik, bis ihn die Nase juckt; oder bis er es nicht mehr aushält.
Es erschöpft ihn irgendwann, mit Gewalt finster auszusehen, ab und zu muß er seine Kiefer entspannen.
Nie war er so sehr Brutus wie heute.
Er hat die Troddel an seiner griechischen Mütze zurückgeworfen, als ob sie ein Zeichen der Schwäche wäre, und hält sich auf seinem Sessel, als ob es ein kurulischer[1] Stuhl wäre.
»Sie sind mein Sohn, ich bin Ihr Vater.«
»Oja, dessen kannst du gewiß sein, Antoine!« scheint meine Mutter sagen zu wollen.
»Es gab in Rom ein Gesetz (Hören Sie mir zu, mein Sohn?), das dem in der Person eines der Seinen entehrten Vater das Recht gab, Hand zu legen an diesen ... diesen ... diesen *seinen* ... suum.«
Er kommt durcheinander.

[1] *kurulischer Stuhl:* Ehrensitz der hohen Würdenträger im alten Rom, später auch der Kaiser.

Philosophie

»Du wirst bis Ostern Philosophie lernen, und zu Ostern machst du dein Bakkalaureat.«
Dieser Beschluß wird gefaßt.
Sie gucken ein bißchen, als ich wieder im Schulhof auftauche. Sie stehen herum und gaffen mich an. Ein Junge, der aus Paris zurückkommt ... stellt euch das vor! ...
Der Lehrer ist ein junger Mann, der als Erster die Ecole Normale verlassen hat, Erster beim Staatsexamen war; er ist immer der Erste in der Klasse und erscheint als Erster im Verwaltungsbüro, um sein Gehalt abzuholen. Er wohnt im ersten Stock, in einem Haus in einer schaurigen Straße. Er besucht die Theaterpremiere und sitzt im ersten Rang. Seine Mutter hat ihn so programmiert.
»Ich will, daß du überall, überall *der Erste* bist.«

Dieser Lehrer behandelt mich ganz gut. Er rechnet darauf, daß ich in seinem Garten den Peripatetiker[1] spiele.
Früher hatte er Leute, die er Wasser holen und seinen Gemüsegarten begießen ließ; er hat keine mehr.
Er denkt sich, daß ich als Kollegensohn – also auch aus Eleusis – das Zeug zum Schüler und Wasserträger habe.
Ich weiß nicht, wie er zu seinem Posten gekommen ist.
Ich fand die Rhetoriklehrer in Paris langweilig, aber man hat mir versichert, daß unter den Philosophielehrern Leute wären, die nachdächten, die etwas im Kopf hätten.
Einmal ist sogar einer dem *Journalisten* die Hand schütteln gekommen, obwohl der Journalist Republikaner war.
Ich hatte große Vorstellungen von diesen Weisheitssuchern. Aber der hier ist wirklich komisch!

In der Klasse

»Herr Vingtras, welches sind die Gottesbeweise?«
Ich kratze mich am Ohr.

[1] *Peripatetiker:* Philosophen der aristotelischen Philosophenschule, die im Auf- und Abgehen zu lehren pflegten.

»Sie wissen es nicht?«
Es scheint ihn zu verwundern, als wollte er sagen: »Sie kommen doch schließlich aus Paris!«
»Gineston, die Gottesbeweise?«
»Ich weiß nicht, in meinem Buch fehlen Seiten.«
»Badigeot?«
»Es gibt einen *consensus omnium.*«
»Und das heißt? ...« (der Lehrer nimmt eine Pose ein wie Sokrates, da er mit dem Genie niederkommt).
»Es heißt ...«, und leise zu seinem Nachbarn: »He, Pitou, sag mal!«
»Heißt es« (nimmt der Lehrer auf und hilft dem Kranken), »daß alle Welt sich einig ist, einen Gott anzuerkennen?«
»Ja.«
»Fühlen Sie nicht, daß es ein Wesen über uns gibt?«
Badigeot betrachtet aufmerksam die Decke.
Rafoin hat heute morgen ein Papiermännchen hinaufgeschnipst, es hängt an einem Faden und hält mit einem Klümpchen aus gekautem Brot fest.
»Doch, da oben ist ein *Männchen.*«
»Männchen, Männchen« (sagt der Professor, der kurzsichtig ist und nicht sieht, was an der Decke hängt), »aber das ist auch der Gott der Bibel. Seine Rechte ist fürchterlich!«
Das Wort hat ihm nicht einmal mißfallen.
»Ich mag diese Familiarität«, sagte er beim Verlassen der Klasse. »Da oben ist ein *Männchen*! ... Dieser Ausruf eines Kindes, um Gott zu bezeichnen!«
Er hat an hoher Stelle darüber gesprochen.
»Was sagen Sie dazu, Herr Direktor? Spricht das Kind, das nichts weiß, nicht so wie der Greis, der alles weiß? – Ja, da oben ist ein Männchen!«
In der nächsten Stunde nimmt er wieder Badigeot dran und erinnert ihn zu Beginn an sein Wort:
»Da oben ist also ein Männchen?«
»Nein, es ist weg.«
Es hat nicht gehalten und ist heruntergefallen.

Der Lehrer hat mich auf die *Fähigkeiten der Seele* angesetzt.
Die andern sind noch nicht so weit, das macht er eigens für mich. Erst nach Ostern erfährt man in dieser Schule hier, was es mit der Seele auf sich hat.
Die Seele hat sieben Fähigkeiten.
»Zählen Sie es an den Fingern ab, dann ist es leichter«, sagt der Meister zu mir.

In Nantes wird die Ankunft eines berühmten Universitätsprofessors angekündigt, des Herrn Chalmat. Chalmat persönlich ist in unsern Mauern!
Er hat meinen Vater in Paris kennengelernt, beim Staatsexamen.
Sie aßen Seite an Seite in einem Restaurant mit festem Preis zu Mittag. Herr Chalmat, der als erster ging, vergaß ein Manuskript, das mein Vater an sich nahm. Die Adresse war darauf, so konnte er das Paket seinem verzweifelten Besitzer nachtragen.
»Wenn Sie mich einmal brauchen«, sagte der Philosoph, »ich bin da.«
Er war da, in Fleisch und Blut, zufällig, und ebenfalls zufällig wurde in unserm Haus eine möblierte Wohnung vermietet, wodurch er unser Nachbar wurde.
Herr Chalmat schlief auf demselben Stockwerk wie wir.
Er schlief wenig, nachts sprach er laut. Ich hörte, wie er sagte: »Es gibt ACHT, ACHT! Ja, es gibt ACHT.«
Er wollte mir ein Geschenk machen.
Er bat uns beiseite, meinen Vater und mich; er sprach offenen Herzens.
»Meine Freunde«, sagte er (er beehrte auch mich mit diesem Namen), »ich wünsche, Ihnen den Dienst, den Sie mir damals mit der Rettung meines Manuskripts erwiesen, zurückzuzahlen. Ich habe kein Vermögen, aber ich werde Ihnen geben, was ich habe, nämlich das Ergebnis von zwanzig Jahren Reflexion und Arbeit!«

Mein Vater sieht aus, als ob er sagen wollte: »Das ist zuviel.«

»Nein, nein, hören Sie mir gut zu.«

Wir halten den Atem an, man hätte eine Stecknadel fallen hören können.

»Man lehrt allgemein, daß es sieben Fähigkeiten der Seele gebe? *Es gibt acht*!«

So hat man mich also betrogen? Hat mir eine gestohlen? Warum? Der Sinn?

»Ja, ja, so ist es«, und Herr Chalmat zeigt mir die fünf Finger seiner rechten Hand und bettet drei der Linken hinein.

Er hat gutmütig gesagt:

»Bedienen Sie sich der Entdeckung, ich autorisiere Sie; sie ist noch unbekannt, bereits in zwei Monaten wird sie in meinen Büchern erscheinen.« *

Rennes, Montag

Ich bin heute morgen angekommen. Morgen ist das Schriftliche. Mein Vater wollte mich nach Rennes begleiten, aber er muß bei seinen Pensionsschülern bleiben.

Dienstag

Bei der Übersetzung bin ich Zweiter.

Ich *klebe* noch zu eng am Text, sonst wäre ich Erster gewesen.

Heute nachmittag ist Mündliches.

Ich wiederhole und wiederhole, als ob ich das Buch mit drei Hapsen verschlingen könnte.

»Herr Vingtras!«

Ich bin dran. Die Lose werden gezogen.

»Übersetzen Sie dies, übersetzen Sie das.«

Ich übersetze wie ein Engel.

* Das Buch ist erschienen. In diesem Buch machte Herr Chalmat öffentlich ›acht‹ Fähigkeiten der Seele statt ›sieben‹ geltend. Die Entdeckung erregte zu ihrer Zeit großes Aufsehen.

»Man sieht«, sagt der Dekan öffentlich, »daß Sie nicht nur auf den Knien eines Universitätskopfes gewiegt wurden, sondern auch, daß sie sich an den großen Quellen gelabt haben, daß Sie durch die wunderbare Pariser Schule gegangen sind, der wir alle angehört haben.« (Er besinnt sich): »Ah! nein, nicht alle; nicht unser Kollege Gendrel.«
Herr Gendrel ist der Philosophielehrer. Er ist Akademiker aus der *Provinz*, Dr. phil. aus der *Provinz*; er hat nicht von den starken Quellen getrunken wie sie, wie ich, und da der Dekan, wie man hört, ein hinterhältiger Kerl ist, stichelt er gegen ihn, sooft er kann. Jetzt hat er mich zum Vorwand genommen.
Herr Gendrel ist gelb, quittegelb, er hat Brillengläser wie Bergougnard.
Ich muß am Mathematiklehrer vorbei, bevor ich bei ihm ankomme.
Ich weiß nicht groß was von dem, was ich gefragt werde, aber die Lobrede, die mir gerade öffentlich gehalten wurde, veranlaßt den Lehrer, nachsichtig zu sein.
»Was ist ein Kompensationspendel?«
»Das ist ein Pendel, das kompensiert.«
»Gut, sehr gut!«
Er neigt sich zum Ohr des Dekans:
»Er ist intelligent.«
Und wieder zu mir:
»Und wie benutzt man die pneumatische Maschine?«
»Die pneumatische Maschine?...«
»Ah! Ich will keine großen Details wissen. Man stellt ein Vakuum damit her, nicht wahr? Und wenn man Vögel hineintut, dann sterben sie. Gut, sehr gut!«
Er setzt noch einmal an:
»In Geometrie haben Sie den Kegelschnitt?«
Ja, aber ich brauche einen Hut für eine gute Demonstration, wie die mit den Gipsplatten des alten Italieners, und ich improvisiere.
Ich nehme einen Hut, der mir unter die Hand kommt, ziehe ein altes Taschentuch daraus hervor, und schneide meinen Kegel. Im Saal wird gelacht, denn die Kopfbedek-

kung ist speckig und das Tuch sehr schmutzig; die Prüfer sehen mich mit gutgelauntem Lächeln an.
Der Mathematiklehrer, der offensichtlich dem Dekan den Hof machen will (er soll seine Tochter heiraten), wendet sich mir wieder zu:
»Mein Herr, wir sehen, daß Sie den Vergil dem Pythagoras vorziehen; aber wie der Herr Dekan vorhin so fein bemerkt hat, haben Sie von den großen Quellen getrunken, und sogar Pythagoras hat davon profitiert.«
Schmeichelhaftes Gemurmel.
Wieder ein Seitenhieb auf Gendrel!
Ich bekomme es jetzt mit ihm zu tun.
Er starrt mich an: seine Brillengläser funkeln wie ganz neue Hundert-Sous-Stücke. Er muß sich schneuzen.
Er sucht nach seinem Taschentuch, es ist das, das ich vorhin herausgezogen und wieder in die schmierige Kopfbedeckung zurückgetan habe. Es war Gendrels Hut.
Ich bin verloren!
Er nimmt mir die Sticheleien übel, die der Dekan ihm anläßlich meiner Person verpaßt hat; er nimmt mir den Hut und das Taschentuch übel.
Er läßt mir keine Zeit, mich zu fassen.
»Mein Herr, Sie sollen uns von den Fähigkeiten der Seele berichten.« (Mit fetter Stimme:) »Wie viele gibt es?«
Er sieht aus wie ein Untersuchungsrichter, der einen Mörder zum Geständnis bringen will, oder wie ein Reiter, der mit voller Breitseite in eine Offiziersmesse einreitet.
»Ich habe Sie gefragt, mein Herr, wieviele Fähigkeiten der Seele es gibt?«
Ich, ganz benommen: »Es gibt ACHT.«
. . . .
Verblüffung bei den Zuhörern, Erregung auf den Bänken der Prüfer! Allgemeiner Stimmungsumschwung, wie er manchmal bei erregten Menschenansammlungen eintritt, und man hört: *Acht*, *acht*, *acht*.
Ih – acht! . . .
Ich erwarte das Urteil von Gendrel. Er sieht mir voll ins Gesicht.

»Sie behaupten, es gäbe acht Fähigkeiten der Seele? Sie machen der *Quelle der hohen Wissenschaften*, von der getrunken zu haben Sie der Herr Dekan vorhin so großzügig beglückwünscht hat, keine Ehre. In der Pariser Schule, die Sie besucht haben, gab es vielleicht acht, mein Herr. *In der Provinz* haben wir nur sieben.«

Die Prüfer nehmen ihm das übel, können aber nicht öffentlich meine *Theorie der Acht* akzeptieren, und ich habe es auszubaden, daß ich eine Neuerung in ein Examen geworfen habe, die vieler Bücher und berühmter Männer bedurfte, bevor sie anerkannt wurde.

Der Dekan kommt zurück und sagt trocken: »Herr Vingtras wird aufgefordert, sich einer neuen Sitzung zu stellen.«

Die Menge zerstreut sich, und man fragt sich, wer ich bin, was ich will, und wo wir hinkämen, wenn so mit der Seele gespielt werden dürfte; ich stürze die Fundamente um, auf denen das menschliche Gewissen ruht.

Ich bestehe nicht darauf, überhaupt nicht! Es ist Herrn Chalmats Schuld, er hat gesagt, es gibt acht. Ich bin kein Instrument in den Händen einer Sekte oder einer Fraktion. Ich sage, was er mir gesagt hat!

Es gibt also nur sieben Fähigkeiten der Seele: eine muß ich drangeben – es ist mir schnuppe –, aber ich muß noch einmal vor der Fakultät von Rennes erscheinen – und das ist mir nicht schnuppe. Ich bin sehr traurig...

Mein Vater empfängt mich mit zusammengebissenen Lippen, gerunzelter Stirn, hohlem Blick.

Er ist nicht nur in meiner Person verletzt! Er ist es in seinem eigenen Stolz!

Ein Schüler, der ihn nicht leiden kann, hat den Dolch in der Wunde herumgedreht.

Am Abend des Tages, an dem bekannt wurde, daß ich durchgefallen war, war an unserer Tür zu lesen:

ZUR SCHWARZEN KUGEL
Gasthaus für Durchgefallene
Staatsexamen und Bakkalaureat
(Die Partizipien werden trotzdem in der Stadt verbreitet)

Die Partizipien werden trotzdem in der Stadt verbreitet! Das heißt, daß trotzdem Nachhilfestunden für 25 Francs im Monat gegeben werden, ganz als ob man im ersten Anlauf durchgekommen wäre, als ob man auf Anhieb das Staatsexamen bestanden hätte, als ob der Sohn des Hauses mit seinen Erfolgen Ball spielen könnte …

»Jacques, es ist besser, wenn du dich nicht mit uns an einen Tisch setzt.«
Meine arme Mutter lebt nicht mehr. Jeden Tag wird sie Zeuge peinlicher Szenen.
Mein Vater wirft mir das Brot vor, das ich esse.
Mir wird Essen ins Zimmer gebracht, wie einem Mann, der sich versteckt.
»Oh! ich will dieses Leben nicht mehr! Ich will nach Paris zurück.«
»In den Sachen?« fragt meine Mutter mit einem Blick auf meine Klamotten.
Ich werde also immer und ewig von meiner Kleidung erschlagen werden!
Ah! Ich fahre trotzdem ab!
Mein Vater hat von dem Vorsatz Wind gekriegt.
»Sag ihm, daß ich ihn durch die Polizei festnehmen lasse, wenn er fährt.«
Legnagna hatte mich schon mit ihr bedroht …
Sie wollen ein Wild im Käfig aus mir machen, mein Vater?
Er hat also das Recht, mich gefangennehmen zu lassen, er hat das Recht, mich wie einen Dieb zu behandeln, er ist mein Herr, als wenn ich ein Hund wäre …
»Bis du volljährig bist, mein Junge!«
Er hat das sehr bedeutungsvoll gesagt und hat dabei auf ein Buch geklopft, das der Code [1] heißt; ich finde dieses alte Buch eines Abends in einer Ecke wieder. Ich lese heimlich drin, beim Licht der Straßenlaterne, die mein Zimmer erhellt: *Kann auf Anordnung seiner Eltern eingesperrt werden, etc.*

[1] *Code civil:* (auch *Code Napoléon*), das 1804 von Napoleon eingeführte Zivilrecht.

Mich festnehmen? – Warum?
Weil ich es nicht aushalte, wenn sie sagen, daß ich das Fleisch, das ich esse, nicht verdiene – weil ich es nicht aushalte, daß er sich damit amüsiert, mich zu schlagen, der ich ihn in Stücke reißen könnte – weil ich einen Beruf haben will und ihn die Vorstellung demütigt, daß er, der so sehr um eine rote *Toga* gekämpft hat, einen Sohn in Arbeitshose und Kittel haben soll!
Er wird mir vielleicht Handschellen anlegen lassen und den Polizisten befehlen, sie fest anzuziehen, wenn ich Widerstand leiste. Und das, weil ich nicht Lehrer werden will wie er.
Ich verstehe. Ich beleidige sein ganzes Leben, indem ich erkläre, daß ich zum Handwerk unserer Großeltern zurückkehren möchte! Wenn ich sage, daß ich in eine Werkstatt gehen möchte, so sage ich, daß er unrecht hatte, als er den Pflug und den Stall aufgab.
Er würde mich von einer Polizeistation zur andern führen lassen; wenn nicht heute abend, dann morgen, oder in einem Monat. Er kann es, bis ich einundzwanzig Jahre alt bin.

Ich soll Privatstunden geben.
Meine Schulerfolge haben mir einen gewissen Ruf eingebracht; und offenbar wollen mir einige Leute, die vielleicht ahnen, welche stummen Dramen sich bei uns abspielen, eine Freundlichkeit erweisen.
Eine dieser Personen wendet sich an meine Mutter: es ist eine Dame, sie möchte, daß ich ihrem Sohn ein wenig Latein beibringe. Meine Mutter hat ihr geantwortet:
»Gnädige Frau, es wäre mir schon sehr recht, wenn er ein bißchen Geld verdienen könnte, dann würde er sich weniger mit seinem Vater streiten. Es sind beides gute Menschen, aber sie zanken sich den ganzen Tag. – Sie müßten zum Beispiel mit Herrn Vingtras sprechen, daß er Jacques eine Hose kauft, wenn Sie nicht wollen, daß er« (mit schwachem Lächeln), »– bei allem Respekt – nackt bei Ihnen ankommt. Ich sage Ihnen das als Bäuerin; schließ-

lich bin ich von unten gekommen. – Sehen Sie, ich habe die Kühe gehütet!«

Von meinem Zimmer aus höre ich das mit an.

Arme Mutter!

Die Person, die wegen der Nachhilfestunden gekommen war, geht, aus Angst, eine Karaffe an den Kopf zu bekommen, irgendeine vom Wege abgeirrte Flasche – wenn mein Vater nach Hause käme und wir uns bei den Haaren kriegten. Sie hat auch nicht den Mut, um meine Hose zu verhandeln. Mit einem Wort, in meiner Familie hat man die Kühe gehütet, und sie sucht einen Lehrer, keinen Hirten.

Meine Mutter wartet auf eine Antwort. (Man wird ihr schreiben.)

»Jedenfalls habe ich ihr das Nötige gesagt«, meint sie und verschränkt die Arme, »Oh, diese Reichen, diese Reichen! . . .«

Oh, diese Bäuerin!

Mein Ruf, im Aufsatz gut zu sein, läßt mich dennoch eine Privatstunde finden; aber mein Vater erlaubt mir, um mich zu demütigen, nicht einmal, eine neue Hose aus seiner Garderobe zu nehmen. Meine Anzüge halten nicht mehr zusammen. Ich muß mich seitlich hinsetzen.

Ich habe eines Tages fürchterlich gezittert, als man mich aufforderte: »Geben Sie die Stunde doch im Garten, Herr Vingtras, und ziehen Sie Ihren Überzieher aus. Es ist ja so heiß! Sie schwitzen ja in dicken Tropfen.«

»Oh, nein, danke, im Gegenteil.«

Es läuft an mir herunter.

»Ihr Sohn wirkt ein bißchen schüchtern, ein bißchen nervös«, wird meiner Mutter berichtet, die keiner gerufen hat, die aber eines Tages gekommen ist, um sich zu erkundigen, ob man mit ihrem Sohn zufrieden sei und um für ihn gut zu reden.

»Machen Sie sich nichts draus! Und wenn Fräuleins mit hübschen Augen im Haus sind, dann lassen Sie sie nicht zu viel herumlaufen, wenn er da ist. Es hat da schon Geschichten gegeben! In diesen Dingen ist er Pariser, wissen Sie! Und schon bevor er nach Paris ging, hat er ...« (sie imitiert mit ihren Fingern Hörner auf ihrer Stirn), »ja, ja, wenn ich es Ihnen sage! ...«

Am nächsten Tag werde ich hinausgeworfen.

Ich war aber für einen Monat engagiert, und sie zahlen mir den ganzen Monat aus. »Fünfzig Francs.«

Mit diesem Geld will ich mir Kleider bestellen. Meine Mutter kommt dazwischen.

»Ich mache dir selber welche, wir kaufen den Stoff.«

»Ach, nein, zum Donnerwetter, nein!«

»Mein Sohn liebt mich nicht mehr«, erzählt sie am Abend einer Nachbarin, die ihr Vertrauen hat. – »Wenn er mich wenigstens den Stoff aussuchen lassen würde!«

Ich kaufe einen fertigen Anzug.

Meine Mutter folgt mir heimlich; während ich handle, bittet sie um eine Unterredung mit dem Geschäftsinhaber, dem sie meine Geschichte erklärt.

»Geben Sie ihm etwas Solides!« murmelt sie mit Tränen in den Augen.

Jetzt, wo ich ordentlich angezogen bin, komme ich etwas mehr unter die Leute. Meine Mutter bittet mich, sie zu Bekannten zu begleiten. Es macht sie so stolz und glücklich!

Aber mitten in einer Unterhaltung sagt sie plötzlich: »Was das für Falten schlägt! Und man sieht sofort, daß er nur halb gefüttert ist! Wenn du dich wenigstens so halten würdest, dann würde es weniger auffallen!« und sie zieht mir meine Weste zurecht, fummelt an meiner Krawatte herum.

Sie schnalzt traurig mit der Zunge und sagt:

»Du kannst dich wirklich rühmen, etwas gekauft zu haben, das schmutzt! Und nicht einmal Stoffreste verlangt!«

Mein Vater spürt meine Verbitterung, und als er mich eines Tages blaß werden sah, bekam er Angst vor meiner Verzweiflung.

»Dein Sohn wollte sich vergiften«, sagte er zu meiner Mutter.

Er glaubt wohl selbst daran.
Die arme Frau verstummt, versteinert.
Er selbst hat übrigens dieses Leben, das wir unter einem Dach führen, satt. Es ist wie in einem verfluchten Haus.
»Sag ihm, er soll mir schreiben, was er zu machen gedenkt.«
Es ist sein letztes Wort an meine Mutter unter dem Eindruck der Selbstmorddrohung.
Es ist furchtbar, dieses große leere Blatt Papier vor sich zu legen, um an seinen Vater zu schreiben. Man muß *Sie* sagen.
Beim ersten Mal sage ich *Sie*.
Ich kann bei der Kerze nicht gut sehen.
»Mutter, so gib mir doch eine Lampe.«
»Die leuchtet auch nicht besser, komm, sie ist nur ein bißchen sauberer, aber sie leuchtet gar nicht gut, und sie ist viel teurer, mußt du wissen!«
Ich schreibe an meinen Vater! Ich streiche aus und streiche aus! Während ich schreibe, fange ich an, stolz zu werden, ich habe Angst, schwach zu wirken.
Ich fange von vorn an; es ist schwer und schmerzlich.
Ach zum Teufel, nein! Und ich zerreiße wieder alles ...
Ich werde nur zwei Zeilen schreiben – keine zwei Zeilen, vier Wörter. Dann komme ich um dieses *Sie* herum und sage doch, was ich sagen will. Ich schreibe nur das:

ICH WILL ARBEITER WERDEN

»Dein Vater ist rasend«, flüstert mir meine Mutter zu, die mir den Bogen Papier zurückbringt.
Wir treffen uns in einem Korridor:
»Du sch ... auf mich, was ...?«
Er hebt die Hand, und ich dachte, er würde mich zerquetschen.
Der Abgrund hat sich geöffnet – irgendein Unglück wird kommen.

XXV Die Befreiung

Das Unglück ist da!

Ich gehe abends manchmal weg – sehr selten. Was soll ich den Leuten, die ich vielleicht treffe, erzählen? Ich habe keinen Sou, um ins Café zu gehen wie die andern Schüler. Ich will mich nicht einladen lassen, ohne zu zahlen: dafür bin ich zu arm. Wenn ich Geld in der Tasche habe, dann nehme ich die Einladung an, weil ich nicht das Gefühl habe, daß man mir ein Almosen gibt, weil ich weiß, daß ich auch einladen kann.

Aber seit langem habe ich nichts mehr – nicht einen Sou.

Ich habe ein bißchen Geld mit meinen Preis-Büchern gemacht. Die *Poesie im dreizehnten Jahrhundert* von Sainte-Beuve, ein Bossuet, und die Werke von Herrn Victor Cousin.

Meine Mutter fand fünf Francs in meiner Tasche und hat mich gefragt, woher ich sie genommen habe. Sie sah so drein, als ob sie an die Beute eines Diebstahls oder eines Totschlags dachte. »Er wird sich noch von schlechten Einflüssen mitziehen lassen. Schlechte Einflüsse verderben die Jugend.«

Wer soll mich beeinflussen? – Kameraden? Ich bin älter als sie, auch wenn sie mein Alter haben. Sie sind nicht so wie ich geschlagen worden. Sie haben Legnagna und das stumme Haus nicht kennengelernt. – Erwachsene? Kollegen meines Vaters? Die haben genug zu tun, ihren Kram zusammenzuhalten, und dann wissen sie nur, was bei den Alten passiert ist und haben keine Zeit – wegen der Nachhilfestunden –, zu beurteilen, was um sie herum vorgeht.

Ich habe meiner Mutter gesagt, woher die fünf Francs kamen.

Sie hat die Hände zum Himmel erhoben.

»Du hast deine Preis-Bücher verkauft, Jacques! ...«

Warum nicht! Wenn irgend etwas mir gehört, so sind es diese Bücher, scheint mir! Ich hätte sie behalten, wenn darin gestanden hätte, was Brot kostet und wie man es verdient. Ich habe da nur Sachen aus der andern Welt gefunden! – Während ich mit dem Geld eine Krawatte kaufen konnte, die nicht lächerlich ist und einen Kaffee mit Rum im *Mille-Colonnes* trinken. Ich lese da Pariser Blätter, die noch nach Druckerschwärze riechen, wenn der Briefträger sie bringt.
Aber eines Tages habe ich mich meinem Vater gegenübergesehen, er kam vorbei. Er hat mich beleidigt:
»Hier bist du, Herumtreiber?«
Und er ist weitergegangen.
Herumtreiber? – Ah! Ich hatte Angst, ihm nachzulaufen und ihn zu fragen, warum er mir, ohne mir ins Gesicht zu sehen, dieses Wort, das mir wehtat, so verachtungsvoll hinwarf.
Herumtreiber! – Weil mich in der eisigen Stille unseres Hauses die Arbeit fürs Bakkalaureat und die Begeisterung für Tote anödet, weil ich die Schlachten der Römer weniger grausam finde, als meine eigenen, weil ich trauriger bin als Coriolan! Oh, es gibt wirklich keinen Anlaß, mich Herumtreiber zu nennen!
Herumtreiber!
Wenn mein Vater ein anderer Mann wäre, ginge ich zu ihm und sagte ihm:
»Ich schwöre dir, daß ich arbeiten, gut arbeiten werde, aber gib diese grausame Haltung mir gegenüber auf!«
Er würde mich wie einen Aufschneider wegschicken. Als ich jünger war, habe ich das erlebt.
Zwei- oder dreimal, wenn er mich demütigen oder schlagen wollte, versprach ich ihm, jedes Versprechen zu halten, wenn er es nur zuließe.
Er hat einen Dreck auf meine Versicherungen gegeben, und so klein ich war, ich habe es ihm übelgenommen, daß er so wenig an die Standfestigkeit seines Sohnes glaubte.
Noch heute würde er mir ins Gesicht lachen und mich für einen Kriecher erklären!

Also! Ich werde neben ihm wie neben einem Zuchthauswärter leben und trotzdem arbeiten. Das steht fest.
Aber am folgenden Abend eröffnete mir meine Mutter ganz verschreckt, mein Vater wünsche nicht mehr, daß ich ausbliebe und wie ein Vagabund durch die Cafés strolchte. Ich hätte um acht Uhr zu Hause zu sein, sonst könnte ich auf der Straße schlafen.

Ich habe da geschlafen.
Eine Nacht ist lang, wenn man sie sich um die Ohren schlagen muß, und gegen zwei Uhr morgens hat es zu regnen angefangen. Ich war bis auf die Knochen durchnäßt, hatte eiskalte Füße, stellte mich bei den Toreingängen unter. Ich hatte auch vor der Polizei Angst! Ich bin immer um das Haus herumgeschlichen. Um zehn Uhr haben sie zugeschlossen, wie angedroht. Ich fand den Riegel vorgeschoben.
Morgen werde ich die Tür wieder verschlossen finden, wenn mein Vater so viel Mut hat wie ich.
Mir liegt nichts daran, in den Straßen herumzulungern. Ich wäre lieber in meinem Zimmer, aber sie *bedrohen* mich. Ich will nicht, daß es so aussieht, als hätte ich Angst, und so schlottere ich und schlage mit den Zähnen aufeinander.
Wie kalt es ist, wenn die Sonne hochkommt!

Ich bin erst nach Hause gegangen, als mein Vater in der Schule hätte sein sollen, um einhalbneun Uhr morgens.
Er war nicht gegangen. Es ist seit der blutigen Szene mit meiner Mutter das erste Mal, das er nicht zum Unterricht gegangen ist.
Hatte er mich gesehen und auf mich gewartet? War er vor Wut krank?
Die Tür ging auf, da hat er sich auf mich gestürzt, weiß wie ein Toter.
»Du Schuft«, stieß er hervor, »ich brech' dir Arme und Beine!«

Im Haus, eine Stunde danach

»Was ist los?«
»Der junge Vingtras hat seinen Vater umbringen wollen!«
Ich habe meinen Vater nicht umbringen wollen. Er hätte mich im Gegenteil mit Freuden zum Krüppel geschlagen; er sagte noch einmal: »Ich brech' dir Arme und Beine.«
»Ganz bestimmt nicht! Sie brechen niemandem Arme und Beine. Oh, ich werde Sie nicht schlagen! Aber Sie werden mich auch nicht anrühren! Dafür ist es zu spät: ich bin zu groß.
HÄNDE WEG! ODER ES PASSIERT WAS!«

Mitternacht

Mein Vater läßt mich bestimmt verhaften.
Morgen ins Gefängnis, wie ein Verbrecher.
Mein Leben wird ein ewiger Kampf sein. Es ist das Schicksal derer, die so starten wie ich. Ich fühle es.
Auch wenn ich nicht länger als nur eine Woche im Gefängnis bleibe, werden die Leute in dieser Provinz lange mit Fingern auf mich zeigen.
Der Gedanke an Selbstmord ist mir durch den Kopf gegangen.
Wenn ich mich in dieser Nacht aber töten würde, so hätte mein Vater mich umgebracht!
Und was hab ich Böses getan? Rechen- und Grammatikfehler, das ist alles. Und dann habe ich, da man mich falsch unterrichtet hatte, behauptet, daß es acht Fähigkeiten der Seele gäbe, da es doch nur sieben gibt. – Deswegen soll ich mich an diesem Fenster erhängen?
Ich selbst weiß mir nichts vorzuwerfen.
Ich habe keine stibitzte Murmel auf dem Gewissen. Einmal hat mir mein Vater 30 Sous gegeben, damit ich mir ein Heft kaufte, es kostete 29 Sous; den Sou habe ich behalten. Das ist mein einziger Diebstahl. Ich habe nie *ge-*

petzt, o nein, auch nicht *gekniffen*, wenn es daran ging, sich zu prügeln.

Wenn es noch in Paris wäre! Wenn ich aus dem Gefängnis herauskäme, würde man mir trotzdem die Hand schütteln. Hier nicht!

Also gut. *Ich sitze meine Zeit hier ab*, und danach gehe ich nach Paris; und wenn ich da bin, verhehle ich nicht, daß ich im Gefängnis war, ich schreie es hinaus! Ich werde für die *Rechte der Kinder* kämpfen, wie andere für die *Menschenrechte*.

Ich werde fragen, ob die Väter das Recht auf Leben und Tod über Körper und Seele ihrer Söhne haben; ob Herr Vingtras das Recht hat, mich zu martern, weil ich mich vor einem elenden Beruf fürchte, und ob Herr Bergougnard immer noch auf die Brust einer Louisette eindreschen darf.

Paris! Oh, ich liebe es!

Ich sehe der Druckerei und der Zeitung entgegen, der Freiheit, sich zu verteidigen, der Warmherzigkeit unter Aufständischen.

Der Gedanke an Paris rettete mich an diesem Tag vor dem Strick. Ich nestelte schon an meiner Krawatte.

Schon wieder Schreien, Schreien! Es ist zwei Tage später. Meine Mutter kommt aufgelöst in mein Zimmer gestürzt.

»Jacques, komm, komm!«

Mein Vater wurde gerade beleidigt. Ein paar Tage zuvor hatte er einen seiner Schüler gehauen, und die Angehörigen des geohrfeigten Jungen waren in das Haus gekommen, in dem er mich am Vorabend beinahe umgebracht hatte, um Genugtuung zu fordern. Sie wollten, Herr Vingtras solle sich entschuldigen, um Verzeihung bitten; und als Herr Vingtras herumstotterte, hielten sie ihm die Faust unter die Nase.

Sie waren zu zweit, der Vater und der ältere Bruder, ein Alter und ein Junger.

»Was ist los?«

»Es ist los«, sagte der Junge, »daß ihr Vater sich erdreistet

hat, meinen Bruder zu ohrfeigen. Wenn er nicht so eine armselige Figur wäre, würde ich ihm auch eine langen.«
»Elender!«
Ich habe ihn unter den Arm genommen. Ah! Er ist nicht schwer! Und der Alte auch nicht. Raus mit ihnen, los! Ein bißchen länger, und ich hätte sie in Stücke gehauen.
Auf der Straße haben sich Leute um sie versammelt.
»Komm doch«, schreit der ältere Bruder mir wutschäumend zu.
»Ja! Ich komme!«
Sie haben uns mit großer Mühe getrennt. Er ist achtzehn Jahre alt, ein Saint-Cyr-Schüler, er hat Mut, aber ich *zeige es ihm.* Ich halte ihn, wie ich Onkel Chadenas die Schweine habe halten sehen. Jetzt, wo er am Boden liegt, will ich ihm nicht weh tun. Er strampelt nur noch. Ich werde an den Haaren gezogen.
Man hat ihn mir kaum entrissen, da wirft er mir über die Menge hin eine Karte zu.
»Vor einem Degen würdest du dich weniger aufspielen. Meine Waffe ist der Degen«, und er gestikuliert, und er schwadroniert! ...
Der Idiot!
»He, Massion, sag ihm bitte, daß ich ihn, wenn er nicht ruhig ist, wieder *zerhacke*, aber wenn er still ist, schlage ich mich mit ihm auf Degen.«

Die Wiesen von Mauves, 7 Uhr morgens

Es ist in die Wege geleitet worden, ohne daß bei uns jemand etwas davon wußte. Die ganze Schule spricht davon, aber mein Vater liegt mit Fieber im Bett – der Arzt hat ihm Ruhe verordnet –, also bin ich frei.
Ich habe Zeugen gefunden: alle alten Mitschüler, die einen Schatten Schnurrbart haben und entweder nach Saint-Cyr oder auf die Marineakademie wollen, bieten sich an.
»Sie sind sehr jung«, sagt einer, der an den Verhandlungen teilnimmt.
»Ich bin achtzehn Jahre alt.«

Ich lüge zwei Jahre dazu, das ist alles.
Sie fragen sich leise, ob ich nicht im letzten Moment vor Saint-Cyr *kneifen* würde.
Sie wissen nicht, daß das Leben mich anödet, daß ein Duell wie ein neuer Überrock ist, den nicht meine Mutter ausgesucht hat, daß es das erste Mal ist, daß ich wie ein Mann handle. Ich habe Lust, heiliges Donnerwetter! Wenn der von Saint-Cyr zurücktreten wollte, würde ich ihn zwingen, sich zu stellen.
Ich bin immerhin bewegt! Vielleicht wirke ich sehr ungeschickt? Aber ich werde mich sofort töten lassen, wenn sie lachen.
Wir sind auf dem Platz.
»Treten Sie vor, meine Herren!«
Die Zeugen sind nervöser als wir, sie haben Angst, das Zeremoniell nicht zu erfüllen.
Kommt er denn nicht näher? ... Er hat das Eisen angenommen, dann einen Sprung nach hinten getan, und läßt mich nun stehen.
Ich wirke wie ein Hund, der seinen Herrn verloren hat.
Er kommt nicht, ich gehe vor.
Der Arzt schreit auf!
»Was ist?«
»Sie sind verletzt.«
»Ich?«
»Ihr Schenkel ist voller Blut.«
Ich fühle nichts.
»Von vorne, das Ganze von vorne!«
Und in gutem Glauben, daß es großer Stil sei, nach hinten zu springen, so wie der andere, springe ich.
»Aber das ist ja ein Possenreißer!« sagt der Chirurg.
Sie führen mich schließlich zu ihm. Ich weiß immer noch nicht, warum.
»Ein tiefer Schnitt in den Oberschenkel!«
»Glauben Sie?«
»Und vierzehn Tage nicht laufen!«
Oh! Ich habe nicht viel, wo ich hinlaufen müßte.
Anscheinend bin ich also verwundet. Tatsächlich, es blu-

tet. Der von Saint-Cyr schüttelt mir die Hand und sagt: »Es tut mir leid ...«
Mir tut nichts leid. Eine Viertelstunde ist vergangen, und es hat mir nicht mehr ausgemacht als ein Brenneisen einem Holzbein.
Ich hatte meiner Mutter am Morgen eine Nachricht hinterlassen: »Ich bin bei einem Kameraden.«
Sie hat sogar bemerkt:
»Es gehört sich nicht, wenn der Vater krank ist.«
Ich bin im Wagen zurückgekommen. Dieser Wagen mußte bezahlt werden; ich hatte kein Geld. Bei der Ankunft mußte ich meine Mutter um dreißig Sous bitten, sie dachte, ich sei verrückt.
»Jetzt nimmt er sich schon Wagen!«
Die Treppe ist dunkel.
Ich habe beim Steigen mein Bein festgehalten, habe nichts gesagt, und angeblich mit Migräne (sie glauben, ich hätte getrunken) bin ich in mein Bett gekrochen.
Aber eine Nachbarin hat ihr die ganze Geschichte erzählt, kaum daß ich in den Federn lag. Meine Mutter verläßt das Kissen ihres Gatten und eilt zu dem meinen.
»Jacques, *du hast dich duelliert.*«
»Und wie geht es meinem Vater?«
Er ist seit heute morgen im Zimmer neben meinem. Der Arzt hat gemeint, daß er da mehr Luft hätte. Meine Mutter kehrt zu ihm zurück.
Ich verstehe nicht alles, was sie reden, aber sie sprechen von mir, sie erzählt die Geschichte. Ich schnappe Brocken davon auf.
Ein Geräusch, das im Treppenhaus war, hört auf, und ich höre alles.
Mein Vater spricht mit Bewegung:
»Gut, wenn er gesund ist, soll er abreisen.«
»Nach Paris?«
»Nach Paris. – Er ist nicht ernstlich verletzt, nein? Wenigstens nichts von Bedeutung?«
»Ich sage dir doch, nein.«
Stille.

»Er hat sich für mich geschlagen ... Nach der Szene vom Vorabend! ...«
Seine Stimme scheint zu zittern.
»Ja, ja ... es ist besser, wenn wir uns trennen. Aus der Ferne zanken wir uns nicht. Hier würde er mich nur hassen! ... Vielleicht haßt er mich schon! Aber es geht immer mit mir durch! Dieses Lehreramt hat ein altes Aas aus mir gemacht, immer muß man böse wirken, und man wird es auch, wenn man den Buhmann macht und mit hohlen Augen herumläuft ... davon wird das Herz zäh ... Man wird grausam ... Ich bin grausam gewesen.«
»Ich auch«, sagt meine Mutter ... »Aber ich habe es ihm einmal in Paris gesagt, ich habe ihn fast um Verzeihung gebeten, und wenn du gesehen hättest, wie sehr er geweint hat!«
»Du hast es ihm sagen können, ich könnte es nicht. Ich hätte Angst, *die Disziplin zu verletzen*. Ich hätte Angst, daß die Schüler, ich meine, daß mein Sohn über mich lacht. Ich war Hilfslehrer, und es ist mir im Blut geblieben. Ich werde immer mit ihm wie mit einem Schüler sprechen, und ich werde ihn mit den Lausejungs verwechseln, die ich strafen muß, damit sie mich fürchten und mir keine Ratten am Rockschoß festmachen ... Es ist besser, wenn er geht.«
»Du wirst ihn doch vor dem Weggehen umarmen.«
»Nein. Umarm ihn für mich. Ich bin sicher, ich sehe wieder grimmig aus, auch wenn ich es nicht will. Es ist das Lehreramt, wirklich! ...
Umarm ihn, sag ihm heimlich, daß ich ihn gern habe ... Ich wage es nicht.«

»Frau Vingtras, Frau Vingtras!«
»Was ist!«
»Unten sind Gendarmen!«
»Gendarmen!«
Tatsächlich sind Fremde auf der Treppe, ich höre sie sprechen.
»Wir kommen ihren Sohn abholen.«

»Weil er sich geschlagen hat?«
Meine Mutter kommt wieder herauf zu meinen Vater.
»Nicht so laut, nicht so laut, meine Freundin, ich habe geschrieben, sie möchten sich bereit halten, ihn zu verhaften, schon vor acht Tagen! ... Nach dieser Szene habe ich es unterschrieben...
Oh! Ich schäme mich ... Er kann doch wenigstens nichts hören, sag, durch die Bretterwand?«
. . . .
Ich höre.
Was für ein Glück, daß ich verwundet bin und daß ich hier im Bett liege! Ich hätte nie erfahren, daß er mich liebt.
Ach! Ich glaube, sie hätten besser getan, mich laut und offen zu lieben! Mir scheint, aus meinem Kinderleben werde ich immer schwermütige Schatten und schmerzliche Wunden im Herzen behalten!

Aber ich trete auch ins Männerleben ein, bereit zu kämpfen, voller Kraft, redlich. Ich habe reines Blut und klare Augen, mit denen ich auf den Grund der Seelen sehe; die, die ein bißchen geweint haben, sind so, habe ich irgendwo gelesen.
Jetzt geht es nicht mehr ums Weinen! Sondern ums *Leben*.
Ohne Beruf, ohne Geld, das ist hart; aber ich werde ja sehen. Von heute an bin ich mein eigener Herr. Mein Vater hatte das Recht, mich zu schlagen ... Aber wehe, wehe dem, der mich jetzt anfaßt! – Ja!
Wehe ihm!
So spreche ich mit mir und strecke meinen Schenkel auf dem Krankenbett aus.
Acht Tage später kommt der Arzt, nimmt den Verband ab und sagt:
»Dank meiner Behandlung – ein neues System – sind Sie geheilt; Sie können heute aufstehen, und morgen können Sie abreisen.«
Meine Mutter dankt Gott.
»Oh, hatte ich eine Angst! ... Wenn sie dir nun das Bein

hätten abnehmen müssen! – Ich werde dir jetzt eine Neuigkeit mitteilen ...«

Sie erzählt mir alles, was ich schon weiß, was ich durch den Verschlag gehört habe.

»Du verläßt mich!« schluchzt sie.

Ich will sofort aufstehen, ein paar Bücher zusammensuchen, meinen kleinen Koffer packen, und ich bitte sie um meine Kleider.

Es sind die vom Duell.

Meine Mutter bringt sie herbei. Sie entdeckt, daß die Hose ein Loch hat und mit Blut befleckt ist.

»Ich weiß nicht, ob das Blut rausgehen wird ... die Farbe geht bestimmt mit raus ...«

Sie bürstet noch ein bißchen, legt ein feuchtes Läppchen auf, tut, was man nur tun kann – immer hat sie sich so um meine Toilette bemüht! –, aber schließlich sagt sie kopfschüttelnd:

»Siehst du, es geht nicht 'raus ... Zieh das nächste Mal wenigstens deine alte Hose an, Jacques!«

Inhalt